SF로 보는 식물

사변하는 식물과 새로운 SF

호모 아토포스 라이브러리 05

SF로 보는 식물

사변하는 식물과 새로운 SF

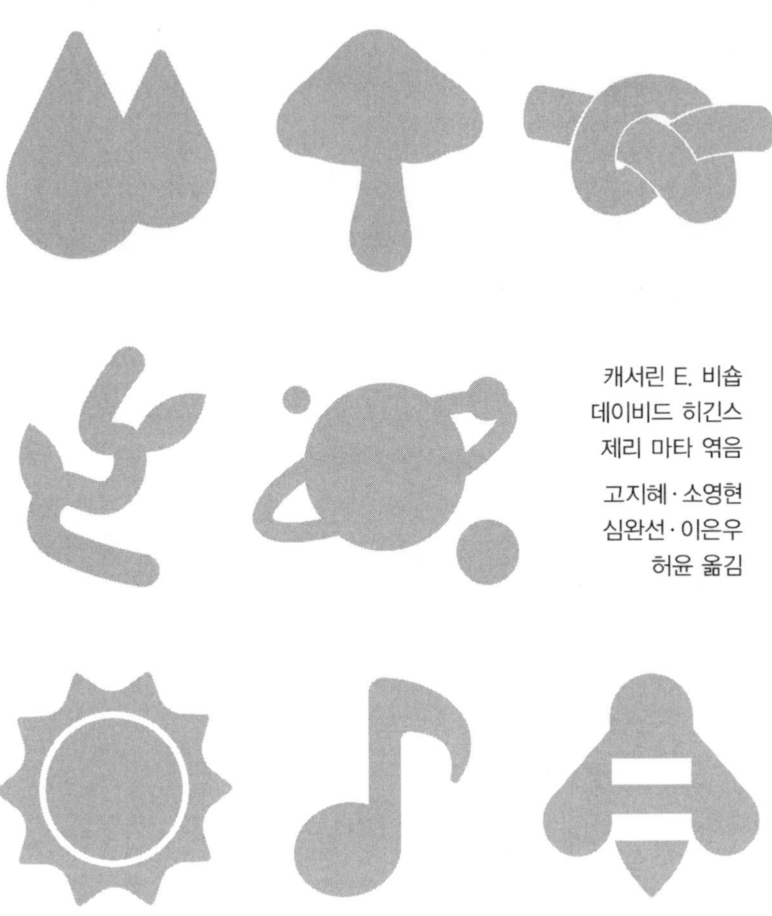

캐서린 E. 비숍
데이비드 히긴스
제리 마타 엮음

고지혜·소영현
심완선·이은우
허윤 옮김

보고사
BOGOSA

고려대학교 민족문화연구원은 2022년 한국연구재단의 인문사회 연구지원사업에 선정되어 〈호모 아토포스의 인문학: 한국 문학/문화의 '이름 없는 자들'과 비정형 네트워크〉의 사업을 시작했습니다. '호모 아토포스'란 어떤 장소에도 고정될 수 없거나 정체를 헤아릴 수 없는 비장소의 존재 및 상태를 의미합니다. 포스트 팬데믹, 기후 위기, 국가 분쟁 등 현재 우리가 당면한 문제들은 더 이상 국지적인 차원에 한정되지 않습니다. 이러한 재난에 의해 '자리를 잃은 자'는 누구이며 어떻게 생겨나고 어떤 방식으로 살아가는가에 관한 고찰은 시대적 요청에 응답하는 일인 동시에 사회적 공통 의제를 제시하는 인문학 본연의 책무를 다하는 것이기도 합니다. 이에 본 연구팀은 '호모 아토포스'라는 개념을 창안하고, 이를 하나의 인식틀로 삼아 한국 문학/문화 연구의 패러다임 전환을 시도하고자 합니다.

〈호모 아토포스의 인문학〉은 지난 사업 기간 동안 '호모 아토포스'의 개념화에 초점을 맞추되 인간/비인간, 젠더와 섹슈얼리티 등의 세부 주제와 연결하여 각종 경계를 넘나들며 변신과 변위를 거듭하는 존재들의 사례 분석에 집중해왔습니다. 앞으로도 관련 의제를 심화 및 확장하여 한국 문학/문화 속에 잠재되어 있는 호모 아토포스의 존재 양상을 포착하고, 시공간·국적·인종·종교·지역·성별 등 무수한 경계의 안팎을 성찰하게 하는 호모 아토포스의 중층적 수행성에 주목하여, 이들을 우리 사회의 빛과 그늘을 드러내는 역동적인 존재로 가시화화는 작업을 수행할 것입니다. 이러한 연구서 성과물들은 학술서·번역서·인문 교양서 등으로 구성된 총서 〈호모 아토포스 라이브러리〉로 간행하여 학계와 사회에 널리 공유하고자 합니다. 이 총서를 접하는 많은 이들이 '호모 아토포스의 인문학'을 통해 우리 사회 속 '이름 없는 자들'의 자리와 몫에 대해 다시금 성찰해 볼 수 있길 희망합니다.

2026년 1월
연구책임자 이형대

서문

캐서린 E. 비숍
Katherine E. Bishop

우리 모두의 마음속에는 숲이, 아직 아무도 탐험하지 않은 끝없는 숲이
있다. 우리 각자는 매일 밤 홀로 그 숲에서 길을 잃어버린다.
– 어슐러 K. 르 귄Ursula K. Le Guin[1]

그리스 신화의 드라이어드, 성경 속 아담의 시체에서 자란 자비의
나무, 그린맨의 도상과 오딘의 이그드라실부터 양羊이 열리는 나무,
웃는 얼굴을 한 인면수人面樹에 관한 환상적인 이야기까지, 식물은 인
류의 서사와 문화에서 중요한 역할을 한다. 꽃말이나 꽃으로 메시지
를 전하는 일은 '아가서'와 셰익스피어의 『햄릿』(1600), 18세기 터키의
궁정과 19세기 영국의 응접실에서 오갔던 연애편지에 걸쳐 오랫동안
유행해 왔다. 1870년대 찰스 다윈Charles Darwin의 식물 연구를 뒤따르
며 수많은 괴물 식물과 다른 경이로운 식물에 대한 이야기가 나왔고,
이는 오늘날의 호러 픽션에도 여전히 영향을 미치고 있다. 기록에 따
르면 17세기 네덜란드에서는 튤립이 부유층의 관심과 지갑을 사로잡
은 것으로 유명하며, 공중식물이 특정한 밀레니얼 세대의 대명사가
된 것처럼 난초와 양치식물은 종種을 수집하던 빅토리아 시대 사람들

에게 특별한 만족감을 주었다. 찾으려 하기만 하면 식물은 어디에나 있다.

우리의 역사와 상상에 넘쳐나는 식물을 고려하면 SF 소설·영화·TV 시리즈·비디오 게임·그래픽노블 등에 식물이 가득하다는 점은 그다지 놀라운 일이 아니다.[2] 1986년 리메이크된 〈흡혈 식물 대소동 Little Shop of Horrors〉에서 '오드리 2세'가 외친 "먹이를 줘, 시모어"나 〈파스케이프 Farscape〉(1999-2003)에서 광합성에 쾌감을 느끼는 델비안 종족, 아니면 적어도 〈가디언즈 오브 갤럭시 Guardians of the Galaxy〉(1960-)의 그루트를 모르는 사람이 있을까? 팝캡 게임즈 PopCap Games의 인기작인 〈식물 vs 좀비 Plants vs. Zombies〉(2009)의 식물, 네일로 홉킨슨 Nalo Hopkinson의 『미드나잇 로버 Midnight Robber』(2000) 속 집나무 home tree, 게리 달킨 Gary Dalkin이 편집한 『불가능한 식물학 Improbable Botany』(2018)의 수록작에 등장하는 수많은 외계의 식물 및 생태계와 복제인간 pod people을 떠올리는 사람도 있을 것이다. 존 윈덤 John Wyndham의 포스트 아포칼립스 소설 『트리피드의 날 The Day of the Triffids』의 육식성 괴물 식물, 브라이언 올디스 Brian Aldiss의 『온실 Hothouse』(1962)에 나오는 지각 있는 꽃, 파올로 바치갈루피 Paolo Bacigalupi의 『와인드업 걸 The Windup Girl』(2009)의 유전자 조작 작물, 워렌 엘리스 Warren Ellis의 그래픽노블 『나무들 Trees』(2014)에 나오는 침입자 나무와 기계 꽃들, 그리고 영화 〈사일런트 러닝 Silent Running〉(1972)에 등장하는 우주 온실 등은 이 주제와 관련하여 자주 떠오르는 사례 중 몇 가지에 불과하다.[3] 또한 대중문화 속에는 식물과 인간의 혼종, 자아와 이질적인 것의 흥미로운 조합들이 다수 존재하며, 이들은 가능성에 대한 사유에 폭넓은 영감을 제공해왔다. 이런 키메라를 꼽아보자면, TV 시리즈 〈가스

마렌기의 다크플레이스Garth Marenghi's Darkplace〉(2004)에서 브로콜리로 변신한 여성, 라리사 라이Larissa Lai의 소설『소금 물고기 소녀Salt Fish Girl』(2008)에 나오는 두리안에서 태어난 아이들, 옥타비아 버틀러Octavia Butler의 릴리스의 자손들Lilith's Brood 3부작(1987-1989)에서 우주에 씨를 뿌리는 오안칼리, DC코믹스의 포이즌 아이비(1966-), 탐 린지Tam Linsey의『보타니코스트Botanicaust』(2012)에서 광합성을 하는 종말 이후의 인간 등이 존재한다. 의인화의 측면을 넘어 기술 중심으로 보면 영화〈아바타Avatar〉(2009)에서 나무는 신경망에 접속한 사용자가 세상이나 죽은 자와 소통하도록 해주고, 어슬러 K. 르 귄의 단편소설「제국보다 광대하고 더욱 느리게Vaster than Empires and More Slow」(1971)에는 공감 능력이 있는 숲 행성이 나온다. 이 제목은 앤드류 마벨Andrew Marvell의 시에서 차용한 것으로, 소설은 자연과 오지만디아스Ozymandias[i] 같은 인류를 대립시키며 그 대결에서 대체로 부족한 쪽이 인간임을 드러낸다. 이는 대부분의 인간이 그 대립을 보는 방식과는 정반대이다.

　대중문화 특히 SF에 식물이 이토록 풍부하다는 점은 식물에게 인간이 가질 수도, 완전히 이해할 수도 없는 능력이 있음을 우리가 적어도 불편하게나마 인정한다는 것을 말해준다. 우리는 식물을 풍경, 기호품, 은유, 장식품, 끼니로 생각하는 경향이 있다. 적어도 생각이라도 한다면 그렇다. 우리가 식물을 그들 본연의 관점, 인간의 경험으로는

---

[i] 　오지만디아스는 고대 이집트의 파라오 람세스 2세의 그리스어 명칭으로, 19세기 영국의 낭만주의 시인 셸리가 쓴 소네트의 제목이기도 하다. 셸리가 이 시에서 절대 권력을 자랑하던 오지만디아스의 유적이 폐허가 된 풍경을 읊은 이후, 오지만디아스는 권력의 무상함 혹은 인간의 오만함을 경계하는 의미로 읽힌다.

완전히 장악할 수 없는 관점으로 보려고 노력한다면, 우리는 이상하고 설명하기 어려우며 이질적인 영역에 직면한다. 프랑스 식물학자 프랑시스 알레Francis Hallé는 "식물은 우리에게 절대적 타자성을 의미한다"고 주장하고, 식물 철학자 마이클 마더Michael Marder는 타자성을 "주변부의 주변부인 절대적인 모호성의 지대"에 위치시킨다.[4] 생물학자인 제임스 H. 완더시James H. Wandersee와 엘리자베스 슈슬러Elisabeth Schussler는 식물 자체를 보지 못하고 식물 주변을 보거나 식물을 통해 인간과 비인간 동물을 보는 현상을 "식물 몰이해plant blindness"라 명명했다.[5] 식물은 너무나 빈번히 그저 구경하거나 무시하는 대상으로 존재하고, 별다른 영향이나 효과가 없는 것과 혼용된다. 소모되는 것이다.

식물 생명체를 '**보는**' 첫 번째 단계는 아마도 우리가 그것을 어떻게 보는지 질문하는 것이다. 로버트 하스Robert Hass는 2015년 그의 시 「나무를 묘사한다는 문제The Problem of Describing Trees」에서 "말하는 데에는 한계가 있다 / 언어로, 나무가 한 일을."이라고 썼다.[6] 우리는 수목적 주체를 인간의 용어로만 이해하고 묘사할 수 있을 뿐이다. 그러나 이런 제약을 지닌 채 자연을 인정하면 우리는 "마법에서 풀려나고" 인간의 지각이 우리의 시야를 어떻게 부득이하게 물들이는지 볼 수 있게 된다. 우리는 상상 속에서 나무를 '춤추고' '속삭이고' '떨리는' 상태로 만드는 경향이 있으며, 하스가 짚었듯 나무는 그런 일은 전혀 하지 않는다. 하스의 시는 러스킨이 말한 "감상적 오류pathetic fallacy"[ii]의 어리석음을 보여준다. 식물을 비롯하여 우리를 둘러싼 세

---

ii '감상적 오류'란 영국 비평가 존 러스킨이 처음 사용한 용어로, 동물이나 사물에

계 위에 인간중심적으로 자신을 새겨넣는 일은 우리가 자기 너머를 보는 능력을 제약한다.

SF의 제일 요긴한 점은 우리로 하여금 우리의 것이 아닌 세계, 사고, 경험, 욕망, 생명체와 같은 이질적인 것과 직면하게 해준다는 점이다. SF가 서두에서 인용한 르 귄의 '끝없는 숲'에 대한 지도는 아니더라도 어쩌면 지도 제작을 위한 길잡이, 즉 미지를 상상하는 하나의 방법을 알려줄 수 있다. SF에 내재한다고 여겨지는 낯설게 하기는 다르코 수빈Darko Suvin에 따르면 인지적 소외cognitive estrangement를 촉발하는 이 장르의 저력으로, "작가의 경험적 환경을 대체하는 상상의 틀"을 결정적으로 만들어낸다.[7] 그렇다면 인간에게 식물보다 더 이질적인 생명체가 있을까? 식물은 우리를 둘러싸고 지탱하며 심지어 먹여 살리는 아주 흥미로운 생명 형태인데, 그럼에도 매우 다른 존재 방식으로 살아간다.

식물의 능력에 관한 중요한 연구와 사변은 19세기 구스타프 페히너Gustav Fechner, 찰스 다윈, 자가디시 찬드라 보스Jagadish Chandra Bose의 성취 이후 크게 증가했으며, 최근에는 양쪽 분야 모두에서 눈부신 성장이 이루어졌다. 프란티섹 발루스카František Baluška, 스테파노 맨쿠소Stefano Mancuso, 디터 폴크만Dieter Volkmann의 『식물의 의사소통: 식물 생명의 신경적 측면Communication in Plants: Neuronal Aspects of Plant Life』(2006)이나 좀 더 예각화된 관점으로 이 주제를 다룬 안소니 트레와바스Anthony Trewavas의 『식물 행동과 지능Plant Behavior and Intelligence』(2014)과 같은 전문적인 연구는 보다 폭넓은 독자를 대상으로 한 스테

인간과 같은 감정이 있는 것처럼 묘사하는 것을 비판하는 개념이다.

파노 맨쿠소와 알렉산드라 비올라Alessandra Viola의 『번뜩이는 녹색: 식물 지능의 놀라운 역사와 과학Brilliant Green: The Surprising History and Science of Plant Intelligence』(2015), 대니얼 샤모비츠Daniel Chamovitz의 『은밀하고 위대한 식물의 감각법: 식물은 어떻게 세상을 느끼고 기억할까What a Plant Knows: A Field Guide to the Senses』(2014), 페터 볼레벤Peter Wohlleben의 『숨겨진 나무의 삶: 그들은 무엇을 느끼고, 어떻게 의사소통하는가-비밀 세계의 발견The Hidden Life of Trees: What They Feel, How They Communicate: Discoveries from a Secret World』(2016)과 같은 작업으로 보완되었다. 식물에 대한 깊은 관심이 꾸준히 확장되고 있음을 보여주듯, 식물에 대한 탐색을 시도한 몇몇 저서는 베스트셀러가 되기도 했다. 한 예로 마이클 폴란Michael Pollan의 『욕망의 식물학: 식물의 눈으로 본 세상The Botany of Desire: A Plant's-Eye View of the World』(2001)은 2009년 미국 공영방송에서 다큐멘터리로 제작되며 광범위한 시청자에게 방송되었다.

비판적 식물학은 생물학 분야를 넘어 철학, 예술, 문학 등으로 확장되기 시작했다. 식물철학자인 마이클 마더와 매튜 홀Mattew Hall 등은 인문학에서 식물을 대하는 방식에 혁명을 일으켰다. 마더의 『식물성 사유: 식물 생명 철학Plant-Thinking: A Philosophy of Vegetal Life』(2013), 『접목: 식물에 관한 글Grafts: Writings on Plants』(2016), 『식물의 사유: 식물 존재에 관한 두 철학자의 대화Through Vegetal Being: Two Philosophical Perspectives』(2016)는 물론, 홀의 『식물 사람: 철학적 식물학Plants as Persons: A Philosophical Botany』(2016)은 학제 간 연구의 장에서 큰 주목을 받았다. 마찬가지로 제프리 T. 닐론Jeffrey T. Nealon의 『식물 이론: 생명권력과 식물성 삶Plant Theory: Biopower and Vegetal Life』(2015)은 생명정

치, 지식, 권력 사이의 연관성을 탐구하면서 고전적인 철학적 사고방식에 식물의 역사(또는 그 부재)를 제공한다.

익숙한 것과 익숙치 않은 것, 또는 '우리'와 '우리 아닌 것'의 구분은 추상화되거나 과장되거나 미묘하게 어긋나 있을지라도, 이는 미시적 규모에서 거시적 또는 세계적 규모로 권력이 분배되는 방식을 포함하여 현실 세계에 영향을 미친다. 환경적으로 진보적인 학파는 종들 간의 권력 분배를 면밀히 검토하여 인간과 식물을 비롯한 자연 사이에 지속 가능한 관계를 촉진할 수 있다고 주장한다. 애나 칭Anna Tsing이 『세계 끝의 버섯: 자본주의의 폐허에서 삶의 가능성에 대하여The Mushroom at the End of the World: On the Possibility of Life in Capitalist Ruins』(2015)에서 보여주듯이, 우리가 식물을 생각하는 방식은 우리 자신이나 인류에 대한 사고방식의 핵심 이상이다. 식물을 생각하는 방식은 우리가 지속적으로 존재하기 위한 실마리가 될 수도 있다. 이러한 인식은 점점 더 다양한 학제의 경계를 가로지르며 인정받고 있는데, 조반니 알로이Giovanni Aloi가 편집한 『식물적 사변: 현대 예술에서의 식물Botanical Speculations: Plants in Contemporary Art』(2018)처럼 예술 분야는 물론, 랜디 래스트Randy Laist가 편집한 『식물과 문학: 비판적 식물 연구 에세이Plants and Literature: Essays in Critical Plant Studies』(2013)나 엘리자베스 창Elizabeth Chang의 『소설 재배: 19세기 영문학 속 식물Novel Cultivations: Plants in British Literature of the Global Nineteenth Century』(2019), 던 키틀리Dawn Keetley와 앤젤라 텐가Angela Tenga가 편집한 『식물 호러: 문학 및 영화에서의 무시무시한 식물에 대한 접근Plant Horror: Approaches to the Monstrous Begetal in Fiction and film』(2016) 등 문학에서부터 다양한 매체에 이르기까지 점점 광범위하게 나타나고

있다.[8]

이처럼 식물의 잠재력이 과학과 픽션 양쪽에서 주목받은 결과 에세이 선집인 『SF로 보는 식물: 사변하는 식물과 새로운 SF(원제: Plants in Science Fiction: Speculative Vegetation)』가 출간되었다. 이 책은 우리의 시야를 세밀하게 맞춰 식물 생명체가 무엇인지 혹은 누구인지 깊이 사변하도록 만들며, 동시에 우리가 말 없고(?) 지각 있는(?) 식물 세계와 관련하여 우리 자신을 어떻게 이해하는지 탐구한다. 이 책에 수록된 독창적인 글들은 개별적으로든 전반적으로든 SF에 등장하는 식물 생명체가 윤리, 정치, 경제, 문화적 삶 전반에 관한 우리의 태도를 변화시키며, 기존의 여러 전통적인 기준을 의문시하고 변경했다고 주장한다. 이 책은 식물에 기반한 인물이나 관점이 제도, 국가, 국경, 경계에 대한 우리의 이해를 어떻게 바꾸는지, 그리고 유토피아적 또는 디스토피아적 미래에 관한 새로운 관점을 어떻게 형성하고 또 해체하는지 다룬다. 이 책에 참여한 저자들은 시대적으로는 19세기 후반부터 21세기까지, 지리적으로는 미국, 유럽, 러시아, 한국에 이르기까지, SF 속 다양한 유형의 식물(무시무시한, 번식하는, 매혹적인, 포스트휴먼 등)을 다루는 작업을 통해 인간과 식물이 만나는 지점을 탐구하고, 식물이 비인간 생명체의 궁극적인 형태를 구성한다는 흔한 선제를 고민하고 또 이에 도전한다. 수록된 글 대부분을 관통하는 공통적인 주제는 차이에 대한 이러한 반성적 사고를 넘어 공통점, 혼종성, 그리고 상호적으로 성장하는 형태를 탐구하는 것이다. 이러한 문제의식을 반영하여, 이 책은 이질감에서 이해로 나아가는 과정을 세 장으로 나누어 구성했다. 바로 거부Abjection, 친화Affinity, 합의Accord이다.

1부에서는 제시카 조지Jessica George, 제리 마타Jerry Määttä, 셸리 사

와로Shelley Saguaro가 식물과 인간 사이의 차이라고 전통적으로 설정되었던 지점에 접근하며, 인간이 우월하다는 통념을 위협하고 분류적으로든 사회적으로든 '자연의 질서'를 어지럽힌다는 불안을 야기하는 존재로서의 괴물 식물 생명체에 관한 역사적인 고찰을 시도한다. 제시카 조지는 「기이한 식물상植物相: 고전적인 기이한 이야기 속 식물 생명체」에서, 역진화와 비인간 생명체 및 인간의 하찮음에 초점을 두고 아서 매켄Arthur Machen, H. P. 러브크래프트H. P. Lovecraft, 앨저넌 블랙우드Algernon Blackwood 등의 소설을 살펴본다. 조지는 이들 작품이 '인간'의 본질과 지위라는 관심사로 반복적으로 회귀하며 결국은 식물을 통해 인간의 우월성에 의문을 제기했다고 보았다. 제리 마타는 「"빌어먹을 비정상적인 짐승들": 존 윈덤의 『트리피드의 날』에 나타난 의인화, 식민주의, 억압된 것의 귀환」에서 비체abjections인 자연과 서발턴 상태를 연결하며, 윈덤의 트리피드가 지닌 상징적 가능성과 동시대의 식민주의 맥락과의 관련성에 주목한다. 이를 통해 식민주의의 착취적 경제체제 속에서 인간과 식물의 처우가 유사함을 보여준다. 마타는 트리피드의 공포가 절대적인 낯섦이 아니라 훨씬 가까운 데서 비롯된다는 것을 밝혔다. 다음으로 셸리 사와로는 「식물의 촉수와 쑬루세」에서 『트리피드의 날』을 식물 괴물에 관한 중요한 다른 두 가지 이야기, H. P. 러브크래프트의 「광기의 산맥At the Mountains of Madness」(1931)과 존 보이드John Boyd의 「에덴의 수분자 The Pollinators of Eden」(1969)를 연결하여 식물이 고전적인 공포의 대상인 촉수를 어떻게 창조적으로 재구성하였는지를 보여준다. 이 세 편의 글은 모두 인간과 비인간 세계를 가르는 단순한 이분법에 도전하며 분류학적 범주가 유지해 온 격차에 의문을 제기한다.

2부에서는 신체와 소통, 정동과 본능을 웃음, 성, 번식과 연결하며 식물과 인간이 공유하는 접점을 향해 점점 다가간다. 브리타니 로버츠Brittany Roberts, T. S. 밀러T. S. Miller, 엘리자베스 헥켄돈 쿡Elizabeth Heckendorn Cook은 인간과 식물의 유사성을 파고들며 생물의 기본적인 기능에서부터 죽음, 정동, 욕망, 기묘한 탄생에 이르는 상위 과정으로 시야를 확장한다. 브리타니 로버츠는 「살아 있음과 죽어 있음 사이: 예브게니 유피트Evgenii Iufit와 블라디미르 마슬로프Vladimir Maslov의 〈실버 헤드Serebrianye golovy〉에 나오는 식물의 사후 세계」에서 인간과 식물의 혼종이 불러일으킬 수 있는 파장을 면밀히 살핀다. 그리고 유피트와 마슬로프가 특히 20세기 초 '새로운 소비에트형 인간New Soviet Man'으로 비유되는 인간의 완전성과 우월성을 둘러싼 소련의 과학 담론을 어떻게 해체하는지를 밝힌다. 로버츠는 유피트와 마슬로프가 네크로리얼리즘Necrorealism에 입각하여 삶과 죽음의 순환을 통해 인간과 식물 사이의 생태적 친연성을 찾고, 이 둘을 연결한다고 주장한다. 「식물성 사랑: 식물소설의 욕망, 감정, 섹슈얼리티」에서 T. S. 밀러는 또 다른 형태의 교섭이라 할 수 있는 섹슈얼리티에 주목하여 이래즈머스 다윈Erasmus Darwin의 『식물의 사랑The Loves of the Plants』(1791), 로널드 프레이저Ronald Fraser의 『꽃유령Flower Phantoms』(1926), 존 보이드의 『에덴의 수분자』(1969) 속에서 욕망에 대한 부정과 굴복이 교차하는 모습을 대조한다. 밀러는 인간의 섹슈얼리티와 식물의 섹슈얼리티의 융합이 가능성과 위험성을 동시에 지니고 있음을 발견한다. 이와 더불어 엘리자베스 헥켄돈 쿡의 관심은 밀러가 주목했던 욕망을 넘어 그것의 공통된 결과물인 결실로 나아간다. 쿡은 「대안적 재생산: 홀드스톡과 한강의 식물적 시간과 인간-수목 결합체」를 통

해 로버트 홀드스톡Robert Holdstock의 소설 『라본디스Lavondyss』(1988)
와 한강의 작품들을 살피며 이러한 텍스트가 어떻게 포스트휴먼 생식
의 급진적 가능성을 구현했는지 고찰하고, (초)자연적 수정과 잉태에
서 시간성이 구현되는 방식에 주목했다. 이와 같이 2부에서는 인간과
식물의 역학 관계뿐만 아니라 인간 고유의 것으로 여겨졌던 특성들을
식물적 관점에서 검토한다.

마지막 3부에서는 요기 해일 헨들린Yogi Hale Hendlin, 그레이엄 J.
머피Graham J. Murphy, 앨리슨 스펄링Alison Sperling, 캐서린 E. 비숍이
앞서 살펴본 인간-식물 관계의 연결선을 좇으며 리좀적 친족 네트워
크를 조명한다. 요기 해일 헨들린은 「광합성 정보 기술로서의 태양빛:
탐 로빈스의 『지터버그 향수Jitterbug Perfume』(1984) 속 식물 되기」에서
향기에 초점을 맞춘다. 『지터버그 향수』의 식물은 우리의 감정과 이
성, 신체와 정신 사이의 모더니즘적 단절을 용해한다. 또한 식물이
리좀적이고 비대칭적으로 성장하는 것처럼 인간 역시 광합성 존재로
서의 자신의 복수성에 접속할 때 분리에서 생겨난 공포를 극복할 수
있다고 가르친다. 핸들린은 인간이 자기 안의 식물적 면모에 접근한
다는 것이 무엇을 의미하는가를 탐구하며 식물이 그러하듯 향기를 통
해 세계를 재인식한다. 그레이엄 J. 머피는 캐슬린 앤 구난Kathleen Ann
Goonan의 『퀸 시티 재즈Queen City Jazz』(1994)를 통해 탈-인간종중심적
포스트휴머니즘을 논의한다. 머피는 「캐슬린 앤 구난의 『퀸 시티 재
즈』에 담긴 식물, 동물, 아카이브에 대한 질문」에서 플라워시티의 아
카이브를 주목하며 아카이브를 재사유하는 것은 지식과 권력이 어떻
게 저장되고 분산되며 전파되는지에 대한 재사유로 이어질 수 있다고
주장하며 이러한 이해를 인간, 동물, 식물의 분류 체계에 평행하게

배치한다. 머피는 "아카이브에 대한 질문"을 "아카이빙의 정치성과 물질성 및 그 의미에 대한 아카이브의 공동결정"으로 묘사한다. 앨리슨 스펄링의 「퀴어한 섭취: 제프 밴더미어Jeff VanderMeer의 소설에 나타난 기이한 포자 신체」는 뉴 위어드 픽션[iii]에서 드러나는 변형을 살피며 식물에 초점을 맞추는 밴더미어의 소설이 작가와 독자의 공기를 감염시켜 그들로 하여금 이전에는 불가능하다고 여겼던 언캐니함에 개방되도록 만든다고 주장한다. 마지막으로, 캐서린 E. 비숍의 「식물적 에크프라시스ekphrasis와 생태적 재배치」는 앨저넌 블랙우드의 「나무가 사랑한 남자The Man Whom the Trees Loved」(1919), 제프 밴더미어의 '서던 리치Southern Reach' 3부작(2014), 어슐러 K. 르 귄의 「장미의 일기 The Diary of the Rose」(1974), 윌리엄 깁슨William Gibson의 「홀로그램 장미의 파편Fragments of a Hologram Rose」(1977) 등의 작품을 통해 문학적 에크프라시스로 구축된 식물과의 미학적 대면과 그에 수반되는 식물과의 접촉지대가 갖는 함의를 탐구한다. 이들 네 편의 글은 전부 인간인 동시에 식물로 존재한다는 것이 무엇을 의미하는지를 사변하고, 우리가 당연시해온 차이점과 유사점을 탐구하여 기존에 가능하다고 여긴 것보다 훨씬 많은 것을 공유하고 있음을 드러낸다.

이 책에 실린 글들은 광범위한 주제를 가리키고, 사변소설에서의 식물에 대한 향후 연구를 위한 방향을 제시한다. 그러나 또한 한계도 있다. 식물소설의 보편성과 전 세계 사변소설의 관련성에도 불구하고, 이 책에서 다루는 텍스트 중 비서구적 관점의 작품은 거의

---

iii '뉴 위어드 픽션New weird fiction'은 1990년대부터 2000년대 초반 나타난 문학 장르로, 기이소설과 사변소설의 서브장르적 특징을 갖는다.

없다. 따라서 우리는 독자들에게 여기에 수록된 저자, 지역, 언어, 장르, 형식의 경계를 넘어 바라보기를 권한다. 유머, 시, 비디오 게임, 예술 그 자체, 디지털 텍스트를 다루지 않았으며, 테라포밍이나 우주 식물, 식물 기술에 대해서도 논하지 못했다. 인식, 의사소통, 상호작용 방식 역시 훨씬 더 많은 논의가 가능하며, 또 이루어져야 한다. 앞으로 연구자들이 SF 속 식물에 대한 연구를 계속해서 우리의 지식창고를 채워주기를 기대해보며, 르 귄이 상상한 "우리 마음의 숲"을 계속 탐색하며 그 길을 함께 찾아 나아가고 싶다.

차례

제1부

거부

03. 식물의 촉수와 쑬루세 | 셸리 사와로 ···79

제2부

친화

04. 살아 있음과 죽어 있음 사이 | 브리타니 로버츠 ···111
예브게니 유피트와 블라디미르 마슬로프의 〈실버 헤드〉에 나오는
식물의 사후 세계

제3부

합의

일러두기

1. 인용에 대한 정보는 각 장을 집필한 저자의 방식에 따라 적었다.

2. 인용문은 저자의 서술을 중심에 두고 번역하되, 한국어로 번역된 문헌이 있을 경우 출처를 밝히고 이에 따라 해당 부분을 옮겼다. 단, 수정이 필요한 곳에는 영어 원전과 원자료를 참조하여 의미를 훼손하지 않는 범위 내에서 문장과 내용을 다듬거나 다시 번역하였다.

3. 주요 인명·지명·작품명 등은 각 장을 기준으로 처음 등장할 때 원문을 함께 적었다.

4. 원문을 생략할 때는 (…)로 표기를 통일하였다.

5. 별도의 설명이 필요한 경우, 해당 부분이 본문에 있을 때는 각주를 통하여 적었고 미주에 있을 때는 [ ] 안에 '역자주'라고 밝힌 뒤 이어 적었다.

6. 시·단편·논문은 「」, 장편·단행본·잡지·신문은 『』, 영화·TV는 〈 〉로 표기하였다.

7. 주석은 원전과 같이 미주로 처리하였다.

8. 참고문헌의 구체적인 서지사항은 원전과 같이 미주로 대신하였다.

제1부

거부

Abjection

01

기이한 식물상植物相
고전적인 기이한 이야기 속 식물 생명체

제시카 조지 Jessica George

최근 미국의 단편소설 작가 H. P. 러브크래프트H. P. Lovecraft의 소설을 중심으로 기이한 것에 대한 비평적 관심이 급증하고 있음에도 불구하고, 이 장르의 정의를 (만약 이것을 장르라고 할 수 있다면) 명확하게 내리기란 쉽지 않다. 러브크래프트 비평가 S. T. 조시S. T. Joshi는 "기이한 이야기the weird tale"가 하나의 장르로 존재하는 이유가 그저 "비평가와 출판사의 권위가 그렇게 선언했기 때문"은 아닌지 의문을 제기한 바 있다. 그리고 장르 이론은 단순히 장르가 인식되는 방식이 아니라 실천 공동체에 의해 공식화되는 방식을 더 중시한다고 지적한다.[1] 존 리이더John Rieder의 말을 빌리자면, 장르는 이를 명명하고 분류하는 적극적인 개입을 통해 "시간과 장소에 어지럽게 얽혀 있다."[2] 장르는 고정된 범주라기보다는 사회적이고 역사적으로 위치지어진 별자리 같은 것이다. 에이미 J. 데빗Amy J. Devitt이 주장하듯이, 장르란 "작가, 독자, 과거 텍스트, 맥락들의 상호작용을 통해 만들어지는 역동적인 개념"이다.[3] 이러한 장르의 개념은 작가, 편집자, 연구자, 팬에 의해 구성되는 기이한 텍스트들의 대략적인 정전을 식별하게 해준다. 물론 기이함에 대한 일반적인 기준점도 존재한다. 그 대표적인 예가 러브크래프트(1890-1937)와 그가 다소 독자적으로 기이한 이야기의 정전으로 포함시킨 작가들이다. 앞으로 살펴볼 아서 매켄Arthur Machen(1863-1947)과 앨저넌 블랙우드Algernon Blackwood(1869-1951)의 작품도 1927년에 나온 러브크래프트의 『공포문학의 매혹Supernatural Horror in Literature』에 등장하는데, 여기서 그는 "진정 기괴한 이야기"를 "비밀스러운 살인이나 피 묻은 뼈, 상투적이게도 시트를 뒤집어쓴 채 쇠사슬을 끌고 다니는 형체"로 흔히 묘사되는 고딕 장르의 상투적인 비유와 대조하여 정의한다.[4] 비록 의식적으로 기이한 이야기의 전통에서 글을 쓴 것은 아니지만, 매켄과 블랙우드는 조시의 『기이한 이야기The Weird Tale』(1990)와 같이 영향력 있는 연구에 포함되면서 계속해서 '기이소설weird fiction'의 작가로 인식되고 있다.

그럼에도 우리는 로저 럭허스트Roger Luckhurst의 말대로 "장르화를 용해하는 장르이자, 범주화를 거부하는 범주라는, 기이함의 난해함과 모호함을 인정"[5]하기를 제안한다. 기이한 이야기를 읽는 더 유용한 방식은 양식 차원의 접근일 수 있다. 장르와는 대조적으로 양식은 "종류가 아닌 방법, 무언가를 해내는 방식"[6] 또는 "어조나 톤"[7]을 뜻한다. 베로니카 홀링거Veronica Hollinger의 말처럼, SF 양식이 "현대의 현실에 대해 생각하고 말하는 방법 (⋯) 후기 자본주의의 글로벌 테크노컬처에 관한 다른 담론과 통합된 것"[8]이라면, 우리는 이 기이한 양식을 사용할 때 정확히 무엇을 생각하고 말하는 것일까?

러브크래프트는 "설명할 수 없는 외계의 힘에서 나오는" 공포, "불변의 자연법칙을 깨뜨리거나 정지시키는 것"을 기이한 감각의 핵심으로 꼽았다.[9] 기이한 것을 장르가 아닌 양식으로 보는 마크 피셔Mark Fisher도 『기이한 것과 으스스한 것The Weird and the Eerie』(2016)에서 이와 비슷하게 정의했다. 피셔는 기이한 것은 "너무나 이상해서 존재하지 않아야 한다고" 느끼게 하는데, 그럼에도 그런 존재 자체는 우리가 당연시해 온 세상의 지식에 도전하기도 한다고 주장한다.[10] 그의 관점에 따르면, 기이한 것은 우리가 기존에 차용했던 개념과 생각의 구조가 이제 쓸모없어졌다는 신호이다.[11] 이러한 말하기 방식은 이상한 것, 낯설게 하기의 일종이다. 이는 현실이 우리가 생각했던 것과는 다를 수 있다는 가능성에 대해 생각하는 방식이다.

이 글에서는 기이함이 세계에 대한 사고방식임을 강조하고자 한다. 이는 기이함이 특히 19세기 후반 진화론에서 비롯된 인간의 지위에 대한 불안을 어떻게 다루는지 전면에 드러내기 위함이다. 기이한 이야기에 관한 연구는 주로 조시의 전기 비평과 최근에는 그레이엄 하먼Graham Harman의 "기이한 실재론weird realism" 개념, 즉 대상의 실재와 그것에 접근하는 능력 사이에 우리의 인지적 특성으로 인해 간극이 존재한다는 생각에 영향을 받았다. 하먼은 이러한 간극이 기이 소설의 사변적 상상력을 통해 가시화될 수 있다고 주장한다. 조시가 지적한 우주적 비관론과 하먼이 제시한 존재론적 통찰 모두 기이소설을 생산적으로 읽게 해주지만, 이러한 접근 방식은 고전적인 기이한 이야기가 인간의 본질과 지위에 관한 문제로 집요하게 돌아갔다는 점을 간과하는 경향이 있다. 비록 완전히 실현된 적은 없지만, 그러한 인간중심주의에 대한 도전은 유럽-미국 제국주의에 만연한 인종과 종種에 대한 태도에 맞서는 동시에 그것들을 다시 새겨 넣는다. 이러한 양면적인 모습은 많은 고전적인 기이한 이야기에서 볼 수 있는 반半인간 괴물과 인간의 변형에 대한 묘사에서 특히 두드러지게 나타난다. 그러나 그것은 식물이 기이소설에 스며드는 다양한 방식 속에서도 발견된다. 식물은 종의 경계를 슬금슬금 기어 넘나들며 인간중심주의의 익숙한 관념을 뿌리째 흔든다. 이번 장에서는 블랙우드, 매켄, 러브크래프트의 작품에 나타난 식물의 역할을 살펴보고, 진화론의 등장 이후 공통 조상, 혼종, 퇴화에 대한 불안감과 함께 식물이 인간중심주의를 기이하게 흔드는 방식을 탐구한다. 식물의 타자성에 대한 재현이 기이한 것으로 발견될 수 있다는 점은 의미가 있다. 이러한 재현은 비인간 생명체의 후경화와 도구화에 대한 저항의 가능성을 제공하기 때문이다. 그러나 이런 기이한 이야기는 인간의, 특히 백인, 교양 있는 유럽인 또는 영미인의 본성과 지위에 대한 불안을 부각시키기 때문에, 피셔의 주장처럼 "외부를 지각"[12] 할 수 없게 만든다. 인간중심주의의 붕괴는 오직 인간의 관점에서만 공포의 원천으로 기능할 수 있으며, 일반적으로 그것은 식물의 타자성이라는 기이함에 의해 방향을 잃게 되는 매우 특수하고 서구적인 관점이다.

식물의 타자성

던 키틀리Dawn Keetley는 식물 호러plant horror란 식물이 "전적으로, 형언할 수 없을 정도로 낯선 존재이며, 절대적인 **'타자성'**을 체현한다"[13]라는 생각에서 비롯된다고 주장한다. 인간은 동물과의 관계는 어느 정도 인정할 수 있지만, 식물과의 관계는 오랫동안 "차단된 것"[14]으로 여겼다. 마이클 마더Michael Marder는 식물에 대한 인간 지식의 접근 불가능성을 강조한다. 그는 "식물 생명"이 "어쩔 수 없이 물러나고, 시야와 엄격한 해석으로부터 도망치기 때문에 모호하다"라고 썼다.[15] 이러한 해석에서의 물러남은 또한 하먼의 기이한 실재론에서 대상의 접근 불가능성을 환기시키는데, 대상의 실재와 인간의 인식 사이의 간극, 즉 대상의 총체성과 그 특성 사이의 간극이 "실재 자체를 기이하게" 만든다.[16] 기이소설에서의 "기이함"은 대상을 알고자 하는 인간의 시도에 대한 객체의 저항을 인식하는 방식에서 비롯된다. 식물은 주변화된 영역을 점유하면서, 이해되지 않더라도, 저항하는 타자를 가시화한다.

1907년에 나온 블랙우드의 단편소설 「버드나무The Willows」는 제목 그대로 버드나무 덤불을 활용하여 비인간적이고 비동물적인 자연의 근본적 타자성에 대한 공포감을 자아내는 동시에 이러한 타자성이 인간 내부에도 존재할 수 있다는 가능성에 주목하기 시작한다. 「버드나무」는 카누를 타고 다뉴브강의 습지대를 여행하던 화자와 그의 일행이 겪는 무서운 경험을 다룬다. 이 "독특할 정도로 고독하고 황량한 지역"에는 "야트막한 버드나무 덤불이 광활한 바다"처럼 우거진 작은 섬들이 곳곳에 흩어져 있으며, 이들 여행자는 바람이 부는 밤에 이 섬 중 한 곳에서 야영을 한다.[17] 여행자들이 보지 않는 사이 버드나무들이 움직이는 등 캠프 주변에서 일어난 일련의 기이한 사건 때문에, 이들은 자신들이 발을 들인 이 지역이 세계 사이의 장막이 얇아진 장소, 곧 경계가 약화된 공간이라고 확신하게 된다. 본의 아니게 여행자들은 희생 없이는 물러나지 않는 거대하고 비인간적인 세력의 관심을 끌게 된 것이다.

앤서니 카마라Anthony Camara는 코스믹 호러cosmic horror의 관점에서 「버드나무」를 읽으며, 이 이야기가 "자연에 대한 인간의 제한된 개념과 정의를 뛰어넘는 낯선 변형과 새로움의 분출"[18]을 통해, 근본적 타자인 비인간 자연을 보여준다고 주장한다. 또한 카마라는 블랙우드가 자연적인 것과 초자연적인 것의 명확한 구분을 거부했으며, 자연은 그러한 구분을 불가능하게 만드는 "이해할 수 없는 외계 세력"의 "접지接地되지 않는 작동에 의해 역동적으로 구성된다"고 논한다.[19] 그는 "자연에는 동화될 수 없는 외부가 항상 존재"하며, 이를 통해 「버드나무」는 "자연에 부여되어야 할 완전한 자유, 즉 자연 스스로 위반할 수 있는 자유"[20]를 부여하는 방식으로 자연을 사유한다고 주장한다. 카마라는 이러한 생각을 코스믹 호러의 우주와 연결하여 "블랙우드의 대자연은 훨씬 더 큰 대자연, 즉 별이 쏟아지는 광활한 우주, 심연의 깊은 우주"로 이어진다고 설명한다.[21] 여기에서는 이러한 타자성을 보다 가까이에 존재하며, 서사 속에서 오직 인간의 위치에서만 인식 가능한 타자성의 관점에서, 즉 근본적으로 닫혀 있고 따라서 인간은 접근할 수 없는 동시에 기존의 자연법칙을 위반하는 것에 대해서는 근본적으로 열려 있는 식물의 세계에 대해 탐색하고자 한다.

버드나무 덤불의 문제적 지위, 즉 동물 생명체나 무기물 현상 어느 쪽으로도 명확히 구별되기를 거부하는 성질은 이야기 전반에서 분명하게 드러난다. "황폐한 땅"에 대한 화자의 풍부한 묘사 속에서, 버드나무는 "물결이 아니라 나뭇잎의 파도"와 "초록이 바다처럼 부풀어 오른다"라는 표현으로 강과 하나가 된다.[22] 버드나무willows는 강waters과 바람winds이라는 자연 현상과 두운을 통해 연결되면서 여행자가 즉각적인 불안감을 느끼게 되는 "버드나무, 바람, 물로 이루어진 독특한 세계"의 일부를 이룬다.[23] 여기에는 한편으로는 비인간 자연이, 다른 한편으로는 그 자연을 침입한 인간이라는 대립이 있다. 이러한 대립 구도는 인간과 세계의 나머지 사이에 인간중심주의적 분리를 일정 정도 유지시키는 동시에 그 소멸의 위험을 암시한다.

등장인물은 침입자로, "인간의 영향으로부터 멀리 떨어져 있고", "오직 버드나무와 그 영혼만이 거주하는""외계의 경계를 무단 침입"한다.[24] 이들 식물은 '영혼'과 의도를 가지고 있지만 인간의 영혼이나 의도와는 너무 이질적이고 심지어 적대적이기까지 하다.[25] 화자가 세계 사이의 얇은 벽을 통해 힐끗 엿본 존재는 식물이 아니지만 그의 두려움은 버드나무를 향한다. 버드나무는 "새롭고 전능한 힘, 게다가 우리에게 전혀 우호적이지 않은 힘을 상상력으로 재현하며"[26], "생명의 또 다른 차원에서 온 수많은 존재들, 완전히 다른 진화적 존재를 제안한다."[27] 여행을 자주 다니던 화자에게 야생의 자연 풍경은 익숙한 것이어서 위협적이지 않다. 그 풍경은 "인간의 삶과 경험에 밀접하게 연결되어 있기 때문에" 설령 불안하게 하더라도 이해할 수 있는 감정을 자극한다.[28] 버드나무에는 그런 친숙함이 없다. 그렇다면 버드나무가 불러온 공포는 단순히 지리적 고립으로만 설명될 수 없다. 실제로 진정으로 공포스러운 것은 버드나무가 인간 세계와 조우하는 지점이지 갈라지는 지점이 아니다. 다시 말하지만, 이 접촉과 분리의 지점은 인간중심주의에 도전하는 동시에 인간중심주의를 지탱한다.

따라서 버드나무는 인간이 거주하는 세계와는 근본적으로 다른 세계에 뿌리를 두고 있지만, 두 세계의 경계에 존재한다. 화자와 동료가 인간 세계에서 이계로 무단 침입한 것처럼 버드나무는 인간 세계를 침범한 것으로, 이는 식물이라는 타자와의 일종의 불안정한 친족관계를 암시하는 서사적 미러링이다. 버드나무의 기이한 영혼이 그들의 세계에만 머물렀더라면 버드나무를 두려워할 이유는 없었을 것이다. 그러나 여기서 버드나무는 경계를 가로지르고, 모든 식물이 그러하듯 분류 체계를 혼란스럽게 만든다. 이들은 "괴물 같은 고대 생물"이자 "거대한 해면동물처럼 자라난 성장체" 등과 같이 동물적 이미지로 묘사된다.[29] 그들은 밤에 자리를 옮기며 식물로 뿌리내림으로서 고착되기를 거부하고 텐트 주위로 몰려든다.[30] 화자는 그들이 "자신의 의지로"[31] 움직인다는 생각에 공포를 느낀다. 여기서 하먼이 말한 객체의 실재와 그 성질 사이의 '간극' 가운데 하나를 확인할 수 있다. 버드나무는 동물과 무생물의 본성을 모두 지니지만 그 어느 쪽으로도 포괄할 수 없기 때문이다. 인간은 그들을 완전히 알 수 없다.

버드나무는 이계를 표상하는 동시에 인간 예외주의와 패권주의를 뒷받침해 온 인간·동물·식물 사이의 근본적인 구분, 발 플럼우드Val Plumwood가 "과도한 분리hyperseparated"[32]로 언급했던 사고방식을 위협한다. 마이클 마더는 "우리가 식물을 **'그들만의 영역에서 조우하지 않는 한'**(강조는 필자) 식물은 우리에게 전적으로 타자이며 낯선 존재이다"[33]라고 주장하며, "인간과 식물을 분리하는 간극은 서로의 흔적이 상대 안에서 발견되는 과정을 통해 점차 줄어들 수 있다"[34]라는 점을 시사했다. 여기서, 인간 주인공은 버드나무의 '고유한 영역'에서 비록 두 발을 딛지는 못했지만 부분적으로나마 이들과 조우한다. 그리고 이러한 만남을 통해 공포스러운 타자성과 그것이 이미 동물, 즉 인간 세계의 일부일 수 있다는 가능성에 직면한다. 버드나무는 인간 정체성의 견고하게 구획된 경계 감각을 뒤흔들고, 대신 인간이 타자성의 세계와 뒤얽혀 있다는 관점을 제시한다.

그들은 진화론과 보편적 공통 조상의 가능성으로 이미 의문시되어 온 인간 자아와 동물적/식물적/자연적 타자 사이의 구성적 차이를 약화시킨다. 플럼우드는 "인간/자연 이원론이 자연을 타자로 간주하며 인간의 거리두기, 통제, 무자비함을 조장하는 문화와 인간정체성의 이상을 만드는 데 일조해왔다"[35]라는 점을 지적한다. 또한 그녀는 동물 포식을 들어 인간 예외주의에 제기된 문제들을 논의했다. 그것은 "인간은 포식자이지만 결코 먹잇감은 될 수 없다는 인간 지배의 이원론적 관점을 위협하고", 대신에 인간이 "다른 식용 가능한 존재들과 아무런 차이가 없는" "충격적으로 냉담한 필연성의 세계"를 드러낸다.[36] 식물이 포식자의 역할을 수행하게 된다면 인간이 자신을 정의하기 위해 사용하는 범주들은 한층 더 의심스러워진다. 인간, 동물과 식물의 확고한 경계가 모호해지는 것이다. 그 모호함을 인간이 아닌 생명 형태가 우리에게 내재되어 있다는 문화적 의식 발달의 초기 단계로 읽을 수 있을 것이다. 인간이 주도한 기후 변화가 인간과 비인간 종 모두를 위협하는 현재에는 다른 종과의 분리가 아니라 관계를 생각하는 새로운 사유 방식이 절실해 보인다. 그리고 기이소설을 읽는 것은 이러한 시도를 가능케 하는 하나의 방법이 될 수 있다.

그러나 기이한 이야기는 유진 새커Eugene Thacker가 지적했듯 인간이 개입되지 않은 진정한 비인간적 관점을 제공할 수는 없다.

> 우리는 우리가 사는 세계를 점점 더 비인간 세계, 저 밖의 세계로 의식하고 있다. 이러한 세계는 지구적 기후변화, 자연재해, 에너지 위기, 전 세계적으로 진행되는 멸종이라는 결과에서 분명히 드러난다. (…) 이런

모든 결과는 직접적이든 간접적이든 이 비인간적 세계의 일부로서 살아
가는 우리 삶과 결부된다. 따라서 이러한 도전에는 모순이 내장되어 있
다. 우리는 세계를 인간적 세계로 사유하지 않을 수 없다. 그것을 사유하
는 자가 바로 우리 인간이라는 사실 때문이다.[37]

새커가 "세계 자체"로 명명한 "비인간 세계"에 우리가 내재해 있다
는 인식과 그것에 접근할 수 없다는 인식 사이의 긴장이 공포로 나타
난다.[38] 새커가 볼 때 호러 픽션은 인간에 대한 언급 없이 "세계 자체"
를 제대로 상상할 수 없다. 우리가 사유하는 방식으로 그것과 관계
맺는 순간 "세계 자체"는 더 이상 존재하지 않는 것이다. 오히려 호러
픽션은 "우리 없는 세계", 즉 인간의 부재에 의해 정확하게 정의되고
우리의 경험에서 "틈새, 일탈, 공백"으로 나타나는 세계로 상상된다.[39]
진화론에 따르면 이러한 세계는 우리 안에도 존재하며, 우리가 인식
하지 못하는 사이를 틈타 새어 나오지만 결코 스스로를 완전히 드러
내지는 않는다.

괴물성과 혼종성

인간의 관점에서 볼 때, 식물의 조직 간 또는 혼종적 특성은 이러한
긴장을 가시화하고 식물을 특히 불안한 존재로 여기게끔 만든다. 제
프리 제롬 코헨Jeffrey Jerome Cohen에 이어 키틀리Keetley는 식물이 범
주에 가하는 난제가 어떻게 식물을 괴물로 변모시킬 수 있는지 논한
다. 코헨에게 괴물은 "분류적인 '사물의 질서'에 참여하기"를 거부하
면서 범주를 문제 삼는 "불온한 혼종"이다.[40] 괴물의 "일관성 없는 몸"

은 곧 "우리 자신일 수도 있기" 때문에, 괴물은 명확하게 분리되고 경계 지어진 인간 정체성이 성립될 수 없음을 암시한다.[41] 키틀리는 식물 호러물의 효과가 부분적으로는 "인간 안의 비인간을 오랫동안 인식해왔다"라는 점에서 비롯되며, 이러한 비인간성은 "이성적이고 의지적인 자아의 영역과 지배를 완전히 벗어난 것이자 자아를 구성하는 일부"임을 주장한다.[42] 진화론은 19세기에 모든 생명체에 공통 조상이 있다고 가정하면서 종간 친족관계의 가능성을 제기했고, 기이한 이야기는 근본적으로 타자인 식물 신체도 우리 자신일 수 있다는 불온한 개념을 유희한다.

제프리 웨인스톡Jeffrey Weinstock은 러브크래프트에 관한 글에서 러브크래프트의 소설이 인식 가능한 세계의 개념을 불안정하게 만드는 과정에 중요한 요소로 "고딕 객체"를 상정한다.[43] "주체/객체 구별을 전복하고 무력화하는"[44], "사물 권력"(제인 베넷에게서 빌린 표현)을 부여받은 고딕 객체는 "사물 그 이상이 되는 사물", 깊이, 숨은 특질, 그리고 일종의 생명을 지닌 사물이다.[45] 식물은 접근할 수 없고, 인간과 질적으로 다른 생명체처럼 보이고, 생물과 무생물의 구분이 모호하다는 점에서 그 자체로 고딕 객체일 수 있다. 웨인스톡은 "인간의 오만"과 그것을 지탱하는 "죽거나 철저히 도구화된 물질의 이미지"에 의문을 제기하는 베넷의 작업을 많이 참고한다.[46] 베넷은 사물의 생명에 세심히 주의를 기울일 때 "인간 존재와 사물성이 얼마나 중첩되는지를 밝힐" 수 있다고 주장한다.[47] 베넷은 사물 권력을 더 잘 이해하는 방법 중 하나는 인간중심적인 '생애 주기'에서 한 발짝 물러나는 것이라고 제안한다.[48] 그녀는 "길고 느린 진화의 시간"에서 "광물성 물질은 판을 뒤흔드는 거물이자 능동적 권력으로 나타나며, 자기 주도적 행위

능력을 갖춘 존재로 칭송받는 인간은 오히려 그 산물로 나타난다"라고 서술한다.[49] 자연의 비인간 생명체를 향한 면밀한 관심은, 진화에 대한 비인간적 관점을 통해 인간 생명체의 무의미함과 우연성을 자각하는 일과 맞닿는다. 식물 역시 이 "길고 느린 시간", 즉 인체의 형성 과정에 뿌리를 두고 있다. 랜디 래스트Randy Laist는 인간의 기원에서 식물은 "중추적 역할"을 담당한다고 지적한다. 모든 먹이사슬의 근간인 식물은 "지구상 모든 생명의 근원"이며, "우리의 손과 손가락의 모양은 수백만 년 된 나뭇가지가 역으로 주조된 것"이다.[50] 이처럼 진화라는 시간의 흐름에서 한 발짝 물러나서 바라보면, 인간 예외주의를 위해 착취되는 무기력하고 도구화된 식물 생명체가 아니라, 능동적이고 활기찬 식물 세계의 산물로서의 인간을 발견할 수 있다.

아득한 과거 시대를 향한 공포는 고전 기이소설에서 반복되는 주제이며, 진화를 둘러싼 19세기의 담론에 나타나는 불안감 대부분을 특징짓는다. 지구와 인류는 모두 기존의 생각보다 훨씬 오래되었고, 더 걱정스럽게도, 역진화를 주장하는 이론가들은 인류 이전의 머나먼 과거가 생물학적 격세유전을 통해 현재에 침입할 가능성을 제기한다. 이러한 담론에는 비백인 인종을 백인 앵글로 아메리칸과 서부 유럽인보다 진화적으로 더 구식이라고 간주하는 인종차별 및 식민주의적 태도가 깊이 배어 있다. 진화적 시간과 인간의 몰락이 조응하는 작품 하나는, 인간의 기원 및 퇴화 가능성을 우려하는 후기 다윈주의자의 불안을 담은 매켄의 '작은 인간Little People'에 관한 이야기다. 여기서는 이러한 이야기 중 가장 널리 알려진 두 작품, 즉 「검은 봉인의 소설Novel of the Black Seal」과 1904년 작품인 「백색 인간The White People」을 살펴보려 한다. 두 이야기 모두 19세기에 진화 및 '미싱 링크'의 가능성에 관한 다윈의 이론과, 요정 및 난쟁이에 대한 민속 신앙이 상호작용한 결과물로 데이비드 맥리치David MacRitchie가 주장한 '피그미 이론'에 기반을 둔다. 맥리치는 요정 설화가 영국의 초기 선주민pre-human이 켈트족의 침입을 피해 산악지대로 도망쳤던 때의 집단 기억이며, 이 개념이 매켄의 진화론적 호러에 비옥한 기반을 제공했을 가능성을 제기했다.[51]

원래 매켄의 1895년 소설 「세 사칭자The Three Impostors」의 일부였던 「검은 봉인의 소설」은 남부 웨일스의 구릉지대에서 기괴한 민족지학 연구에 몰두하는 그레그 교수Professor Gregg의 이야기를 담고 있다. 그레그는 언덕 아래에 현생 인류의 선조들이 살고 있으며, 그들이 초자연적 힘으로 인체를 퇴행시켜 위해를 가할 능력이 있다는 사실을 발견한다. 그는 결국 실종되는데, 이들에게 납치당해 변형된 것으로 보이며, 그의 이야기는 그가 극심한 빈곤 상태에서 구조하여 탐험에 동행한 조수 랠리Miss Lally를 통해 이어진다. 작품은 위험한 도시에 대한 관습적인 묘사로 시작된다. 랠리는 어머니가 돌아가신 후 일자리를 찾아 고향을 떠나 런던에 갔고, 가난에 허덕이던 중 친절한 교수의 개입 덕분에 굶주림에서 겨우 목숨을 구한다. 자신이 죽음의 문턱에 있다고 믿은 그녀는 멍한 상태로 런던 교외의 "텅 빈 거리"를 배회한다.[52] 가난한 독신 여성에게 대도시는 위협적인 공간이며, 심지어 "[그녀의] 발밑의 차갑고 잔인한 땅"조차 그녀를 거부하는 것처럼 그려진다.[53] 여기서 식물 생명체는 존재하긴 하지만, 겨울에 죽고 메마른 것처럼, 혹은 안개에 가려진 것처럼 보인다. "헐벗은 나뭇가지마다 매서운 서리"가 내리고, 그것들은 몽환적인 풍경 속에서 "희미하게" 포착된다.[54] 이런 공포스러운 "어둠과 그림자의 세계"에서 그녀를 꺼

내는 것이 바로 그레그 교수다.[55] 그는 그녀가 일자리를 찾지 못하는 것은 개인적인 실패가 아니라 도시 생활의 "인공적인" 조건, 도시에서 자신의 길을 찾으려는 모든 사람을 방해하는 "교묘한 술수와 함정이 빽빽하게 얽혀있는 전쟁터" 탓이라고 그녀를 안심시킨다.[56] 반면 랠리는 교수의 집에서 직장과 편안한 거처를 얻게 되는데, 그곳은 "아늑한 잔디밭과 과수원으로 둘러싸이고, 지붕 위로 가지를 흔드는 느릅나무 고목의 살랑임이 마음을 달래준다".[57] 나무는 보다 온화하고, 덜 '인공적'이지만 여전히 문명화된 세계에 속하는 주민으로 보인다. 식물 생명체는 여기서 길들여지고 유익한 모습으로 나타난다. 그러나 랠리와 교수가 서쪽으로 불운한 여행을 떠날 때, 미스터리의 친숙한 분위기가 드러나기 시작한다. 그들이 빌린 집을 둘러싼 "거대한 태곳적" 숲은 "마법으로 물든" 듯 황홀해 보였지만 "비밀"을 간직하고 있었고, 불안한 이미지가 연상되는 가운데, 랠리는 집과 주변의 나무들을 구별하지 못하게 된다.[58] 인류 문명을 삼킬 거대한 무언가의 위협이 여전히 도사리고 있으며, 그레그의 연구가 진행될수록 숲은 불길한 면모를 띠기 시작한다. 랠리는 자신이 "태고의 숲 한복판에, 신비와 공포의 옛 땅에 갇힌 것 같았고, 모든 것이 오래전의 일이고 바깥 세상의 사람들에게 잊혀버린" 것처럼 느낀다.[59] 수명이 긴 "태고의" 나무들은 시간성에 관한 인간의 개념을 교란하며, 그레그 교수도 인류 이전 생존자들에 관한 이론을 전달하기 위해 비슷한 장치를 사용한다. '작은 인간'이 실재한다는 사실을 깨닫자 그는 마치 "영국의 조용한 숲속을 거닐다가, (…) 어룡의 미끈거리고 징그러운 공포와 실제로 맞닥뜨리고는 화들짝 놀라거나 익수룡이 해를 가려 어두워지는 광경을 목격한 그런 기분"을 느낀다.[60] 숲은 더 이상 편안하지 않고, 끔찍한 귀환을 통해 오늘날의 문명화된 인간성을 위협하는, 시간과 진화의 관계로 향하는 관문이 된다. 나무들은 여기서 그저 배경이 아니다. 배경이라고 하기에 나무는 너무 자주 언급되고, 그레그 교수를 파멸로 이끌고 작은 인간들의 "비밀"을 지키며 인간 캐릭터를 비인간적인 시간성에 빠뜨리는 등 능동적인 역할을 맡는 것으로 보이기 때문이다.

매켄의 후기작 「백색 인간」도 퇴행의 가능성을 암시하지만, 이는 신체적 차원이 아니라 심리적 차원에서이다. 이 이야기는 런던에 사는 앰브로즈Ambrose와 코트그레이브Cotgrave 두 인물 사이의 선과 악에 대한 대화로 액자식 구성을 이루며, 주요 사건은 기독교 이전 종교의 흔적이 남아 있는 시골 지역에서 전개된다. 여기에서 인간, 동물, 식물, 무생물 세계 사이의 구분이 불안정하다는 점이 무엇보다 중요하다. 앰브로즈는 악에 대한 자신의 이론을 이렇게 소개한다.

만약 당신의 고양이나 개가 당신에게 인간의 억양으로 말을 하기 시작해서 당신과 논쟁한다면 당신의 감정은 어떨까요? 당신은 공포에 사로잡히겠지요. 장담해요. 그리고 만약 정원에 있는 장미들이 기이한 노래를 부른다면 당신은 미쳐 버릴 거예요. 거리의 돌멩이들이 당신의 눈앞에서 부풀어 오르기 시작해서 커진다거나 밤에 본 조약돌이 아침에 꽃을 피워 낸다면요?[61]

그가 주장하길, 진정한 악은 악의적인 행위로 구성되는 것이 아니라, 생명과 물질이 확고하게 구획된 범주 안에 머무르길 거부하는 데서 비롯되는 것이다.

나머지 이야기는 앰브로즈가 자신의 주장을 뒷받침하기 위해 제시하는 '초록색 수첩'의 서사를 중심으로 전개된다. 이는 유모에게 이끌려 신비한 고대 종교에 입문한 어느 소녀의 일기로, 낯설고 불안한 시골로 떠나는 소녀의 여정을 다룬다. 그녀는 유모의 이야기에 나오는 고대 종교의, 여자들을 납치하는 험악한 '흑색 인간'에게 끌려가는 것이 두렵다고 하면서도 계속해서 그 길을 따른다.[62] 다시금, 식물 생명체는 환경에서 너무 두드러지는 나머지 소녀의 퇴행적 여정에 능동적으로 참여하는 것처럼 보인다.

'초록색 수첩'의 서사는 한 소녀가 자신이 알고 있는 비밀에 대한 기쁨을 해맑게 표현하는 것으로 시작해서 곧바로 수목 생명체와 얽히게 된다. 소녀가 배운 의식은 자신의 방에서 혼자 혹은 "어떤 숲"에서만 수행할 수 있는데, 그곳은 "비밀의 숲이므로 더 설명할 수는 없다."[63] "아주 이상한 모험"이 있던 날, 소녀는 "수많은 덤불 사이로 난 데다 낮게 드리워진 나뭇가지들 아래를 지나 언덕 위로는 가시가 많은 잡목림으로 이어져 있었고 가시덩굴이 무성한 어두운 숲 언저리를 통과"하는 여정을 시작한다.[64] 곧이어 소녀는 말라붙은 개울 바닥을 따라 기어가는데 그곳은 "머리 위 양옆으로 관목들이 맞닿을 정도로 자라 무척 어두웠"고, 이어서 "피부를 할퀴어 대는 휘어진 검은 가지들이 꽉 들어찬 음산한 덤불 속"을 통과한다.[65] 이 위협적인 초목들은 소녀가 통과해야 하는 장벽을 형성하고, 소녀는 이를 통해 인간 세계에서 다른 형태의 생명체 혹은 물질 사이의 구분이 모호한 세계로 횡단한다. 기묘한 모양의 바위가 가득한 공터에 들어선 소녀는, 처음에는 바위 속으로 끌려 들어가 갇힐 것 같은 생각에 겁을 먹지만 결국 비인간 존재와 하나가 되는 것을 기꺼이 받아들이며 "나는 인상을 찌푸리고 그것들처럼 내 몸을 비틀고 싶어졌으며, 계속 먼 길을 가다 보니 마침내 그 바위들이 좋아졌다”라고 회상한다.[66] 공터를 떠날 무렵 그녀는 “키 큰 쐐기풀이 찔러 대는 바람에 다리가 화끈거렸지만 나는 그것도 신경 쓰지 않았고, 나뭇가지와 가시들 때문에 따끔거렸지만 웃고 노래만 불렀다”라고 쓰며 식물과의 하나됨 역시 받아들인다.[67] 위의 인용문은 가시에 긁혀서 피부가 따끔거린다는 의미임이 분명하지만 한편으로는 수풀과 마찬가지로 따끔거리며 식물 생명체의 감각을 함께 느낀다는 의미로 읽을 수도 있다. 그리고 여기에서 식물 생명체는 위협적인 측면을 상실하고 대신 매력적인 존재로 변모한다. 소녀는 자신이 “나무가 늘어선 가파른 비탈”에 있는 것을 알아차리는데, 이곳의 양치식물은 “언덕 위에서는 죽어서 갈색으로 말라 버리지만, 여기서는 겨우내 푸르름을 유지하고 마치 전나무에서 스며 나오는 것과 같은 달콤하고 진한 냄새를 풍기고 있었다”. 소녀는 “온통 물이 뚝뚝 떨어지는 초록색의 밝은 이끼들 (…) 양치류처럼 생긴 작고 아름다운 것들도 있었고 종려나무나 전나무처럼 생긴 것들도 (…) 죄다 보석처럼 초록빛”으로 덮여 있는 샘에 도착한다.[68] 여기에서 드러나는 감각적인 매력은 소녀를 고대 종교로 유혹하여 ‘문명화된’ 인간의 영역을 벗어나게 하는 서사로 기능한다. 동시에 소녀는 주변의 식물들에 세심한 주의를 기울여서 이들을 배경으로부터 중심으로 끌어내고 다채로운 세부 묘사와 함께 특성을 열거하기 시작한다. 이는 티모시 모턴Timothy Morton이 주장하는 오늘날 환경주의의 근본적인 목표, 즉 인간의 관계에 필연적으로 배경이 되는 “세계”나 “자연”과 같은 개념이 없는 “비인간 존재들과의 공존”을 효과적으로 구현한 것이다.[69] 소녀가 식물을 인지하게 된 것은 그녀가 비인간 존재들과 점점 더 가까워지고 있다는 신호이며 이를 둘러싼 생생한 이미지는 이야기의 전개를 떠나 식물과의 친족성에 대한 흥미로운 상상력을 암시한다. 소녀는 고대 종교에 마주치면서 진화의 단계를 거스르기 시작하고 이 과정에서 인간의 특수성을 잃게 된다. 그럼에도 불구하고 우리가 이 식물들을 마주할 수 있는 것은 소녀라는 인간의 시점을 통해서이다. 소녀가 식물을 주목했기 때문에 식물은 전경화될 수 있었다. 새커가 주장했듯 식물의 세계 '자체로' 경험할 수 없으며, 그렇기 때문에 식물과의 혼종성이라는 개념을 통해 인간 내부에 타자성의 요소를 상기시킨다.

소녀의 여정이 그려진 뒤에는 맥락상 고대 종교의 마법이 위험할 수 있다는 경고가 담긴 짤막한 교훈담이 이어진다. 이 이야기는 같은 샘을 방문했던 또 다른 소녀의 것으로, 소녀는 "아주 가난"하지만 값비싼 보석을 걸치고 샘에서 돌아온다.[70] 소녀는 루비 브로치와 다이아몬드 목걸이는 평범한 돌멩이고 에메랄드 귀걸이는 "초록색 잔디", 머리에 쓴 황금 왕관은 "노란 꽃송이 몇 송이"일 뿐 보석은 없다고 설명하지만, 소녀를 공주로 여긴 왕국의 왕자는 그녀와 결혼한다.[71] 이때 사악한 "흑색 인간"이 나타나 소녀를 납치한다. 깜짝 놀란 새신랑이 기절했다가 정신을 차렸을 때 침대 위에는 "시든 풀 매듭 두 가닥과 붉은 돌 하나 그리고 하얀 돌 몇 개와 노란 꽃 몇 송이만이 시든 채 놓여" 있는 것을 발견한다.[72] 공주를 구출하기 위해 방에 들어가려던 신하들이 문짝의 나무가 "쇠처럼 단단하게 변해 있었던" 것을 알아차릴 때 나무는 또다시 공범처럼 등장한다.[73] 소녀가 지녔던 인간의 부와 지위의 상징은 허상으로 드러났고, 남은 것은 식물과 무생물인 돌이었다. 이는 문명이라는 구속이 사라진다면 인간 내면에는 광물과 식물의 흔적이 남게 되며, 고대 종교의 신화적 시간으로 되돌아간다면 이들의 존재가 인간이 일군 것보다 더 오래 지속되고 근본적인 것으로 드러날 수 있다는 것을 시사한다. 인류와 식물 생명체, 지구 자체 사이의 경계가 모호해지기 시작하면서 혼종성이 오늘날의 질서가 되고 있다. 앰브로즈의 모든 경고에도 불구하고 이러한 친족성은 불가피한 것으로 보이기 시작한다.

잡아먹는 식물

H. G. 웰스H. G. Wells의 『타임머신The Time Machine』과 여기에 등장하는 유인원 같은 몰록 종족의 영향을 받은 것이 분명한 H. P. 러브크래프트의 「잠재된 공포The Lurking Fear」(1923)에서 인간의 퇴화와 괴물 같은 식물 생명체 사이에 유사점이 얽혀 있는 것을 발견할 수 있다. 이야기를 가득 채우는 나무들은 전경화되어 인간 (또는 한때 인간이었던) 괴물들이 겪는 퇴행적 변형과 긴밀하게 맞물린다. 그러나 여기서 나무는 인간 화자의 생존에 보다 직접적인 위협을 가하며 인간이 사냥하는 식인 괴물들과 연합하게 된다. 인간 내부에 식물의 흔적이 남아 있다는 개념은 주요한 식물 연구에서 거듭 등장한다. 이는 "인간과 식물 사이의 간극은 완전히 사라지지는 않더라도 전자에서 후자의 흔적이 발견됨으로써 줄어들 수 있으며, 그 반대의 경우도 마찬가지"라는 마더의 주장이 상기시키는 바와 같다.[74] 나타니아 미커Natania Meeker와 안토니아 샤바리Antónia Szabari는 이를 음식의 필요성과 연관시켜 "모든 인간에게는 식물의 질서가 조금씩 내재해 있다. 영양 능력은 인간의 생명 원리 속에 존재한다"라고 말한다.[75] 심지어 식물을 먹는

행위에서도 인간 안에 식물의 일부가 존재하는 것을 확인할 수 있다. 먹이사슬의 꼭대기에 있는 인간의 지위는 스스로 약화될 수 있다.

매튜 홀이 시사했던 바와 같이, 괴물 식물은 "인간이 가장 위에 있고 식물이 가장 아래 어딘가에 위치한 자연계의 위계적 피라미드를 전복하고 역전시킬 수 있다".[76] 이는 이미 진화론이 의도치 않게 시사하는 가능성이다. 특히 "동물을 먹음으로써 자연의 위계질서에 의문을 던지는" 육식성 식물의 경우가 여기에 해당된다.[77] T. S. 밀러T. S. Miller도 비슷한 관점에서 "육식 식물의 존재만으로도 식물을 인간과 동물을 위한 이용 대상으로 여기는 관념에 도전하는 것"이라고 주장하며 이를 진화론과 명시적으로 연결한다.[78] 그는 식인 식물은 "명백한 다윈주의적 괴물"로서 "보편적 공통 조상이라는 불편한 진실을, (…) 할아버지가 원숭이였다고 생각하는 스캔들이 아니라 증조할아버지가 일종의 떨기나무에 가까웠다고 생각하는 훨씬 더 큰 스캔들"을 형상화한다고 주장한다.[79] 앞서 살펴본 바와 같이 다윈 이후의 보편적 공통 조상에 대한 불안은 매켄의 소설 곳곳에 퍼져 있으며, 그로부터 많은 영향을 받은 러브크래프트는 이를 더욱 노골적인 방식으로 자신의 작품에 녹여내었다.

「잠재된 공포」는 마르텐스 가문의 운명을 중심으로 전개되는데, 이들은 외부와의 교류를 차츰 단절한 채 조상 대대로 이어진 대저택의 지하 굴에서 은둔하다 수년에 걸쳐 "지저분한 흰색 털이 텁수룩하게 뒤덮인 고릴라 같은" 것들로 전락하여 식인 욕구를 채울 희생자를 찾기 위해서만 나타날 뿐이다.[80] 이는 19세기 말 막스 노르다우Max Nordau에 의해 대중화된 이론인 생물학적 퇴화 과정의 종착점이다. 인간이 동물의 기원에서 생물학적 사다리를 타고 올라갈 수 있었다면 다시 내려갈 수도 있다는 가설인데, 러브크래프트는 이렇게 자연의 계층적 개념을 무질서하게 만들어 공포 효과를 불러일으켰다. 조상 대대로 살던 마르텐스 저택이 위치한 폭풍의 산 주변에서 서술자가 마주치게 되는 부자연스러운, 아니 어쩌면 너무나도 자연스러운 공포에 대한 첫 번째 경고는 부자연스럽고 무성한 초목의 형태로 나타난다. 작품에서 "벼락 맞은 고목들은 부자연스럽도록 커다랗고 비틀려진 듯 보였으며, 다른 식물들 또한 비정상적으로 두터운 데다 열기까지 발산했다"라고 묘사된다.[81] 저택은 "고색창연한 숲"에 서 있고, 이곳으로부터 도망치는 서술자는 "야생의 모습을 띤 거목들"이라는 이미지와 마주한다.[82] 저택의 정원은 "참람한 크기와 수령, 그리고 그 괴악함으로 불길하기만 한 원시의 거목들이 (…) 지옥의 드루이드 사원의 석주들처럼" 내려다보는 곳이자, "희끄무레한 균류 식물들이 자양분을 과하게 흡수하여 (…) 고약한 냄새를 풍기며 지저분하게" 더럽혀져 있다.[83] 여기에서 식물의 증식, 통제할 수 없는 성장과 무한한 신체는 공포의 대상이 된다. 그리고 우리는 드루이드에 대한 언급을 통해 인류의 잊힌 과거 시대로 거슬러 올라가는 수명을 가진 식물의 시간성을 상기하게 된다. 마르텐스 가의 "병적일 만큼 비대해진 숲"은 괴생명체에게 포식 행위의 공모자나 마찬가지여서 그들의 습격이 계속될 수 있게 하는 은신처를 제공한다.[84] 괴물들이 습격할 때 이용하는 지하도는 인근 산줄기의 "나무로 울창한 산줄기의 남쪽 연장부"에 의해 보호되고, 꺼림칙해 보이는 나무를 번개가 강타하면서 괴물들을 "불러냈던" 것처럼 보이는데, 이는 마르텐스 가의 타락한 신체와 지나치게 살이 올라 뒤틀린 나무의 신체 사이에 정신적 또는 신체적인 연관성까지도 시사한다.[85] 마르텐스 괴물들이 발견되기 전에는,

그 괴물이 "걸어 다니는 나무"일지도 모른다는 의혹마저도 제기된
다.[86] 이어서 나무들 자체가 거의 육식성이 된 듯한 모습을 보인다.
진실을 찾아 나선 화자가 마르텐스의 무덤에 도착했을 때, "그곳에는
흉하게 변형된 나무들이 비정상적인 가지를 내뻗고 있었는데, 그 나
무뿌리는 땅 밑에 도사린 어떤 것을 부정한 포장석과 빨아들인 독즙
으로 치환하는 것 같아" 방해받는다.[87] 이 부분은 포식자인 인간과 먹
을 만하다고 받아들여지는 존재 사이의 경계가 모호해지면서, 플럼우
드가 말한 "먹잇감"의 감각을 상기시킨다. 동시에 한때 인류였던 식
인종과 이들을 보호하는 시체 먹는 나무 사이의 미끄러짐은 인간과
식물 사이의 어떤 확고한 구분도 불가능하게 만든다. 인간과 비인간
존재의 위계적인 관계에서 우리 자리를 잃는 정도면 그나마 다행이
고, 최악의 경우 모두 환영이었음이 드러날 것이다.

좀 다른 경계의 모호함이 러브크래프트의 후기 소설, 「광기의 산맥
At the Mountains of Madness」(1936)에 나타난다. 이 이야기는 불운한 남극
탐험대의 여정을 따라가며, 이들이 인류보다 먼저 지구에 거주했던
고도로 발달한 외계에서 온 태곳적 존재들이 건설한 도시를 발견하는
과정을 그린다. 이 존재들은 과학자들을 괴롭히는 형태적 다양성을
가진 초인간적 지능과 결합한다. 표본을 조사하면서, 탐험대의 생물
학자는 이것이 식물인지 동물인지 결정하기 어렵다고 거듭해서 주장
한다.[88] 고민하는 이유는 그가 찾아낸 "식물의 증거들"이며, 이러한
특징들이 "놀랄 만큼 진화한" 몸체에서 발견되는 것은 그가 알고 있
던 분류 체계를 혼란스럽게 한다.[89] 고대 존재의 기형적 신체는 엄청
나게 세밀하게 묘사되지만 탐사대가 그들에 대해 진정으로 알 수 있
었던 것은 그들이 남긴 도시를 통해서였다. 도시에는 기술적이고 예

술적인 성취로 가득했다. 탐사대와 이 외계인 사이에는 친족성의 감각이 발생하는 것을 막을 수 없었으며, 마지막 올드원의 끔찍한 최후를 발견한 화자는 공포를 느낌과 동시에 그들을 인간화화여 반응한다. 그는 "발광체, 아니면 식물, 괴물, 별의 후손, 그 정체가 무엇이든 그들은 인류였다!"라고 쓴다.[90] 이 고도로 발달한 존재인 올드원은 그들 안의 식물성을 부정하지 않고, 부인되지도 않는다. 그리고 이를 통해 인간 역시 우리의 식물적 기원을 초월했다고 믿어서는 안 된다는 것을 추론할 수 있다.

식물과 친족되기?

기이한 이야기는 분명 우리를 불안하게 만든다. 그리고 여기서 거론된 모든 이야기들은 인간의 예외주의에 도전하는 식물들을 공포의 원천으로 사용한다. 그러나 기이한 식물상을 덜 비관적인 관점으로 읽을 수도 있을까? 인간중심주의의 종말에 대한 희망적인 가능성, 베넷이 말하듯 "모든 신체는 친족을 이루며 (…) 촘촘한 관계망에 얽혀 있다"[91]는 것을 인지할 희망적인 가능성을 감안하면 말이다. 카렌 홀Karen Houle은 친족성과 얽혀듦은 식물 존재에 있어 필수적인 요소라고 지적한다. 최상위 자율성이라는 인간의 개념에 제약받지 않는 식물은 "근본적 집합성", 혹은 "세계 속에 함께 존재하는 복합체"라는 사유를 가능케 하기 때문이다.[92] 이를 염두에 두고, 1912년 블랙우드가 발표한 「나무가 사랑한 남자The Man Whom the Trees Loved」로 가보자. 이 이야기는 진화론이 야기한 인간 경계의 모호함과 식물의 접근 불가능성이라는 양면적 특성을 깊이 있게 결합한다.

제목에 나오는 '남자'의 아내인 소피아 비터시Sophia Bittacy의 시점으로 전개되는 이 이야기는 인간의 인식과 수목 세계, 즉 비터시 부인이 차츰 알게 되는 "식물 왕국The Vegetable Kingdom" 사이의 간극을 다시 한번 건드린다.[93] 비터시 부인의 남편은 오랫동안 나무에 매료되어 있었다. 부부는 현재 뉴 포레스트 끝에 있는 오두막에 산다. 비터시는 나무의 개성을 포착하는 특별한 재능을 가진 예술가인 친구 아서 샌더슨을 이곳으로 초대한다. 식물 의식의 가능성에 대한 이들의 논의는 비터시 부인을 몹시 불안하게 만든다. 그녀의 남편은 나무들이 모호하지만 엄청난 힘인 "미약하지만 어마어마한 생명"의 감각을 불러일으킨다고 말한다.[94] 식물 왕국은 "이상하지만 신비로운" 곳이며, "광대한 잠재의식의 생명"을 지닌다. 이들은 인간의 거주가 침범하지 않는 곳에서는 스스로를 최고의 존재라고 여긴다.[95] 나무의 개성에 친근감을 가진 샌더슨조차 약간 저항감을 느낄 정도다. 그는 "밤에 나무를 보기 전까지, 나무에 대해 우리는 결코 알 수 없어"라고 말한다.[96] 나무는 자신을 감추는 동시에 드러내기도 한다. 비터시 부인은 숲을 온전히 알 수 없다는 사실을 절실히 깨닫는다. 이야기는 "그녀가 지금까지 알던 숲이란 바람에 흔들리고 바스락거리는 푸르고 섬세한 형태였지만, 그것은 마치 저 멀리 보이지 않는 심연의 끝자락에서 눈앞 가까이 튀어 오른 물보라의 파편일 뿐이었다"[97]라고 서술한다.

그러나 그녀는 숲이 감각하고 있음을 알아차린다. 그리고 그 감각의 작동을 통해 숲은 인간, 동물, 식물, 그리고 무생물 사이의 경계를 무너뜨리면서 자신의 언캐니한 본성을 나타낸다. 숲이 남편을 앗아갈 것임을 비터시 부인이 깨닫는 이 장면에서 이야기는 절정에 이른다.

　　그녀는 질투가 인간과 동물 세계에만 국한되지 않고, 모든 피조물에 가득하다는 것을 깨달았다. 식물 왕국 역시 질투를 알았다. 이른바 무생물이라 불리는 자연조차도 다른 존재들과 함께 질투를 공유하고 있었다. (…) 물론 인간에게서 질투는 의식적으로 작동한다. 동물에게는 솔직한 본능으로 드러난다. 그러나 나무에게 이 질투는 맹목적인 해일로 치솟은 비인격적이고 무의식적인 분노와 같아서, 마치 바람이 얼음 위의 가루눈을 휩쓸어버리듯 상대방을 쓸어버릴 것이다.[98]

비터시가 나무에 매혹된 것은 일방적인 것이 아니었다. 그는 나무와 교감을 경험하는데, 이는 "그 나무를 돌보며 살아온 세월 속에서 싹튼" 것이다.[99] 여기서 식물 세계는 인간과 상호 관계를 추구하는 것처럼 보인다. 그리고 실제로 그 과정에서 비터시는 개별 인간 주체로서 자신의 자율성을 포기하면서 상호 관계를 제공하려 한다. 이것은 홀이 제안한 종류의 "함께 존재하는 복합체"이며, 캐서린 비숍이 이 책에서 반식민적이고 반위계적인 은유로 읽어낸 관계다. 분명 이러한 에코고딕eco-Gothic 독법은 현재 시점과 공명한다. 비인간 생명체를 존중하고 돌보며 그들과 함께 살아가는 방식을 찾는 것은 인간 생존에 필수적일 수 있기 때문이다. 그러나 진화론적 불안이 여전했던 당대의 맥락에서 이 관계는 공포스러운 것으로 변한다. 비터시는 숲에 잠식되어 가며, 그 과정에서 자신의 인간성 일부를 잃는다. 그의 의식은 자신의 몸을 떠나 숲에 합류하는 것처럼 그려지고, 이야기의 끝에서 그는 "절반쯤 비워진 껍데기"로 남는다.[100] 식물의 의식이라는 개념이 공포스럽게 느껴지는 이유는 그것이 비터시 부인이 집착하는 평범한 인간 세계로부터 멀리 떨어져 있기 때문이 아니라, 오히려 우리가 너무 가까이 접근할 수 있다는 위험 때문이다.

　그리고 「나무가 사랑한 남자」는 홀이 제안한 바와 같은 인간과 식물의 '함께 존재함'이라는 긍정적인 인간의 탈중심화 가능성을 암시한다. 그러나 이 이야기는 호러 항목에 등재돼 있고, 이는 기이한 분위기에 있어서 핵심적인 긴장이 무엇인지를 가리킨다. 작품은 비터시 부인의 시점과 그녀가 처한 상황의 심리적 공포를 통해 전개되지만 그럼에도 불구하고 지각과 경험의 대안적 형태를 가리킨다. 이는 숲의 확고한 식물적 의식과 그녀의 남편이 그것을 받아들여 융합되는 방식에서 구체화된다. 기이한 이야기는 인간이 세계를 완전히 이해할 수 없다는 불가능성을 말하는 하나의 방식이다. 이와 같이 기이한 이야기는 진화론이 했던 것과 같은 방식으로 창조 질서의 정점에서 인간을 끌어내린다. 세계는 '우리를 위한 것'이 아니다. 이 폐위는 인간을 동물과, 나아가 더 놀랍게는 식물과 친족으로 위치시킨다. 그리고 우리가 세계와 불가분하게 얽혀 있음을 받아들이면서, 비인간 존재와 돌봄과 호혜의 방식으로 살아갈 가능성을 발견할 수 있음을 시사한다. 소설은 낯섦과 타자성을 필요로 한다. 그리고 이것은 경계의 모호함을 공포로 만든다. 식물과의 친족성을 인식하는 것은 인간 안의 타자를 인식하는 것이며, 또한 대상을 완전히 아는 것은 불가능하다는 것을 의미한다. 이 불안은 단일 공통 혈통에 초점을 맞추는 진화론적 불안들과 강하게 공명한다. 그리고 그것은 혼종성과 퇴행에 대한 아주 보수적인 공포에 의해 굴절되어 있다. 고전 기이소설은 비인간중심적 세계관으로 가는 길을 향해 손짓한다. 그러나 인간중심적 공포를 유지하고 있기 때문에, 기이함의 양식은 이 길을 완전하게 탐색할 수는 없다.

02

"빌어먹을 비정상적인 짐승들"

존 윈덤의 『트리피드의 날』에 나타난
의인화, 식민주의, 억압된 것의 귀환

제리 마타 Jerry Määttä

불과 10년 전까지만 해도 존 윈덤John Wyndham의 획기적인 소설 『트리피드의 날The Day of the Triffids』에 대한 학문적인 관심은 거의 없었다.[1] 1951년 영국과 미국에서 출간된 이후 지금까지 출판되고 있는 이 소설만큼 널리 읽히고 다양한 매체로 번역·각색된 SF소설은 드물다. 『트리피드의 날』은 오랫동안 문학 연구자들에게 간과되고 과소평가 되었지만, 최근에는 소설에서 거의 모든 사람이 시력을 잃은 묘사가 "식물 몰이해plant blindness"[2]와 연결되며 비판적 식물 연구에 필수적인 참고자료가 되었다. 트리피드는 "인간중심적 사고의 한계를 드러내고 이에 도전하는 침입적 존재"[3]로 여겨졌고, "제2차 세계대전 이후 세계화되는 시대에 식물과 인간의 관계에 있어 다중 행위자적 생명정치에 대한 구체적인 묘사"[4]로 볼 때 식물 정치를 사유하는 데 적합하다는 평을 받았다.

그러나 『트리피드의 날』이 영국 제국의 탈식민화 초기인 1940년대 후반에 창작된 만큼, 지난 수십 년 동안 중요한 연구의 초점이 되어 온 SF와 제국, 식민주의와 탈식민주의라는 맥락에서 이를 분석하는 것이 훨씬 더 생산적일 수 있다.[5] 실제로 존 윈덤의 주요 소설들이 누린 엄청나고도 지속적인 인기가 영국 제국의 몰락과 어느 정도 관련이 있다는 것은 일반적인 견해이다.[6] 그러나 이러한 연관성은 지나가는 말로 자주 언급되기는 했지만, 텍스트의 면밀한 분석을 통해 탐구된 적은 거의 없었다.

한편 다른 논의에서는 『트리피드의 날』이 큰 변화를 경험한 세계의 다양한 이데올로기와 그 궁극적인 한계에 관한 탐구를 통해 전후 영국의 급격한 사회적 변화와 당대의 곤경을 다룬 것으로 읽힐 수 있다고 주장한 바 있다.[7] 이 글의 목적은 작품 제목과 동일한 이름의 괴물 식물에 초점을 맞추어 소설의 동시대적인 식민주의적 맥락뿐 아니라 존 윈덤의 전기 및 저작 활동, 특히 소설의 초기 버전을 함께 분석함으로써 앞선 논의를 보완하는 것이다. 윈덤의 다른 작품에도 편재하는 식민지 관련 주제, 트리피드와 영미권 괴물 식물 전통의 관계를 간략히 설명하는 것 외에도 육식성 보행 식물의 의미를 다룰 것이다. 이러한 식물은 영국 제국에 정복당하고 식민지화된 사람들이 영국 본토에 출몰하는 것에 관한 파편적이고 왜곡된 상징, 또는 그러한 환유의 집합체로 읽힐 수 있다. 이에 더하여 소설은 식물에 대한 착취와 식민지인에 대한 착취를 연결하는 것으로도 볼 수 있다.

트리피드 해석하기

트리피드는 소설의 제목과 달리 실제로는 소설의 중심 소재가 아니며 트리피드의 주요 기능은 위협적인 배경을 조성하는 것이라고 알려져 있다. 이를테면 로저 럭허스트Roger Luckhurst는 "트리피드는 단지 플롯을 진전시키는 계기일 뿐이며, 실제로 이야기를 이끄는 것은 재난 이후 다양한 종류의 공동체와 에피소드 형식으로 조우하는 것"[8]이라고 지적한다. 이는 대부분 사실이지만 '트리피드'가 일상 언어와 옥스퍼드 영어사전에도 등장했다는 점을 고려하면 트리피드 자체와 그들의 다채로운 상징적, 은유적, 환유적 트리피드 자체와 그들의 다채로운 상징적, 은유적, 환유적 가능성이 주목받지 못한 점은 의문스러울 정도이다.

트리피드를 생명공학의 실패로, 이 소설을 인간의 오만과 파멸 및 대자연의 복수를 다룬 프랑켄슈타인식 도덕 이야기로 보는 다소 뻔한 독해 외에도 이러한 식물의 재앙을 해석하려는 몇 가지 독창적인 시도가 있었다. 여기에는 트리피드를 "여성적 자연에 내재한 분노(그리고 그 깔때기 모양의 머리는 '이빨 달린 질')"[9]로 보는 것에서부터 변장한 나치('양배추')[i]로 보거나,[10] 심지어 "소련의 생물학 실험 결과로 인해 영국이 위험에 처하게 된다"는, "감염으로서의 공산주의 개념"을 극화한 상징[11]으로 보기도 한다.

이보다 최근에는 트리피드가 보행성, 지각 능력, 의사소통 능력,

---

i '양배추'를 뜻하는 독일어 단어 'Kraut'는 제1차~제2차 세계대전 중 영국 및 미국 군인들에 의해 독일 군인을 비하하는 인종 차별적인 표현으로 사용되었다.

식인성, 행위성, 의도성, 심지어 지능까지 갖췄으며 식물, 동물, 인간 사이의 아리스토텔레스적 경계에 도전한다는 사실에 초점을 맞춘 연구가 빈번히 이루어지고 있다.[12] 그러나 이 글에서는 트리피드의 의인화가 현재 우리가 이해하고 있는 식물의 능력을 예견한 탐구라기보다는 1940년대와 1950년대 영국에 의해 황폐화되고 뒤틀린 자연이나 영국의 정치적인 경쟁자 이상의 다른 무언가를 상징하는 명확한 증거가 될 수 있다고 본다.

인육을 먹는 트리피드가 인류를 위협하는 이야기는 1951년 초 미국의 잡지 『콜리어스Collier's』에 「트리피드의 반란Revolt of the Triffids」이라는 제목으로 처음 실렸다. 미국에서 발표된 첫 제목을 문자 그대로 받아들여, 이 글은 트리피드가 억압된 것의 귀환, 즉 제국주의와 식민주의에 억압받고 학대받은 희생자들이 돌아온다는 주제를 상징적으로 구현한 작품으로 보고자 한다. 이러한 독해의 중심에는 초기 SF, 특히 H. G. 웰스H. G. Wells의 작품에서 비롯된 계보가 있다.

화성에서 온 밀항자

존 윈덤의 작품 전반, 특히 『트리피드의 날』과 생태 및 침입종이라는 주제에 H. G. 웰스가 미친 영향은 막강하다. 어떤 이들은 "영문학에서 윈덤은 H. G. 웰스의 진정한 제자로 간주될 만하다"[13]거나 "그의 후기 작품은 본질적으로 H. G. 웰스의 업데이트판이다"[14]라고 주장하는 반면, 다른 이들은 그가 『트리피드의 날』에서 "(약간의 사회적 다원주의를 가미해서) 웰스를 재탕했다"[15]거나 심지어 "윈덤은 사실상 웰스의 아류작으로 거의 모든 경력을 쌓았다"[16]고 주장하기도 한다. 이는 다소 과장된 표현이긴 하지만 틀린 말은 아니다. 비비안 베이넌 해리스Vivian Beynon Harris는 형의 생애에 대한 전기에서 실제로 존 윈덤이 H. G. 웰스의 스타일로 글을 쓰기로 한 결정을 "스페이스 오페라에서 벗어나 H. G. 웰스와 더 가까이 결합하려는"[17] 의식적인 경력 이동으로 간주했다. 윈덤 자신도 웰스에게 진 빚을 기꺼이 인정했다.[18] 1939년 『테일즈 오브 원더Tales of Wonder』에 실린 에세이에 따르면, 윈덤은 열두 살 때(1915년 또는 1916년) 『타임머신The Time Machine』(1895)을 통해 웰스를 처음 접했으며, 이는 그에게 큰 영향을 미쳤다.[19]

그러나 충격에 빠지고 황폐화된 런던과 그 주변 시골 지역에 관한 묘사를 볼 때, 『트리피드의 날』에 가장 큰 영향을 준 웰스의 소설은 『우주 전쟁The War of the Worlds』(1898)으로 보인다.[20] 이 둘의 유사점은 플롯, 배경, 서술 기법에서부터 특정한 세부 사항에 이르기까지 다양하다. 두 작품 모두 외계인의 전 지구적인 침략을 런던과 홈카운티[ii] 지역에 한정하여 묘사하고, 중산층 생존자가 일인칭 시점으로 이야기하고 있을 뿐 아니라, 외계의 위협이 세 개의 다리 혹은 뿌리로 움직인다는 세부 사항도 눈에 띄게 유사하다. 사실 "트리피드"라는 이름도 이러한 영향에서 비롯된 것으로 보인다. "트리피드trifid"는 라틴어 'trifid-us'에서 유래한 "셋으로 갈라진"을 의미하는 'trifid'[21]에서 파생된 것이기 때문이다. 게다가 이 치명적인 식물의 초기 이름 중 하나

---

ii 지리적으로는 런던을 둘러싼 인접 주county를 가리키며, 에식스·켄트·서리·하트퍼드셔·서식스 등의 지역을 포함한다. 문화적으로는 보수적인 백인 중상류층의 교외 거주지라는 이미지를 갖는다.

는 사실 "트리포드Tripods"[22]였는데(90쪽), 이 단어는 웰스의 소설에서 거의 열 번은 사용된 것이다. 게다가 화성인과 트리피드는 모두 인간의 살 또는 피를 먹고 산다. 식물인 트리피드의 위협은 화성에서 온 '붉은 풀Red Weed'의 생태적 제국주의에서 영감을 받은 것으로 추정할 수 있다. 그리고 영국판과 차후에 출간된 판본에서 트리피드는 지구 생물로 설정되어 있지만 초판에서는 금성에서 온 것으로 되어 있으며, 이때 금성은 당연하게도 대중의 상상 속에서뿐 아니라 로마 신화에서도 화성과 대립항을 이룬다.

그러나 『트리피드의 날』에 웰스가 미친 가장 흥미로운 점은 소설을 독해하는 명확한 방향성을 제공했다는 점이다. 『우주 전쟁』은 화자가 유럽 정착민에 의한 태즈메이니아인[iii]의 절멸을 논하는 소설의 첫 페이지에 드러나는 여러 단서 때문에 주로 영국 제국주의와 식민주의에 대한 비판으로 의심의 여지 없이 읽혀 왔다. 예를 들어 I. F. 클라크I. F. Clarke는 웰스가 "생존을 위한 다원주의적 투쟁을 민족 간 전쟁이라는 당대의 개념과 결합하여 그 결과를 행성 규모로 투사"했을 뿐만 아니라 "식민지 확장의 논리를 전복하여 영국을 낙후 지역으로 재현했으며, 화성인에게는 기술적 성취를 부여하여 제국 영국의 비참한 수호자들을 마치 불쌍한 태즈메이니아인처럼 보이게 만들었

---

iii   18세기 유럽의 탐험가가 태즈메이니아 원주민을 처음 만난 것으로 보이며 1803년부터 태즈메이니아섬에 대한 영국제국의 식민화가 시작되며 유럽인들이 유입되고 충돌이 생기기 시작했다. 식민화가 시작된 당시 원주민의 수는 3,000~15,000명으로 추산되었으나 1835년에는 겨우 400명만이 살아남았다. 대부분은 유럽인에 의해 들어온 전염병에 의해 사망하였으나, 이주자들에 의한 지속적인 공격도 인구 감소에 큰 영향을 주었다.

다. 행성 간 전쟁이라는 주제는 19세기 제국주의의 아이러니한 전도였다."[23]라고 지적한다. 피터 피팅Peter Fitting은 그의 분석에서 이 소설을 "억압된 것의 귀환", 즉 "수 세기에 걸친 정복, 노예화, 살육의 기억에 대한 '**제국주의의 죄의식**'"으로 논하기도 한다.[24] 윈덤은 웰스의 소설에 대한 이러한 주요한 해석을 염두에 두고 웰스 소설의 전반적인 주제를 독창적으로 재작업했다. 즉 인간을 먹이로 삼고 인류의 지배에 종지부를 찍으려고 맹렬히 달려드는 치명적인 세 다리의 생명체가 영국, 특히 런던을 역逆식민화[25]했다는 점을 고려하면, 『트리피드의 날』이 어떻게 이와 관련된 해석으로 이어지는지 쉽게 알 수 있을 것이다.

북, 독, 식인, 매복 공격

트리피드가 식민주의와 관련이 있는 가장 뚜렷한 이유는 소설 전반에 걸쳐 트리피드에 다양한 문화적 특성과 성격이 부여되어 있다는 점이다. 제프리 제롬 코헨Jeffrey Jerome Cohen은 르네 지라르René Girard, 괴물화, 비하적 재현을 논의하면서 다음과 같이 논평했다. "괴물은 결코 무에서ex nihilo 창조되지 않으며, 파편화와 재조합 과정을 통해 조립된다. '**다양한 형태에서**' 추출된 (특히 사회의 주변부적 집단들을 포함한) 요소로 구성된 괴물은 이후 '**독립된 정체성을 주장**'할 수 있다."[26] 『트리피드의 날』에서 동명의 괴물 식물은 의인화되는 동시에 열대 식민지 민족들과 같이 노예가 된 밀림 지역의 선주민들에 대한 파편적 상징이나 환유의 집합체로 읽을 수 있는 분명한 특징을 보여준다.

그러한 독해의 첫 단서는 아마도 화자이자 주인공인 빌 메이슨Bill Masen이 트리피드를 처음으로 소개하며 그 이국적 모습을 강조할 때 확인된다. "오늘날에야 트리피드가 어떻게 생겼는지 모르는 사람이 없다. 그러니 그 놈이 처음 나타났을 때에만 해도 우리에게는 얼마나 기묘하게, 그리고 어딘가 '낯설게' 느껴졌는지를 설명하기가 오히려 어려울 지경이다."(83쪽)[27] 트리피드는 열대 지방 즉 인도차이나 그리고 "수마트라, 보르네오, 벨기에령 콩고, 콜롬비아, 브라질을 비롯한 적도 지역 대부분에서"(86쪽)[28] 처음으로 움직이거나 걷기 시작한다는 점에서도 초반부터 밀림 지역을 연상시킨다. 더구나 트리피드가 밀림에서 보인 위험한 행동이 반복적으로 강조되는데, 예를 들어 트리피드가 지능을 가지고 있을 가능성이 다음과 같이 언급되기도 한다. "열대 국가에서는 저놈들이 길가에 모여들곤 해요. 심지어 작은 마을을 하나 포위했다가, 사람이 격퇴하러 나서지 않으면 공격을 가하기도 하죠. 그래서 상당히 많은 곳에서는 위험천만한 골칫거리 노릇을 했어요."(452쪽)[29]

트리피드가 보여주는 밀림 지역의 특성 중 가장 뚜렷한 것은 그들이 세 개의 돌기로 줄기를 두드려 소리를 내고 심지어 의사소통을 할 수 있다는 점이다. 그러나 소설에서 "북"이나 "두들김"은 "발을 멈추고 말았다. 바깥에서 뭔가를 빠르게 두들기는 소리가 들렸기 때문이었다."(362쪽)[30]와 같은 문구에서 몇 번만 사용되며, 그 소리는 종종 "딸각거리는"과 같은 방식으로 묘사된다(98-105, 362-363, 408, 448쪽)[31]. 흥미롭게도 리듬감 있는 소리는 부족민들의 짝짓기 의식에 대한 잘 알려진 고정관념처럼 처음에는 생식과 연결되지만(98쪽)[32], 트리피드 전문가인 월터 리크너Walter Lucknor는 이 관점을 반박한다. 그의 견해에 따르면 트리피드는 밀림에서의 북, '말하는 북talking drum'이나 서인도 제도의 플랜테이션에서 비밀스러운 의사소통을 위해 북소리를 사용하는 것처럼 사실상 "이야기하"거나 적어도 "서로 비밀 메시지를 실제로 주고받"을 수 있다(100쪽)[33].

소설에서 트리피드의 위협이 심각한 이유는 그들이 가진 독침이 "맨살에 정통으로 맞을 경우에는 사람도 너끈히 죽일"(92쪽)[34] 만큼 치명적이기 때문이다. 물론 독은 위험한 식물, 곤충, 동물의 특성이지만, 열대 지역의 선주민들은 독을 사냥이나 전투에서 창촉, 화살촉, 또는 바람총 화살에 사용했다.

트리피드가 이른바 '원시' 부족에 대한 고정관념과 연결되는 또 다른 특성은 그들이 육식식물일 뿐만 아니라 인육을 선호해서 식인 풍습을 암시하는 것처럼 보인다는 사실이다. 소설은 이러한 특성을 소개하면서 유난히 생생하게 묘사하고, "독침 달린 줄기에는 단단한 생살을 찢을 만한 근력이 없었기 때문에, 대신 부패하는 시체에서 떨어지는 살 조각을 집어서 줄기에 달린 꽃받침으로 가져가는 것"(95쪽)[35]이라는 식으로 의인화하여 강조한다.

트리피드에 대한 묘사에서 발견되는 밀림 지역의 특성 가운데 마지막은 산울타리hedgerows에 숨어(83, 282-283, 361, 494쪽)[36], 당시에는 흔했던 '야만인'에 관한 통념처럼 조용히 희생자를 기다리는 경향이 있다는 점이다. 실제로 이러한 매복 전술은 밀림 지역의 사냥 및 전투 기술과 매우 유사하다는 점이 소설 초반부터 분명하게 드러난다(92-93쪽)[37]. 게다가 이 장면은 종종 소설에 영감을 준 것으로 알려진 '원형적 장면'과 연관된 것으로 보인다.

『트리피드의 날』에 오래된 이야기를 활용했다고 밝힌 윈덤 자신의 기록(아래 참조)과 비비안 베이넌 해리스의 이야기 외에도, 트리피드의 기원을 다소 일상적인 배경에서 찾는 대안적 혹은 보안적인 다른 이야기도 있다. 널리 알려진 일화에 따르면, 트리피드에 대한 아이디어는 윈덤이 밤에 매우 크고 위협적인 식물과 만난 경험에서 비롯되었다고 한다. 수년에 걸쳐 다양한 인터뷰에서 이 이야기는 여러 버전으로 반복되었고, 시간이 지남에 따라 당시 상황은 점차 더 위협적인 것으로 회상되었다.[38] 이 모든 버전에는 공통적으로 식물의 위협적인 면뿐만 아니라 어둠, 길가 배경, 급작스러운 움직임, 놀람이나 공포가 식물과 결합한 장면이 나타난다. 이는 어쩌면 매복을 적절하게 응축한 것일 수 있다.

북, 독, 식인, 매복만으로는 부족하다는 듯, 작중에서 트리피드는 여러 차례에 걸쳐 식민지기에 흔히 사용되었던 비하적 단어인 "짐승 brute"으로 묘사되는데, 이로 인해 밀림 지역과의 연관성은 더욱 강화된다. 예를 들어, 빌 메이슨의 일행 중 한 명은 "빌어먹을 놈의 부자연스러운 괴물 놈들 (…) 나는 그 개 같은 놈들이 예전부터 마음에 안 들었어."라고 외친다(283쪽)[39]. 또 코커Coker는 "추악한 괴물 녀석들을 몇 마리 보았고"(311쪽)[40], 셔닝 농장에서 포위된 상황에서 그들 일행은 "아래쪽의 괴물 떼에게 화염방사기를 발시했다."(457쪽, 458-459쪽도 참조)[41] 물론 "야만brute"은, 정확하게는 조지프 콘래드Joseph Conrad의 『암흑의 핵심Heart of Darkness』에서 커츠가 아프리카 문명화 보고서를 작성하며 덧붙인 유명한 한 줄짜리 부기에서 사용했던 말이다. "**모든 야만인들을 말살하라!**"[42]

역사적으로 "야만"이라는 단어는 문명화된 사람의 절제되고 교양 있는 행동과 문명화되지 않은 존재의 거칠고 본능적이며 동물적인 행동 사이의 경계를 구분하는 데 사용되었다. 그렇기에 이 단어는 일반적으로 남반구의 식민지화된 민족, 특히 아프리카인들과 연관되어 있는 것으로 보인다. 실제로 스벤 린드크비스트Sven Lindqvist가 지적한 바와 같이, "유럽인들은 아프리카인들을 처음으로 접촉한 이후부터 그들을 '무례하고 야수 같다' '짐승처럼 야만적이다' '그들이 사냥하는 짐승보다 더 야만적이다'라며 짐승이라고 불렀다."[43] 흥미롭게도 그는 윈덤이 처음으로 접한 웰스의 소설이자 식민주의를 다룬다고 평가되는 작품인 『타임머신』에서[44] 인종적으로 코드화된 식인 풍습이 있는 몰록에게도 "야만"이라는 단어가 사용된다는 점을 언급한다.[45]

괴물 식물과 인간

시야를 확장해서 보자면, 『트리피드의 날』에 나오는 괴물 식물과 밀림 지역 선주민의 관계가 결코 새로운 것은 아니다. T. S. 밀러T. S. Miller가 지적했듯이, 적어도 1870년대와 찰스 다윈의 가르침에 이르기까지 거슬러 올라가는 식인성 및 보행성 괴물 식물의 전통은 풍부하며, 초기 펄프 잡지에 게재된 괴물 식물에 관한 이야기만도 100편 이상에 이른다. 더구나 마다가스카르의 식인 나무에 대한 1870년대부터 지속된 날조 기사나 아서 G. 스탱글랜드Arthur G. Stangland의 「생명의 호수The Lake of Life」(『원더 스토리즈Wonder Stories』, 1932년 11월호)와 같은 단편소설에서 위험한 이국적인 식물을 밀림, 식인 풍습, 선주민 일반과 연결 짓는 전통이 이미 존재했다. 호주 중부를 배경으로 한 「생명의 호수」에는 탐험가를 사로잡는 어둡고 적대적인 휴머노이드

가 실제로는 뿌리 없는 나무라는 설정도 있다(캐서린 E. 비숍의 앞의 글 참조).[46]

윈덤이 『트리피드의 날』을 쓰는 동안 이런 전통을 얼마나 알고 있었는지 정확히 판단하기는 어렵지만, 데이비드 케터러David Ketterer가 보여주듯이 미국의 펄프 잡지에는 윈덤의 움직이는 식물의 전신이 될 만한 몇몇 사례가 있었다. 윈덤은 그중 상당수를 접했을 것이다. 예를 들어 존 머레이 레이놀즈John Murray Reynolds의 「악마 식물The Devil-Plant」(『위어드 테일즈』, 1928년 9월호), 에드먼드 해밀턴Edmond Hamilton의 「식물의 반란The Plant Revolt」(『위어드 테일즈』, 1930년 4월호), H. 톰슨 리치 H. Thompson Rich의 「야수 식물The Beast Plants」(『아르고시Argosy』, 1930년 7월 26일), 로저 울프레스Roger Wulfres의 「공중식물 인간The Air-Plant Men」(『원더 스토리즈』, 1930년 12월호)이 있고, 무엇보다 로렌스 매닝Laurence Manning의 「우주에서 온 씨앗Seeds from Space」(『원더 스토리즈』, 1935년 6월호)에는 심지어 지각이 있고 세 개의 뿌리로 움직이는 식물이 등장한다.[47]

어떤 영향을 받았든 존 윈덤의 트리피드는 상당히 독창적으로 식인 식물을 활용한 것으로 보인다. 기존의 식인 식물은 걸을 수 있긴 했지만 대개 "실재하는 육식 식물종의 아주 거대한 버전을 바탕으로 놀라운 속도, 피할 수 없는 촉수, 다공성 또는 독성 삼출물, 기생하는 씨앗, 인간의 피를 향한 갈등 등의 특징을 결합한"[48] 것이었다. 트리피드가 이러한 특성을 모두 갖고 있는 것은 아니다. 하지만 트리피드에게는 식민지라는 맥락과 연결되는 결정적인 특징, 즉 채찍 같은 독침이 있다.

트리피드의 반란

T. S. 밀러는 "다윈 이후로 식인 식물은 보편적 공통 조상이라는 불편한 진실을 구현하게 된다"라고 주장한다. 이는 인간과 인간 이외의 동물, 식물 사이의 전통적인 위계질서를 뒤엎는 위협이 된다.[49] 위계질서에 대한 다윈주의의 이러한 도전을 식민지 문제나 『트리피드의 날』에서 역식민화라는 주제와 연결하는 것은 의미심장한 지점인데, 특히 트리피드의 채찍 같은 독침에 대한 비교적 빈번한 언급이 그것이다. 소설 전반에 걸쳐 가장 많이 사용되는 동사는 트리피드가 베고 찌르는 모습을 묘사하는 "(채찍으로)때리다"이다. "이들 뒤에서는 긴 초록색 채찍이 날아와서 쓰러진 사람 가운데 하나를 때렸다"(281쪽)[50], "왼쪽에 있던 산울타리에서 갑자기 뭔가가 마치 번개처럼 튀어나와 그를 때렸다."(361쪽 및 283, 424-425, 456, 482쪽)[51] 물론 채찍질은 노예주와 노예 사이의 불평등하고 강압적인 관계를 보여주는 오래된 상징이다. 채찍은 식민지 시대의 대표적인 도구였다. 소나 다른 동물을 방목하거나 훈련하는 일 외에도, 열대 식민지에서 채찍은 흔히 플랜테이션의 생산성을 높이거나 노동자를 통제하는 데 쓰였다. 실제로 소설에서도 이와 관련하여 채찍이 언급된다. 토런스의 제안 이후 빌 메이슨은 조젤라 플레이턴과 대화하는 도중 "여보 (…) 정말로 내가 봉건 영주의 지위를 얻는 모습이며, 농노들에게 채찍질을 해서 이리저리 몰고 다니는 모습을 보고 싶었던 거예요?"(514쪽)[52]라고 하며 토런스의 제안을 일축한다.

억압받는 자들의 복수라는 주제의 측면으로 보면 트리피드는 주인과 노예의 역할이 뒤바뀐 충격적이고 굴욕적인 상징일 수 있다. 주인이었던 자는 종종 눈먼 소 떼로 묘사되며 트리피드는 그들을 채찍질하여 복종시키거나, 독침으로 죽이는 것처럼 보인다. 그러나 이러한 역할 변화는 결코 새롭지 않다. 존 리이더John Rieder가 지적했듯 "침략과 종말의 이야기에서 식민자와 피식민자의 위치가 뒤바뀌는 악몽 같은 전환"[53]은 19세기 후반부터 흔하게 나타났다. 이러한 전환은 후일 다양한 외국인 혐오 프로파간다에 등장했다. 아마도 가장 유명한 사례는 에녹 파월Enoch Powell이 1968년 4월 행한 연설일 것이다. '피의 강' 연설이라고도 불리는 이 연설에서 파월은 가까운 미래를 상상하면서 "백인에게 채찍을 휘두르는 흑인"을 제시했다.[54] 이러한 역식민화라는 주제는 소설 속 미래 경제 상황에서 트리피드가 담당하는 역할, 트리피드가 이윤을 위해 길러진다는 사실, 그리고 트리피드가 재배되는 방식을 고려하면 더욱 중요해진다.

상업, 착취, 금성 식민지

먼저 상업성부터 살펴보면 트리피드를 재배하는 주된 이유는 식용유를 많이 얻을 수 있기 때문이다. 작중에서 세계가 종말 이진에 부닥친 주요 문제는 식량 부족이었다. 그들은 새로운 경작지를 만드는 데 많은 자원을 투자하여(67쪽)[55] 이를 "대규모 산업"이라고 부른다(96쪽)[56]. 소설에서 눈먼 사람들이 식량과 보급품을 뒤지고 약탈하는 장면처럼, 1950년대 초의 영국 독자들은 여전히 식량 배급을 경험하고 있었다. 식량 부족, 식용유, 자연의 힘에 맞선 투쟁에서의 실패에 대한 이러한 관심은 철저히 당대의 식민지적 맥락에 기반한다. 예를 들어 1947년부터 1951년까지 진행되었던 재앙과도 같은 탕가니카 땅콩 계획 Tanganyika groundnut scheme[57]은 소설이 쓰일 당시 널리 논의되던 상태였다. 트리피드의 쓰임새는 이러한 식량 프로젝트에서 영감을 받았을 가능성이 높다.

1951년 가을에 마이클 조셉Michael Joseph에 의해 영국에서 출간된 『트리피디의 날』은 냉전 초기라는 시대적 맥락을 드러낸다. 여기서 트리피드는 확실히 지구에서 기원했고, 러시아의 트로핌 리센코Trofim Lysenko의 실험과 비슷한 유전공학 실험으로 탄생했을 가능성이 가장 높다고 묘사된다(66, 74-75쪽).[58] 한편 미국에서 처음 『콜리어스』에 1951년 1월 6일부터 2월 3일까지 "트리피드의 반란"이라는 제목으로 5부에 걸쳐 연재된 버전을 보면, 트리피드가 금성의 식민지에서 기원한다는 점에서(아마도 파리지옥Venus flytraps에서 영감을 얻은 것으로 보인다) 트리피드의 식민지적 맥락이 한층 뚜렷하게 드러난다.[59] 이 같은 맥락은 우주 탐사, 외계 식민지, 그리고 귀중한 자원 반출에 대한 경제적 이해관계를 설명하는 구절에서 좀 더 분명하게 드러난다.

> 연구자들은 행성에서 무성하게 자라는 어떤 식물 자원이 식량으로나 놀라운 약효 성분으로나 막대한 가치가 있다는 사실을 곧 깨달았다. 사람들은 곧바로 이 자원을 상업적으로 착취하기 시작했고, 전 세계의 시장은 치열한 경쟁 구도로 내몰렸다.[60]

이러한 경제적인 장치와 식민지적 변수가 이야기에 도입되면서, 적어도 이 판본에서는 트리피드의 출현과 그로부터 추출된 식용유가 식민지 자본주의의 결과물이라는 사실이 명확해진다. 이는 유럽 국가와 기업이 아시아, 아프리카, 아메리카, 특히 인도와 서인도 제도에 식민지를 설립한 방식과 유사하다. 역사적으로 거대한 다국적 기업과 제국주의 사이에는 밀접한 관계가 있었으며, 이는 적어도 1600년대 동인도 회사가 설립되었던 때까지로 거슬러 올라간다. 식민주의는 유럽 자본주의의 산파라고도 불렸다.[61]

사실 소설이 트리피드에 광범위한 역할을 부여하는 배경의 핵심은 회사와 대기업에 대한 비판이다. 그들의 행태는 기만적이고, 비밀스럽고, 탐욕에 의해 움직이는 것으로 일관되게 묘사된다. 출간된 소설에서 이는 "여러 라틴계 혈통을 이어받았으며 국적은 남아메리카 어딘가에 속해 있는"(70쪽)[62] 외국인 사업가 움베르토 크리스토포로 팔랑게스Umberto Christoforo Palanguez의 운명과, 그가 북극 및 유럽의 석유 회사와 거래하는 내용을 묘사하는 장면에서 자세히 드러난다. 그러나 미국 연재본에서 이 인물은 "이름은 중요하지 않은" "사업가 풍모의 아르헨티나 사람"이며, "금성에 식민지를 세운 사람"으로 묘사되는데, 이는 그가 트리피드를 발견했거나 적어도 재배했음을 암시한다.[63] 영국판에서는 거대 다국적 기업의 이익에 이용당한 다소 순진한 사업가로 묘사되지만, 초기 미국판에서는 그의 사업 방식도 어느 정도 교활한 것으로 그려진다. 그러나 영국판과 마찬가지로 그는 금성에서 지구로 가는 로켓을 탔다가 비행 중에 격추되었다고 알려진다(러시아가 아니라 북극과 유럽의 석유 회사의 짓이라고 암시된다).[64]

『트리피드의 날』의 현존하는 가장 오래된 버전인, 1946년에서 1949년 사이에 쓰였다고 추정되는 자필 원고를 보면[65] 외계 식민주의와 금성이 훨씬 두드러진다.[66] 실제로 자본주의, 식민지, 트리피드 착취라는 전체 주제가 더욱 강조된다. 그리고 사회 비판이 상당히 완화되었는데, 이는 예술적인 이유 외에도 영국과 미국 중산층 독자의 체면을 세워주기 위한 것으로 보인다.[67] 예를 들어 기업 관행에 문제가 많다는 내용이 영국판에서는 다소 모호하고 복잡한 용어로 소개되는 (70쪽)[68] 반면, 본래 원고에서는 사업가들이 과학과 발명에 적대적이며 심지어 사업에 도움이 된다면 살인도 개의치 않는다고 묘사되는 등 놀라울 정도로 노골적이며 어찌 보면 교훈적이기까지 하다.[69]

게다가 원고에서 "라틴계 혼혈 아르헨티나인"[70]이라고 명시된 팔랑게스와 관련된 모든 단락은 식민지 사업에 초점을 맞추고 있다. 예컨대 알고 보니

> 그는 금성에 성공적으로 착륙한 세 번째 또는 네 번째 로켓에 탑승했었으며, 실제로 금성에 대한 상당한 지분을 보유하고 있었다. 그는 귀환하는 즉시 세계 법원에 금성의 영유권을 청구했다. (…) 경계가 모호한 대륙 전반에 걸쳐 독점적 소유권을 태평스럽게 주장했던 몇몇 개척자들과 달리, 움베르토는 롱아일랜드 정도 크기의 섬에 대해 문서화되고 지도가 포함된 신청서를 제출하는 현명함을 보였다. 그 결과 영토는 수수료 납입 후 그와 그의 후계자들에게 신속하게 영구 할양되었다.
>
> 영리한 친구들은 금성 수탈에 앞장섰다. 불과 몇 주 만에 그들은 금성에서 가장 흥미로운 현지 마약과 향정신성 약물을 발견하였고, 이것들을 지구로 들여오는 데에는 그리 오랜 시간이 걸리지 않았다.[71]

획득한 영토를 롱아일랜드[iv]와 비교함으로써 유럽 식민지 개척자들의 영토 취득 관행과의 뚜렷한 연관성을 드러내지만, 이 과정은 또한

---

iv 롱아일랜드는 뉴욕주의 남동쪽 해안에 위치하였으며 제주도의 약 2배 정도에 해당하는 크기의 섬이다. 본래 델라웨어족 선주민들이 살고 있었으나 영국과 네덜란드 서인도회사가 약탈적으로 점유하였다.

아편 무역 및 커피와 담배를 비롯한 기타 식민지 약물 사업을 암암리에 연상시킨다. 팔랑게스는 이 금성의 섬에 "일련의 플랜테이션 농장"을 설립하지만, 금성에서 수출하는 데 드는 비용 때문에 고국인 아르헨티나에도 트리피드 플랜테이션을 계획한다.[72] 아르헨티나는 그 자체가 선주민에 대한 폭력의 역사를 가진 옛 식민지이자 첨언하자면 땅콩이 최초로 재배되기 시작한 곳이기도 하다.

이러한 트리피드의 식민지적 측면은 소설의 출판본에서도 다수 남아 있어서 지구상의 트리피드 농장을 묘사하는 장면 등에서 그 예를 찾을 수 있다. 이 농장은 때때로 "플랜테이션"(80, 367쪽)[73]이라고 호명되었으며, 이곳에서 이루어진 일부 관행 역시 과거 식민지였던 아프리카와 서인도 제도를 떠올리게 한다. 예를 들어 농장에서는 탈출을 막기 위해 트리피드를 가축이나 노예처럼 "쇠사슬로 묶어 말뚝에 고정해 놓았다."(98쪽)[74] 빌 메이슨에 따르면 트리피드는 집단 탈주에 가담하기도 한다. "그놈들이 말뚝을 충분히 세게, 그리고 충분히 오래 잡아당기다 보면, 보통은 말뚝이 결국 뽑히게 마련이에요. 이전에도 농장에서 그놈들의 탈출 사건이 벌어졌는데, 십중팔구는 그놈들이 울타리 가운데 한 부분에 몰려들어서 결국 울타리를 무너뜨린 경우였어요."(217쪽)[75]

트리피드 농장과 관련한 놀라운 점은 농장이 어디든지 존재하며 동시에 일반 대중이 그곳의 존재를 인식하지 못한다는 것인데, 이는 1940년대에 있었던 잔학 행위와 오늘날의 동물 사육뿐 아니라 서구가 누리는 풍요로움의 경제적 기반에 대한 불쾌한 반향을 불러일으킨다.

"(…) 이 모든 일이 시작되기 전에만 해도, 이 나라에 트리피드가 몇 마리나 될 것 같으냐는 질문을 받았다면, 저는 기껏해야 수천 마리뿐일 거라고 대답했을 거예요. 하지만 실제로는 수십만 마리는 있었던 모양이 더군요."

"실제로 그랬죠." 내가 말했다. "그놈들은 사실상 어디에서나 자랄 수 있고, 게다가 꽤나 수입이 짭짤한 농작물이었으니까요. 농장이나 종묘장의 울타리 안에서 키우다 보니 외관상 별로 많지 않아 보였을 뿐이죠 ……"(487쪽)[76]

현전하는 가장 오래된 판본에는 인공위성 무기에 대한 아이디어를 소개하는 부분이 추가되었는데, 여기서는 트리피드의 식민주의적 맥락이 더 뚜렷하게 드러날 뿐만 아니라 죄책감에 대한 논의가 출판된 소설의 판본보다 훨씬 더 상세하게 담겨 있다. 이는 빌 메이슨이 착취당하는 트리피드를 단지 이상한 식물 품종이 아니라 마치 지각 있는 존재처럼 여겼다는 것을 말해준다.

"트리피드는 당신과 나의 잘못이 아니라 영리하고 똑똑한 우리 인류의 잘못이었다. (…) 우리는 장삿속에 근시안적으로 손을 대었고 그것들이 이곳에 있는 것만으로도 감사히 여겼다. 그러나 그것들을 여기로 가져오는 것에 대해 장단점을 따져본 사람이 있었는가? 아니. (…) 사람들이 관심을 가진 것은 재빨리 큰 수익을 내는 것이 전부였고, 모두 거기에 뛰어들었다. 사실 우리는 운이 좋았다. (…) 그것들은 자기들 고향의 숲에 있는 괴물로 자라났을지도 모른다. 그것들로부터 얻어 낼 수익이 있는 한 아무도 그것들이 이곳에서 어떻게 될지 알지 못했고 신경 쓰지 않았다.[77]

판본과 상관없이 트리피드의 모든 특성과 밀림, 식민지, 식민지 개척 사업 및 그 관행과의 연관성은 『트리피드의 날』을 밀림의 위험이 제국주의 영국에 되돌아오는 역식민화의 이야기로 읽게 한다. 실제로 트리피드는 처음에는 환유적 전이의 명백한 사례로 보인다. 여기서 이국적이고 매우 위험한 밀림 식물은 당대적 인식에서처럼 길들지 않은 미개한 열대 식민지 선주민을 상징한다. 그러나 이는 단순한 환유의 사례가 아니라 식물과 사람을 혼합하는 방식의 유사성일 수 있다. 그리하여 소설은 이중 억압과 착취, 억압된 자들의 귀환을 다루고, 트리피드와 더 나아가 식물 일반에 대한 우리의 인식을 변화시켜 트리피드를 선주민이나 식민화된 민족으로 묘사한다. 생태적 제국주의, 심지어 제국주의적 생명정치의 관점으로 분석 범주를 확대하더라도, 윈덤의 작품에서 식민주의와 식물 사이의 연관성은 결코 새로운 것이 아니었다.

종의 기원

존 윈덤의 작품에는 제국주의, 식민주의, 노예제, 감금, 착취라는 주제가 담겨 있다. 「세계 맞바꾸기Worlds to Barter」(『원더 스토리즈』, 1931년 5월), 「금성 모험The Venus Adventure」(『원더 스토리즈』, 1932년 5월), 「아스페러스의 추방자들Exiles on Asperus」(『원더 스토리즈』, 1933년 겨울), 「가짜 유성Phoney Meteor」(『어메이징 스토리즈』, 1941년 3월), 「살아있는 거짓말The Living Lies」(『뉴 월드New Worlds』, 1946년 10월), 「휴식 시간Time to Rest」(『아캄 샘플러The Arkham Sampler』, 1949년 겨울), 「지구 같은 곳은 없다No Place Like Earth」

(『뉴 월드』, 1951년 봄), 「벙어리 화성인Dumb Martian」(『갤럭시Galaxy』, 1952년 7월) 등 그의 단편소설은 종종 식민주의와 수탈, 인종차별까지 다루며, 학대받는 화성인과 다른 외계인을 선주민으로 규정한다.[78] 그의 주요 소설 중 상당수는 영국 제국주의에 대한 비평으로 읽히기가 쉽다. 외계인 제노배스가 독일 잠수함 대신 등장하는, 영국의 해양 패권 상실에 대한 알레고리로 읽을 수 있는 「크라켄 깨어나다The Kraken Wakes」 (1953)에 이어 「미드위치의 뻐꾸기The Midwich Cuckoos」(1957)는 잉글랜드 중부에 갑작스럽게 침입한 외래문화에 초점을 맞춘다. 작중 인물 젤라비Zellaby가 "영국의 황혼The British Twilight"이라는 책을 쓰고 있었다는 사실은 윈덤의 1950년대 소설에 담긴 상징성을 해독하는 열쇠일지도 모른다.[79] 윈덤 사후에 출판된 「웹Web」(1979)도 사례가 될 수 있다. 「웹」에서는 태평양 섬에 유토피아 식민지를 건설하려는 시도가 실패한 후 이곳에 남은 마지막 선주민들이 자신의 전통적인 삶의 방식을 지키기 위해 치명적인 돌연변이 거미들과 손을 잡는다.

그러나 윈덤의 전체 작품 가운데 가장 흥미로운 식민주의적 상호텍스트는 『트리피드의 날』의 전신으로 볼 수 있는 초기 단편소설이다. 이 작품은 미국에서 「지옥의 구Spheres of Hell」(『원더 스토리즈』, 1933년 10월)라는 제목으로 처음 출판되었다가 후일 영국에서 「퍼프볼의 위협The Puff-Ball Menace」(『테일즈 오브 원더』, 1938년 7월)으로 재출간되었다. 데이비드 케터러에 따르면 이 작품은 비비안 베이넌 해리스가 언급했던 그 소설로, 그는 자신의 형 존 윈덤이 "오래된 단편소설"을 가져와 『트리피드의 날』을 썼다고 밝혔다. 실제로 케터러는 이 유명한 소설을 "노란 퍼프볼이 노란 머리의 트리피드로 변이된 「퍼프볼의 위협」의 (…) 직접적인 확장판"이라고까지 서술했다.[80]

「퍼프볼의 위협」에서 가장 인상적인 점은 식민주의, 문화 제국주의, 억압받는 자의 귀환을 다루는 방식이다. 이 이야기는 영국이 퍼프볼 형태의 독성을 가진 생물학적 무기에 악의적으로 공격받는 것을 묘사하는데, 이는 서구 문명, 특히 영국 식민주의에 대한 복수의 일환이다. 액자식 구성을 이루는 작품의 시작과 끝 장면에서 '푸만추'[v]류의 동기를 유추할 수 있다. 데본과 콘월을 주요 배경으로 하는 본편 이야기에서는 오만한 원예사와 정원사 들이 사람들에게 퍼프볼을 신종 채소라고 소개하며 이를 재배하게끔 유인한 뒤 대서양의 서풍을 이용해 다른 나라에까지 퍼뜨리겠다고 위협한다.

첫 장면과 마지막 장면은 아마도 칭기즈칸에서 유래했을 가상의 국가 강기스탄을 배경으로 삼으며 무슬림 주민을 오리엔탈리즘적으로 묘사한다. 통치자 코르다Khordah 왕자가 의회에서 자신이 복수를 갈망하는 이유를 주장할 때, 강기스탄이 영국 식민지였을 가능성도 암시된다.

　"우리는 무엇을 할 수 있을까? 영국인을 비롯한 외국인들은 우리를 우습게 보고 있다. 그들은 우리의 요구를 고려조차 하지 않으려 한다. 영국인이 동굴에 숨어 살던 시절에 우리 강기스탄의 사원과 궁전은 이미 색이 바래있었고, 우리 조상들은 창조의 노력을 게을리하지 않았다. 그런 우리가 어린아이 취급을 받는다. 우리는 그들과 전쟁을 하고, 그들은 궁지에 몰린 쥐의 사나움을 비웃듯 우리를 비웃는다. 그들이 우리 신성한

---

v　영국의 작가 색스 로머Sax Rohmer가 창조한 중국인 악당 캐릭터로 세계 정복을 꿈꾸는 미치광이 과학자이다. 서양이 동아시아인을 향해 가진 부정적인 고정관념을 드러내는 사례로도 알려져 있다.

조상의 지혜를 조롱하면서, 우리나라에 자기들의 거품 낀 생활방식을 뒤섞어 부패시키는 동안, 우리는 무력하게 여기 앉아있어야 했다. (…) 그리고 우리는 아무것도 할 수 없다. 우리에게는 커다란 총도, 비행기도 없다. 우리는 우리의 선조가 그들의 신에게 이끌려 멀어지는 것을, 그리고 지혜의 목소리가 물질주의의 공허함에 잠식되어버리는 것을 지켜볼 수밖에 없다."[81]

퍼프볼의 은밀하고 교묘한 공격 동기는 명백히 영국과 서구 문명의 문화 제국주의, 즉 첨단 무기로 뒷받침된 물질주의적 관념과 관련이 있다. 강기스탄의 통치자는 전통적인 믿음과 삶의 방식에 무력감과 모욕감을 느끼고, 어떻게든 대응책을 마련하고자 한다. 의회 원로인 하라민Haramin은 공격 방법을 말하는데, 이는 현대 독자들에게는 섬뜩할 정도로 쉽게 비대칭적 전쟁의 사례로 다가온다(그 계획을 떠올린 것은 서구에서 교육받은 그의 조카다). 그리고 작품의 끝에서 퍼프볼 공격이 격퇴당한 뒤, 코르다 왕자는 생물학적 무기를 사용한 계획이 "우리가 했던 어떤 전쟁보다 저 저주받은 나라에 훨씬 더 큰 대가를 치르게 했고, 우리는 아무것도 잃지 않았다"라고 주장한다.[82]

「퍼프볼의 위협」은 『트리피드의 날』의 그 씨앗이 제국과 식민주의, 그리고 문명화된 영국 사람들에 대한 복수라는 주제를 다룬다는 것을 확실히 보여준다. 퍼프볼은 "식물 침략자의 군대가 땅을 점령하고, 인간을 파괴하기 위해 공격을 감행한다"는 등의 묘사에서 트리피드처럼 의인화되곤 한다. "썩은 살점이든 살아있는 것이든 똑같이 잘" 먹을 때는 트리피드의 식인성도 공유한다.[83] 퍼프볼은 엄밀하게는 균류일지라도 분명 식물계에 속해 있다. 그리고 이를 통해 괴물 식물과 선주민 혹은 식민지인을 묶는 문학적 관행으로 연결된다.

결론

결론적으로 트리피드의 모든 특질과 특성, 즉 북소리, 독침, 살을 먹는 습성, 매복 전술을 비롯해 그들이 이윤을 위해 플랜테이션에서 재배되고, 사슬에 묶여 있다가 채찍을 사용하여 영국인에게 반란을 일으킨다는 사실은 『트리피드의 날』이 제2차 세계대전 당시 독일인의 식물 버전이라는 사실보다 더 중대한 것을 암시한다. 기존의 사변소설과 존 윈덤의 모든 작품을 고려할 때, 트리피드는 식민지인에 대한 영국 제국의 왜곡된 상징으로 읽을 수 있다. 영국의 탈식민지화가 시작되던 당대적 맥락에서, 트리피드는 제국의 종말 그 자체에 대한 상징적 조짐으로도 볼 수 있는 것이다.

니콜라스 러딕Nicholas Ruddick이 언급한 것처럼 "윈덤의 재앙소설에 깔린 근본적인 불안은 대체될지도 모른다는 것"이며, 표면적인 수준에서는 다윈주의적 자연법칙, "좀 더 진화하거나 무자비한 종의 손에 인간이 멸종될 것이라는 공포"로 묘사된다.[84] 윈덤이 특히 H. G. 웰스를 통해 다윈주의에 크게 영향을 받았다는 것은 의심할 여지가 없다. 그리고 필 고츠너Phil Gochenour가 주장했듯 1950년대 윈덤의 모든 소설은 "생태 위기 상황에서의 적응, 생존, 종간 경쟁을 명시적으로 다루고 있다"라고 말할 수 있다.[85] 사실 다윈주의적 독해는 『트리피드의 날』(100-102, 218-220, 459-467쪽)[86] 자체에서 나온다.[87]

그러나 러딕은 그 밖에도 다른 무언가가 있다고 주장한다. 이 불안의 진정한 원천은 다음과 같이 설명된다.

'섬'이라는 자아에 대한 핵 시대의 위협은, 이전에는 외계인으로 외부화되었고, 그 후에는 훼손되진 않았지만 훨씬 더 취약해진 영국이라는 섬 자체로 구체화되었다. 윈덤의 전형적인 주인공은 아무것도 대항할 수 없는 강력한 힘에 의해 영국의 중심성이 위협받고 지배력을 잃을 때에 평범한 영국인이 느낀 혼란을 말한다. 냉전 시기에 영국인은 세계 무대에서 정치적, 기술적 헤게모니를 잃고, 조연의 위치로 내려왔음을 어쩔 수 없이 인정해야 했다.[88]

그러므로 『트리피드의 날』과 같은 작품에서 확인할 수 있는 것은 진화론적 공포로 덧씌워진 정치적 공포다. 그러나 러딕은 기술과 냉전 정치학에 초점을 맞출 뿐, 이 공포와 불안을 영국의 식민 지배 역사 및 탈식민지화 과정에 남반구 식민지인이 복수할지도 모른다는 두려움으로는 연결하지 않는다.

이 글에서 논했듯 『트리피드의 날』과 H. G. 웰스의 『우주 전쟁』 사이에는 분명한 친연성이 있다. 아마 의도적이지는 않겠지만, 웰스가 윈덤에 미친 주요한 영향은 다윈주의(생물학)와 제국주의(정치학)를 이중 상징으로 결합시킨 것이다. 마치 종종 상호교환되고, 분리되지 않을 정도로 너무나 얽혀 있는 이중나선처럼 말이다. 존 리이더가 주장했듯, 진화론과 식민주의의 연결은 식민주의 이데올로기뿐 아니라 SF의 초기 역사에도 중요한 역할을 한다. 노예화된 밀림 지역 주민들의 전형적 특질을 트리피드로 치환하는 『트리피드의 날』은 리이더가 로라 멀비Laura Mulvey와 앤 카플란Ann Kaplan에 근거해서 '**식민지적 응시**'라 부른 구조를 채택한다. "응시되는 대상에게 주어지는 권력을 최소화하거나 부정하면서 응시하는 주체에게 지식과 권력을 분배하는" 그 구조는 "주체가 근거할 뿐 아니라 주체 각각의 위치가 확립되는 정치적이고 경제적인 장치를 유지하고 재생산하는 인식론적 배치"

다.[89] 소설 전체의 초점 화자가 빌 메이슨이라는 점을 고려할 때, 이러한 응시가 외부적이거나 권위적인 차원에서 이루어지는지는 논쟁적일 수 있다. 그러나 트리피드에 대한 묘사와 그것이 보여주는 식물과 사람의 융합 가능성을 볼 때, 소설이 여러 층위에서 식민주의 이데올로기에 근거하며 식민주의 이데올로기를 재생산한다는 점에는 이론의 여지가 없다.

그럼에도 존 윈덤의 『트리피드의 날』이 웰스의 『우주 전쟁』과 같은 앞선 작품들과 구별되는 지점은 제국의 중심과 주변, 주인과 노예의 역할이 역전되는 역식민화의 과정에서, 위협이 상징적 차원과는 완전히 다른 생물학적 왕국의 종의 형태로 다가온다는 데 있다. 여기서 식물들은 인간을 사냥하고 먹으며, 진화적, 생물학적, 인종적, 정치적으로 거의 모든 가능한 수준의 위계질서를 위협한다. 그리고 인간 중심적 위계에 대한 도전은 서구의 식민 권력에 대한 도전과 융합되거나 적어도 병행된다.[90]

03

식물의 촉수와 쑬루세

셸리 사와로 Shelley Saguaro

거대한 오징어와 문어부터 미세한 편모와 섬모에 이르기까지 촉수는 대부분 동물 종의 특징이다. 달라붙는 덩굴손, 기는 뿌리줄기, 멀리 퍼지는 균근처럼 식물 세계에서 자립과 생성의 속성을 지닌 것은 두려움을 불러일으킬 만한 요소가 거의, 아니 전혀 없다. 그러나 이러한 식물의 특징이 '촉수'가 되면 일반적이고 분류학적인 경계를 넘어 "무섭도록 과장된 자연"[1]이 되면서 공포를 불러일으킬 수 있다. 인간중심적으로 사고하는 인류는 식물을 소중히 여기는 한편 통제할 수 있는 것으로 생각했다. 특히 20세기 SF에서는 식물을 교활하고 복수심에 불타는, 반항심과 의지를 가진 괴물 같은 존재로 상상한다.[2] 여기서 논의할 이야기는 무수히 많은 촉수를 가진 지각 있는 식물이라는 특정한 공포가 핵심이다. 이러한 텍스트는 H. P. 러브크래프트H. P. Lovecraft의 「광기의 산맥At the Mountains of Madness」(1936), 존 윈덤John Wyndham의 기념비적 작품 『트리피드의 날The Day of the Triffids』(1951), 존 보이드John Boyd의 『에덴의 수분자受粉者, The Pollinators of Eden』(1969)

등이다. 러브크래프트의 「광기의 산맥」에는 하위 줄기당 25개 이상의 촉수가 딸린 "반半 식물의 신체구조"[3]를 가진 모호한 종이 등장한다. 잘 알려져 있듯 윈덤의 트리피드는 지구를 구할 잠재력을 가진 상품으로 착취되다가 결국 반란을 일으킨다. 이들은 "행진하는 괴물 식물"[4]로, 촉수를 휘둘러 인간을 의도적으로 공격하여 치명상을 입힌다. 존 보이드의 살인하는 외계 튤립도 자신들을 규제하고 착취하려는 과학자들의 엄격한 체제에 저항한다. 한편 플로라 행성과 초록빛 섬 트로피카에서는 고도로 성적性的이고 촉수가 성기처럼 잘 발달한 난초들이 공생하며 조화를 이루는 새로운 에덴이 그려진다. 여기에 논의된 작품은 인간의 개입과 기술적 실험이 의도치 않은 결과를 초래하여 이른바 자연의 질서를 의도치 않게 교란하고 돌이킬 수 없도록 파괴한 사례에 대한 20세기의 문학적 응전이다. 더 나아가 이들 작품은 상업적 이익을 추구하며 환경이라는 객체세계(천연자원)를 대하는 인간중심주의적 행위의 결과를 살피는 것을 넘어, 말하자면 '자연의 복수'까지 다룬다. 식물은 인간과 인간의 불의를 표적 삼아 반격에 나선다. 결국 이 논의의 세 번째 주제는 유전적, 분류적, 혹은 그 이상으로 경계를 횡단하는 문제다.

기괴한 식물: 식물 촉수

SF와 판타지 호러는 오래전부터 괴물 촉수에 매료되었고 이는 이제 문학적으로나 이론적으로나 새롭고 현대적인 표현을 낳았다. 예를 들어 T. S. 밀러T. S. Miller의 논문 「괴물 식물의 생애: 동물학 시대, 식물의 복수Lives of the Monster Plants: The Revenge of the Vegetable in the Age of Animal Studies」(2012)는 동물학의 성장과 종차별주의에 대한 비판이 식물을 간과해 왔다고 지적한다. 밀러는 "괴물 식물은 최근의 동물학 연구로도 탐색하기 어려운 분류학적 계界의 범주에 대한 깊은 불안을 드러낼 수 있다"[5]고 주장한다. 따라서 그는 "소설에서 괴물 식물의 위치를 이해하고 이것이 현대의 이론적 담론에서 차지하는 위치를 제안"[6]하고자 하였다. 도나 해러웨이Donna Haraway 역시 포스트휴머니즘이 제기한 종차별주의에 대한 관점의 생산적 변화를 인정한다. 그러나 그녀는 이러한 이론적 재편 과정을 불만족스러워하며 몇 가지 결함을 지적한다. 해러웨이에 따르면 이러한 결함은 일반적으로 간과되었던 "촉수달린 것들"로 인해 부각되었다. 그녀는 2016년에 쓴 「촉수적 사유: 인류세, 자본세, 쑬루세Tentacular Thinking: Anthropocene, Capitalocene, Chthulucene」 및 이 글과 연관되는 다른 저서 『트러블과 함께하기: 자식이 아니라 친척을 만들자Staying with the Trouble: Making Kin in the Chthulucene』(2016)의 한 장에서 이들을 극찬한다. 이 글의 결정적인 몇 가지 논점은 여기서 가져온 것이다.[7] 밀러가 "촉수 공포 자체의 또 다른 기원"[8]으로서 식물의 역할을 찾고자 했던 반면 이 글의 기반이 되는 촉수성을 제안한 도나 해러웨이와 차이나 미에빌China Miéville은 식물에 초점을 맞추지 않는다. 그러나 이 글에서 논의할 소설은 식물성 촉수에 관심을 기울인 작품이자 지금처럼 촉수성에 대한 관심이 생기기 이전 시기의 작품이라는 점에서 주목하였다.

　판타지 작가이자 '뉴 위어드'와 자주 연관되는 작가 차이나 미에빌은 「M. R. 제임스와 양자 뱀파이어M. R. James and the Quantum Vampire」라는 에세이에서 '촉수 노붐the Tentacular Novum'을 정의했다. 그는 다음과 같이 주장한다. "촉수가 거의 완전히 부재했던 상황에서 (…) 오늘날 괴물의 기본적 부속물 중 하나가 되기까지 (…) 촉수의 확산은 기이함 문화로의 획기적 전환을 의미한다."[9] 미에빌은 자신이 『크라켄Kraken』(2010)에서 묘사했던 혼합적인 창조물을 비롯하여, 선구자인 H. P. 러브크래프트가 만든 혼종 문어 같은 크툴루Cthulhu, 촉수 달린 두족류 등을 염두에 두었다. 이들은 촉수 생물이고, 복합적인 혼종성을 지녔음에도 어쨌든 식물은 아니다. 사실 밀러는 미에빌의 에세이를 "쉽게 이론화되지 않는 촉수 공포라는 현상에 대한 현존하는 최고의 이론화"라고 평가하지만, 그럼에도 불구하고 "식물이 완전히 빠졌다는 것"이 "약점"이라고 지적한다.[10] 해러웨이의 관심사는 "복수종의 혼란"과 "땅속의chthonic 힘"으로, 마찬가지로 식물에 소홀하다는 비판을 받기도 하지만 그녀는 "생물과 비생물", "고대와 최신" 둘 다에서 모든 종류의 무수한 촉수를 가진 창조물을 환영함으로써 모든 것을 포괄하고자 한다.[11] 해러웨이에 따르면, 땅속의 것들은 "촉수, 더듬이, 손발가락, 인대, 채찍꼬리, 거미 다리, 헝클어진 털로 가득 찬" "최고의 괴물"이다.[12]

촉수처럼 사유하기

해러웨이의 주된 목표는 현재 우리의 시대를 인류세로 명명하는 방식을 교정하는 것으로, 그녀는 "지구에서 이러한 변화가 일어나는 시기를 인류세로 명명해서는 안 된다"라고 말한다. 해러웨이는 인간중심주의가 전제하는 힘과 "땅속의 생물들"의 "풍부한 진창" 사이의 갈등을 "땅속의 힘들이 도처에 그들의 세포조직을 주입한다"[13]라고 상정한다. 하늘의 신과 땅속의 필멸자, 아폴로와 디오니소스, 남성과 여성 사이의 대립은 현대 담론을 지배하는 해러웨이의 관점에서는 그다지 새롭지 않지만, 해러웨이가 현대의 지배적인 담론을 다루는 방식은 새롭다. 해러웨이는 자본세와 인류세가 오늘날 어디서나 듣는 ""게임 오버, 너무 늦었어" 식의 냉소주의와 패배주의, 그리고 자명하고 자기 충족적인 예측에 너무나 쉽게 가담"[14]한다고 보고, 이 두 차원에 대조되는 세 번째 차원으로 쑬루세를 추가한다. 쑬루세는 『트러블과 함께 하기』에 관해 생명력 있고 집단적이며 창의적인 접근 방식을 낳는다. 해러웨이는 「촉수 사유」 장에서 다음과 같이 말한다.

> 인류세나 자본세와 달리, (…) 쑬루세는 여전히 위태로운 시대 안에서 진행 중인 복수종의 함께 되기 이야기와 실천들로 구성된다. 우리는 서로에게 중요하다. 인류세와 자본세 담론의 지배적인 각본들과 달리 인간은 쑬루세에서 단지 반응할 수 있을 뿐인 다른 모든 존재와 구별되는 유일하게 중요한 행위자가 아니다. 질서는 다시 만들어진다.[15]

따라서 촉수성은 존재 양식이자 표현 방식이다. "무수히 많은 촉수가 쑬루세에 관한 이야기를 위해 필요하게 될 것이다."[16] 해러웨이는 자본주의 시대에 인간중심적인 오토포이에시스(자기 창조)와 인류세 시대에 어디에나 있는 자기과신 및 운명론 양측에 모두 도전하는 다면적인 공-산共-産, sympoiesis("함께 만들기" 또는 "공동 창작")을 상상하고 장려한다. 이러한 다양한 담론에 비춰볼 때, 그리고 새로운 시대에 촉수가 지닌 잠재성을 고려할 때, 20세기 사변소설을 통해 촉수 식물을 재고하는 것은 주목할 만하다. 이 장에서 살펴볼 20세기의 사변적 텍스트와 경고를 담은 이야기 모두 자본세의 절정에 쓰인 것으로, 과학적 진보, 은하계 간 교류, 분류학적 경계, 도덕적 기대 등이 식물 촉수의 등장으로 인해 심문을 받는다.

도나 해러웨이는 '촉수tentacle'라는 말이 "'더듬이'를 의미하는 라틴어 텐타쿨룸tentaculum과 '더듬다', '시도하다'를 의미하는 라틴어 텐타레tentare에서 왔다"[17]라고 설명한다. 옥스퍼드 영어사전에서는, "1. 동물의 가늘고 유연한 사지 또는 부속물, 특히 무척추동물의 입 주위에 위치하며, 잡거나 이동하는 데 사용되거나 감각 기관을 지탱하는 역할을 하는 기관"이라는 중요한 정의를 내린다. 이 글과 관련해서는 세 가지 하위 정의가 있다. "1.1 (식물에서) 덩굴손 또는 민감한 선모. 1.2 모양이나 유연성이 촉수와 비슷한 것. 예: 수증기 자국. 1.3 (대개는 복수형) 영향력과 통제력이 교묘하게 퍼지는 것. 예문: 정당의 촉수가 사람들의 생활 구석구석에까지 뻗쳤다."[18] 동사가 강조 표시된 경우, 각각의 정의는 움켜쥐고 움직이고 뻗고 도달하는 등 촉수의 소름 끼치는 활동 및 효과의 특성을 더욱 잘 이해하는 데 도움이 된다. 가느다란, 유연한, 예민한, 은밀한 등의 형용사도 이를 드러낸다. 존 윈덤의 『트리피드의 날』에서 눈을 다쳐 입원 중이던 빌 메이슨Bill Masen은 뭔가 잘못되었다는 것을 직감한 후, "침실의 어두운 모퉁이에서 웅크리고 있는 무서운 것들에 관해서 생각하면 (⋯) 침대 밑에 있는 뭔가가 손을 뻗어서 내 발목을 움켜쥘지도 모른다는 두려움"[19]을 느낀다. 소설은 이처럼 어린 시절의 불안감을 떠올리는 장면을 통해 원초적인 공포를 불러일으킨다. 침대 밑의 괴물은 식물처럼 친근한 것이 **'아니다'**. 그보다 날카로운 이빨이나 발톱을 가진, 육식성이며 탐욕스럽고 시끄럽게 포효하는, 아마도 외계인이거나 확실히 이질적인 것이다.

식물 스스로가 자유의지나 야망을 갖고 행동한다는 주장은 최근까지도 진지하게 검토되지 않았다. 식물은 자연 질서와 존재 사슬 속에서 인간이나 다른 동물들과 구별되는 속성을 결여했다고 여겨졌다. 그러나 2001년에 원예 및 푸드 저널리스트인 마이클 폴란Michael Pollan은 『욕망하는 식물: 세상을 보는 식물의 시선The Botany of Desire: A Plant's-Eye View of the World』에서 보다 포괄적인 접근법을 제안했다.

> 이들은, 길들이기는 인간이 식물을 대상으로 하는 행위이지 식물이 인간을 대상으로 하는 것이 아니라고 생각했다. (⋯) 튤립 열풍은 튤립에게는 엄청난 기회가 되었다. 마침내 튤립은 최후의 승자가 되었다. 적어도 네덜란드 사람들의 은행 잔고가 바닥을 드러내고 사람들이 파산의 절망 속에 빠져든 뒤에도 전세계에서 튤립은 여전히 번성했으니까, 누가 봐도 튤립이 최후의 승자임을 인정할 수밖에 없다.
> 이 모든 사람들은 자기들이 의식했든 아니든 공진화라는 드라마에 출연한 배우들인 셈이다. 이 드라마는 인간의 욕망과 식물의 욕망이 한데 어우러진 춤판이었고, 이 춤판을 통해서 식물도 변하고 사람도 변했다.[20]

예를 들어 폴란은 데이비드 애튼버러David Attenborough의 1995년 TV 시리즈 〈식물의 사생활The Private Life of Plants〉의 저속 촬영에서 영감을 얻었다.[21] 오늘날 유전학, 식물과 인간 종의 유전자가 중첩된다는 발견을 비롯한 기술 발달과 환경 재난과의 직면 등으로 이론적 "탈인간중심주의"[22]가 도래했으며, 이는 에두아르도 콘Eduardo Kohn의 『숲은 생각한다: 숲의 눈으로 인간을 보다How Forests Think: Toward an Anthropology beyond the Human』(2013)나 페터 볼레벤Peter Wohlleben의 『나무의 숨겨진 삶The Hidden Life of Trees』(2017)과 같은 책에서 분명하게 드러난다. 이 책들은 '식물의 관점'을 고려하는 것을 좀 더 그럴듯하게 만든다. 마이클 폴란은 "식물은 인간과 다른 차원에 존재하며 또 수동적인 존재일 뿐이라는 우리의 일반적인 생각이 잘못되었음을 깨달을 수 있을 것"[23]이라고 논평했다. 이는 2012년에 T. S. 밀러가 아직도 불충분하다고 한탄한 '식물학'을 예견했다.

식물학은 다른 연구보다는 뒤처져 있을지라도 식물은 오랫동안 인간의 상상력을 사로잡았으며 심지어 과학의 이름하에 어떤 공상적인 사유를 불러일으켰다. 과학의 발흥은 여행의 범위가 확대되는 것과 맞물려 식물과 생물권에 대한 이해를 넓히는 데 기여했다. 진화론자들은 적자생존, 자연 도태, 그리고 전 세계의 '외래' 종과 독특한 적응에 대해 말했다.

이러한 표본 중 상당수는 지구의 진기한 것을 수집 및 전시하고 지식을 넓히려는 목적에서 런던의 왕립식물원 큐가든Kew과 같은 서구의 대도시 중심지로 옮겨졌다. 『이상한 식물학: 이상하고 알려지지 않은, 살인하는 식물의 더 많은 이야기Botanica Delira: More Stories of Strange, Undiscovered, and Murderous Vegetation』(2010)의 편집자인 채드 아르멘트Chad Arment에 따르면 열띤 상상력도 점차 증가했다. "이상한 식물에 대한 믿기 어려운 이야기"가 18세기에 나타나기 시작했지만, 1870년대까지는 없었던 "파리지옥과 '치명적인' 유퍼스 나무"와 같은 식물에 대한 언급이나 예컨대, "식인 나무 이야기"와 같은 "식물의 경이로움(그보다 더 빈번하게는 공포)"에 대한 신문의 고의적인 조작 기사가 유행하기 시작했다.[24] 중요한 것은 기사에 나오는 장소가 주로 열대 지방이었고, 식물은 실제든 조작이든 거대한 구불구불한 덩굴, 울창한 열대우림과 교묘하게 위장된 캐노피, 동물이든 식물이든 낯선 서식자로 가득했다는 점이다. 채드 아르멘트의 콜렉션이 보여주듯이, 『사우스 퍼시픽South Pacific』에 실린 "식물 보아뱀vegetable boa constrictors"에서 코스타리카에서 접한 "실론 섬의 식인 나무The Man-Killing Tree of Ceylon"(1895)나 "육식성 식물The Flesh-Eating Plant"(1901)과 같은 익명으로 출간된 이야기에 이르기까지 여행의 확대는 근거가 있든 없든 호기심을 부르는 종에 대한 추측을 확장해왔다. 아르멘트는 "이 이야기의 한 가지 긍정적인 측면"은 "미확인식물cryptobotanical"[25] 이야기, 즉 "존재한다는 보고는 있지만 과학적으로 분류되지는 않은 식물들"을 중심으로 한 "매력적인 하위장르인 사변소설의 개발에 영향을 끼쳤다"는 점으로 짚었다.[26] 뒤따르는 많은 판타지와 SF의 인기 지면은 1920년대 처음으로 두각을 나타낸 『어메이징 스토리즈 Amazing Stories』, 『원더 스토리즈Wonder Stories』, 『위어드 테일즈Weird Tales』 같은 제목의 잡지로, H. P. 러브크래프트와 존 윈덤 둘 다 여기에 작품을 실었다. 이 시기(1920년대 후반에서 1950년대까지)의 몇몇 『위어드 테일즈』의 표지에는 거대한 뱀의 촉수나 날카로운 이빨을 가진 문어 같은 생물이 깊은 곳에서 솟아오르는 모습이 묘사되지만, 목을 조르는 식물은 상대적으로 드물었다. 예외적으로 1928년 9월호 「악마식물The Devil-Plant」(존 머레이 레이놀즈John Murray Reynolds 글, C. C. 센프C. C. Senf 표지 그림)에는 거대하고 촉수가 있으며 이빨을 가진 식물이 '육식' 파리지옥Dionaea muscipula처럼 위기에 빠진 젊은 여성을 잡아먹으려 하는데, 헬멧을 쓰고 칼을 휘두르는 남자가 그녀를 구하기 위해 등장하는 삽화가 있다.[27] 밀림이라는 배경이 효과적으로 보여주듯, 인간이 식물을 먹는 대신 식물이 인간을 먹는 식으로 규범을 전복하는 육식 식물은 식인 풍습처럼 정글이라는 장소에서 일어난다고 여겨지는, 자연법칙에 반하는 행위를 환기한다.

경계 가로지르기

선정적 유언비어가 확장된 시야와 결합하면서 경계의 횡단과 분류법의 미끄러짐에 관한 광범위한 공포가 극적으로 야기되었다. 인간을 비롯한 동물처럼 행동하는 육식성 식물은 그 자체로도 불안을 조성했지만, 혼종성이라는 또 다른 두려움에 대한 은유를 낳기도 했다. 이런 경향은 아마 H. P. 러브크래프트의 판타지 호러에서 가장 분명하게 드러날 것이다. 곧잘 인용되는 H. P. 러브크래프트의 1927년 에세이 『공포문학의 매혹Supernatural Horror in Literature』은 "진정 기괴한 이야기"에 대한 그의 초기 정의를 제시한다.

> 설명할 수 없는 외계의 힘에서 나오는, 숨막히는 분위기를 띤 공포를 반드시 포함해야 한다. 또한 심각하고 불길한 암시가 반드시 나타나야 한다. 이는 인간의 두뇌가 생각할 수 있는 가장 끔찍한 개념이자 호러 문학의 주제가 되는 것이기도 하다. 깊이를 알 수 없는 우주의 악마와 혼돈의 공격으로부터 우리를 지켜 줄 유일한 안전장치인 불변의 자연법칙을 깨뜨리거나 정지시키는 것 말이다.[28]

"진정 기괴한" 소설의 이 "레시피"에 러브크래프트는 20세기 과학의 진전 즉 "원자 내부를 다루는 현대 화학, 발전하는 천체 물리학, 상대성 이론, 생물학과 인간 사고에 대한 연구 등이 경계를 파괴하고 영역을 확장하며 경이와 상상을 자극"[29]하는 또 다른 요소를 추가한다. "불변의 자연법칙"과 "경계를 파괴"한 현대과학이라는 관심사의 조합은 러브크래프트의 보수적이면서도 다소 과장된 미래지향적 방식에 필수적 요소이다. 다양하게 주장되었던 것처럼 러브크래프트는 악명 높은 인종차별주의자였고, 반동주의자라는 혐의를 받았는데, 이는 그의 많은 편지에서 명백하게 드러난다. 러브크래프트의 전기를 쓴 미셸 우엘벡Michel Houellebecq은 "악몽 같은 괴물에 대한 묘사를 읽으며 그 생물의 원천이 **'실제'** 인간이라고는 결코 짐작할 수 없었다"라며 러브크래프트의 "집요한 인종차별주의"에 대해 놀라워했다. 우엘벡은 계속해서 "호러 작가로서 (그리고 최고의 작가 중 한 명으로서) 러브크래프트는 잔인하게도 인종차별을 그 본질이자 가장 심오한 핵심인 두려움으로 되돌린다"[30]라고 말했다. 소푸스 A. 라이너트Sophus A. Reinert는 정교한 공포로 가득한 러브크래프트의 신화 만들기의 근간에는 "세계화, 인종 간 혼혈, 경제적 쇠퇴의 혼돈 한가운데에서 "앵글로 색슨" 문명이 하위 인종에게 굴복할 것이라는 끔찍함, (…) 소름 끼치게 울리는 두려움"[31]이 있다고 지적한다. 러브크래프트에게 "잡종의 용광로"는 문명화되고 육체적으로 정비된 튜턴족이 완전히 "악의 원형질"로 되돌아가는 유전적 퇴행을 나타내는 징후였다.[32] 러브크래프트의 가장 유명한 소설 중 하나인 「인스머스의 그림자The Shadow over Innsmouth」(1931)의 장면 설정 노트는 다른 텍스트들, "끔찍한 사건-혼종화 (…) 무한히 늘어갈 것 같은 일들"[33]도 이해할 수 있는 시각을 제공한다. 오늘날 해러웨이가 환영하는 "복수종 진창multi-species muddle"은 19세기 후반과 20세기 초반의 러브크래프트와 여타 우생학자에게는 공포와 혐오의 근거였다.

　　유전적 퇴행에 대한 러브크래프트의 혐오는 광기의 산맥 전체를 관통하며, 한때 옛것들The Elder Things의 노예였던 "무정형의 원형질 덩어리 거품, 희미하게 자체발광하고 무수히 많은 임시 눈이 농포처럼 생기고 사라지는 (…) 으깨지고 (…) 미끄러지는"[34] 지하의 원형질 같은 쇼고스Shoggoths에 이르러 경고는 정점에 이른다. 그리고 그곳에 식물이 등장한다. 넘쳐나는 촉수를 가진 이 생명체는 적어도 식물로는 추정된다. 남극 대륙 그리고 "얼음과 죽음뿐인 그 황량한 왕국"[35]을 여행하는 남성 과학자 그룹에 의해 발견된 화석화된 선사 시대의 유물은 분석할 수 없는 종이다. 고생물학자인 화자의 꼼꼼한 과학 기록에서 알 수 있듯이, 이 화석은 "전혀 알려진 바 없는 통 모양의 기괴한 화석, 식물로 추정됨, (…) 식물인지 동물인지 판단하기 어려움" 등으로 규정된다. 따라서 "이 생명체는 세포 성장의 산물이 아니었다. 생물학의 역사를 다시 써야 할 정도였다."[36] 주목할 만한 특징은 다음과 같다. "날개 끝에는 구멍들이 나 있음 (…) 막 조직으로 이루어진 210센티미터 길이의 날개들" "몸통에 단단히 접혀진 상태지만 쭉 뻗었을 경우 최대 길이 90센티미터에 이름. 연한 회색의 5개의 팔 혹은 촉수로 보이는 신체 기관" "지름 8센티미터 정도의 촉수가 15센티미터쯤 뻗어 있다가 5개의 하위 촉수로 갈라짐. 이 하위 촉수들은 (…) 가느다란 촉수 혹은 덩굴손 형태로 갈라짐으로써, 팔 모양의 촉수 하나마다 총 25개의 하위 촉수가 달려 있음."[37] 또한 "구근 모양의 목" "불가사리 모양의 (…) 머리"로 "아가미"가 있고 "근육질 섬모가 8센티미터 길이로 뒤덮여 있음." "머리는 '뭉툭하게 부풀어오른' 형태로" "길이 8센티미터 정도"의 "노르스름하고 부드러운 관 조직"으로 덮여 있다. 동물과 같은 "약간 길고 불그스름한 관들", "주머니 모양으로 부풀어져 있음", "종 모양 구멍" "돌출해 있는 날카로운 하얀 이빨"[38]은 남근과 질 둘 다를 동시에 징그럽게 구성한다. "5개의 엽편 구조로 이루어진 두뇌"를 갖고 있지만 "양치류"[39]처럼 포자에 의해 번식한 증거가 있다. 또 어떠한 혈액도 없고, 대신 "짙은 녹색의 액체", "지독한 악취의 수분"이 배어 나왔다.[40] 과학적으로 기술하려 해도 분류학적 결론에는 도달하지 못한다. "그것의 대칭성은 신기하게도 식물과 유사하며, 동물의 앞뒤 구조보다는 식물이 기본적으로 지닌 상하 구조를 보여준다."[41] 이것의 이름을 명확하게 파악할 수 없었던 과학자는 결국 "부분적으로 식물의 특징을 보이면서도, 4분의 3은 동물의 구조로 이루어져"[42] 있다고 보았다. 그 표본은 사람들이 처음에 생각했던 것만큼 화석화되지 않은 탓에 식별하거나 분류할 수 없었고, 유추를 통해 짐작할 뿐이었다. "바다나리crinoids"(그리스어로 '백합'을 뜻하는 krinon과 '형태'를 뜻하는 eidos의 합성어), 화려한 촉수를 가진 해양 생물, 또는 "발광체"인데 날개가 달린 동물과 비슷하다는 식이다. 그러나 러브크래프트의 냉동 폐기물에서 완전히 해동된 표본은 탐사대와 탐사견 전체를 끔찍하게 살해한다. 획기적인 발견으로 여겨졌던 이 생물은 끔찍한 유전적 퇴행과 돌연변이로 인한 결과라는 사실이 드러난다. 시간이 흐르면서 이것은 네크로노미콘의 고대 신화에 등장하는 "옛것들" 혹은 "올드원"으로 알려진 생물체로 확인되며, 이들은 완전히 외계의 존재라고는 할 수 없고, 과거에 문명의 흥망을 겪었다고 한다. 러브크래프트가 그토록 무시무시한 형태로 불러일으키는 생물학적 공포는 머나먼 문명이 겪은 생물학적 전쟁으로 인한 것인데, 그 일부가 극저온 상태로 후대의 문명에 영향을 끼쳐온 것이다. 이 괴물이 야기하는 공포는 "이 척추동물뿐만 아니라 그밖의 다른 생명체, 동물과 식물, 어류와 조류 들은 모두 통제되지 않은 진화의 산물"[43]이라는 점에 기반한다. 소푸스 라이너트Sophus Reinert의 설명처럼 러브크래프트는 당시의 대공황과 이를 초래한 요인인 "감시되지 않은" "통제되지 않은" 힘을 보았다. "경제적, 인종적, 문명적, 궁극적으로는 미학적 측면에서 옛 조상으로의 퇴행을 야기할"[44] 힘이었다. "통제되지 않는 진화"와 태고의 "외계생물"을 향한 공포는 궁극적으로 인간의 멸종, 혹은 그 이상의 위험을 맞이할 수 있다는 취약성에 대한 두려움이다.

우발적인 돌연변이

"통제되지 않는 진화"를 통해서든 "강제된 발전"에 의해서든, "우발성"은 이 세 가지 텍스트에서 공통적으로 고려되는 주제다. 존 윈덤의 작품에서는 이 점이 매우 뚜렷하게 드러난다. 대표적으로 『트리피드의 날』의 주인공인 빌 메이슨은 사람들을 실명시켜 트리피드를 그토록 유리하게 만든 유성우가 신의 섭리가 아니라 인류가 초래한 사고일 수 있다고 추측한다. 어쩌면 사고가 아니라 고의적이고 악마적인 전략일 수도 있다. 소설 초반에서 유성우로 인해 전 세계가 눈부신 녹색 섬광에 휩싸였을 때, 메이슨은 겉으로 드러나지는 않지만 실제로는 가까이에 존재하는 위협에 대해 언급한다. "인공위성에는 단순히 핵탄두만 장착된 것이 아니었고 (…) 농작물 질병, 가축 질병, 방사성 유해물, 바이러스, 그리고 기타 등등의 친숙한 종류의 감염 질환뿐만 아니라, 아주 최근에야 실험실에서 개발된 최신 종류의 감염 질환까지도 모조리 저 위에 둥둥 떠 있다 (…) 불확실하고 잠재적으로 역효

과마저 가능한 무기"[45]는 전부 공식적으로 부인되었다. 아이러니하게도 메이슨은 이미 트리피드의 독침에 쏘여서 눈에 붕대를 감고 병원에 입원한 상태였기 때문에 시력을 유지한다. 트리피드가 독성이 있는 촉수로 인간의 눈을 겨냥하는 것은 흔한 "전략"이 된다. 그의 견해에 따르면 점점 공포스러워지는 트리피드의 "진짜 기원"은 "여전히 모호하지만" "그놈들이야말로 일련의 교묘한, 동시에 매우 우발적인 생물학적 조작의 산물"이라는 것이다.[46] 처음에 트리피드는 영양이 풍부한 연분홍색 기름을 제공하는 전적으로 새로운 종으로, 적절하고 충분한 식량을 생산하기 위해 애쓰며 작물을 재배할 공간을 얻기 위해 공격적으로 경쟁하던 세계에서 매우 가치 있는 상품일 수 있었다. 냉전 상황을 반영하듯 소련은 "의도적으로 스스로를 수수께끼의 나라로 조직"하고 "마치 베일처럼 드리워진 비밀주의 뒤에서", 식량 생산을 위해 "사막과 초원, 북부 툰드라 개간을 위한 시도에 각별히 관심을 쏟았다고 알려졌다."[47] 따라서 트리피드는 경작지를 확보하기 위한 국제 경쟁에서 필수적인 존재가 되었다. 밀매된 트리피드 씨앗을 싣고 가던 비행기가 파괴되고 추락하는 바람에 그 씨앗은 다시금 우연히 그리고 무작위로 널리 흩어진다. "미세한 트리피드 씨앗은 수백만 개가 이제 자유롭게 공중에 날아다니면서, 바람이 데려가는 곳 어디로나 전 세계로 퍼져"[48] 나갔다.

트리피드는 SF 및 사변소설에 등장하는 촉수 식물 중 아마도 가장 상징적이다. 그것은 "기묘하게, 그리고 어딘가 낯설게"[49] 보이더라도 어쨌거나 식물에 불과하므로 처음에는 확실히 무해해 보였고, 아무런 방해 없이 널리 자라날 수 있었다. 어떤 면에서 그것은 겉보기에는 「광기의 산맥」의 '옛것들'과 다르지 않아 보인다. "곧은 줄기", "목질

줄기", "줄기에서 옆으로 곧게 자라난 세 개의 작고 맨숭맨숭한 가지", "짧게 줄줄이 돋은 질긴 초록색 잎사귀", "줄기 꼭대기에 달린 기묘하고도 흡사 깔때기처럼 생긴 부분", "그 속에 단단히 감긴 나선형 가지", 그리고 육식성 습성을 드러내는, 곤충을 잡아서 소화시키기 위한 "깔때기 바닥에 고인 끈끈한 액체".[50] 이 나선형 가지는 식물학적으로 결코 무해하지 않으며 오히려 공격용 촉수다. "트리피드가 줄기 끝에 달린 나선형 가지를 뻗으면 무려 길이 3미터의 가늘고 독침 달린 무기가 된다는 사실, 그리고 거기서 분출되는 독으로 말하자면 맨살에 정통으로 맞을 경우에는 사람도 너끈히 죽일 만하다는 사실"[51]이 드러난다. 점차 트리피드가 곤충은 물론 고기를 먹는다는 사실이 명백해지고, 그 독침은 신선한 상태의 "생살을 찢을 만한 근력"은 (아직) 없지만 "부패하는 시체에서 떨어지는 살 조각을 집어서 줄기에 달린 꽃받침으로"[52] 가져갈 정도의 힘은 있었다. 따라서 그것은 일단 희생양의 눈을 멀게 하고 기절시킨 후, 살이 부패할 때까지 숨는다. "시간이 지나자, 그중 한 놈이 뿌리를 땅에서 뽑아 올리더니 걸어" 다니는데, 빌 메이슨이 낙관적으로 회상했듯, 트리피드는 "캥거루"보다 더 환상적이거나 "미꾸라지, 타조, 올챙이, 그리고 100여 가지 다른 생물보다 훨씬 더 기묘한" 생물도 아니었다. "박쥐만 해도 날아다니는 법을 배운 포유류이다. 그런데 여기 걷는 법을 배운 식물이 있다고 치자. 그게 뭐 어쨌단 말인가?"[53] 러브크래프트의 과학자들이 올드원을 바닷속에 현존하는 촉수 달린 바다나리에 비유했듯, 윈덤은 트리피드를 '기이한' 그러나 더 친숙하고 의문스럽지만 무해하며 다양한 방식으로 적응한 종에 비유한다. 분명한 것은, 종의 진화는 인간에게 골칫거리가 될 가능성이 있더라도, 인간의 생존을 위협하는 존재는 아니라고 간

주된다는 점이다.

통제력 상실

윌리엄 럭크너William Lucknor는 현재의 포스트식민주의, 포스트휴먼, 쏠루세 학설에 관련한 급진적인 평가에서, 트리피드가 "인간과 동등한" 지성을 가진 것이 아니라 "잘 발달된" "전혀 다른 유형의 지능"[54]을 가지고 있으며, 매우 적응력과 경쟁력이 뛰어나다고 지적한다. 트리피드는 시각이 없더라도 끈질기게 그리고 전략적으로 인간의 눈을 주로 겨냥해 독침을 쏜다. 관찰력이 뛰어난 럭크너는 인간이라는 동물의 취약성을 이렇게 설명한다. "우리가 시력을 빼앗기고 나면, 그런 우월함도 사라져 버리는 거야. 아니, 오히려 더 나쁜 상황이 되겠지. 우리는 그놈들보다도 더 열등한 신세가 될 거야. 왜냐하면 그놈들은 시력 없는 생활에 적응되어 있는 반면, 우리는 그렇지 않을 테니까."[55] 『트리피드의 날』에서 트리피드의 자유의지가 보고되면 대부분의 경우 "저놈들은 그냥 식물에 불과"[56]하다는 반응을 보인다. 세일즈맨인 움베르토 팔랑게스Umberto Palanguez는 자신을 "여러 라틴계 혈통을 이어받았"[57]다고 소개하면서, 트리피드는 "뭔가 완전히 새로운" 것이고 불명확하더라도 분명히 잡종이며 유전성이 있다고 말한다. "저는 거기에 해바라기가 전혀 없다고는 말하지 않겠습니다. 거기에 순무가 전혀 없다고도 말하지 않겠습니다. 거기에 쐐기풀이 전혀 없다고, 심지어 과수원이 전혀 없다고도 말하지 않겠습니다. 하지만 만약 그것들이 모두 이 물건의 아비가 될 수 있다고 가정한다면, 저로선 이 물건이야말로 그 아비가 누군지도 알 수 없는 새끼라고 말하겠습니다. 제 생각에는 그 아비들도 이 새끼를 별로 좋아할 것 같지는 않군요."[58] 그것은 단순히 식물이 아니고, 동물도 아니고, 지구 토박이도 아니다. 그것은 식별에 집착하는 인간 문화의 기존 분류를 거스른다. 그럼에도 인간은 트리피드가 "그저 식물"이라고 가정하고, 그 열등함과 한계를 확신하며 오로지 강력한 상업적 착취와 "최적화"의 관점에서만 트리피드를 바라보며 경멸스럽게 대한다. 그러나 인류의 역사는 인종적 편향만이 아니라 동류에 대한 정당화에 관한 선례를 보여준다. 빌 메이슨의 말처럼 트리피드는 "워낙 다르고", "유전 가능한 특성에 관한 우리의 발상 모두에 반대하는 것"이라도, 억압자에게 대항하고 자신들의 집단적 권리를 위해 싸우며 "괴물 식물들의 행진"을 하는 것처럼 보인다.[59] 빌 메이슨은 "대대적인 십자군 운동"을 계속하고 "끝도 없는 파괴를 통해서 트리피드를 몰아내고 또 몰아내서, 그놈들이 찬탈한 땅의 표면에서 맨 마지막 한 마리까지 싹쓸이해버릴 것"[60]이라고 굳게 다짐하는데, 이것은 분명 존 윈덤의 풍자이다. 트리피드가 비난받는 부분은 예를 들면 서구 식민주의가 벌였던 침탈과 정확히 같은 종류인데, 또한 나치 독일과 같은 다른 침탈에 대한 각각의 입장을 연상시킨다. 나아가 이는 외국인만이 아니라 외계인이 행할 침략에 대한 두려움을 극적으로 과장한다. 이는 한편으로는 처칠을 연상시키지만 다른 한편으로 제국과 세계대전 이후 시대의 독자는 반성적으로 잠시 멈춰서 생각해보게 된다. 이 시나리오에서 '나쁜 놈'은 누구이며, 어떤 기준 또는 신조에 의한 것인가? 인간의 실험이 낳은 사고와 그로 인한 예상치 못한 결과에 관한 이야기는 창작자와 피조물의 권리 및 책임에 관한 질문을 제기한다. "저 끔찍하고 낯선 괴물들이야말로 우리 가운데 누군가가 어찌어찌 만들어낸 것이었고, 또 우리 나머지가 무분별한 탐욕으로 인해 전 세계 각지에서 기르게 된 것이었다"[61]라는 빌 메이슨의 수긍은, 다른 생명체와 마찬가지로 트리피드가 억압당하는 상태를 그저 묵인하길 기대할 수는 없다는 관점을 강화한다. 아담과 이브도 자신의 처지를 개선하려 하며, 메리 셸리 Mary Shelley의 『프랑켄슈타인Frankenstein』에 나오는 괴물도 또 다른 선례이다. 물론 소설의 전반적인 관점은 인간중심적이지만 이야기의 표현은 아이러니하게도 그렇지 않다. 윈덤은 학대받고 절망에 빠진 대자연의 "끝장나버린 것처럼 보였"던 "복수"가 나타날 가능성을 독자에게 일깨운다.[62] 트리피드가 어떤 존재이든 간에 그들이 상업적 목적으로 감금되었다는 묘사와 노예제도의 역사적 반향을 고려할 때, 그들이 실재하며 착취당했을 뿐만 아니라 과소평가 되었다는 데에는 의심의 여지가 없다. 1인칭 서술로 트리피드에 대한 동정심을 표현한 부분은 전혀 드러나지 않으며, 등장인물들과 마찬가지로 독자는 트리피드의 관점 자체를 알 수 없다. 그렇지만 특히 포스트휴먼 시대에 윈덤의 작품은 독자로 하여금 다른 종의 관점에 궁금증을 갖게 하며, 인간의 오만함과 근시안적 어리석음을 인식하도록 촉구한다.

1969년에 출간된 존 보이드의 『에덴의 수분자』는 윈덤의 주요 작품 『트리피드의 날』에 큰 영향을 받았음이 명백하다. 윈덤 이후의 SF 작가라면 이 작품을 모르는 사람이 없을 정도로 『트리피드의 날』은 다수의 상을 수상하고 다양하게 각색되었으며, 1962년에는 하워드 킬 주연의 동명의 영화가 개봉되어 큰 주목을 받았다. "트리피드를 조심하라!… 그들은 성장하고… 인지하며… 걷고… 말하고… 추적하며… 죽인다!"라는 영화 메인 포스터의 홍보 카피는 여전히 시선을 사로잡는다. 영화 포스터에는 의미심장하게도 작품 제목과 윈덤의 이름이 기재된 책 아이콘과 "역사상 가장 위대한 SF소설!"이라는 문구가 새겨져 있다. 역사학자 에드먼드 모리스Edmund Morris는 "윈덤의 천재적인 발상은 트리피드라는 살인 식물을 창조한 데 있다. 이 식물은 불가해한 악의를 가졌음에도 처음 접할 때에는 너무나 평범하고 흥미를 끌지도 않는다"라고 언급했다.[63] 트리피드는 언

〈트리피드의 날〉 영화 포스터

제나 호기심의 대상이었으며 뜻하지 않은 수익원이 될 것으로 기대되었지만, 사실 트리피드의 본능은 예상치 못한 것이었다. 물론 영화 포스터에 묘사된 식물은 악랄함을 생생하게 드러내며, 일정 부분 성적인 면모를 갖고 있다. 포스터에는 검고 기괴하며 다소 기계적인 외형의 괴물이, 하이힐을 신고 발버둥치는 금발 여성을 움켜쥐고 있는 장면이 가장 눈에 띈다. 그 곁에는 거꾸러진 무력한 남성과 반쯤 소화된 시체가 함께 등장한다. 괴물의 독침을 쏘는 촉수는 가늘고 방향을 잃었으며 마치 음란한 혀처럼 보인다.

관능의 식물학

존 보이드John Boyd는 촉수 식물에 관한 작품을 통해 독자를 음란함의 지점으로 이끈다. 그는 동시에 외계 세계 또는 외계인의 세계를 배경

으로 여성의 성적 취약성을 강조하는 펄프 SF의 전형적 도식과 에덴 신화로부터 시작된, 순결을 요하는 강제적 이성애 담론, 그리고 식물의 '다형 도착적polymorphously perverse' 성적 특성까지도 동시에 활용한다. 보이드는 또한 알쏭달쏭한 방식이긴 하지만, 자신이 선배 작가로부터 영감을 받았음을 명백하게 인정했다. "존 윈덤이 문제를 해결했다."[64] 그런데 문제는 아이러니하게도, 주인공인 프레다 카론Freda Caron 박사가 "다른 남자의 애무를 받아들이는" 것을 보이드가 꺼려한다는 점이다. "프레다가 마침내 굴복한 상대는 보행 식물 행성의 레즈비언 난초"였으며, 이를 통해 보이드는 윈덤의 무기화된 촉수가 다른 방식으로 구상될 수 있음을 인정한다.[65]

프레다 자넷 카론 박사는 캘리포니아 산호아킨에 위치한 농무부 외래 식물국 소속의 "낭포학자cystologist"로, 식물 과학 분야에 열정적으로 헌신하는 것으로 자신의 성적 불감증을 승화시킨다. 플로라 행성에서 난초의 수분을 연구하는 그녀의 약혼자 폴 시스턴Paul Theaston은 연구가 길어져 결혼식 일정에 맞추어 귀환하지 못한다. 폴은 대신 연구 조교 할 폴리노Hal Polino를 보내 프레다에게 아름다운 외계 튤립을 선물하는 것으로 부재를 보상하려 한다. 프레다를 대상으로 한 반복적인 분석 리포트는 1960년대 정신분석과 성과학性科學의 성취를 강조하는 동시에 풍자한다. "프레다는 어린 시절부터 자신이 마치 화산 끄트머리에 서 있는 것처럼 정서적으로 불안정한 여성이라는 것을 알고 있었고, 숱하게 상대한 정신분석가들 덕분에 그러한 인식은 더욱 강화되었다."[66] 사실 프레다뿐만 아니라 어딘지 주저하는 약혼자 폴도 "성욕의 미발현"[67] 문제를 겪는 것으로 보인다. 후일에야 프레다는 알게 된다. 폴은 자신이 가진 남성의 성적 충동으로부터 그녀의 순결한 자아를 지켜준다고는 했지만 성매매 여성들과 만남을 가졌으며, 사실 플로라 행성의 난초들을 훨씬 더 좋아한다. 프레다 역시 "인간과의 접촉에 대한 뿌리 깊은 공포"에도 불구하고 실제로는 "누구보다 강한 성욕"을 가졌으며, 단지 그것이 "식물 생명체에게 집중"되었을 뿐임이 밝혀진다.[68] 그러나 프레다는 아름다운 노란 튤립과 자신을 흠모하는 연구 조교 할 폴리노를 마주하고 나서야 비로소 성적으로 해방되고, 외계 난초와의 사이에서 희열을 느끼게 된다. 튤립들이 잔혹하고 제멋대로라는 점이 분명함에도 불구하고, 프레다는 그들을 관대한 모성애로 돌보고 사랑한다. 이처럼 프레다는 성적 본능이 충족되기도 전에 모성 본능부터 각성하게 되고, 훌륭한 느릅나무 향을 풍기지만 손쉽게 거절할 수 있는 상대인 할과 함께 튤립의 대리 부모가 된다. 외계 튤립은 인간에게는 노래처럼 들리는 의사소통용 언어, 개별적 이성애individual heterosexuality, 수분자를 통제하거나 이용하는 의지, 감정 등 예상치 못한 적응력을 갖고 있다. 최후에는 부친 살해와 같은 오이디푸스적 시나리오가 이어지는데, "하울러howler"를 이용한 녹음 실험 중 두 개의 젊은 수컷 튤립 표본의 머리에서 발생한 "고주파 음파"가 뇌출혈을 유발해서 할을 "해치워버린 것"이다.[69] 사고 직후의 녹음 기록을 분석한 동료는, "당신이 들은 것은, 꽃들이 인간을 꺾는 소리였어요"[70]라고 말한다.

"생명의 목표는 초인superman일까요, 아니면 초식물superplant일까요?"[71] 폴은 플로라 행성에 있는 자신의 집에서 의문을 제기한다. '초인'을 탄생시킨 적응과 진화는 인간 이외 별개의 '열등한' 종에 대해서는 거의 고려된 바가 없지만, 보이드는 다른 이들과 마찬가지로 1960년대에 걸맞은, 식물의 "의식 고양"이 초래할 결과를 상상한다.

종의 공진화와 그에 따른 공생은 지속 가능한 생태계에 필수적일 뿐
만 아니라 집단적 돌연변이의 측면에서도 중요한 교훈이 된다. 다음
의 요약문이 그 예시이다.

> 곤충과 꽃 중 어느 쪽이 먼저 진화했는지 또는 양쪽이 함께 진화했는지
> 에 대해 과학자들 사이의 의견이 분분하지만, 속씨식물이라고 하는 새로
> 운 식물 계통이 출현하기까지 오랜 시간이 걸렸다는 점만은 분명하다
> (…) 꽃을 피우는 속씨식물은 새로운 곤충과 상황에 끊임없이 적응하여
> 수천 가지의 다양한 품종으로 눈부시게 분화해 나갔다. 이런 일이 진행되
> 는 동안 일부 날 수 있는 곤충들은 (…) 자신에게 적합한 식물에 부합하도
> 록 (…) 특성을 전문적으로 발달시키며 성장하였다. 이러한 곤충들이 꽃
> 에서 양분을 섭취할 때 식물을 위해 어떤 성적 호의를 베풀고 있는지
> 알 수 없지만, 곤충과 식물 사이의 상호 의존 관계는 너무도 완벽해서
> 어느 쪽도 다른 쪽 없이는 살 수 없다.[72]

카론 튤립은 영원히 시들지 않는 꽃을 피움으로써 이러한 자연의
규범으로부터 완전히 이탈한다. "식물 교배에는 일정한 원칙이 존재
한다. 그러나 지구상에서 인간의 행동이 다른 동물들의 생식 유형의
원칙에 위배되는 것처럼, 시들지 않는 꽃은 그러한 원칙들을 완벽하
게 위반하였다".[73] "수컷과 암컷이 섞인" 완전히 이성애적인 개체로
일찌감치 성숙한 카론 튤립이지만, 수분 과정만큼은 여전히 매개자에
게 당분간 의존하는 것처럼 보였다. 이는 "튤립이 수술에서 난관으로
직접 수분하도록 훈련시키는 것이 가능할지도 모른다"라는, 지극히
인간중심적인 추측을 불러일으키게 된다.[74] 물론 인간은 수 세기 동안
식물을 교배해 왔다. 표면적으로는 적절한 거리를 유지한 듯 보이지
만, 통제권은 언제나 인간이 쥐고 있었다. "식물은 동물적 본능을 [지

닌 작은 동물이었다"라는 서술처럼 종의 복잡성이 불거지고, 식물이 자신의 운명을 주도하기 시작하면서 인간에게 반기를 들고, 인간을 조종하며, 심지어 인간과의 혼종을 시도하기까지에 이르는 과정은 풍자적이면서도 시사하는 바가 크다.[75] 난초들은 프레다의 불감증과 폴의 무기력한 친절을 이용하여 이들을 수분자로 끌어들인다. 프레다와 폴 또한 지연된 성적 만족을 난초들을 통해 채우면서, 이들과 난초는 상호 의존 관계에 놓이게 된다. 프레다가 혼종된 자손을 출산할 때, 그 존재는 난초의 씨앗과 인간의 자손이라는 두 가지 특성을 모두 지닌다. 프레다와 폴은 마침내 플로라 행성에서 그들의 관계의 결실을 맺고, "성적으로 자유로운" 난초들과 함께 지구에서 소외된 사람들을 위한 "요양시설"을 설립하게 된다. 이 새로운 에덴은 규칙이 거의 없고 다름이 틀림으로 규정되지 않는 곳이었다.[76]

난초의 촉수는 프레다와 폴을 유혹하는 데 없어서는 안 될 필수 요소이다. 여기에서 촉수는 지극히 성적인 것으로 변모한다. 촉수는 때로는 침투적이며 때로는 포용적인 존재로, 고정적이거나 엄격한 성적 특성이나 기능을 부여할 수 없고, 그렇다고 식물만의 고유한 특징도 아니다. 이전에 난초 수분자는 "멧돼지 정도 크기에 엄니가 있으며, 아마도 땅돼지와 같은 혀를 가졌을 것으로 추정되는 포유류"였지만, 난초들이 격렬하게 반대한 덕분에, "동식물 간의 진정한 공생은 존재하지 않았고 단지 생태적 냉전만 있을 뿐"이 된다.[77] 새로운 수분 매개자는 인간-동물인 폴과 프레다이다. 프레다는 "꽃가루가 부풀어 오른 수술"을 가진 "왕자"에 이어 암컷 난초 수지Susy와도 성관계를 갖는데, 이때 프레다는 "둘 사이를 잇는 징검다리"가 되어 수분을 중개한다.[78] 폴 역시 난초에게 유혹되어, "때때로 바람에 흩날리는 덩굴

손이 특별한 방식으로 얼굴을 스치면 난초들이 나를 사랑할 수 있다
는 생각에 흥미가 돋곤 합니다"[79]라며 "사랑에 애태우는 사춘기 소년
의 갈망"을 드러낸다. 이들 촉수는 필요시 무기로 사용되며, 일정 부
분 트리피드를 연상시키는 방식으로 작동한다. "수컷은 흡입 잎으로
몸에서 살덩어리를 잡아 뜯을 수 있"을 뿐 아니라 수컷과 암컷 모두에
게 있어 인간 수분자들을 유혹하고 그에 따르는 복잡한 연애 관계를
맺게 하기 위한 도구가 되기도 한다.[80] "촉수 포르노"라고 칭하는 데
이견이 없을 법한 구절이자, 짐 엔더스비Jim Endersby가 "난초와의 노
골적인 레즈비언 성행위를 묘사한 최초의 (어쩌면 유일한) 장면"[81]이라고
지적했던 다음의 인용문에서 프레다는 지금까지 알려진 바 없는 상호
적 엑스터시에 압도당한다.

> 이제 모든 덩굴손이 그녀의 허벅지를 따라 나부끼고 엉덩이를 에워싸
> 며 활동을 시작했다. 그녀는 팔을 들어 올려, 덩굴이 좀 더 자유롭게 자신
> 의 상반신을 탐색하게끔 허락했다. 덩굴들은 그녀를 휘감았고 아래쪽
> 덩굴손은 그녀의 허벅지 사이로 미끄러졌다 (…) 그녀는 격렬한 고통과
> 뜨거운 황홀경의 소용돌이 속으로 내동댕이쳐졌다. 그녀를 둘러싼 덩굴
> 손은 기쁨과 해방감으로 전율했고, 그녀는 세차게 진동하며 응답했다.[82]

지켜보던 폴은 프레다에게 말한다. "당신이 방금 한 행동은 당신
자신의 욕망, 별다른 이유 없이 억눌러온 욕망의 거울상이었어요."
그리고 욕망에 민감한 난초들이 폴과 프레다를 "자신의 목적에 이상
적인 동물"로 선택했다고 설명한다. "우리가 에덴의 수분자예요."[83]
그러나 이곳은 에덴이 아니라 플로라다. 소설의 서문에서 존 보이드
는 다음과 같이 썼다. "나는 에덴의 수분자라는 제목의 모순을 사랑했

다. 논리적으로 에덴에는 수분자가 있을 수 없다. 아담과 이브가 생식 과정을 발견하자, 에덴은 더는 존재하지 않았기 때문이다. 그들은 그 '죄'로 인해 추방당했다."[84] 플로라의 정원은 에덴과 대위법을 이룬다. 누구도 쫓겨나지 않는 영원한 기쁨의 정원이다. 짐 엔더스비는 "60년 대 대항문화의 다양한 흐름"이 "식물학자들이 발견한 유사교배의 충격을 탐구한 가장 뜻밖이면서도 놀라운 소설이 탄생할 수 있는 맥락을 제공했다"[85]라고 평했다. 금발의 낭포학자이자 붉은 마호가니 씨앗의 어머니인 프레다가 기대한 미래는 인간-난초 씨앗의 개발이다. 이는 선택된 혼종성의 모델이자 21세기 현재에는 완전히 실현 가능한 유전자 편집기술CRSPR/Cas9과 같은 DNA 스플라이싱의 과학적 실천 사례이기도 하다.

식물학에서의 혼종화는 일단 이해된 이후에는 다양성, 회복력, 그리고 실제로는 아름다움이라는 측면에서 엄청난 가치를 가지며 장려되어 왔다. 인간의 혼종성에 대해서는 상황이 다르다. 공식적이든 비공식적이든 인종적, 종교적, 문화적 혼종에 대한 '인종 간 결혼'이라는 금기는 특히 1960년대 미국의 시민권 운동에서 특별한 주제가 되었다.

인간중심주의의 몰락

소설에서 식물 촉수의 사용은 앞에서 서술한 바와 같이 전례가 없는 것은 아니지만, 어느 정도 제한적이었다. 19세기에는 얽히고설킨 덩굴을 배경으로 하는 식물 공포 이야기가 증가했다. 이 넓고 빽빽한 열대우림은 식민지 확장에 따라 새롭게 탐사되었지만, 대체로는 상상된 것이었다. 열대 지방은 목을 조르는 덩굴이나 식인 식물 이야기에서 하나의 관행이 되었다. 플로라 행성에서도 역시 폴과 프레다가 난초들과 특별한 관계를 맺으며 살아가기 위해 트로피카 섬으로 간다는 서술이 나타난다. 여기서 논의한 작품들은 식물이 "그저 식물"이라는 보편적 전제를 풍자한다. 이 소설들에는 상식 혹은 과학에 의거한 회의론자들이 등장한다. 프레다는 할에게 "식물을 의인화하지 말라"고 경고하지만, "이 튤립들은 지능적"이라는 할의 이론은 이후 사실로 입증된다. 이는 빌 메이슨이 트리피드가 "듣지 못한다"고 주장하지만, 동료들은 트리피드들이 들을 수 있고 그것도 단지 서로의 소리만이 아니라 다른 소리도 들을 수 있음을 이해하는 장면과 유사하다. 「광기의 산맥」에서 과학자들은 촉수가 있는 "옛것들"이 동식물의 주요한 특징을 공유하고 있기 때문에, 이들을 동물인지 식물인지 구분하는 것이 불가능하다고 생각한다. 『에덴의 수분자』에서 촉수는 교배copulatury 또는 유사교배의 기능을 수행하는데, '다리[橋]'를 뜻하는 라틴어 'copular'는 이러한 혼종성을 다룬 텍스트에 사용하기에 딱 맞는 용어이다. 따라서 촉수는 특정한 목적에 따른 기관이나 부속물 혹은 진화적 이점이라기보다는 상징적인 다리이자 결합체로 볼 수 있을 것이다. 이는 자본세의 권력 게임에 정면으로 반하는 비목적론적이고 공-산적인 특징을 의미한다. 촉수는 낯설지만 친숙한 것을 상징하게 되며, 그 자체로 사변적이라고 확신할 수 있는 외계생명체가 아니라 이 지구 지하에 살면서도 가까이에 있는 존재를 의미한다. 이러한 20세기 텍스트에서 촉수 식물의 괴물적 혼종성이 불러일으키는 공포(때로는 오히려 위안이 되기도 하는) 후기 식민적 이주, 냉전과 시민권 같은 각각의 시대적 위기를 상징한다. 러브크래프트의 인종주의와 공포에 대한 극적 재현은 단지 이른바 하층 계급의 유입에 대한 두려움만이 아니라, 허구의 우월성이 지닌 심각한 한계에 대한 공포(후기 식민적 이주)를 보여준다. 윈덤은 전쟁과 평화 시기에서 승리를 위한 초국가적 경쟁 구도의 후원 아래 수행된 다양한 실험이 예기치 않은 침투, 예상하지 못한 돌연변이 및 냉전이라는 파국적 오염을 초래할 수 있다고 인식한다. 그리고 보이드는 특권층 유럽인, 특히 남성이 이른바 확실성과 우월성을 상실했을 때의 영향을 예견했다. 이들 각각의 경우에서 과학은 중심적인 역할을 하며, 과학이 지닌 이른바 객체주의와 경험적 확실성뿐 아니라 우연성과 한계로 인해 이 세 편의 작품은 유의미한 삼부작이 된다. 자본세의 정점에서, 그리고 인류세라는 용어가 대중화되기 전에, 공포에 질린 세 명의 남성 작가가 식물 촉수의 다형성에 대해 쓴 이 작품들은 이제 촉수처럼 파국을 넘어 공-산적이고, 공동 창조적이며, 호혜적인 관계로 나가는 것처럼 보인다.

앞서 언급했듯, 헤러웨이나 미에빌 모두 식물학 그 자체에는 큰 관심을 두지 않았지만 쑬루세와 기이함이 갖는 급진적 가능성에는 주목하였다. 1997년 무렵부터 해러웨이는 특히 "가자미의 유전자를 가진 토마토", "실크 나방의 유전자를 가진 감자"와 같은 "새로운 존재"에 매료된다며, 그에 응답하지 않으면, "인종차별"을 함축하거나 인종 간 결혼을 거부하는 것이라고 말했다.[86] 이 사이보그 혹은 혼종체들은 이제 허구의 산물이 아니다. 미에빌과 해러웨이는 방식은 다르지만, 모두 '촉수적인 것'의 정치학에 대해 알고 있다. 차이나 미에빌은 소설을 쓸 때 "정치적인 지점을 만드는 것"을 의도하지 않았으며, 단지 "괴물을 열렬히 사랑하기 때문"[87]이라고 말했다. 하지만 반

자본주의와 "일반적인 비연속성의 정치학"에 대한 그의 급진적 헌신은 의심할 여지가 없다.[88] 괴물적인 것, 초월적인 것, 혹은 비체적인 것을 구성하는 것은 곧 정치적인 것이며, 동시에 인간을 넘어선 주체들에게도 '개인적'인 것이다. 그렇다면 보다 적절한 것은 1996년 이사벨 스텐저스Isabelle Stengers가 처음으로 제기하고 이후 해러웨이가 지지한 개념인 "코스모폴리티컬"이라는 용어다.[89] 여기서 언급된 우주는 인간에게 가장 친숙한 인간중심적 개념이 아니라 "이 복수적이고 다양한 세계로 구성된 미지의 세계, 그리고 (…) 결국에는 가능해지는 조음"이다.[90] 촉수 전달 방식(앞서 인용한 해러웨이의 "쑬루세 이야기를 하려면 무수한 촉수가 필요할 것이다"를 기억하라)에 관해서, 차이나 미에빌은 장르 소설에서 분류의 미끄러짐을 강조하고 특히 이 "트러블"의 시대에 '기이소설'이 보다 포괄적이고 적절한 의미를 갖는 이유를 설명한다.

> 지난 세기 초에 잡지 『위어드 테일즈』 주변의 작가들(특히 러브크래프트)이 가장 예리하게 묘사한 것처럼, 나는 당신이 SF, 판타지, 호러를 엄격하게 구분할 수 있다고 생각하지 않는다. 그래서 나는 '기이소설'이라는 용어를 판타지, SF, 호러와 어떤 틀에도 잘 들어맞지 않는 모든 작품, 즉 모든 환상적인 문학에 사용한다.[91]

그러므로 기이함이란 "축소될 수 없는 것"이며, "전례 없는 형태와 혼란스럽고 비도덕적이며 인간중심적이지 않은 세계를 고집"하며, "그 미학과 (관련) 주제들에 나타나는 타협 불가능한 타자성을 강조한다".[92] 지금까지 촉수가 사랑스러운 것으로 여겨진 적이 있었던가? 고전 신화의 혼종적 괴물, 유한한 존재이면서도 신들로부터 태어난 메두사는 이 점에서 매우 중요하다. 그녀의 촉수 같은 머리카락은 건방

지게도 여러 개의 남근을 의미해서 너무나 비여성적이고 몹시 부자연스러워 신화가 말하듯 보는 남성들을 공포에 얼어붙게 만들었다. 해러웨이는 말한다. "끔찍한 땅속 존재"인 메두사에게 다른 방식으로, 보다 "예의바르고", 덜 공포스럽게 접근했더라면 어땠을까?[93] 미에빌은 "기이한 촉수는 팔루스를 '의미하지' 않는다"고 하지만, 보다 중요한 것은 그것은 다른 어떤 것도 의미하지 않는다는 것이다.[94] 즉 팔루스는 가부장제적 상징계 전체를 대변하는 유일한 환유, 즉 해러웨이가 인간 종이라 부르는 존재의 환유이다. 그것은 위대한 남근숭배의 인간화와 근대화의 모험이며, 그곳에서 인간 남성은 사라진 신의 형상을 따라 만들어지고 세속적이면서도 신성한 상승을 통해 초능력을 얻지만 결국은 다시금 비극적 발기위축으로 끝장날 뿐이다.[95] 에덴에서는 독사가 나무를 휘감고 이브의 마음에 스며들며 그 결과 인간의 추방(그럼에도 승천), 강제적 이성애, 종 격리 및 다른 비타협적인 이분법으로 이어지는 일신론의 정원 이야기와 교훈적인 모험이 등장한다. 에덴 정원에서 식물은 신의 뜻을 따르며 수동적이었지만, 악당인 파충류는 독자적이었다(그리고 아마 지금까지 오해받는다). 촉수는 여전히 뱀처럼 보일 수 있지만, 쑬루세의 전제를 고려할 때 더 이상 악, 적대, 금기의 유일한 상징으로 연결되지 않는다. 오히려 무수히 많은 식물적 촉수로서, 해방된 복수종이 피워내는 신비로움의 기호이다.

제2부

친화

Affinity

04

살아 있음과 죽어 있음 사이

예브게니 유피트와 블라디미르 마슬로프의 〈실버 헤드〉에 나오는
식물의 사후 세계

브리타니 로버츠 Brittany Roberts

> 살아 있음과 죽어 있음 사이의 독특한 중재를 통해, 식물은 뿌리로 죽은 것을 어루만지고 그로부터 양분을 얻어 그들을 다시 살아나게 한다. 식물적 사후 세계는, (식물 자체의 부패한 부분까지 포함한) 죽은 것들의 행렬이 뿌리를 통해 줄기와 꽃으로 이어지는 통로를 거치며 이루어진다. 이는 신비화되지 않은 물질적인 '부활'로, 필멸의 유해가 땅의 어둠에서 벗어날 수 있는 기회이다.
>
> — 마이클 마더 Michael Marder[1]

인간-나무의 혼종화가 초래하는 존재론적 영향을 탐구한, 예브게니 유피트Evgenii Iufit와 블라디미르 마슬로프Vladimir Maslov의 모호한 영화 〈실버 헤드Serebrianye golovy〉(1998)에서 한 엘리트 과학자는 다음과 같이 선언한다. "우리의 실험은 인간 세포를 인간과 나무 분자의 합성물로 대체하는 전례 없는 것이다. 구체적인 과학적 결과는 차치하더라도, 이것은 인간과 자연을 통합하는 문제를 해결하고 그들을 생태

학적으로 이상적인 하나의 본질sushchestvo로 합칠 것이다."[2] 이 과학자(공동 감독 마슬로프 분)는 "최고 중의 최고"로 선발된 몇몇 사람들과 함께 야심찬 목표를 향한 권위 있는 실험에 참여하게 된다. 그 목표는 "나무의 특성인 견고함tverdost, 무조건성bezuslovnost, 부정적인 환경 영향에 대한 강한 저항력 등을 인간에게 부여하는 것"으로 "새로운 인간의 창조, 즉 생리학적으로 더 완벽한 존재의 창조를 시작하는 것"이다. 그러나 이 실험은 예측 불가능하다. 과학자들은 생리학적으로 더 완벽한 인간을 창조하려고 하지만 혼종화는 인간과 비인간의 요소가 뒤섞인 혼합체를 확산시켜 존재론적 변형을 일으키고, 차이와 모순은 증식하게 된다. 그러므로 식물 생명체는 그렇게 쉽게 전유되지 않으며, 새로운 인간 존재는 더 이상 '**인간**'으로 인식되지 않는다.

〈실버 헤드〉는 공동 감독인 유피트가 오랫동안 매료되었던 주제인, 인간이 다른 존재로 변모하는 것을 보여준다. 상트페테르부르크에 기반한 네크로리얼리즘은 후기 소비에트의 '평행' 예술에서 삶과 죽음, 인간과 비인간, 유기물과 무기물 사이의 경계를 탐구한 예술가들이 느슨하게 연합한 예술 집단이다. 네크로리얼리즘의 창립자인 유피트가 만든 포스트 소비에트 네크로리얼리즘 영화는 인간, 비인간, 죽음 간의 상호 구성적 관계와 과학기술 시대에 '**호모 사피엔스**'가 다른 존재로 변모할 가능성에 대한 감독의 성숙한 성찰을 담고 있다. 그의 장편 SF 3부작인 〈실버 헤드〉(1998, 마슬로프와 공동 각본 및 공동 연출), 〈번개 맞아 죽다Killed by Lightning〉(2002), 〈이족보행Bipedalism〉(2005)에서 과학자들은 인간 진화의 새로운 가능성을 탐구한다. 이 작품들은 인간을 지우거나 인간과 상호연결된 수많은 친족 생명체 중 하나가 되는 것을 평생 추구했던 유피트의 모습을 보여준다. 알렉세이 유르착Alexei

Yurchak은 영화가 창조한 이들 존재에 대해 "인간, 반‡인간, 혼종 생명체는 모두 서로 연관된 '형질전환적' (…) 친족 공동체의 일종으로, 이들은 삶과 죽음, 인간과 동물, 정상과 비정상의 경계 지대에 거주하며, 그 안의 주체들은 더 이상 일반적인 인간 존재가 아니다."[3]라고 설명한다. 이 새로운 존재들은 인간종과는 거리가 멀고 생태학적으로는 "지각할 수 없는", 더 큰 생태적 흐름의 일부이다.

네크로리얼리즘이 인간의 비인간적 변형에 몰두한다는 점을 참고하여, 이 장은 네크로리얼리즘의 사회정치적, 역사적, 예술적 맥락에 대한 기존 연구를 보완하는 것을 목표로 한다. 특히 인문학 분야의 '비인간적 전환'과 관련해 비판적 식물학이라는 새로운 분야와의 연관성을 고려한다. 네크로리얼리즘 영화와 예술에서 비인간 존재는 특히 인간의 "비인간화"에 대한 새로운 존재론적 가능성과 진화의 경로와 관련하여 자주 등장한다. 실제로 빅토르 마진Viktor Mazin은 유피트의 "핵심 은유가 (…) 정상 과학이 정신병리학적 거부로 규명해 온 동물의 의인화zooanthropomorph"라고 주장했다.[4] 그러나 네크로리얼리즘 영화에는 다른 비인간 생명체, 특히 식물들도 많이 등장하는데, 〈실버헤드〉와 같은 후반기의 포스트 소비에트 작품 속 프레임에는 식물 생명체로 가득 차 있다. 이러한 식물 생명체의 포화 상태는 네크로리얼리즘 영화에서 단순한 배경이 아니고, 종종 간과되지만 중요한 사상적 주제이다.[5]

이 장에서는 생태적 사고를 촉진하는 이러한 주제의 잠재성과 관련하여 죽음, 부패, 시체, 식물 생명체를 포함한 "대안적 생명 형태"에 대한 운동들 사이의 관계를 재고한다.[6] 인문학 내의 "포렌식 전환"에 대한 최근 논의에서 에바 도만스카Ewa Domanska가 주장했듯, 시체의 존재론적 지위를 다시 고찰해야 할 때가 되었다. 대량의 죽음이 점점 더 큰 규모로 발생하는 인류세 시대의 생태적 환경 속에서는 특히 그러하다. 도만스카는 네크로리얼리스트와 마찬가지로, "삶"과 "죽음"을 별개의 범주로 강조하고 인간과 비인간 사이의 경계를 설정하는 인문학적 전통을 바탕으로 시체에 접근하기보다는, "[시체를] 다종 생명체의 형태이자 유기적 서식지로 바라보며 (죽음과 관련된) 비인간 또는 포스트휴먼 환경에서 인간이 된다는 것이 무엇을 의미하는지에 대한 질문으로 연결한다."[7] 이러한 요청은 수많은 경계적liminal, 언데드undead, 혼종hybrid 존재들로 특징지어지는 네크로리얼리즘에 진입할 수 있는 강력한 요건을 제공한다. 이 존재들은 항상 다양성과 비인간 친족 관계로 나타나며, 이는 종종 그들의 비인간화 및 벌거벗은 생명의 영역으로의 탈영토화를 촉진하는 촉매 역할을 한다.

또한 이 글은 〈실버 헤드〉를 네크로리얼리즘의 문화적 맥락, 마이클 마더의 비판적 식물학, 도나 해러웨이Donna Haraway·패트리샤 맥코맥Patricia MacCormack·로지 브라이도티Rosi Braidotti의 포스트휴머니즘 철학, 도만스카의 "포렌식 전환"과 함께 살펴보며, 이 영화와 네크로리얼리즘 그 자체가 어떻게 "인간 의식에 오염되지 않은 삶"[8]을 추구하면서 소비에트 마르크스-레닌주의와 포스트 소비에트 휴머니즘의 인간중심적 한계를 넘어서려는 시도가 되는지 검토한다. 특히 〈실버 헤드〉는 포스트휴머니즘에서의 "식물성 사유" 또는 "식물 생명체의 포스트 형이상학적 존재론"을 제공한다. 그리고 그것은 소비에트와 포스트 소비에트의 다양한 형태를 포함하여, 서구 인본주의 사상에서 오랫동안 나타난 식물과 다른 비인간에 대한 이원론적이고 인간 예외주의적인 태도에 저항한다.[9] 식물-인간 혼종체의 묘사, 포스트휴먼의 식물화된 삶의 탐구, "살아 있는 죽음living death"에 대한 존재론적 규명을 통해 〈실버 헤드〉는 식물 생명체와 관계 맺는 새로운 방법을 보여주고, '**호모 사피엔스**'에 대한 새로운 존재론적이고 생태학적인 가능성을 제시한다.[10]

네크로리얼리즘의 기원

네크로리얼리즘은 1970년대 후반 레닌그라드(현 상트페테르부르크) 인근의 숲에서, 당시에 이름조차 없었던 그룹의 구성원들이 식물에 둘러싸여 자발적으로 주먹다짐을 벌이며 등장했다. 그들은 정치에 관심이 없었고, 국가를 위해 살지도 그에 대항하지도 않았다. 유르착의 설명에 따르면, 다른 후기 소비에트 예술가처럼 네크로리얼리스트는 그러한 문제들이 "지루하다"고 느꼈고, 그 대신 비소비에트적인 삶의 형태를 새롭고도 뚜렷하게 개발하는 데 몰두했다.[11] 유르착은 "이들이 국가에 대항하는 주체의 위치에서 그에 도전하는 대신, '정치적'이라는 용어로는 인식될 수 없는 주체의 위치를 만들어냄으로써 국가가 이들을 쉽게 정의, 이해, 통제할 수 없게 만들었음"[12]을 지적했다. 이들의 애매한 정치적 위치 덕분에 이들 예술가는 사회의 주변부에서 살아갈 수 있었고, 비교적 국가의 간섭 없이 철학적이고 예술적인 관심사를 자유롭게 추구할 수 있었다.

네크로리얼리스트들의 초기 작품에 스며들어 있는 비합리적이고 역설적인 영웅주의에 대한 충동을 압축적으로 나타내는 숲속의 주먹다짐은 20세기 러시아 대중의 삶을 특징지었던 친소 혹은 반소 담론에서 벗어나려는 예술가들의 시도를 보여주는 증거이다.[13] 유르착이 주장하듯, 이러한 비소비에트 주체성으로의 전환은 "국가의 정치적 언어와 상응하지 않는 용어를 통해 자신의 주체성을 재창조하기 위한 전략으로써, 생물학적 존재와 '벌거벗은' 생명에 관한 관심을 함께 증대시키는 경우가 많았다."[14] 네크로리얼리스트들이 서로에게 가한 자발적이고 비이성적인 폭력 행위는 "멍청한 흥겨움tupoe vesel'e"과 "활기찬 백치 짓거리energichnaia tupost'"를 위해서였고, 이는 그들이 정치적 주체로서 소비에트 국가에 인식될 수 있었던 이성을 포기함으로써 "벌거벗은 생명"을 모방하려 했던 노력을 가리킨다.[15] 1924년 레온 트로츠키Leon Trotsky가 쓴 것처럼, 새로운 소비에트형 인간, 즉 이상적인 소비에트 시민은 다음과 같은 사람이었다.

> 자신의 감정을 잘 조절하고, 본능을 의식의 수준으로 올리고, 그것을 투명하게 희석하며, 숨겨진 내면의 깊은 곳까지 의지의 전선을 확장한다. 그리하여 새로운 차원으로 자신을 승화시켜 더 높은 사회적이며 생물학적인 유형, 즉 초인을 창조하고자 하는 목적을 이루게 될 것이다.[16]

네크로리얼리스트는 소비에트가 강조했던 합리성과 본능을 의식적으로 억압하지 않는 대신에, "자신이 정치적 용어로 인식되기를 거부했으나 정치의 한 형태"[17]를 대표하는 비이성적인 활력과 신체적 퇴행의 형태를 포괄하는 주체성을 만들어냈다.

그룹 특유의 "활기찬 백치 짓거리"라는 에토스가 강해짐에 따라 그들의 예술적 야망도 커졌다.[18] 1980년대 초에 이 그룹은 그림, 문학, 영화를 포함한 여타 매체로 활동 영역을 확장하기 시작했다. 마진의 논평에 따르면, 창립자인 유피트는 이 그룹을 "삶에 내재한 죽음의 역설적 현전을 가리키는" 네크로리얼리즘으로 명명했다. 네크로리얼리즘은 죽은νεκρός 리얼리즘을 시사하고, 네크로리얼리즘 이외 다른 리얼리즘의 가능성에 의문을 제기한다.[19] 즉, 이름 자체가 죽음을 가시화하고, 죽음이 도처에 편재하면서도 강력하게 부인되던 소비에트의 맥락에서 죽음의 현전을 드러낸다. 소비에트 연방 초기에 전국적으로 대규모 보건 및 위생 프로그램이 시행되면서 죽음의 주변화가 새로운 경지에 이르렀고, 사적인 신체의 건강이 공공의 정치적 관심사가 되는 이념적 분위기가 조성되었다.[20] 건강한 신체의 정치화는 국가 공인 장르인 사회주의 리얼리즘의 이념적 교리를 통해서도 영향을 받았는데, 사실 1950년대 내내 죽음은 소비에트 연방에 널리 퍼져 있었는데도 불구하고 '**과정**'으로서의 죽음을 묘사하는 적절한 어휘를 개발하지는 못했다.[21] 실제로 많은 노동자와 군인의 몸이 망가졌지만 그들 사회주의 리얼리즘의 영웅은 소비에트의 대의를 위해 자신을 희생한 불멸의 존재였다.[22] 따라서 네크로리얼리즘은 죽음을 가시화함으로써 소비에트 국가와 사회주의 리얼리즘의 이데올로기 프로젝트를 훼손한다. 올레샤 투르키나Olesya Turkina가 지적했듯이, "이 운동의 창시자인 예브게니 유피트가 1984년에 네크로리얼리즘이라는 용어를 만들었을 때에야 비로소 사회주의 리얼리즘에 대한 참조가 제대로 이해될 수 있었다."[23]

네크로리얼리즘이 등장한 사회적이고 정치적인 배경은 이 그룹의 작업 주제, 특히 경계에 있는 죽어가는 신체에 대한 그들의 끌림에 큰 영향을 미쳤다.[24] 네크로리얼리즘이 탄생한 후기 소비에트의 '침체기' 무렵 소련 시민들은 텔레비전에서 반복적으로 접하는 이미지에 익숙해져 있었다. 그것은 오랜 기간 권력을 유지했던 고위 정치 관료

들의 장례 행렬로, 이들은 연이어 빠르게 사망하기 시작했다.[25] 고인
의 이름을 제외하고 행렬과 연설은 항상 동일했고, 정치인들은 즉시
교체되어 소비에트의 영웅적인 죽음이라는 친숙한 이미지(정치인들은
항상 국가를 위해 봉사했다는 찬사를 받았다)와 소비에트 정권의 "죽지 않는"
불멸성이라는 인상이 만연해졌다.[26] 소비에트 체제는 죽어가고 있었
지만, 대중적으로는 여전히 불멸의 존재로 인식되고 있었다.[27] "모든
이데올로기는 고유한 죽음의 이미지를 만들어낸다"는 투르키나의 말
처럼, 소비에트 연합의 경우에 사회주의 리얼리즘의 이데올로기적
미학은 공산주의라는 "정의로운 대의"를 위해 혹은 공산주의에 봉사
하면서 죽는 것이 최고의 영예라는 문화적 신화를 영속화했다.[28] 이러
한 맥락에서 영웅적 죽음은 역설적으로 죽어 '있음'being dead이라는
생리학적 경험에서 벗어날 수 있게 해주었다. 투르키나는 다음과 같
이 서술한다.

> 그들이 생에서 직면했던 끔찍한 수난에도 불구하고, 영웅의 불멸하는
> 신체는 부패나 분해의 대상이 아니다. 죽은 자뿐 아니라 공산주의 전위의
> "살아 있는 시체the living dead"도 사후에 찾아오는 시반과 팽창에 가려
> 지지 않았다. 뱀파이어를 위한 묘지의 흙처럼, 과도한 고통이 미와 조화
> 를 왜곡할 수 없다는 고전 미학의 원리에 따라 이네올로기는 엉웅의 몸을
> 보존할 수 있었다.[29]

투르키나는 네크로리얼리즘의 주요 프로젝트가 죽음을 하나의 과
정으로 묘사함으로써 이러한 이데올로기의 불멸성을 해체하는 것이
라 보았고, 이는 "삶 속에서의 죽음과 사후의 신체 변형에 대한 재현"[30]
에 의존했다. 호세 알라니즈José Alaniz와 세스 그레이엄Seth Grahame에

게 죽음은 네크로리얼리즘 작품의 내용일 뿐만 아니라 "시각적 재현에 대한 전체적인 접근법의 포괄적이고 조직적인 은유"[31]이기도 했다. 그러므로 "네크로리얼리즘"이라는 명명 자체는 두 가지 신념을 내포한다. 하나는 죽음의 '**과정**'을 현실에 대한 사유로 되돌려 다시 통합하는 것(죽음의 '리얼리즘'과 죽음의 사실적인 재현에 대한 신념)이고, 다른 하나는 과정으로서의 죽음을 시각적으로 재현하는 전도를 통해 이데올로기적이고 신체적인 소비에트 이데올로기의 계율을 해체하려는 신념이다.

네크로리얼리스트는 죽음의 과정을 재현하는 각기 다른 방식이나 태도를 가진 다양한 예술가들의 그룹이었지만, 전체적으로 이 운동은 인간의 신체와 정신에 대한 비하, 인간과 비인간 동물·식물·무기물과의 혼종화, 삶과 죽음 사이의 경계 지우기를 핵심 방법론으로 활용했다. 이들의 주요 형상인 "비非시체"netrup는 삶'**이자**' 죽음의 상태에 존재하는 휴머노이드인 혼종적 존재였으며, 이는 죽어가는 상태가 지속되는 것으로 묘사할 수 있다. 엘렌 E. 베리Ellen E. Berry와 아네사 밀러-포가카Anesa Miller-Pogacar의 주장에 따르면, 이러한 조건에서 "네크로주체는 '살아있는' 것이 아니라 만성 소모성 질환이나 천천히 분해되는 물체처럼 지속되며, 살아 있는 시체라는 이 '불가능한' 상태를 받아들임으로써 자유의 한 조각을 얻는다."[32] 네크로리얼리스트에게 "비시체"로서의 삶은 예술적인 방법론 이상이었다. 그것은 다른 삶에 대한 총체적이고 존재론적인 프로젝트를 창안하고 "실험적인 삶의 지속으로써 무엇보다 자신을 대상으로 수행된 실험"[33]을 추구하면서 일상생활에서 실행했던 에토스였다. 유르착은 다음과 같이 설명한다.

이 모델로 살면서, 자아를 변화시키고 다른 사람이 되어 평범한 사람들과는 다른 사회성과 삶의 형태를 재현하는 사람이 되었다. 즉 유피트가 선호하고 그 시대에 무수히 반복되었던 표현으로는 "인간 의식에 오염되지 않은 삶zhizn' neoporochennuiu chelovecheskim soznaniem"이 되었다. 네크로리얼리스트의 도발적 행위, 예술작품, 영화와 행동은 벌거벗은 삶의 영역에서 형성된 이 대안들을 직관적으로 탐구하려는 시도였다.[34]

따라서 이 운동은 "죽어가는 것"뿐만 아니라 "대안적 형태의 활력"에 대한 관심을 보여주었다.[35] 다른 식물 위에서 자라는 착생식물이 동물과는 다른 활력을 갖는 것처럼, 서구 형이상학에서 네크로리얼리즘적 주체는 유기물과 무기물, 생물과 무생물에 동시에 근접해 있는 경계적인 식물성 공간에서 발견되는데, 그곳에서는 대안적 형태의 활력이 살아 있다는 것의 의미뿐 아니라 인간으로 존재한다는 것에 대한 우리의 이해를 가로지르고 재형성한다.[36]

네크로리얼리스트의 비시체는 인간과 비인간 사이, 삶과 죽음 사이의 존재로 형상화된다. 이는 곧 "소비에트의 권위적 담론이 설정한 경계의 안팎 사이에, 벌거벗은 생명과 정치적 생명 사이의 경계를 거부하는 영역에" 위치하며, 비시체를 소비에트 마르크스-레닌주의의 이분법적 도식, 그리고 후기 영화에서는 포스트 소비에트 휴머니즘의 도식 바깥에 놓이게 한다.[37] 실제로 유피트의 포스트 소비에트 진화 3부작에서는 과학자들이 인간과 비인간, 유기물과 무기물을 혼종화하는 대안적 진화 실험을 제안하고 실행하여 포스트휴먼적 존재의 보다 비매개적인 형태를 구현하기 위해 이러한 경계성을 더욱 분명하게 드러냈다. 내러티브를 강조하는 이 후기 영화들은 네크로리얼리즘의 초기 "플롯 없는" 영화들과 다르지만, 마진과 투르키나의 주장처럼 유피트의 포스트 소비에트 영화들은 "네크로 컨텍스트의 한계 내에서 여전히 머무르는 발걸음"인 동시에 "평행 경로로 잠시 우회하는 발걸음"으로 간주해야 한다.[38] 따라서 유피트와 마슬로프의 〈실버 헤드〉는 인간의 합리성이라는 짐을 벗은 "벌거벗은 생명"에 가까운 존재, 인간을 위한 새로운 존재론적이고 생태적인 가능성을 탐구하는 네크로리얼리즘의 거대한 프로젝트의 일부를 형성하고 있다.

〈실버 헤드〉와 식물 생명체의 기술 과학적 활용

네크로리얼리즘이 삶과 죽음 사이에 놓인 벌거벗은 생명의 영역을 긴밀하고도 다층적으로 탐구해왔다는 점을 고려하면, 인간과 비인간 경계의 다공성을 살피는 유피트의 포스트 소비에트 진화 3부작이 식물을 전경화하며 시작한다는 점은 타당하다. 〈실버 헤드〉의 오프닝 시퀀스는 세피아 톤으로, 들판의 높게 자란 풀숲이 흔들리는 모습이 나오고, 그늘진 구석에 번성한 식물이 화면 왼쪽 하단에서 단번에 시선을 사로잡는다. 이렇듯 유피트와 마슬로프는 모든 종류의 '벌거벗은' 생명 중에서도 가장 벌거벗은 생명에 해당할 식물을 통해 탐구를 시작한다. 마더는 다음과 같이 말한다.

우리가 알아볼 수 있는 생명으로서의 모든 요소를 제거하더라도 식물은 계속 생존한다. 식물 영혼은 비인간적이고 비동물적인 양상으로 환원된 정신의 잔재다. 그것은 생명체의 무질서하고 벌거벗은 본질을 나타낸다. 동물적인 생동감 특유의 모습이 전무한 상태에서도 생명이 유지된다는 사실로 보건대, 식물 영혼은 벌거벗은 상태나 다름없는, 인간중심적이지 않은, 그럼에도 존재론적으로 활기찬 의미의 원천이다.[39]

서양 철학에서 식물은 오랫동안 죽음과 연관되어 주변부로 밀려나 있었다. 일찍이 아리스토텔레스는 식물을 낮은 존재론적 위치, 즉 기껏해야 무생물 혹은 무기 광물보다 약간 높은 위치에 배치했다. 이는 정치적으로 전혀 고려되지 않은, 벌거벗은 생명의 초기 형태였다.[40] 서양 사상에서 식물은 이중적이고 역설적이기까지 한 의미를 지닌다. 식물은 통제 불가능한 몸, 끝없이 증식하고 번식하는 몸, 그러나 동시에 '얼어붙은' 몸, 수동적이고 경직되며 움직이지 않는 몸으로 인식된다. 마더는 이렇게 말한다.

> '식물적'이라는 것은 야생적이고 길들일 수 없는 증식하는 힘을 나타낸다. 동시에 "지속적인 식물인간 상태", 즉 살아있는지 아닌지 거의 구별할 수 없을 정도로 생명력이 축소된 상태라는 말에서 보이듯, 혼수상태는 물론 부동성과 무기력함을 상징한다는 점에서 죽음의 편에 서 있다. (…) 식물의 생명은 삶과 죽음 사이의 불확실한 영역 중에서도 죽음 직전, 즉 죽음의 경계에 위치한다.[41]

식물은 우리가 죽음이라고 생각하는 것과 삶, 즉 죽음과 삶 **'사이'**의 '벌거벗은' 접점을 차지한다는 점에서 네크로리얼리즘의 비시체와 유사하다. 게다가 네크로리얼리즘처럼 식물은 죽음을 가시화한다. 식물은 토양에 거주하다가 탄소, 질소, 인의 형태로 분해되어 토양으로 되돌아간다. 토양에 환원된 식물은 더 넓은 생태 네트워크에서 순환하며 이들을 "다시 살아나게"[42] 한다. 식물은 살아 있음과 죽어 있음 사이에 거주하며 인간으로 하여금 우리의 필멸성과 친밀하고 지속적인 관계를 맺도록 이끈다. 따라서 죽음에 대한 리얼리즘, 즉 '네크로리얼리즘'은 식물 생명체를 고려해야 한다.[43] 죽음을 받아들인다는 말은 곧 식물을 받아들이는 것을 의미한다.

　서양 사상에서 식물의 주변화는 대체로 죽음의 주변화와 관련이 있다. 에바 도만스카는 이렇게 썼다. "우리는 죽음이 (…) 차별받는 세상에 살고 있다. 여기서 차별이란 살아있는 존재에 특정한 특권을 부여하는 반면 비생명 또는 죽었다고 여겨지는 존재는 주변화시키는 것을 의미한다."[44] 식물은 살아있는 존재로 받아들여지기는 했지만 부동성으로 인해 서구 인본주의 사상에서는 오히려 '생명력 없는' 것, 살아 있는 죽음처럼 존재론적으로 살아있는 형태인 것으로 간주되었다. 아리스토텔레스와 그 후계자들에게 이러한 부동 상태의 활력이란 "식물 생명체를 단지 '살아 있는 것처럼 보일 뿐'이라는 불확실한 상태로 만드는 것"[45]이었다. 소비에트에서 식물의 주변화는 질병, 빈곤, 기근을 추방하기 위한 대규모의 과학기술적 노력에서도 감지되며, 이 과정은 초기 소비에트의 수사학에서 '자연' 정복의 필요성과 함께 식물과 죽음 사이의 연관성을 더욱 강화했다.[46] 트로츠키와 같은 초기 소비에트 사상가에게 '자연'은 인간을 제약하는 것이었고, 초기 소비에트 과학의 주요 목표는 죽음을 포함한 생물학적 한계를 뛰어넘는 것이었다. 트로츠키는 1924년에 다음과 같이 제안했다.

　심지어는 순전히 생리적인 삶조차도 집단적인 시험에 종속될 것이다. 고정화된 호모 사피엔스라는 인류는 또다시 급격한 변화의 상태를 겪게 될 것이며, 인위적인 선택과 심신의 훈련에 의해 가장 복잡한 방법의

대상이 될 것이다.[47]

유피트의 진화 3부작의 다른 영화들과 마찬가지로, 〈실버 헤드〉는 SF의 일반적인 관습을 활용하여 비인간적 존재 형태를 추구했던 네크로리얼리스트의 초기 목표를 구체화하고, 유피트가 "군사적 동물인간 공학"[48]이라고 부르는 이념적 틀을 불안정하게 만들었다. 과학자들이 인간과 비인간을 혼종화하는 실험을 설계하는 이 3부작에서 유피트는 "생명공학에 대한 비판적 논평으로서가 아니라, 과학적 사고방식을 '**토대로**'(인간) 생명의 미래를 다루기 위해"[49] SF를 사용하여 보다 다양한 서사적 아이디어를 자유롭게 펼친다. 따라서 유피트와 마슬로프의 〈실버 헤드〉는 트로츠키의 "새로운 소비에트형 인간"과 소비에트의 과학자들이 추구했던 완벽한 인간 생물학에 대한 장대한 노력을 포함하여 소비에트 과학기술에 대한 네크로리얼리즘의 이데올로기적 비판을 확장한다. 그리고 과학기술이 자연을 조작하는, 즉 소비에트의 맥락에서 죽음을 추방하려는 시도와 밀접한 관련이 있었던 조작의 시대에 인간 생명의 적절한 위치를 성찰하기 위해 SF를 활용한다.

그렇다면 트로츠키가 자연과 죽음을 연관시키고 서구 담론에서 식물과 죽음을 오랫동안 연관시킨 것을 고려할 때, 〈실버 헤드〉의 첫 장면에서 과학자들이 죽음보다 장수와 식물의 관계를 전면에 내세우는 것은 어쩌면 아이러니한 일이다. 수석 실험 과학자가 선언하듯, 실험의 목표는 "새로운 인간 (…) 생리적으로 더 완벽한 존재", 즉 죽음에 취약하지 않은 인간을 창조하는 것이다. 앞서 언급했듯, 이 혼종화 실험을 위해 나무가 선택된 이유는 긴 '수명', '견고함', '무조건성', 그리고 과학자들이 '**호모 사피엔스**'의 생물학적 자질을 개선할 것으로 기대하는 "높은 수준의 환경 저항성" 때문이다. 그러나 과학자들은 이 실험에 대해 비위가 상한 듯한 태도를 보인다. 이 실험의 목표는 나무 말뚝으로 몸을 찔러 인간과 나무를 교배하는 것인데, 한 과학자는 가시 조각이 박히자 실험이 시작되기 전임에도 우려하는 모습을 보인다. 다른 과학자는 차갑고 냉정한 어조로 "집게를 써"라고 말하며, 그들의 목표는 다른 비인간 존재와의 완전한 통합이 아니라 인간 자아를 보존하는 것임을 강조한다. 과학자들은 인간과 자연 사이의 간극을 좁히고 "생태학적으로 이상적인 본질sushchestvo"을 만들고 싶다고 공언한다. 그러나 그들의 목표는 초기 소비에트 과학자들이 보여준 도구적 자연관을 반영하며, 이는 인간을 보다 완벽하고 환경적으로 초월적인 존재, 즉 트로츠키의 표현을 빌리자면 "보다 높은 사회적·생물학적인 유형, 즉 초인"[50]으로 재구성하는 일에 더욱 적합한 방식으로 보인다. 여기서 식물은 생명 그 자체로서가 아니라 인간의 우월성을 위해 소비되는 자원, 이러한 노력에 소모되는 생명체로 간주된다.

식물 생명체와의 도구적 관계는 실험에 선발된 소수 엘리트들에게만 국한되지 않는다. 유피트와 마슬로프는 이러한 관점이 학계 전반에 만연해 있음을 암시한다. 실제로 영화의 오프닝 장면 중 실험 설계자(니콜라이 마톤 분)는 과학자들이 모인 자리에서 "단일한 생리학적 기반을 지닌 표본을 명실공히 넘치도록 제공한다는 점에서 우리의 연구 주제는 자연 스스로가 제안한 셈입니다"라고 선언한다. 과학자들은 식물을 과학적 연구를 위한 도구인 '표본'으로 간주하고 난 뒤에야 비로소 그것을 생명으로 인식함으로써 식물 생명체에 대한 착취적 시각을 드러낸다. 이는 식물이 가지고 있는 존재론적 가치를 무시하고 과학적 목적을 우선시하는 것이다. 더 나아가 과학자의 이 같은 선언은 다양한 식물 종이 마치 실제로 '단일한 생리학적 기반'을 가진 것처럼 하나로 뭉뚱그림으로써 식물 생명체를 경시하는 비과학적인 태도를 보여주는데도, 그의 발언은 동료 과학자들의 열렬한 박수갈채로 동의와 환영을 받는다. 과학자의 이 같은 발언이 아무런 논란을 불러일으키지 않았다는 것을 통해, 유피트와 마슬로프는 과학이 적어도 생명정치적 다양성의 측면에서는 생태적 목적이 아닌 인간중심적 목적을 위해 봉사한다는 점을 시사한다. 과학자는 이후 이른바 'Z-개체 Z-individuals'에 의해 살해당한다. 'Z-개체'는 식물과 인간의 혼종화를 시도했던 이전 실험의 실패작으로, 네크로리얼리즘 전문가라면 초기 네크로리얼리즘 작품에서 등장했던 '비시체'를 즉시 떠올릴 수 있을 것이다. 하지만 〈실버 헤드〉를 단순히 식물의 뛰어난 지능이나 능력을 입증함으로써 식물과 인간 사이의 위계질서를 전복하려는 시도로만 읽어서는 안 된다. 유피트와 마슬로프는 SF에서 익숙하게 등장하는 '매드 사이언스'라는 줄거리와 마더가 제안한 일종의 반형이상학적 "식물성 사유"를 활용하여 인간 정체성 개념의 경계를 해체한다. 그리고 그 자리에 보다 생태적인 인간 혹은 포스트휴먼의 구조를 제시한다. 〈실버 헤드〉의 Z-개체에게 식물과의 관계란 착취가 아니라 친족으로 정의된다.

Z-개체, 전염, 포스트휴머니즘: 식물적 다양성을 받아들이며

〈실버 헤드〉 전반에서 유피트와 마슬로프는 식물 생명체와 친족성을 공유하면서도 착취하지 않는 관계에 놓인 다양한 인간 및 비인간 생명체를 제시한다. 심지어 실험을 수행하기 위해 설계된 장치—나무 말뚝으로 인체를 관통시키는 밀폐 공간으로, 목재로 만들어진 일종의 아이언 메이든iron maiden—조차도 식물 생명체의 개방성, 타자에 대한 수용성을 드러낸다.[51] 실제로 이 실험은 그 자체가 일종의 '접목'으로 작동한다. 접목은 한 식물에서 살아 있는 조직을 떼어 다른 식물에 이식하는 과정으로 진행되는데, 여기에서는 나무의 조직을 인간의 몸에 이식한다. 과학자들은 오직 인간중심적 이익만을 위해 식물의 일부를 인간에게 접목하는 기계를 사용하려 한다. 하지만, 마더는 "접목은 (⋯) 식물 생명체의 유연성과 수용성, 즉 공생과 변형이 가능한 구조적 능력과 다른 존재들을 위해 고정된 정체성을 희생하는 개방성을 부각시킨다"[52]라며 이러한 과정의 본질적인 불가능성을 지적한다. 자아와 타자 사이의 경계를 해체하는 접목은 "두 개의 개별적 존재 사이에 관계의 가능성을 창출하는데, 이를 통해 양쪽 모두가 인식할 수 없을 정도로 변형되며 우리의 사고가 익숙하게 받아들이는 범주, 분류 체계, 존재의 질서를 초월하게 된다."[53] Z-개체는 실패로 끝난 초기 실험에서 발생한 "원인불명의 심리적 돌연변이"라는 변형의 산물이다. 이들은 나무이자 인간이고 생물이자 무생물로, 과학자들이 그들을 규정하려는 분류 체계를 초월하는 존재이다. 이들의 포스트휴먼적 다양성은 인간과 비인간 생명체 모두에 대한 개방성, 즉 신체가 타자를 위한 통로 역할을 하며 그 결과 자아와 타자 모두 돌이킬 수 없을 정도로 변형된 상태를 의미한다. 실험 설계자가 경고하듯이 "(Z-개체가) 타인에게 미치는 영향은 예측할 수 없다."

비록 영화 속 과학자들은 자신의 이익을 위해 식물 생명체를 착취하려 하지만, 유피트와 마슬로프는 영화 전반에 걸쳐 식물 생명체를 생명 그 자체로 강조하기 위해 주의를 기울인다. 식물 생명체는 첫 장면부터 다양한 식물 종들이 들판에서 공존하는 모습으로 전면에 등장한다. 카메라는 먼저 식물을 응시하며 이들을 생명의 형태로 보여준 후에야 왼쪽으로 회전하여 오두막 근처에서 머리를 빗는 한 여성의 고독한 모습을 보여준다. 〈실버 헤드〉의 카메라 샷에서 식물 생명체는 빈번하게 화면의 중심에 놓인다. 인간은 대개 다양한 식물들 사이에서 위치하거나, 또 다른 장면에서는 인간과 Z-개체들이 식물 생명체 사이를 가로지르며 움직이는 모습으로 그려짐으로써 이들이 더 넓은 생태 네트워크 내에 포함된 존재로 암시된다. 그 밖의 장면에서도 식물이 비인간 생태계에서 차지하는 중요성이 드러난다. 예컨대 강가의 연잎 위에 앉아 있는 개구리를 카메라가 애정 어린 시선으로 오래도록 비추는 장면은 식물이 모든 생태계에 얼마나 깊숙이 스며들어 있는지 보여준다. 인간, 식물, 비인간 동물 간의 밀접한 관계는 영화의 전반에 걸쳐 직접적으로 묘사되며, 이는 모든 존재가 비인간 식물 생명체와 깊이 얽혀 있다는 영화의 논지를 강조한다. 이러한 메시지를 강렬하게 전달하는 영화의 오프닝 시퀀스의 대부분은 소리로 '젖어 있다'. 어린 소년이 실험 구역의 '경계'(어쩌면 자연과 문화의 '경계'에 해당하는 곳?)에 사는 삼림 관리인인 아버지를 찾아 나서는데, 소년의 발걸음이 식물에 닿을 때마다 나뭇가지가 꺾이고 나뭇잎이 흔들리며, 소년의 움직임이 일으킨 기류에 키 큰 풀의 줄기가 바스락거리는 소리가 청각적으로 강조된다. 실험 설계자는 실험 구역을 "아무도 살지 않는" 지역으로 지칭했지만, 이와는 다르게 영화의 사건들은 인간과 비인간 생명체로 가득 찬 생태계에서 전개된다.

따라서 인간이자 식물이기도 한 Z-개체는 이러한 공간에 적합한 거주자이다. 하나의 다중적 존재 안에 '자아'와 '타자'의 요소를 결합한 Z-개체는, 영화 속 과학자들뿐 아니라 나아가 그들이 대변하는, 서구의 인본주의 세계관이 보여주는 비인간 생명체에 대한 전체주의적, 착취적, 환경 파괴적인 태도에 저항할 수 있는 "식물성 사유"를 제시한다. 마더가 지적했듯이, "'식물성 사유'는 정체성의 파열에서 시작되며"[54], 대립에 기초한 형이상학적 사고 체계를 포기하려는 우리의 의지로부터 출발한다. 식물은 본래 다중성을 지니고 고정된 중심을 갖지 않으며 끊임없이 성장하고 삶과 죽음 사이에 위치한다는 독특한 존재론적 특징을 갖는다. 이러한 특성으로 인해 식물은 경계가 뚜렷한 단일 정체성의 신화를 깨뜨리거나 생태적 상호연결성의 실재에 대항하는 삶과 죽음 사이의 절대적 분리를 전복한다. 마더는 '식물성 사유'를 실천하기 위해서는 본질적으로 식물 자체와 유피트와 마슬로프의 영화 속 Z-개체들이 그랬듯, 수천 년 동안 서구 사상을 규정해 온 자아와 타자, 생명과 죽음, 인간과 비인간이라는 형이상학적 범주의 공고함을 무너뜨려야 한다고 주장한다. 네크로리얼리즘의 비시체의 오랜 특징이기도 한 비인지적 활력을 지닌 Z-개체들은 합리성을 인간의 표식처럼 여기며 중시하는 서구의 관점에 정면으로 도전한다. 또한 "원인불명의 심리적 돌연변이"를 통해 자신과 같은 다른 존재를 재생산하는 능력을 지님으로써 철학적으로 수호되어 온 자아와 타자의 경계를 침범한다. 게다가 이들은 "사회적 관습 obshchestvennoi obstanovki을 무력화시키는 특성을 가질 수 있기 때문에" '식물성 사유'와 마찬가지로 비인간 생명을 착취하는 사회 구조를 약화할 가능성을 내포한다. 따라서 Z-개체들의 전염은 생태적 사고의 확산을 의미한다.

〈실버 헤드〉에서 Z-개체들은 권위적이거나 자연과 환경을 통제하는 존재가 아니라, 완전한 생태적 주체로 묘사된다. 기존의 인간이 다른 생명체를 통솔하고 지배하는 모습으로 그려지는 경우가 잦았던 반면, Z-개체는 풀, 나무, 다른 동물과 나란히 배치되며 때로는 살아 있는 환경의 고요한 일부로 또 때로는 즉흥적이고 유희적인 힘으로 묘사된다. 그리고 인간이 경직성, 통치성, 융통성 없는 자아로 정의되었다면, Z-개체는 다른 생명체와 여타의 Z-개체들과 뒤섞여 스며들며 비인간과 구별되는 인간적 특성인 자아를 벗어던진다. Z-개체는 서로를 쫓아가거나 리드미컬하게 막대기를 두드리고 함께 "등타기 놀이leap-frogging"를 하며 풀과 나무 사이에 고요히 누워 있는 등 교차적으로 다양하게 그려진다. 이러한 모습에는 마더가 언급한 "식물 생명체 안에 내재된, 자기 보존에는 이상하리만치 무관심한 놀이"[55]라는 개념이 강조된다. 이들이 등장할 때 흘러나오는 경쾌하면서도 때로는 불협화음이 느껴지는 사운드트랙은 Z-개체들의 '비사유non-thought' 또는 비합리성을 강화하는데, 이는 생태적 사유의 상징으로서 Z-개체가 가진 힘의 중요한 요소로 작용한다. 이 비합리성은 자아와 세계를 적극적으로 구분하지 않는 존재론적 틀, 즉 생태적 형태의 '식물성 사유'를 가능하게 한다. 마더는 다음과 같이 설명한다.

식물의 이성애, 빛과 같은 다른 것에 대한 존재론적 의존성을 반영하듯, 식물성 사유는 타자(예를 들어, 비사유)와 너무 긴밀하게 얽혀 있어 사유한다는 정체성을 유지하지 못한다. 이는 내용과 형식 면에서 모순율을 거부하며, 사유이면서 동시에 비사유이므로 자신의 '타자'와 전혀 대립하

지 않는다.[56]

식물처럼 사유하기, 그리고 Z-개체처럼 사유하기는 자아와 타자 사이의 간극을 좁혀서 자연과 문화, 인간과 비인간, 삶과 죽음 사이의 서구 형이상학적 분리를 유지하는 이원론적 사고 방식을 해체할 수 있다.

따라서 유피트와 마슬로프의 Z-개체와 마더의 '식물성 사유'는 러시아-소비에트 이데올로기를 포함하여 역사적으로 러시아 철학에 팽배했던 서구 인본주의 전통에 반발하는 현대 포스트휴머니즘 철학과 많은 공통점을 가지고 있다. 휴머니즘은 전통적으로 '인간'을 구별된 주권 자아로서 비인간 위에 있다고 간주하는 경향이 있었지만(트로츠키의 '새로운 소비에트형 인간'은 이 논리의 극단적인 예시일 뿐이다), 포스트휴머니즘은 인간을 이미 다른 인간뿐만 아니라 기술, 비인간 및 환경과의 관계라는 광범위한 시스템에 얽혀 있다고 이론화함으로써 이러한 인간 예외주의 전통에 맞선다. 따라서 포스트휴머니즘은 인간과 비인간의 다중성을 전제로 하는 윤리적 자아 개념을 대신 제시함으로써 서구 휴머니즘의 자율적이고 개인적인 자아라는 개념을 약화시킨다. 이 개념은 〈실버 헤드〉의 Z-개체와 유사한, 도나 해러웨이가 1985년에 제시하여 큰 영향을 미쳤던 사이보그 형상으로 잘 설명된다. 해러웨이는 사이보그의 모순적이고 혼종적인 존재론이 20세기 정치 주체를 완벽하게 묘사한다고 다음과 같이 주장한다. "우리 시대, 신화의 시대인 20세기 후반, 우리 모두는 기계와 유기체의 잡종으로 이론화되고 제작된 키메라다. 한마디로, 우리는 사이보그다. 사이보그는 우리의 존재론이며, 정치는 여기서 시작된다."[57] 해러웨이의 사이보그는 Z-

개체처럼 존재론적 모순을 드러내며, 경직된 수직적 위계 대신 새로운 수평적 연결을 만들면서 서로에게 생산적인 긴장 관계에 있는 혼종적 부분을 유지한다. 그런 배치 하에서 "자연과 문화가 새로 제작되기 때문에 어느 한쪽이 다른 쪽의 전유나 통합을 위한 자원이 더는 될 수 없다. 이처럼 양극을 이루는 요소와 그들 간의 위계적 지배뿐 아니라, 부분이 전체를 이루기 위해 존재하는 모든 관계가 사이보그 세계에서 쟁점이 된다."[58]

패트리샤 맥코맥은 해러웨이처럼 합리성을 통해 작동하는 포스트휴먼적 전환을 위한 윤리를 제안하고 각 생명의 특수성을 인정하며 인간의 비인간 되기를 지향한다. 이 윤리는 "사물이 그 자체로 고유하며 사물 간의 상호 작용은 추가적인 특성을 생성한다"[59]고 전제한다. 이러한 발화를 토대로 포스트휴먼 윤리의 실천으로 전환된다. 여기서 되기는 몸들 사이에서 발생하고, 몸들 사이의 관계는 윤리가 펼쳐지는 장소를 형성한다. 맥코맥은 다음과 같이 쓴다.

> 윤리적 실천으로서 포스트휴먼은 생명 그 자체 혹은 생명들을 향한 실천이다. 실재적이고 단일하면서도 연결되어 있고, 예측 불가능한 방식으로 독특하게 발생하고, 직접적으로 발화되는 생명들이다. 우리는 이러한 생명들을 위해 표현할 수 있는 범위를 확장하고자 모색한다. (⋯) 포스트휴먼 윤리는 기존의 정체성에 반하는 분할된 생명을 발견한다. 그리고 살아있는 몸들 사이에 필연적으로 발생하는 연결을 윤리적으로 도달해야 할 지점으로 인정하면서, 포스트모던의 난제에서 개인은 다른 개인과의 연결에 의해서만 구성된다고 본다.[60]

관계성에 대해 맥코맥과 해러웨이가 제시했던 포스트휴먼 윤리는 개별 생명체의 특수성보다 범주를 훨씬 특권화하던 종차별주의 및 기타 분류 체계를 없앤다는 점에서, 전통적인 서구 사상의 휴머니즘 및 종차별주의의 형이상학적 범주보다는 각 존재의 다의적 특수성을 강조하는 유피트와 마슬로프의 Z-개체와 연결된다. 로지 브라이도티가 지적했듯 비판적 포스트휴머니즘의 방식은 Z-개체에도 동일하게 적용될 수 있다.

> (포스트휴머니즘은) 개인주의를 거부하면서도 상대주의나 냉소적 패배주의와도 마찬가지로 거리를 둔다. 이는 고전적 휴머니즘의 모범적인 노선을 따라 정의된 개인 주체의 자기 이해관계와는 전혀 다른 윤리적 유대를 촉진한다. 통합되지 않은 주체를 위한 포스트휴먼 윤리학은 자아 중심의 개인주의라는 장애물을 제거함으로써 자아와 타자들 사이의 상호연계성에 대해 확장된 의식을 제안한다. 거기에는 비인간 혹은 '땅'의 타자들도 포함된다.[61]

영화의 마지막 장면에서 Z-개체(니콜라이 루딕 분)는 혼종화된 기계를 파괴한다. 이는 네크로리얼리스트가 자기중심적인 개인주의와 냉소적인 패배주의를 모두 거부한다는 점을 보여준다. 기계를 파괴함으로써 Z-개체는 실험을 파괴한다. 나아가 넓게 정의하자면 비인간 생명체를 생명정치적으로 착취하는 시대에서 인간이 식물 및 다른 존재와 맺던 전유적 관계를 상징적으로 드러내는 과학적 객체를 파괴하는 것이다. 유피트와 마슬로프는 작중 실험에 관여한 모든 과학자가 Z-개체로 변형된다는 강경한 결말을 통해, 인간과 식물의 파괴적인 관계가 일단 사라지면, 식물과 관계 맺는 방법이 보다 생태학적으로 사유될 수 있다고 제안한다.

포스트휴먼 시대에서의 죽음

이 장의 주요 관심사인 네크로리얼리즘, 식물, 생태가 만나는 연결 지점으로서의 시체를 간단하게 살펴보며 글을 마무리하고자 한다. 사실 시체의 형상과 이에 수반하여 네크로리얼리스트가 죽음, 비합리성, 의미에 대한 회피와 맺는 관련성 때문에, 네크로리얼리즘은 허무주의나 심지어 병리학적이라는 혐의를 샀다. 알라니즈와 그레이엄이 말했듯이, "네크로리얼리즘의 허무주의는 초월적인 의미가 사라진 문화에 기반한다. 유토피아는 부패하고 있으며, 여기서는 모든 것이 부정적인 의미로 가득 찬, 사회적으로 '살아있는 죽음'의 상태이다."[62] 도만스카의 말을 빌리면 "해체를 통한 탈인간화", 삶과 죽음의 경계 공간에 들어가는 것은 네크로리얼리스트의 실천에서 핵심적인 교리이며 아마 가장 두드러진 특징일 것이다. 그러나 도만스카가 상기시키듯 시체는 상실된 의미의 상징일 뿐 아니라 인간이 이 세계로부터 떠나는 장소다. 다른 종들로 구성되고, 다른 종들과 공존하고, 다른 종들과 함께 순환하는 살아있는 생명체로서 시체는 비인간과의 친족이라는 더 넓은 개념에 진입하는 지점이기도 하다.

> 문화의 상징적 차원에서 탈인간화는 지배적인 인간 집단에서 배제되는 것을 의미하지만, 유기적인 다종 환경에서는 훨씬 더 광범위한 존재 집단에 포함되는 것을 의미하며, 그중 일부는 한때 인간이었다는 의미에서 포스트–휴먼이다. (포스트휴먼 존재로 간주될 때) 시체의 탈인간화는 (…) 인간이라는 종 집단에 편입되는 데 있어 **필수 조건**sine qua non'이다.[63]

마찬가지로 브라이도티가 주장했듯이, 죽음은 한계 지점이 아니라 되기의 또 다른 단계이고, 허물을 벗은 자아는 "지구 자체가 근본적으로 내재한 속성과 그 우주적인 공명" 안으로 융합할 수 있게 되며, 그럼으로써 "포스트휴먼 주체의 지각불가능하게–되기"를 실행하거나 혹은 수많은 상호연결된 존재들의 일부가 된다.[64] 죽음, 즉 시체 되기는 식물이 우리를 유기 물질이 되어 그 순환 속으로 들어가게 하는 것, 우리가 새로운 다종 네크로파지 집합의 서식지가 되는 것, 그리고 시간이 지나 새로운 유기체에 통합되며 그중 오직 일부만이 인간이 되는 것을 포함한다. 마더는 "이런 복잡성을 고려할 때 식물적 민주주의는 생명과 생명체를 죽음에서 떼어놓아야 한다는 안이한 생명주의를 옹호하는 것이 아니라, 이와는 대조적으로 필멸성과 친밀한 관계를 맺으며 '생명에 참여'하기를 제안한다."[65] 그렇다면 진정한 생태적 사고는 죽음을 외면할 수 없으며 대신 죽은 몸을 삶의 감각에 통합해야 한다. 네크로리얼리스트의 사유는 이렇게 육체가 번성하고, 썩고, 용해되고, 다시 나타나는, 삶과 죽음의 연속체에서 피어난다.

05

식물성 사랑

식물소설 속 욕망, 감정, 섹슈얼리티

T. S. 밀러 T. S. Miller

"음탕한 관목들이 무성하게 자라는 여러 얕은 물웅덩이를 헤치고 건 넜다."

－존 프라이어John Fryer, 『동인도와 페르시아의 새로운 기록 A New Account of East-India and Persia』(1698)[1]

전근대 식물학에서는 아리스토텔레스의 영혼 삼분설에 따라 식물 생명체를 다른 존재 형태에 종속되는 것으로 간주하고, 식물을 성장과 생식이라는 가장 기본적인 생명력만을 지닌 존재로 규정하였다. 그럼에도 불구하고 아리스토텔레스가 구성한 최초의 과학적 분류 체계에 따르면 식물·동물·인간이라는 존재는 모두 동일한 능력을 공유하며, 인간에게 그것은 성과 섹슈얼리티의 복합적 형태로 드러난다. 결정적으로 고대와 중세의 사상은 식물의 감각·느낌·감정을 부정했다. 실제로 중세 영어 단어인 'feling'은 식물에게는 이러한 능력이 동물과 달리 결여되었음을 지칭하는 전문 용어로 자주 사용되었다. 예컨대 존 트레비사John Trevisa는 13세기에 쓰여진 백과사전 『사물의 특성에 대하여De proprietatibus rerum』를 번역하면서 식물은 "feling" 없이 성장하고 생식한다며 다음과 같이 썼다. "나무는 생명의 영혼을 지니고 있지만 (…) 그 안에 감정의 영혼은 없다. 그래서 베이거나 잘릴 때 고통을 느끼지 않으며, 잠을 자지도 않고, 들락날락 숨 쉬지도 못하며, 감정의 영혼에 속하는 어떤 조건도 갖지 않는다."[2] 즉, 트레비사의 식물은 갈증 없이 마시고, 지각 없이 성장하며, 감정 없이 존재한다. 동시에 동물 우화집이나 약초서와 같은 중세 문헌에서는 식물 생명체가 다른 존재의 감정, 특히 성과 생식과 관련된 감정을 유발하는 데 기여할 수 있다는 점이 거듭 강조된다. 중세의 여러 기록에 따르면, 예를 들어 맨드레이크mandrake는 두 개의 뚜렷한 성별을 가진 인간의 형상을 닮았으며, 땅에서 뽑힐 때 고통스러운 비명을 지른다는 점에서 아리스토텔레스가 말하는 존재의 위계를 넘나드는 식물이다. 또한 만드라고라mandragora는 단순히 상상의 산물이 아니라 중세 약전藥典에서 욕망과 밀접하게 관련된 식물로 간주되어 일종의 최음제로 처방되던 식물이었다.[3] 밸런타인데이에 생화를 선물하는 것에서부터 에덴동산의 금단의 열매에 이르기까지, 식물이 인간의 욕망을 표현하고 자극할 수 있다는 생각은 가장 보편적인 문화적 전통 또는 가장 오래된 이야기만큼이나 널리 퍼져 있다. 중세 문학인 로망스에서도 고립된 정원 공간은 많은 연인의 밀회 장소였다. 이렇듯 식물이 인간의 욕망과 깊은 연관이 있다면, 식물도 욕망할 수 있다는 가능성을 진지하게 받아들이기까지 왜 그렇게 오랜 시간이 걸렸을까? 식물은 스스로 표현할 수 있을까, 아니면 언제나 인간을 대신해 표현할 뿐인가?

이런 질문을 하는 데 사용해야 할 적절한 용어와 철학이 무엇인지는 식물 과학자들 사이에 의견이 분분하며, 점점 더 많은 논의가 '식물 행동', '식물 감지 및 의사소통', '식물 신경생리학' 등 식물학의 하위 분야에서 이루어지고 있다.[4] 물론 SF 작가들은 이 글에서 '식물 소설'이라고 부를 초역사적 장르에서 상상력을 발휘하여 식물 행위자의 함의를 더 자유롭게 탐구해 왔다. 이 장르는 식물 신에 대한 가장 오래된 신화부터 너새니얼 호손Nathaniel Hawthorne의 「라파치니의 딸Rappaccini's Daughter」과 같은 텍스트, 혹은 생동하는 식물이나 식물과 인간의 혼종에 관한 최근의 수많은 작품까지 아우를 수 있다.[5] 심지어 최초의 SF 서사로 간주되기도 하는 루키아노스Lucian의 『진실한 이야기True History』에서도 인간을 성적으로 유혹하는 동시에 함정에 빠뜨리는 식물 혼종체와의 만남을 다룬다. 비록 희극적인 효과를 이끌어 내기 위한 것이었을지라도, 이는 인간이 오래전부터 욕망을 뚜렷하게 드러내는 식물의 모습을 상상해 왔음을 증명한다. 식물과 인간이 공통 조상을 공유한다는 생물학의 지배적 패러다임에도 불구하고 식물이 살아 있고 감정을 느끼는 존재로서 윤리적 고려의 대상이 될 수 있다는 가능성을 인정하는 데에는 많은 어려움이 있는 현재, 식물의 욕망에 대한 탐구를 이 글에서처럼 전근대에서 시작하는 것은 잘못된 접근으로 보일 수 있다.[6] 그러나 어쩌면 이것이야말로 전근대 문학과 사상이 가진 가능성의 일부일지 모른다. 식물과 인간의 혼종에 대한 중세의 이미지가 보여주는 극도의 참신함, 그리고 이질적인 지적 패러다임이 낳은 낯섦은 지각을 지닌 식물 존재를 훨씬 명백히 상정하는 현대 SF적 서사와 동일한 방식으로 작동할 수 있다. 결국 우리가 식물 생명체와 '식물적 영혼'을 공유하고, 성장과 생식의 능력을 공유한다는 것은 과연 무엇을 의미할까? 영혼을 공유한다는 것은 인간이 욕망할 때야말로 가장 식물적인 상태에 있다는 것일까? 특히 우리가 성적 욕망을 경험할 때는 어떠한가? 식물의 행동을 유발한다고 알려진, 자극에 대한 자동적 반사 반응인 '굴성tropism' 개념과 '욕망'은 어떻게 다른가?

여기서는 이러한 질문에 답하는 한편 더 크게는 철학자 마이클 마더Michael Marder 등이 개척한 '비판적 식물학'이라는 새로운 학문 분야를 감정의 역사와 연결하려는 노력의 일환으로, 식물과 인간의 결합을 상상함으로써 식물의 섹슈얼리티를 상정하는 몇몇 식물소설을 논의하고자 한다. 앞으로 살펴보겠지만 어떤 텍스트는 식물과 인간의 급진적이고 새로운 구성을 상상하는 데 성공한 반면, 다른 텍스트는 인간중심주의에서 벗어나지 못하거나 섹슈얼리티와 성폭력에 대한 퇴행적 관점으로 인해 여전히 한계를 드러낸다. 여기서 먼저 살펴볼 소설은 "나무에는 성적인 요소가 전무하다"고 믿었다가 곧 자신이 틀렸음을 알게 되는 인물이 나오는 존 보이드John Boyd의 SF소설 『에덴의 수분자The Pollinators of Eden』(1969)이다. 그 다음은 팻 머피Pat Murphy의 단편소설 「채소 마누라His Vegetable Wife」(1986)로, 이 소설의 에코페미니즘은 『에덴의 수분자』의 무질서한 식물 성정치에 대한 수정안을 제시한다. 마지막으로 로널드 프레이저Ronald Fraser의 소설 『꽃유령Flower Phantoms』(1926)은 식물 존재들 사이에서 한 젊은 여성의 성적 각성을 다룬다. 이들 중 『꽃유령』만이 벌거벗은 생명인 식물과의 조우에서 진정으로 비인간적 관점을 확보할 가능성을 발견한다.[7] 마더는 우리가 '식물성 사유'를 인식하고 나아가 이를 다양한 형태로 실천할 것을 권한다. 그러나 우리는 또한 '식물적 감정'이나 '식물적 욕망'과 그것이 인간의 욕망과 어떻게 얽혀 있는지를 더 깊이 인식하고 이해하고자 노력함으로써 보다 풍부한 통찰을 얻을 수 있을 것이다.[8] 아미타브 고시Amitav Ghosh는 『대혼란의 시대The Great Derangement』에서 "비인간 존재들과 대단히 유사하다는 것을 인식하는 것"과, 이런 인식을 통해 우리가 무엇을 얻을 수 있는지를 성찰한다. "따라서 인식을 통한 앎은 뭔가 새로운 것을 발견할 때와는 다른 종류의 앎이다. 그것은 오히려 마음속에 깔린 잠재성을 새롭게 알아차리는 데서 비롯된다."[9] '식물의 영혼'을 새롭게 탐구하는 것은 우리가 살아 있고 욕망하는 존재로서 식물과 무엇을 공유하며, 무엇을 공유하지 않는지 질문하는 것이다.

이와 같은 맥락으로 여기에서 살펴볼 각기 다른 텍스트는 저마다 '식물적 감정'의 실재를 부정하거나 그것에 의존한다. 인간의 섹슈얼리티와 식물의 섹슈얼리티가 만나는 지점은 모든 텍스트에서 희망적이든 위협적이든 익숙하고 편안한 것을 뒤엎는다. 욕망에 눈뜬 식물을 보여주는 것은 경직되거나 제한되었던 사회적 및 성적 규범을 향한 도전이 될 수 있고, 아니면 단순히 괴물의 공포를 통해 규범을 강화할 수도 있다. 앞으로 살펴보겠지만 식물소설에서 묘사하는 이상함, 심지어 잠재적 퀴어성은 독자가 식물과의 친족관계를 인식하도록 자극할 수 있으며, 나아가 이런 식물의 주체성을 재고하게 할 수도 있다.[10] 그러나 혐오와 공포의 정조가 서사를 지배할 경우 인간과 비인간의 관계를 다시 사유하도록 하는 급진적인 잠재력은 약화될 수 있다. 심지어 식물적 관점을 상상한다는 명목으로 인간중심적 규범이 자기 한계에 갇힌 채 재차 모습을 드러낼 수도 있다.[11] 실제로 식물은 소설의 배경이 지구든 아니든 어디에나 존재하는데도 식물 자체는 대부분 '상상조차 못할unthinkable' 존재로 여겨진다. 이는 고시가 기후 변화와 그것이 인류와 우리가 공유하는 생물권에 미치는 문제를 이야기할 때 사용하는 말이기도 하다. 따라서 고시의 관점에서, 인위적인 기후 변화가 나타나기 시작한 때가 "인간이 비인간과 맺고 있는 동류의식"을 점차 망각하게 된 시기와 일치하는 것은 우연이 아니다.[12] 2018년에 출간된 식물소설 『오버스토리The Overstory』의 저자 리처드 파워스Richard Powers를 비롯하여 기후 위기에 관심을 가진 여러 사상가 및 작가들과 마찬가지로, 고시는 기후 위기로 인한 문제를 극복하는 방법은 모든 종류의 비인간과 더 친밀하게 관계를 맺는 것과 밀접한 관련이 있다고 주장한다.[13] 식물소설은 정의상 이러한 친족관계에 대해 더 나은 이해를 촉진하진 않지만, 그것은 언제나 사유 및 재사유의 출발점이 될 수 있다.

중세부터 현재에 이르기까지 식물 관련 사유와 창작에서 나타난 많은 혁명을 다 열거하기에는 지면이 부족하다. 그러나 이 글의 대부분을 차지할 20세기 SF 텍스트로 넘어가기 전에 인간이 식물을 어떻게 바라봤고 식물이 욕망하는 것을 어떻게 상상했는지 고찰하는 데 중요한 기반이 되는, 핵심적인 매개인 텍스트 한 편에 잠시 주목하고자 한다. 근대 식물학이 트레비사의 몇 세기 후인 린네의 연구에서 출발했다고 주장할 수 있듯이, 근대 식물소설은 찰스 다윈의 조부인 이래즈머스 다윈Erasmus Darwin의 『식물의 사랑Loves of the Plants』에서 시작되었다고 할 수 있다. 린네의 분류 체계를 독창적으로 운문화한 이 작품은 그 수용사를 검토한 자넷 브라운Janet Browne의 지적대로 종종 "교훈적이거나 하찮은"[14] 것으로 치부되었다. 그러나 이 텍스트에는 암술 자매에게 구애하는 활기찬 수술 형제의 모습이 유쾌하면서도 기괴하게 묘사되어 있으며, 일반적인 고등학교 수업의 식물 분류

보다 훨씬 더 성적이다. 『식물의 사랑』의 한두 페이지만 읽어도 알 수 있듯 린네의 식물 분류 체계는 사실상 전부 성에 관한 것이고, 이후의 다윈주의 생물학도 여전히 성을 중심 주제로 삼았다. 물론 종에 관한 고전적인 정의에 따르면 유기체들은 교미와 번식이 가능할 때 동일한 종으로 규정된다. 다윈은 당연히 본문 앞의 '서문advertisement'을 통해 글의 목적은 자극이 아니라 오롯이 교육에 있다고 강조한다. 그는 "상상력을 과학의 깃발 아래로 불러들이고, 그 추종자를 느슨한 비유에서 더 엄밀한 비유로, 시적 심상에서 철학적 추론으로 이끌고자 한다"[15]라고 밝힌다.

궁극적으로 다윈은 자신의 시를 읽는 독자가 식물학을 더 엄밀한 것으로 이해하기를 원했지만 그 목표는 식물을 의인화하는 전략으로 인해 오히려 좌초하거나 전복될 위기에 처한다. 왜냐하면 이러한 전략은 식물이 인간과 마찬가지로 성적 경험을 한다는 것과, 그런 경험이 인간의 행동이나 관습 등에 쉽게 대응하지 않는다는 복잡성이 무엇을 의미하는지 독자들이 아주 생생하게 상상하도록 유도했기 때문이다. 암술에 많은 수술이 붙어 있다는 이유로 린네가 '가이난드리아Gynandria'나 '여성적 남성'으로, 다윈이 '남성적 여성'으로 분류한 식물을 떠올려 보자면, 식물의 성과 섹슈얼리티의 잠재적 퀴어성은 그것만으로도 별도의 글을 한 편 쓸 만큼 독립적인 주제다.[16] 사실 다윈의 『식물의 사랑』 대부분은 인간과 식물의 섹슈얼리티가 부딪치며 만들 수 있는, 지적으로 풍요롭거나 성적으로 혁명적인 가능성에 대한 탐구에 있어서는 다소 한정적인 관심을 보이는 데 그친다. 그러나 이 글에서 강조하고자 하는 것은 식물소설에서 욕망하는 식물을 상상하는 것이 그만큼의 위험도 초래할 수 있다는 점이다. 욕망하는 식물을 상상하는 것은 인간과 비인간의 관계를 재사유하게 해주고, 우리 자신과 우리의 섹슈얼리티에 대한 문화적·시대적으로 규정된 이해를 재검토할 수 있는 급진적인 가능성을 열어준다. 그러나 동시에 식물 생명체의 복잡한 섹슈얼리티는 반동적인 시각 속에서 성적인 위협으로, 나아가 기존의 이성애 중심 사회 질서를 위협하는 존재로까지 구현될 수 있기 때문이다.

SF소설의 펄프 시대가 막을 연 1920년대 후반에는 식물 괴물을 형상화한 여러 이야기가 붐을 이루었고, 『위어드 테일즈Weird Tales』나 휴고 건즈백Hugo Gernsback의 『어메이징 스토리즈Amazing Stories』와 같은 펄프 잡지에서 치명적인 식물이 주요한 '이달의 괴물'이 되었다. 식물소설의 이러한 전통과 다윈주의의 보편적인 공통 조상에 관한 불편함 간의 연관성에 대해 광범위하게 서술한 바 있지만[17], 여기서 강조하고 싶은 것은 이 식물들이 얼마나 자주, 특히 성적인 위협으로 형상화되었는가 하는 점이다. 1920년대는 물론 이후로도 오랫동안 SF 창작자들은 성적으로 괴물같거나 혹은 괴물처럼 성적인 식물의 도상을 적극적으로 차용했다. 식물 괴물의 이미지는 펄프 잡지 표지와 영화 포스터를 장식했는데, 여기에는 파리지옥 모양의 여성 성기의 이미지와 촉수 같은 남근의 이미지가 번갈아 등장하고, 반라의 여성이 포획되는 장면이 반복적으로 묘사되었다. 대표적인 예로는 1962년 영화화된 〈트리피드의 날〉 포스터와 1958년작 〈우먼이터The Woman Eater〉의 포스터, 그리고 존 머레이 레이놀즈John Murray Reynolds의 소설 「악마식물The Devil-Plant」을 삽화로 실은 1928년 9월호 『위어드 테일즈』의 표지, H. 톰슨 리치H. Thompson Rich의 「야수식물The Beast Plants」을 삽화로 실은 1940년 4월호 『페이머스 판타스틱 미스터리즈Famous Fantastic Mysteries』의 표지 등이 있으며, 그 밖에도 수많은 예가 존재한다. 모든 이야기에 여성을 납치하거나 공격하는 장면이 나오는 것은 아니지만, 이런 장면을 묘사하고자 하는 강한 욕망으로 인해 이미지가 만들어졌다.

식물에 관한 이러한 성적 공포는 어디에서 시작되었는가? 마크 체이스Mark Chase 등의 기록에 따르면, 여전히 성적으로 암시적인 이름인 '파리지옥Venus flytrap'이 'Dionaea muscipula'로 정착하기 전부터 18세기 식물학자인 존 바트람John Bartram은 이 새롭고 경이로운 식충식물을 "여성 생식기를 가리키는 엘리자베스 시대의 속어인 **팁티위쳇tipitiwitchet**'"으로 이해했다. 체이스 등은 "여성 섹슈얼리티와 식충식물의 이러한 연결이 19세기 영국까지 이어졌는데 이는 아마도 식충식물의 인기와 대중의 지속적인 매혹과 관련이 있었을 것"[18]이라고 덧붙인다. 따라서 창작자들은 루키아노스의 식물 괴물에서 베아트리체 라파치니와 DC 코믹스의 포이즌 아이비에 이르기까지 식물과 여성의 혼종을 **'팜 파탈'**로 등장시키는 것을 즐기는 동시에 우리가 최근 엘리자베스 핸드Elizabeth Hand의 「꽃의 왕자Prince of Flowers」(1988)와 같은 이야기나 〈이블 데드The Evil Dead〉와 그 리메이크(1981, 2013)에서 움직이는 나뭇잎에게 강간당하는 악명 높은 장면처럼 여성을 성적으로 위협하는 다른 종류의 욕망하는 식물도 그려왔다. 이러한 많은 서사에서 식물 섹슈얼리티는 발상 자체로 위반을 재현하는데, 이는 종종 '위반하는' 여성 욕망과 연결된다.

그렇기에 존 보이드의 소설 『에덴의 수분자』는 성과 섹슈얼리티를 다루는 식물소설의 크고 다양한 전통에 속해 있지만, 특히 식물의 성에 관한 특별한 문화적 순간, 즉 사람들이 식물과 성관계를 갖는 것을 많이 생각하기 시작했던 시대를 반영한다. 1960년대 후반과 1970년대 초반에는 SF소설 속에서 인간과 식물의 형상을 성적 포옹으로 결합시키는 이미지가 다시금 부활하는 모습을 확인할 수 있다. 대표적인 예로는 데이먼 나이트Damon Knight가 편집한 『네뷸러상 수상작품집 1Nebula Award Stories 1』(1969년 4월)의 표지가 있다. 브루스 페닝턴Bruce Pennington이 그린 이 표지에는 관능적인 둔부를 지닌 휴머노이드가 나무줄기와 합쳐지고 나무의 잎은 인간의 입술 모양으로 그려진다. 또 다른 예는 레나 베일Rena Vale의 『타우루스 4Taurus Four』(1970년 1월) 표지인데, 여기서는 거대한 꽃과 함께 포즈를 취하고 있는 여성의 나신이 묘사된다. 이처럼 훨씬 노골적인 섹슈얼리티에도 불구하고, 우리는 중세 인식론과 1960년대 반문화의 특정한 성적 집착 사이에 존재하는 의외의 연결고리를 맨드레이크의 모습에서 확인할 수 있다. 보이드가 존 던John Donne의 유명한 시 구절, "가서, 별똥별을 잡아라 / 맨드레이크 뿌리에 아이를 배게 하라"[19]를 제사題辭로 선택한 점에서 보이듯 『에덴의 수분자』는 전설을 암시하면서 시작한다. 이 시는 이어지는 일련의 '**불가능한 일들**impossibilia'로 구성되며, 결국 참되고 아름다운 여성은 이 세상 "어디에도" 없다는 여성혐오적 비난으로 마무리된다. 그러나 보이드는 이를 생략하고 첫 번째 시구만을 인용한다. 결과적으로 이 소설은 '여성 해방'에 기여한다는 명목 아래 일상적인 여성혐오로 반복해서 미끄러져 들어간다는 점에서, 이보다 더 적합한 제사를 상상하기는 어렵다.

실제로 『에덴의 수분자』는 20세기 식물소설의 두 가지 국면, 즉 식물의 섹슈얼리티를 괴물로 소비하는 단계와 지각을 가진 주체로 인식하는 단계 사이에 위치하는 것으로 보인다. 또한 이 작품이 SF소설

장르 전반에 걸친 페미니즘 두 번째 물결 직전에 나왔다는 점 역시 우연은 아닐 것이다. 한편으로 살인 튤립과 성적으로 적극적인 난초는 식물 세계의 '일탈적' 섹슈얼리티가 공포를 유발하는 주체로 동원되는 오랜 문학적·영화적 전통의 산물이다. 다른 한편으로 『에덴의 수분자』는 식물의 관점에 더욱 관심을 둔 여러 작품의 탄생을 몇 년 앞서 예고하는데, 여기에는 식물 지각을 다룬 널리 알려진 소설인 어슐러 K. 르 귄의 「제국보다 광대하고 더욱 느리게Vaster than Empires and More Slow」(1971)를 비롯하여 유사과학 저작이자 '대중 식물학' 도서 중 가장 성공한 사례일 『식물의 비밀스러운 삶The Secret Life of Plants』(1973) 이후의 작품들이 다수 포함된다. 이에 비해 『에덴의 수분자』는 거의 완전히 잊혔으며, 평단의 초창기 반응 또한 확연히 엇갈렸던 것도 사실이다. 페미니스트 비평가이자 같은 SF 작가인 조애나 러스Joanna Russ는 자신의 단편소설 「우주에서 온 클리셰The Clichés from Outer Space」에서 『에덴의 수분자』를 무자비하게 패러디했고 보이드의 이전 소설에도 악명 높을 정도로 혹평했는데, 그 비평은 훗날 그녀의 『뉴욕 타임즈』 부고 기사에 인용되기도 했다. "저는 소설로 나에게 고통을 준 보이드 씨를 용서하고, 언젠가 그도 이 비평이 그에게 준 고통을 용서하기를 바랍니다. 그러나 버클리 출판사Berkley Books를 위한 용서는 없습니다. 오직 개선만이 있을 뿐입니다. 다시는 이런 짓을 하지 마십시오."[20]

좋든 나쁘든, 그들은 『에덴의 수분자』를 또 내놓았다. 소설은 신비한 행성에서 지각을 지닌 식물 생명체를 발견하고, 억눌려 있던 주인공 프레다 카론Freda Caron이 그로 인해 성적으로 각성한다고 설정한다. 이를 『실낙원Paradise Lost』의 '우주판'이라고 보기는 어렵겠지만,

고전문학을 아우르려는 보이드의 야망을 간과해서는 안 된다. 1978년 재판본의 서문에서 보이드는 "이 소설은 고전 신화에 기반을 둔 3부작 중 하나"로, 고전적인 암시와 서사 구조가 가득하다고 설명했다.[21] 예를 들어 단테의 지옥이 아홉 개의 원으로 이루어진다는 내용은 누구나 알더라도 7단 케이크처럼 생긴 연옥산과 그 정상에 있는 에덴동산은 덜 유명한데, 이는 보이드가 구상한 7층의 산과 산꼭대기의 '지상낙원'에 큰 영향을 준 것으로 보인다.[22] 프레다의 약혼자 폴Paul만이 플로라 행성의 비밀을 밝히고 난초들과 성적인 관계를 맺으며 산 위에 머무는 반면, 다른 과학자들은 아래쪽 적도 지역에서 연옥에 빠진 듯 허우적거린다. 우연찮게도 단테는 「연옥Purgatorio」 편이 끝날 무렵 에덴을 여행하는데, 지상낙원에서 천상의 낙원으로 향할 준비를 하면서 자신을 새로이 성장하여 다시 태어난 나무에 비유한다. 그런데 보이드의 소설은 단테보다는 오비디우스Ovid와 『변신 이야기Metamorphoses』에서 가장 큰 영향을 받았다. 흥미롭게도 보이드는 이래즈머스 다윈이 『식물의 사랑』에서 과감하게 시도했던 것처럼 아폴로와 다프네의 유명한 이야기를 뒤집는다. 식물은 더 이상 순결하고 무성적인 존재가 아니며, 다프네가 추격자에게서 달아나고자 그랬듯 식물로 변신하는 것은 보이드의 세상에서는 욕망으로부터 벗어나는 것을 의미하지 않는다. 중세 시대, 그리고 후기 르네상스의 에로틱한 묘사에도 불구하고 식물 여성인 다프네는 항상 성모 마리아 같은 인물로 여겨졌고, 섹슈얼리티와 무관한 처녀의 이상적인 표상이었다. "나무에는 성적인 요소가 전무하다"는 생각은 재차 반복되었다.[23] 보이드에게 있어 식물과의 더욱 깊은 교감과 소통은, 식물을 향한 인간의 욕망 및 인간을 향한 식물의 욕망이 문자 그대로 동침하는 것이다.

즉 식물과 가까워지거나 나아가 좀 더 식물처럼 되는 것은 인간의 섹슈얼리티를 회피하는 것이 아니라 오히려 각성하는 것을 의미한다. 간단히 말해, 만일 당신이 인간과 외계 난초의 노골적인 섹스 장면을 찾는다면 이 소설이 제격이다.

엄청난 성적 묘사 외에도, 보이드는 자신의 외계 낙원을 인간이 비인간 존재와 완벽히 조화를 이루며 살 수 있는 에코토피아 에덴으로 제시한다. 작중에서 욕망을 지닌 식물은 종의 경계를 넘어 소통할 수 있어, 인간과 비인간 사이에 이상적인 공생 관계가 형성되도록 한다. 그러나 이 낙원에는 문제의 소지가 있다. 프레다의 '꽃의 행성'은 우리가 희망하는 식물적 유토피아 모델이 되기에는 부족하다. 보이드가 아폴로와 다프네 신화를 뒤집었다고는 해도 그것이 성적 폭력이라는 전제를 삭제하지는 않는다. 보이드 자신은 동의하지 않겠지만 작중에서 프레다는 여러 차례에 걸쳐 성추행을 당하고, 명백히 겁탈당한 것으로 보인다. 소설 초반에 어떤 관료적인 상사와 만났을 때 그는 그녀에게 술을 권하며 성적인 접촉에 더는 저항하지 말라고 부추긴다. 프레다는 그에 동의했는지 기억하지 못하지만 모든 일에 대해 불안할 정도로 밝은 태도를 유지한다. 끔찍할 정도로 유사한 장면이 플로라 행성에서 펼쳐지는데, 그녀의 약혼자 폴은 먼저 프레다에게 약물을 투여한 후 그녀를 속여 무의식중에 난초와 성관계를 갖도록 만든다. 프레다는 심지어 자신도 모르는 사이 꽃에 의해 임신까지 한다. 그리고 아마도 가장 불길한 부분인데, 프레다가 나중에 꽃과의 성교에 동의하자 폴은 그 동의는 절대로 철회할 수 없다고 선언한다. "일단 덩굴손이 당신을 들어 올리고 시녀들이 당신을 왕자에게 데려가 밤을 보내고 나면 더 이상 돌이킬 수 없어요. 그러니 긴장 풀고 즐겨요."[24] 폴은 프레다와 식물의 성관계를 강간 서사 중 가장 미화된 것으로 악명 높은 오비디우스의 다른 이야기와 비교하며 언급한다. "고전적인 자세군요. 레다와 백조가 떠오르네요."[25] 지젝Žižek의 '알고 있음을 알지 못함' 개념을 의역하는 위험을 무릅쓰고 말하자면, 『에덴의 수분자』는 강간을 정당화하는 내용이라는 사실을 알면서도 알지 못하는 텍스트처럼 보인다. 보이드는 프레다와 식물의 만남은 공격이 아니고, 수분을 위해 인간을 유사 교미 상대로 사용하는 것도 아니며, 그보다는 성적 결합 과정에서 양쪽 다 "동질화된 엑스터시"를 경험한다고 주장한다.[26]

보이드의 소설은 결국 옥타비아 버틀러Octavia Butler의 소설 『제노제네시스Xenogenesis』(혹은 『릴리스의 자손들Lilith's Brood』)처럼 전개될 수 있음을 무의식중에 예고한다. 버틀러의 소설은 인간이 자신을 가둔 외계 종족 오안칼리와의 섹스에 동의할 수 있는지 질문한다. 버틀러는 이를 서사를 이끄는 핵심적인 도덕적 딜레마로 제시하는 데 반해 보이드는 이를 고려조차 하지 않는다. 비교하자면 한 예로 『새벽Dawn』의 악명 높은 교환 장면에서, 오안칼리는 성적 접촉을 시작하기 전에 인간에게 선택권을 주는 듯한데, 그러면서 '선택'과 동의가 무엇을 의미하는지 해석할 기회는 암묵적으로 유보한다.

"왜… 그냥 하지 않죠?"
"내가 말했잖아요. 이번에는 당신이 선택할 수 있다고요."
"난 선택했어요! 날 무시했군요."
"당신의 몸은 이렇게 말하는데, 당신은 다른 말을 하는군요."
오안칼리는 감각 팔을 뒤로 움직여 코일 하나를 목에 느슨하게 감았다.[27]

심란하게도 보이드와 버틀러 모두 비인간 생명체는 욕망할 수 있더라도 근본적으로는 일종의 폭력으로 직결되는 방식으로만 가능하며, 보이드의 경우엔 처음에 등장하는 '우먼 이터'의 유구한 전통에서 크게 벗어나지 못한 것으로 보인다.[28]

팻 머피의 단편소설 「채소 마누라」는 보이드의 가벼운 풍자보다 더욱 암울한 유머를 사용하여 『에덴의 수분자』에서 본 성폭력과 식물이 지닌 욕망의 의미를 복잡한 태도로 읽게끔 만든다. 특히 식물 존재를 여성 주체의 위치에 놓는다는 점이 중요하다. 이야기의 첫 단락은 철저하게 희극적으로 보이며, 작품 속 부조리를 직설적으로 드러낸다.

> 핀은 봄이 시작되는 첫날 토마토와 그녀를 온실에 심었다. 포장의 설명서는 여느 씨앗 봉투에 인쇄된 내용과 유사했다. 채소 마누라: 모래땅과 햇빛을 좋아한다. 싹이 얼 위험이 완전히 사라진 뒤 5센티미터 깊이로 심는다. 묘목이 60센티미터로 자라면 옮겨 심는다. 물을 자주 준다.[29]

그러나 곧 어두운 톤의 암시가 빠르게 스며든다. 이 남자가 "녹색 하늘" 아래 "주거용 돔" 모양의 농가에 혼자 살면서 다른 행성에서 온 "환금작물"을 경작하고, 행성의 토착 식물 생명체에 대해서는 편집증에 가까운 의심을 품기 때문이다.

> 농지 너머에는 행성 토착 식물인 키 큰 풀밭이 광활하게 펼쳐졌다. 바람이 불면 풀대는 사각거리며 흔들흔들 휘청거렸다. 풀밭을 스치는 부드러운 바람 소리는 핀의 신경을 건드렸다. 그에게는 마치 사람들이 비밀을 속삭이는 소리처럼 들렸다. 그는 주거용 돔 주위의 풀을 베고

경운기로 뿌리째 뒤엎은 뒤 반듯하게 줄을 세워 시멕을 심는 작업이 즐거웠다.[30]

작품의 줄거리가 이런 "깔끔한 베기"의 쾌감을 암시하는 정도를 훌쩍 넘어 점차 폭력이 만연하는 방향으로 전개되면서, "그의 채소 마누라"가 맞닥뜨리는 폭력은 식물을 향한 폭력과 여성의 신체에 가해지는 폭력은 물론이고 식민지에 대한 폭력도 암시적으로 내포한다는 사실이 명확해진다. 다이애나 프란시스Diana Francis는 후자의 측면을 예리하게 분석하면서 식물 여성을 대하는 핀의 태도가 "여성이자 피식민자"라는 그녀의 지위에 기인한다고 지적했다.[31] 머피의 소설은 르 귄의 1972년 소설 『세상을 가리키는 말은 숲The Word for World Is Forest』이 보여주는 에코페미니스트의 문제의식을 반영한다. 르 귄의 소설에서 선주민 여성들이 당하는 비인간적인 성폭력은 그들의 행성에 만연하는 경제적 착취 및 생태계 파괴와 병렬적으로 전개된다.

프란시스는 식물 여성이 억압받는 것과 그녀가 '채소'로 분류되는 것 사이의 연관성을 추적하며 "채소란 소비 가능한 것으로 정의된다"라고 언급한다.[32] 그러나 여기에서는 앞서 논의한 식물의 감각이라는 맥락에서 "채소 마누라"의 식물적 본성을 더욱 강조하고 싶다. 예를 들어 저자가 식물 여성에게 지각을 부여하고 심지어 핀이 그 지각 능력을 인지한다고 서술하는 점은 특히 언급할 필요가 있다. 핀은 그것을 어떻게 이해해야 할지 끝내 확신하지 못하면서도 그녀의 지각 능력을 인지하며 불안에 휩싸인다. 식물 여성에게 이차 성징이 나타나자마자 핀은 그녀를 더듬는데, 그녀가 움직이지 않는 눈으로 자신을 지켜본다는 사실을 감지한 순간 변명을 늘어놓는 장면을 통해 우리는 처음으로 이런 불안한 상황을 인식하게 된다. "얼른 물러서는 순간, 아까 둥치를 쓰다듬으려고 다가설 때 잎 몇 개가 부러진 것이 그제야 눈에 띄었다. 그는 죄책감을 느끼며 부러진 잎새를 만졌다. 동시에 이건 식물이다, 아픔을 느끼지 않는다고 자신을 다독였다."[33] 물론 처음의 이런 망설임은 핀이 그녀에게 성폭행을 이어가는 것을 막지 못한다. 핀은 그녀의 "얼굴은 무표정이었다. 눈에도 표정이 없었다."[34]라면서, 말할 수 없고 무표정하다는 이유로 그녀가 무엇을 느끼는지 이해하지 못하는 척한다. 그러나 그녀를 밧줄로 묶어두는 등의 행동은, 핀이 그녀가 핀의 손길에서 벗어나 돔을 탈출하길 원한다는 사실을 완전히 알고 있음을 보여준다. 처음으로 폭력적인 강간 장면이 나온 후, 핀은 그녀가 눈물까지 흘리기에 잠시나마 곤란해하지만 이내 그녀의 표정이 그대로라는 점을 확인한다. "그 표정에 마음이 놓"인 핀은 그녀가 "아픔을 느끼지 않았다는 것은 알고 있었다. 설명서에 그렇게 적혀 있었다"라고 한다.[35] 우리는 식물이 고통을 감지하지 못한다는 사실을 알고 있다. 우리의 전통적인 존재론이 그렇게 말해왔기 때문이다.

보이드의 식물이 첫 등장 때보다 훨씬 덜 이질적이고 덜 비인간적이라고 드러난다면, 이와 달리 머피의 식물 여성은 몇 가지 측면에서 철저하게 식물의 특성을 유지한다. 머피의 식물 여성은 인간의 언어를 사용하지 않기 때문에 핀이 의사소통이라고 인정하는 방식으로 소통할 수 없다. "(그녀는) 언어를 이해하지 못했다. 말하지도 못했다. 그가 억지로 자신을 쳐다보게 하지 않으면, 그에게 거의 관심을 보이지 않았다."[36] 실제로 핀은 그녀가 자신의 의사를 전달하려는 시도를 그것이 '말이 없는wordless' 방식이라는 이유로 무시하기로 결정한다. 이처럼 식물이 내적 상태, 감각, 욕망을 표현하기 위해 사용할 만한 대안적인 방식의 가능성을 완전히 부정함으로써 그는 식물의 어떠한 행위성도 부정한다. "그녀는 폭력이나 직접적인 위협에만 반응을 보이는 것 같았다. 그가 성행위를 할 때면 달아나려고 몸부림을 쳤고, 가끔 도랑을 졸졸 흐르는 관개용수처럼 비언어적인 소리를 내며 울었다."[37] 이런 피그말리온 서사는 결국 "다프네의 복수"라고 부를 수 있을 플롯으로 향한다. 식물 여성은 강간범이 휘둘렀던 폭력을 모방하여 그를 죽인 후 파묻고 "무엇이 자라나는지 지켜"[38]보기로 결심한다. 머피의 「채소 마누라」는 따라서 가부장제, 강간 문화, 자본주의 및 식민주의 하의 여성에 대한 은유일 뿐만 아니라, 무감각하고 버려질 수 있으며 어떠한 윤리적 고려의 대상도 되지 못한 채 존재의 위계에 오랫동안 종속되어 있었던 식물에 대한 은유이기도 하다. 핀은 물론 자신의 '마누라'가 몹시 아름답다고 생각하지만 그렇더라도 그의 인식론적 폭력에 더해 물리적 폭력은 특히 결코 완화되지 않는다. 머피는 식물의 감정을 생생하고 신랄하게 강조하기라도 하듯, 머피는 또한 굴광성屈光性을 식물 여성의 해방에 대한 욕망에 독창적으로 대입하여 표현한다. "그녀는 그와 같이 자려 하지 않았다. 침대로 끌고 와도 밤중에 몸부림쳐 빠져나갔고, 일어나 보면 항상 창가에 서서 세상을 내다보고 있었다."[39] 이러한 이미지는 우리가 욕망을 표현하는 방식에 대한 이해의 범주를 확장한다면 식물에게도 욕망이 존재함을 감지할 수 있을 것이라 암시한다.

머피의 작품은 최근 페미니즘 담론에서 식물의 종속성에 대한 저항의 논의가 활발하게 진행되고 있음을 보여준다. 그 외에도 일레인 P. 밀러Elaine P. Miller의 「식물적 영혼: 자연 철학에서 여성적 주체성으로The Vegetative Soul: From Philosophy of Nature to Subjectivity in the Feminine」
는 현재 마더의 저작을 중심으로 통합되고 있는 비판적 식물학의 토
대가 만들어지기 10년 전에 출간되었으며[40], 조안 슬론체브스키Joan
Slonczewski가 2011년 발표한 소설 『하이스트 프론티어The Highest
Frontier』와 테오도라 고스Theodora Goss가 2017년 발표한 단편 「살아
있는 드라이어드를 보러 오세요Come and See the Living Dryad」를 비롯한
여성 SF 작가들의 수많은 식물소설을 예로 들 수 있을 것이다. 다만
여기서는 식물이 오래된 인식론적·존재론적 패러다임에 얽매이거나,
이를 위반할 경우 공포의 대상으로만 묘사되는 퇴행적 식물소설에 대
항하는 새로운 전통의 또 다른 가능성을 제시하는 것으로, 식물소설
속 식물 감정과 식물 섹슈얼리티에 대한 탐색을 마무리 짓고자 한다.
놀랍게도, 초기 펄프 잡지와 그 지면을 채우던 사악한 식물과 식인
괴물의 출현과 더불어 현대 SF 장르가 형성되던 것과 같은 시기에
출간된 로널드 프레이저의 소설 『꽃유령』은 낮은 인지도에도 불구하
고 식물성 사유 또는 식물적 감정을 표현하는 가장 세련된 시도 중
하나로 남아 있다. 1926년 발표된 프레이저의 이 작품은 신비주의에
깊이 젖어 있으며, 식물의 의식과 교감하는 한 젊은 여성의 이야기를
담고 있다. 그녀는 때때로 의인화된 식물과 꿈같은 만남을 통해 교감
한다. 동시에 『꽃유령』은 이것이 부딪힐 수 있는 메타 물리적이고 개
념적인 한계를 탐구하기도 한다.

　소설의 초반, "식물의 생명을 알고", "식물의 의식 속을 들여다보
고자" 하는 욕망을 지닌 주인공 주디Judy는 왕립식물원 큐가든Kew
Gardens의 식물학자로, 식물을 시적 은유의 문법으로만 이해하는 약혼
자 롤랜드Roland에게 실망한다. "꽃은 꽤 괜찮은 존재였다. 물론 그는

문학 속 이미지를 통해 꽃에 대해 알고 있었다. 의심할 여지 없이 그는 분명 꽃이 존재한다는 사실을 알았지만, 그건 어디까지나 우아함, 순수함, 덧없음 등과 같은 수많은 상상이나 사색을 불러일으키는 계기로서였다."[41] 문학가인 롤랜드는 "당신은 눈밭에서 피어난 노란 수선화"라며 약혼녀의 아름다움을 끊임없이 꽃에 비유한다. 하지만 이러한 비유는 주디를 형이상학적 차원에서 좌절시킬 뿐이다.

> "그렇지만 롤랜드, 당신도 이해해줘야 해요. 나에게 꽃에 대해 그런 언어를 사용하는 건 소용이 없어요. 나는 꽃과 함께 살아가고 있어요. 나는 꽃을 알고 식물들의 세계를 알아요. 그들의 생각과 감정, 그들 사이에서의 신비한 경험에 대한 예감도 가지고 있다구요. 그래서요, 당신이 문학이라는 먼 여행에서 힘들게 끌어온 그 어느 비유라도 진짜 꽃이나 그 어떤 경험도 결코 담아낼 수 없을 거예요……." 그녀는 자신의 주장을 펼치기 시작했다.[42]

『꽃유령』은 단순히 서구 사회에서 지배적이었던 식물에 대한 공리주의적 혹은 도구주의적 태도, 즉 작품에서 정원의 "용도"[43]에 대해 각별한 견해와 까다로운 경제 관념을 가진 주디의 남매 휴버트Hubert로 대표되는 태도를 비판하는 것에 그치지 않고 인간의 언어가 식물을 근본적으로 오해하며, 특히 상징으로 동원한다는 문제를 동시에 비판한다. 다시 말해 프레이저는 대담하게도 몬산토Monsanto와 워즈워스Wordsworth를 동시에 비판한다.

소설은 이따금 본격적인 철학적 대화의 형식을 취하는데, 두 연인 사이에 오가는 또 다른 대화를 보면 유용할 것이다.

"난 식물의 생명에 대해 알아야만 한다구요. 꼭 필요한 일이에요." 그녀에겐 여전히 그가 자신의 말을 이해할 수 있기를 바라는 마음이 남아 있었다.

"맙소사, 생명이라니!" 그가 끼어들었다. "역겨운 풀떼기에게?"

(…)

"당신 설마 내가 식물의 생명을 어떤 주스 같은 걸로 분리시키려고 한다고 생각하는 것은 아니겠죠. 이제는 생명이라는 것이 별도의 실체로 존재하지 않는다고 물리학자와 화학자에 의해 밝혀졌으니까요. 내가 알고 싶은 것은 그들의 욕망이에요……."

"욕망이라고? 식물이 어떻게 욕망을 가진다는 거요?"

"그들에게는 필요가 있잖아요." 그녀가 지적했다. "그렇다면 아마 욕망도 있겠죠."

"하지만 식물은 자신이 욕망을 가지고 있다는 것을 인지할 의식이 없지 않소."

"그걸 어떻게 알죠? 의식이란 무엇인가요? 어쨌든 내가 알고 싶은 것은 그들의 기묘한 문명이에요. 식물이 그 원초적인 생명으로부터 무엇을 구축해 왔는지 알고 싶다구요. 근본적으로 그들과 우리 안에 있는 공통된 것이 무엇인지 알기를 원해요. 내 말은 공통된 기원과, 그러니까 공통된 경험 말이에요."[44]

프레이저에게 있어 식물의 '생명'을 더 깊이 이해하는 것은 단순하게 언어적인 현실을 초월하는 것을 의미하지만 롤랜드는 이를 결코 이해하지 못한다. "그는 보이지 않는 존재의 질서, 표현할 수 없는 현실의 충만함을 느끼지 못했다.[45] 그에게는 침묵 속 목소리가 없었고, 식물에게는 눈이 없었다." 주디는 항상 "식물의 활기찬 침묵"을 느낀다.[46]

주디가 특정 난초와 감정적인 관계를 맺고 있다는 사실이 밝혀지면서 소설의 줄거리가 점점 복잡해진다. 그녀의 오빠는 그녀가 (인간) 연인을 사귀고 있다고 확신한다. "그녀가 말한 꽃은 어떤 내밀한 사유의 대상이었다. 그 난초의 아름다움과 강인함은 신비롭게도 롤랜드의 아름다움과 강인함보다 그녀의 감각에 더 큰 영향을 미쳤다."[47] 이건 단순히 꽃에 대한 집착이 아니다. "주디, 너 식물에 미친 거 아냐?" 주디는 "식물의 살아있는 침묵, 비밀스러운 활동과 사유"와 교감하기를 진정으로 갈망한다.[48] 그녀는 마침내 온실에서 황홀경과 같은 몽상에 빠지면서, 모호하지만 식물 세계와 일종의 소통을 할 수 있음을 보여준다. 이 꿈같은 짧은 시간 동안 그녀는 인간화된 꽃무리를 만나고, 자신 또한 혼종적 존재의 형태를 취함으로써 인간과 식물이 중간 지점에서 만나 서로 소통할 수 있으리라는 이전부터의 희망을 성취한다.

> 그녀가 그들에게 다가간 것처럼, 그들이 조금이라도 그녀를 향해 와준다면. 그들이 사람을 닮은 모습으로 나타나 준다면, 그래서 얼굴이나 눈에 대해 말할 수 있다면. 그녀는 마치 아이처럼 그럴 수 있다고 상상했다. 그들이 식물의 사유를 일종의 인간의 언어로 표현해준다면, 그래서 어떤 대화를 나눌 수 있다면.[49]

프레이저는 다윈처럼 교육적 이유로 식물을 의인화하지는 않는다. 프레이저의 이러한 서술 전략과 주디의 명상 기법은 제인 베넷Jane Bennett과 같은 이론가들이 개념적 도구로 제시한 '전략적 의인화'와 유사하다.[50] 작품의 후반부, 절정에 해당하는 환생 장면에서 주디는 식물의 감각 영역에 완전히 진입하는 모습으로 묘사된다. 그녀의 시각적 인식이 식물처럼 인식하고 욕망하는, 발아하는 씨앗으로 다시 태어나는 듯 말이다. "먹음직스럽고 형언할 수 없는 감각의 꿈이 펼쳐지는 광대한 공간, 빛과 어둠의 달콤함이 번갈아 욕망을 자극하고 또 달래주었다."[51] 그러나 한편으로 주디는 자신의 모든 꿈 경험이 초자연적이거나 식물 자체에서 비롯된 것이 아니라 자신이 만들어낸 것이라고 이해했고, 진정으로 식물 세계와 만났다고 착각하는 자신을 다음과 같이 자주 자책했다. "너는 식물의 생명에 대해 아무것도 배우지 못했어!" 그녀는 금발 머리를 흔들며 자신에게 말했다. 이 모든 생각은 자신이 만들어낸 것일 텐데, 도대체 이런 상상은 그녀의 어떤 부분에서 나온 것일까? "난초가 입맞춰주기를 꿈꾸다니, 얼마나 미친 짓인가! 얼마나 비非식물적인가! 얼마나 의인화된 것인가!"[52] 비인간을 연구하는 많은 학자들처럼 주디에게도 '의인화'는 금기어이지만, 결국 그것이 그녀가 가진 가장 최선의 전략일 수도 있다.

프레이저에게 욕망은 식물적인 것과 인간적인 것 사이의 근본적인 연결고리로 남아 있다. 독자들은 『에덴의 수분자』와 『꽃유령』의 전제가 표면적으로 얼마나 유사한지에 놀랄 것이다. 두 소설에서 모두 과학적 사고방식을 가진 젊은 여성은 지각이 있는 식물이 욕망의 진정한 의미를 가르쳐 줄 때까지 성적 만족을 얻지 못하는 것처럼 보인다. 그런데 보이드가 인간의 욕망을 식물의 몸에 다소 서투르게 새기면서 그것을 급진적이고 해방적인 행동이라고 여기는 반면, 프레이저의 소설 속 신비주의자는 식물과 타협하는 것으로 만족하지 않는다. 주디는 "식물의 실제를 인간의 언어로" 표현하는 데 성공했음에도 더 높은 진리를 추구한다. 제목에 나오는 꽃유령은 소설의 결말에서도 덧없고 붙잡을 수 없는 채로 그녀가 '진짜'라고 인정하고 다시 합류한 세계의 가장자리에 여전히 어른거린다. 그들은 퇴치되었지만 해결되지는 않은 채 남아 있다.[53] 지금까지의 논의는 사도마조히즘과 묵시록에 대한 암시를 담고 있는 이 흥미롭고 다면적인 텍스트의 표면만을 다룬 데 불과하다. 프레이저는 궁극적으로 '식물이 무엇을 느끼는가'라는 물음보다 더 큰 수수께끼에 관심을 두지만, 식물 생명은 여전히 이 비밀을 풀 열쇠로 남아 있다. 프레이저는 이 소설을 통해 평생토록 관심을 기울였던 신비주의와 불교를 쉽게 접근을 허용하지 않는 식물 세계에 연결한 끝에, 마침내 식물조차 감각과 고통, 욕망으로부터 결코 벗어날 수 없음을 깨닫는다. 식물은 욕망하는 존재이고, 우리의 욕망은 다른 소통이나 교류가 불가능할 때에도 좋든 나쁘든 우리를 그들과 연결한다.

주디는 자신이 식물과 인간 사이의 경계를 넘어 정말로 연결되었는지에 대한 의심을 품으며, 이러한 자기 의심은 롤랜드를 포함한 문학 연구자 모두가 직면해야 하는 문제로 여전히 지속된다. "식물 세계로 가는 길은 사라졌고, 아마도 그것은 존재했던 적이 없이, 환상으로만 남을 것이다."[54] 결국 과장된 욕망과 감정을 가진 상상 속의 식물을 그린 허구에서 빠져나와, '식물의 행성'이라 일컬어도 무방할 정도로 바이오매스 대부분이 비동물성 유기물로 이루어진 우리의 행성에 다시금 주목하는 것의 의미는 무엇일까? SF소설의 비현실 영역에서조차 식물이 직접 욕망을 경험하고 표현하는 주체라고 상상하는 것보다 욕망을 불러일으키는 행위자라고 상상하는 것이 더 쉬운 이유는 무엇일까? 식물소설에서 식물이 말하고 소통하고 욕망하고 느끼는 모습으로 등장할 때, 이런 행동이 흔히 위반이나 괴물성으로 묘사되는 이유는 무엇일까? 식물과 인간의 욕망이 공유되는 공간과 그곳에서의 거주를 상상하려는 노력을 통해, 『꽃유령』은 식물소설의 역사에서 보기 드문 식물을 재현한다. 예를 들어 위협적인 느낌을 주는 식물인 중세 맨드레이크는 일부 교부들의 주석에서 적그리스도의 상징이 되었고 나중에는 마법과 강하게 연결되었다. 아리스토텔레스적이든 다원적이든 어떤 패러다임으로도, 우리의 과학적·윤리적 체계는 인간 예외주의에 대한 식물 생명체의 도전을 완전히 해결하지도, 심지어 온전히 인정하지도 못하고 있다.

최근에 마더가 쓴 것처럼 "우리가 세계에 접근하는 방식과 우리의 사유 속에서, 인간은 자신도 모르는 사이 여전히 식물적 존재로 머무른다. 그렇지만 이러한 소속감을 자각하면 의심, 불신, 조롱을 마주하게 된다."[55] 『식물의 비밀스러운 삶』이라는 유사과학적 주장에 대한 우리의 웃음이나 최신 B급 영화의 괴물 식물 뒤에는 진짜 불안이 숨어 있다. 우리는 식물이 인식하고 느낄 수 있다는 생각, 특히 식물 섹슈얼리티의 복잡한 모든 측면에 대해 불안해하며, 그것이 인간에게 가정된 고유성에, 인간 자신의 욕망 형태에 어떤 의미가 있을지 불안해한다. 존 보이드가 약속한 뱀 없는 에덴동산은 결과적으로 파국에 이르렀고, 그 책임은 식물이 아니라 보이드가 식물의 의식을 상상하지 못하고 그의 사고가 인간적인 욕망의 익숙하고 퇴행적인 형태를 넘어서지 못했다는 점에 있다. 소설의 독자인 우리는 분명히 성적으로, 그러므로 정치적으로도 전복적이라 추정되는 난초의 편에 서야 할 것이다. 하지만 일견 근본적으로 달라 보이는 보이드의 외계 식물이 사실은 셀룰로오스 껍질로 위장한 인간이나 다름없으며, 동의와 성폭력의 개념을 이해하지 못하기로는 작가 자신보다 나을 바 없다는 점을 고려하면, 오늘날 우리는 완전히 보이드의 식물 편에 설 수는 없다. 사실, 식물과의 친밀감을 인식하고 더 잘 이해하기 위해서는 단순히 식물에게서 인간을 보는 것으로는 부족하다. 아마도 앞으로 나아갈 길은 마더가 말하는 "우리 삶의 억압된 식물적 측면"을 인정하는 것이다. 즉, 식물에서 우리 자신을 보는 것이 아니라 우리 안에서 식물을 보는 것이다.[56] 또한 우리의 픽션과 상상 속에서 식물에게 단순한 식욕, 성욕 이외의 감정을 더 많이 부여하는 것도 좋을 것이다.

06

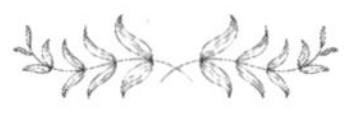

대안적 재생산

홀드스톡과 한강의 식물적 시간과 인간-수목 결합체

엘리자베스 헥켄돈 쿡 Elizabeth Heckendorn Cook

"산부인과 의사는 그녀가 무엇을 임신했는지 테스트하지 않았다."

– 토머스 핀천, 『제49호 품목의 경매』[1]

인간과 비인간, 생명체와 비생명체, 유기체와 무기체, 즉 기이한 혼종이자 연결망으로서의 존재, 시스템, 신체 사이의 상호 관계는 들뢰즈Deleuze와 가타리Guattari의 '결합체assemblages', 행위자-네트워크 이론Actor-Network Theory, 티모시 모턴Timothy Morton의 '메시mesh', 캐런 바라드Karen Barad의 '내부-작용intra-actions'과 최근 두 권으로 출간된 『손상된 행성에서의 삶의 기술Arts of Living on a Damaged Planet』에서 다루는 홀로비온트holobionts와 '서로 뒤엉킨 몸들' 등을 바탕으로 하는 생태철학적 기획의 전형이 되었다.[2] 이러한 다원화되고 때로는 집합적이며 항상 복합적인 존재들은 서양 형이상학의 기본 전제에 도전한다. 우리가 이와 유사하게 행위성, 정체성, 시간이 복합된 픽션을 찾는다면, 식물로의 다양한 변신을 통해 비인간적 시간성을 강조한

오비디우스의 『변신 이야기』에서 시작할 수 있다. 가장 유명한 것은 어떤 대가를 치르더라도 성적 생애 주기의 고통을 피하려 하는 다프네Daphne의 이야기일 것이다. 다프네는 항상 결혼을 경멸하며 아버지에게 손주를 요구하지 말아 달라고 간청한다. 아폴론에게 쫓기던 그녀는 월계수 나무로 변하여 강간을 피한다. 아폴론은 나무가 된 다프네를 영원한 것으로 선언한다. "내 머리털이 젊고 또 내 머리털이 한 번도 잘린 적이 없듯이 / 너도 네 잎의 영광을 영원히 간직하도록 하라!"[3] 절대 시들지 않는 그녀의 가지는 화관으로 엮여 아폴론이 총애하는 자들에게 씌워진다. 다프네의 이야기가 성적 주기를 성공적으로 정지시키는 것이라면, 아버지와의 근친상간으로 임신한 뮈르라Myrrha의 이야기는 인간의 생물학적 시간 순서인 수정, 임신, 출산이 비인간 존재와 충돌할 때 드러나는 시간적 불일치를 보여준다. 수치스러운 임신 상태에서 나무로 변한 뮈르라는 살이 단단한 나무껍질로 굳어졌음에도 출산을 해야 했다. "초승달의 뿔들이 아홉 번 돌아오는 동안 (…) / 잉태한 나무는 몸이 무거워져 배가 불룩했고, 어머니에게는 / 뱃속의 짐이 힘에 부쳤소. 산모는 진통이 와도 말로 이를 / 표현할 수 없었고 (…) / 그래도 나무는 해산하는 여인처럼 몸을 구부린 채 / 연방 신음 소리를 내며 떨어지는 눈물에 젖었소."[4] 출산의 여신 루키나는 마침내 그녀를 불쌍히 여겨 출산을 돕는데, 뮈르라가 흘린 '눈물', 곧 나무에서 흘러나오는 진액은 시간과 존재의 경계를 넘어선 혼종성을 상징하게 되었다.

오비디우스 이후 사변소설 작가들은 종의 경계를 넘나들며 끊임없이 사유하고, 재생산과 그 주기를 다루는 작품을 통해 선형적인 시간선에 묶인 단일한 주체가 '자연스럽다'는 생각에 계속해서 도전한다.[5]

여기서 소개하는 로버트 홀드스톡Robert Holdstock의 『라본디스: 미지로의 여행Lavondyss: Journey to an Unknown Region』과 한강의 『채식주의자』는 각각 1988년과 2007년에 발표되었고, 서로 다른 언어(영어, 한국어)로 쓰였으며, 서로 다른 상(영국SF협회상, 맨부커 국제상)을 수상했을 뿐 아니라 각기 다른 장르 신호(판타지, 리얼리즘 소설)를 발신한다. 그러나 두 작품은 근대의 규범적인 선형적 시간성에 도전한다는 점에서 서로 연결되어 있다. 특히 이는 리 에델만Lee Edelman이 '재생산 미래주의reproductive futurism'라고 부른 개념, 즉 시간을 이성애 규범적 가족 계보와 연관 지어 사고하며 아이를 미래의 상징으로 여기는 사고방식을 문제 삼는다.[6] 각 주인공은 성적 재생산과 관련하여 인간이 구성한 시간 모델에서 벗어나 나무로의 변신을 통해 각기 다른 시간성을 경험한다. 두 소설에 등장하는 나무와 인간의 결합체는 다프네처럼 영원한 예술을 상징하는 순결한 형상이 아니라 규범에 반하는 방식으로 성애화된 몸이며, 뮈르라처럼 인간과는 다른 시간성과 함께 수정, 임신, 출산의 대안적 형태를 포함한 이상한 형태의 재생산을 다룬다.

이 글의 마지막에서는 재생산에 대한 철학적이고 생태적인 논의로 돌아가겠지만, 먼저 작가들이 왜 시간성을 탐구하기 위해 식물로 눈을 돌리는지, 그것이 어떤 의미가 있는지 알아보려 한다. 마이클 마더Michael Marder는 "식물성 사유plant-thinking", 즉 식물과의 진지한 철학적 조우는 우리가 인간의 의미를 이해하는 방식을 바꿀 수 있다고 주장한다. 아리스토텔레스가 정의한 식물 존재는 섭취와 번식이라는 두 활동으로 구성되는 것으로, 그는 "이런 능력을 시간적으로 여기지"[7] 않았다. 식물은 인간이나 동물과 달리 순수한 현재 혹은 영원한 순환(식물의 '생애 주기')에 고정되어 있으며, 이 과정에서 도토리는 언제나 이미 참나무를 의미하고 참나무는 결국 도토리다. 마더는 식물성 사유를 통해 새로운 "윤리와 존재론의 교차점"을 확립하면서 식물은 "우리와 같지" **'않고'**, 따라서 식물처럼 사유하고 식물에 관해 심사숙고할 가치가 있다는 점을 반드시 인식해야 하는데, 동시에 우리는 이 조우 과정에서 엄격하게 "그들의 타자성을 대상화하는 일 없이 유지하고 함양해야 한다"고 강조한다.[8] 식물성 사유는 따라서 반형이상학적이고 궁극적으로는 윤리적인 프로젝트이며, 식물 시간의 타자성을 인식하는 것은 마더의 식물 존재론에서와 마찬가지로 여기서 논의할 소설에서도 핵심이다.[9] 『라본디스』와 『채식주의자』 모두에서 식물 존재는 고유한 시간성으로 묘사되고 규정되며, 인간의 재생산 과정의 단계와 관습적 사건을 포함해 인간이 경험하는 영역 바깥의 시간대에 거주한다. 이 글은 이러한 텍스트를 생태철학적 기획으로 진지하게 다루면서 작가들이 식물성 사유와 인간-수목 결합체를 통해 어떻게 다른 언어로 혹은 타자의 언어로 시간을 상상할 수 있는지, 그러면서 인간으로 존재하고 인간이 되는 방법의 새로운 혼종적 가능성을 제안하는지 탐구한다.

혼종성은 또한 형식적 차원에서 이들 텍스트를 형성한다. 이 글에서는 장르 개념(판타지, 사변소설, 우화, 마술적 사실주의, 사회비판소설 등)을 간간이 사용할 것이지만, 장르의 경계를 지키기 위해서가 아니라 우리가 소설을 **'동일한 계열'**로 읽을 때 새로운 계보 및 해석의 여지가 생기는 방식에 주목하기 위한 것이다.[10] 혹은 SF 및 판타지 비평가인 브라이언 애터버리Brian Attebery가 '퍼지 집합fuzzy set'이라고 칭했듯 서로 다른 장르의 영역에 속한 것처럼 보이는 텍스트를 연계시키기 위한 것이다.[11] 이 글에서는 『채식주의자』를 장르를 횡단하는 '퍼지 집합'의 텍스트로 다루는 한편, 한강의 현대소설을 그녀의 마술적 사실주의 단편소설 및 홀드스톡의 초기 판타지소설과 겹쳐 읽으면서 『채식주의자』가 후기 자본주의하에서 인간이 동물과 다른 인간을 어떻게 착취하는지 고발하는 것만은 아님을 살펴보려고 한다. 『채식주의자』는 종을 횡단하고 혹은 계界를 교차하는 친밀성에 대한, 어쩌면 갈망이라고까지 할 수 있을 우리의 두려움과 끌림을 탐구하는 작품으로, 사변소설과 포스트휴먼 철학이 수행했던 작업과 분명히 연결된다.

라본디스: 혼종적 시간성, 주술적 출산

로버트 홀드스톡의 '미사고의 숲Mythago Wood 시리즈' 다섯 편의 배경인 가상의 장소 라이호프 숲Ryhope Wood은 영국의 원시림이 마지막 빙하기 이후 훼손되지 않고 남은 부분이다. 지도상으로는 헤리퍼드셔의 약 3제곱마일을 덮고 있는 것처럼 보이지만, 숲은 외부에 비해 내부가 무한히 넓으며 선사시대부터 오늘날에 이르기까지 개별적인 시간대의 구역을 포함한다. 숲에 들어간 사람들은 비연속적으로 시간을 이동하면서 '미사고mythago'를 만난다. 이들은 다양한 시기에 숲 안팎에서 살았던 사람들의 집단 무의식에서 비롯한 신화적 존재로, 개별 방문자의 무의식에 의해 변형된다. 예컨대 로빈 후드, 멀린, 유령 사냥꾼the Wild Hunt, 기네비어, 남녀 드라이어드dryads, 무시무시한 숲인간wodewose 등의 형태다.[12]

　시리즈의 첫 번째 소설인 『미사고의 숲』은 비교적 명확한 퀘스트 서사다. 스티븐 헉슬리Stephen Huxley는 잃어버린 형을 집으로 데려오기 위해 숲으로 들어갔다가 기네비어의 미사고를 만나 사랑에 빠지지만, 그녀를 잃고 홀로 20세기 중반 영국으로 돌아온다. 두 번째 소설 『라본디스』에서 홀드스톡은 이 익숙한 모델을 넘어 한층 복잡한 형식을 구상한다. 패러 멘들슨Farah Mendlesohn의 판타지 플롯 유형론에 따르면 『미사고의 숲』은 영웅이 두 개의 분리된 구역을 오가는 (갔다가 다시 돌아오는) 기본적인 패러다임을 보여주는 반면 『라본디스』는 판타지의 영토가 고유한 행위성을 갖고 비非판타지 세계에 영향을 끼치는 '침투 판타지intrusion fantasy'에 해당한다.[13] 『라본디스』는 두 개의 세계가 상호 침투하는 일련의 과정을 강조하는데, 이는 기묘한 숲과 인간 주인공이 문자 그대로 융합한다고 끝나면서 인간 주체의 행위성과 자율성을 굉장히 모호하게 만든다. 숲은 탈리스 키튼Tallis Keeton이라는 소녀의 세계로 계속 흘러들고 그녀는 그 세계로 진입하는 방법을 배우는 일종의 견습생이 된다.

『라본디스』는 침투 판타지 서사 구조의 복잡성을, 여성 주인공의 생물학적 성별과 규범적 성역할에 의해 작동하는 시간성의 양식들을 이용해 구현하는 것으로 보인다. 탈리스는 인간이나 미사고인 남성 등장인물(연인, 아버지, 스승, 형제, 아들인 인물)에게 조언과 인도를 받지만, 홀드스톡의 남자 주인공들과 비교하면 그녀가 라이호프 숲과 맺는 관계는 훨씬 복잡하다. 남성들에게 숲은 주로 퀘스트의 장이며 그들의 여정은 숲에서 조우하는 미사고에 의해 추동되거나 방해받는다. 첫 소설에서 스테판이 잃어버린 형을 쫓아갔듯 탈리스도 잃어버린 이복형제, 제2차 세계대전에서 부상을 입고 집으로 돌아온 후 권총을 가지고 숲으로 사라진 해리Harry를 찾아 숲으로 여행을 떠난다. 하지만 탈리스는 스테판과 달리 단순히 숲을 통과하지 않고 결국은 숲 자체가 **'된다'**. 그녀는 다중적인 임신 주기로 점철된, 가속하고 응집하는 리듬 속에서 수목적 변신을 경험하며 숲의 이상한 공간이 품은 지질학적이고 신화적인 주기를 반복한다.

시간성을 의도적으로 복잡하게 다루는 『라본디스』를 간결하게 설명하기는 어렵지만, 다음 내용으로 넘어가기 전에 여기서 그 윤곽을 그려보고자 한다.[14] '탈리스'는 웨일스의 시인 탈리에신Taliesin의 이름을 딴 인물로 처음부터 브리튼의 오래된 과거와 선천적으로 긴밀한 관계가 있다. 어린 시절 그녀는 할아버지가 영국의 아서 왕 전설에 관한 책 여백에 남긴 편지를 읽으면서 숲의 신비에 매료되기 시작한다. 마침내 그녀는 숲과 그 여러 과거에 들어가서 아서, 모드레드Mordred 삼형제 중 막내의 연인이 된다. 그녀는 폐허가 된 요새에서 위층 방의 돌벽에 반쯤 박혀 있던 해리의 권총을 발견하며 라본디스의 "미지의 영역"으로 한층 멀리 여행하게 된다. 요컨대 탈리스는 숲의 미사고와 상호작용하는 샤먼으로 자기 가족의 가계도에서 빠진 역사를 다시 쓸 가능성을 지닌다.

그녀의 샤머니즘은 소설의 2부에서 숲이 신체적으로 침투하는 끔찍한 서술로 명확하게 드러나며, 이 초현실적인 대목은 소설의 공간, 시간, 주체가 다중적으로 침입하고 상호침투하는 것을 성애화된 액자식 구성으로 보여준다. 탈리스는 숲의 빙하기 영역을 건너는 피곤하고 무익한 여행 끝에 요새의 폐허로 돌아온다. 이 지점에서 그녀는 요새를 이루는 벽돌이 석화된 나무임을 알게 되고, 그녀가 지켜보는 동안 돌은 다시 살아있는 나무로 변신한다. "돌 위에는 식물의 뿌리처럼 고운 털이 있었다. 그녀가 만지자 그것은 떨렸다. 손가락에 끈적임이 묻었다. 맛을 보니 수액이었다. (…) 벽은 혈관처럼 돌을 뒤덮은 살아 있는 나뭇가지였다."[15] 돌벽으로 된 방은 그녀를 둘러싸고 포위하며 살아 움직이는 나무들의 모습으로 변한다.

> 그녀는 나무에 갇혔다. 부드러운 손길이 뺨에 이어 팔을 어루만졌다. 손가락이 머리를 훑고, 목을 쓰다듬으며, 부드럽게 입술을 더듬었다. (…) 그녀를 들어 올려 뒤집고 비틀며 삼켰다. 초자연적인 초록빛 안에서 참나무와 느릅나무가 그녀의 시야에 미끄러지듯 들어와 환상적인 속도로 자라나며 가지를 뻗어 얽히는 모습을 보았다. 서어나무hornbeam는 뱀처럼 부드럽게 움직이고, 덩굴식물은 뒤틀리고, 담쟁이덩굴은 이끼 덮인 나무 껍질을 휘감으며 그녀를 향해 다가왔다. 부드럽고 솜털 같은 촉감이 그녀의 피부를 감싸면서 간지럽혔다.[16]

처음에는 탐색적이고 심지어 보호하는 듯했던 나무의 포옹은 곧 폭력적으로 바뀐다. 탈리스는 괴물처럼 자라나는 나뭇가지에 뚫리고 찔리며 채워지고, 마지막에는 내부에서부터 찢긴다. 이 악몽 같은 장면에서 홀드스톡은 싹이 트고 잎이 돋는 나뭇가지의 역동적인 확장을 마치 저속촬영 사진이 인간에게는 느린 속도로 성장하는 식물을 빠르게 재생하듯 가속화하여 보여주고, 단단한 나무가 부드러운 동물성 신체에 가하는 물리적 힘을 생생하게 상상하도록 하는데, 이러한 대조는 뮈르라의 고통스러운 수목적 변신 경험을 그대로 반영한다. 탈리스의 몸을 관통한 나뭇가지는 그녀의 안에서 무섭게 팽창하여 입 밖으로 튀어나와 갈라져서는 그녀의 두개골을 휘감고 박살낸다.

그녀는 입을 크게 벌리고 비명을 지르더니 뒤틀린 거대한 나뭇가지를 토해냈다. 나뭇가지는 딱딱한 갈색 뱀 같았다. 그것은 그녀에게서 흘러나왔다. 둘로 갈라져 그녀의 머리 양옆으로 감겨 들어갔고, 싹을 틔우고 이내 잎을 피우며 그녀의 두개골을 감쌌다. 가지가 굵어지면서 그녀의 입술은 찢어지고 턱은 부서졌고, 이후 모든 움직임이 멈췄다.[17]

부분적으로는 파열된 인간의 시체이며 또한 살아 있는 나무인 탈리스는 헤아릴 수 없는 시간 동안 숲에 매달린다. 그녀의 뼈는 썩고 살은 부패한다. 오로지 "그녀의 얼굴의 인상"만 그녀를 흡수한 나뭇가지에 남고, 탈리스는 결국 미사고의 숲이라는 복합적인 존재 전체와 융합된다. 하지만 이러는 동안 그녀는 내부에서 독특한 떨림을 느낀다. 그녀는 임신한 것이다. 부패하는 그녀를 흡수한 나무로서 탈리스는 수십 년 또는 수백 년 후에 새를 낳는다. "나무껍질이 갈라지며 안쪽의 단단한 부분이 상처처럼 벌어졌다. 검은 새들은 천 마리나 기어 나와서는 밝은 눈과 날카로운 부리로 썩은 고기를 탐욕스럽게 찾았다."[18] 이들이 바로 탈리스가 처음으로 다른 세계를 접했을 때 만난, 나중에 그녀의 연인이 되는 남자의 시체에서 쫓아낸 새들이다. 탈리스가 만든 시간적 파열은 그녀의 기이한 주술적 임신을 통해 이제 기원으로 돌아간다.

종을 넘나드는 나무 탈리스의 변신은 수천 년 동안 계속된다. 신석기 시대의 한 소년은 그녀를 할머니의 무덤을 위한 표식으로 사용한다. 죽은 자를 기리기 위해 그 가족은 탈리스를 불태우고, 이후 그녀는 나무의 물질적 변형인 숯이 되어 그린맨 신화의 끔찍한 버전인 '홀리잭' 무리의 하나인 암나무 존재와 융합한다. 홀리-탈리스가 인간 형태인 (미래의) 자신을 만날 때 그들은 서로를 알아보지 못하는데, 심지어 홀리-탈리스가 다른 나무 생물체와 짝짓기하는 모습을 인간 탈리스가 목격할 때조차 마찬가지다. 임신한 홀리-탈리스는 새를 출산하고 나서 인간 탈리스와 공존하는 시간으로 돌아가고, 앞서 묘사한 대로 나무 새장으로 변한 요새가 인간 탈리스를 포위하고 갈기갈기 찢어 먹는 장면을 보게 된다.

훗날 형언할 수 없이 늙고 "울퉁불퉁한 나무" 같은 손을 지닌 여성이 된 탈리스는 숲의 시간상을 연구하던 미사고를 만난다.[19] 에피파니적 각성 속에서 그녀는 자신이 여러 시간성을 살고 있기에 라본디스의 앞뒤를 여행할 수 있다는 사실을 이해한다. "나는 그 영역에 가고 있을 때조차 집에 오고 있던 거였어요. (…) 당신은 말했죠, 미지의 영역을 향한 여행은 종종 집을 향한 여행이라고. 나는 양쪽 방향 모두의 여정에 있었던 거죠."[20] 또는 달리 표현하면 "그녀는 생 전체에서 자신에게 흘려 있었다."[21] 탈리스-할머니-토템으로서 그녀는 신석기 시대의 소년이 기도를 올리는 "참나무 정령"과 "침묵하는 늙은 나무" 그리고 "잎-어머니"가 되었다.[22] 마침내 그녀는 그 소년이 실종된 이복형제인 해리의 미사고임을 깨닫고는 그를 찾아서 풀어주며, 결과적으로 자신이 "내가 집으로 돌아가는 여정의 미사고를 만들었다"는 사실을 깨닫는다.[23] 『라본디스』는 탈리스가 어린 시절의 모습으로 라이호프 숲의 가장자리에 있는, 아버지가 기다리는 집으로 귀환하는 데서 끝난다. 이러한 귀환이 비록 퀘스트 서사 구조의 정형화된 패턴을 보여준다고 할지라도, 시리즈의 후속작도 탈리스처럼 "양방향으로 여행"한다는 점에서 그 시간적 위치는 복수적으로 유지된다. 『라본디스』는 마지막에 선사시대의 태곳적 숲에서, 어린 소년이 탈리스의 주술적 가면을 발견하고 미래의 라이호프 숲으로 넘어갈 계획을 세우는 모습을 보여준다.

탈리스가 소녀에서 어머니, 노파로 변하는 과정을 어떻게 봐야 할까? 그녀가 나무와 성적으로 융합하는 점은 여성이 성숙하여 어머니가 된 후 노년의 지혜를 얻는다는 성적 주기를 '자연스럽게' 성취하는 것으로 볼 수 있다. 이는 재생산 미래주의의 선형적 시간성을 긍정하는 것처럼 보인다. 그러나 탈리스가 연인과의 사이에서 아이를 낳았더라도 그들은 살아남지 못한 것으로 보이며, 그녀의 섹슈얼리티는 오직 홀리-탈리스라는 나무 형태에서만 표현된다. 앞서 보았듯 그녀는 인간 아기가 아니라 초자연적인 새를 낳는다. 『라본디스』의 줄거리를 생명 활동이 곧 숙명이라는 전통적 명제로 요약해버리면, 홀드스톡의 인간·준準인간·비인간 캐릭터가 어지럽게 순환하는 시간 주기를 통해 보여주는 복합적인 비인간적 재생산 모델을 간과하게 된다. SF 평론가 존 클루트John Clute는 『라본디스』의 마지막 장을 "놀랍도록 혼란스럽고 강렬하다"[24]고 정확히 평했다. 이 소설의 가장 강력한 효과는 홀드스톡이 기이한 재생산을 통해 시간의 파열을 드러내는 방식에서 나온다. 홀드스톡은 먼저 시간성을 물질화한 다음, 탈리스가 겪는 대안적 출산을 통해 시간이 폭력적으로 어긋나는 것을 보여준다.

채식주의자: 식물 영혼의 무결한 재생산

> 난人間만은植物이라고생각커든요.
>   – 이상[25]

한강의 『채식주의자』에도 비인간의 시간성과 결부된 대안적 재생산이 등장한다. 이 소설은 다세대 가족 사이의 권력과 젠더 관계에 초점을 맞춰 현대 한국 사회의 어두운 측면을 비판하는 내용이라고 받아들여졌다.[26] 주인공 영혜는 육식으로 인한 죄책감에서 벗어나고 싶어 하며, 식물은 오직 물과 빛만으로 산다고 믿으며 그렇게 되기를 상상한다. 둔팍한 남편이나 탐욕스러운 형부로부터 인간의 아이를 잉태하는 대신 그녀는 거꾸로 서서 식물처럼 햇빛을 향해 다리를 벌려 꽃을 낳을 것이라 생각한다. 소설이 끝날 무렵 죽기 직전까지 굶주린 그녀는 자신이 나무가 되었다고 믿는다. 언니 인혜 또한 가정폭력으로 상처받고, 자살하고 싶다는 마음을 품기는 하지만, 인혜는 인간으로 살아가기를 택한다. 이는 적어도 부분적으로는 아들에 대한 책임감 때문이라고 암시된다. 그러나 인혜는 여동생이 겪는 소외를 통해서 인간이 된다는 것은 재생산 미래주의로 향하는 선형적 시간성에 도전하는, 혼종적 구성에 관한 이해를 필연적으로 수반함을 깨닫는다.

『채식주의자』는 한강이 식물로의 변신을 탐구한 첫 작품은 아니다. 이보다 10년 전에 발표한 마술적 사실주의 성격의 단편소설 「내 여자의 열매」(1997)는 남편이 아내가 실제로 나무로 변하는 과정을 묘사한다.[27] 『채식주의자』와 마찬가지로 「내 여자의 열매」는 현대 한국 사회에서 흔히 찾아볼 수 있는 모습을 배경으로 하지만, 대안적인 성적 재생산 및 인간과 비인간 사이 친밀성의 대안을 둘러싼 급진적인 가능성을 더욱 직접적으로 탐구한다. 총 8장으로 구성된 이 단편에서, 도심에 있는 고층의 작은 아파트에 사는 아내는 "미루나무만큼 드높게" 자라 베란다 천장을 뚫고 건물 옥상 위까지 "온 가지를 힘껏" 뻗어 꽃을 피우는 꿈을 꾼다.(36쪽)[28] 6장 초반부와 마지막 부분에서 남편은 아내가 특히 이차 성징과 관련해 신비한 변화를 겪는 모습을 서술한다. "숱 많던 겨드랑이 털은 반나마 빠졌고, 말랑말랑하던 갈색 유두는 희끄무레하게 탈색되어 있었다."(26쪽)[29] 그는 출장에서 돌아왔다가 아내가 완전히 나무로 변한 것을 목격한다.

> 아내는 베란다의 쇠창살을 향하여 무릎을 꿇은 채 두 팔을 만세 부르듯 치켜올리고 있었다. 그녀의 몸은 진초록색이었다. 푸르스름하던 얼굴은 상록 활엽수의 잎처럼 반들반들했다. 시래기 같던 머리카락에는 싱그러운 들풀 줄기의 윤기가 흘렀다.
>
> (…)
>
> "……물."
>
> 아내의 희끗한 입술이 오므라들며 신음에 가까운 외마디가 새어 나왔다.(29-30쪽)[30]

그가 그녀에게 물을 붓자,

> 그녀의 몸이 거대한 식물의 잎사귀처럼 파들거리며 살아났다. (…) 춤추듯이 아내의 머리카락이 솟구쳐 올라왔다. 아내의 번득이는 초록빛 몸이 내 물세례 속에서 청신하게 피어나는 것을 보며 나는 체머리를 떨었다. 내 아내가 저만큼 아름다웠던 적은 없었다.(30쪽)[31]

아내의 목소리는 오직 7장에만 등장한다. 7장은 아내가 몇 달에 걸쳐 어머니와 주고받는 일련의 대화로 구성되어 있다. 그녀는 사건을 서사적인 순서로 전개하는 대신, 자신의 점진적인 변화를 주로 비인간을 둘러싼 사건의 순서, 충동, 욕망을 중심으로 응축하여 설명한다. 어머니의 자주색 스웨터에 대한 애착은 햇빛에 알몸으로 감싸이고 싶은 욕망과 연결된다. 그녀는 자신의 변화하는 신체가 모든 종류의 생체 리듬(싹이 돋고, 애벌레들이 깨어나고, 빛을 향한 가로수의 움직임이 그녀의 몸에도 반향을 일으키는 것)과 새로이 연결되는 것을 묘사한다. 이러한 새로운 감각은 그녀가 '시각, 청각, 후각, 미각'이라는 인간의 감각적 경험을 잃어가는 와중에도 발생한다. 그것이 바로 그녀가 원하는 바다. "이해할 수 있으세요? 이제 곧 생각할 수도 없게 되리라는 걸 알지만 나는 괜찮아요. 오래전부터 이렇게 바람과 햇빛과 물만으로 살 수 있게 되기를 꿈꿔왔어요."(32-33쪽)[32]

마지막인 8장에서 남편은 거의 완전히 나무로 변한 아내를 묘사하면서 성적 부위가 꽃이 된 모습을 강조한다.

> 그녀의 허벅지에서 흰 잔뿌리가 무성하게 돋아 나왔다. 가슴에서는 검붉은 꽃이 피었다. 끝은 희고 아랫부분이 노르스름한 도톰한 꽃술이 유두를 뚫고 올라왔다. (…) 잘 익은 포도알 같은 아내의 눈이 희미하게 웃었다.(37-38쪽)[33]

인간과 식물 형태의 긴밀한 융합은 아내와의 성관계에 대한 남편의 기억을 통해서도 확인된다. 그는 식물인 아내를 보며 마지막으로 성관계했던 때를 회상한다. "아내의 아랫도리에서는 체액의 시큼한 냄새 대신 낯설고 향긋한 냄새가 났었다. (…) 이제 아내의 몸에는 한때 두 발 동물이었던 흔적이 거의 남아 있지 않았다." 심지어 그는 "형언할 수 없는 아련한 느낌이 아내의 몸에서 나에게로 미미한 전류처럼 흘러들어 오는 것을"(38-39쪽)[34] 느낀다. 그녀의 변화는 결국 계절의 순환과 맞물린다. "가을이 끝나갈 무렵 하나둘 잎이 지기 시작했다. 주황빛이었던 몸뚱이는 서서히 다갈색으로 변해갔다."(38쪽)[35] 그녀의 입이었던 곳에서 열매가 나오자 "그 실낱같은 느낌"(39쪽)[36]의 전류는 돌연히 끊어진다. 남편은 "연두색"이고 "맥줏집에서 팝콘과 함께 곁들여져 나오는 해바라기씨처럼 딱딱한" 열매를 받아든다.(39쪽)[37] 하나 먹어본 그는 쓴맛이 난다는 걸 알게 된다. 다음날 그는 남은 씨앗을 "기름진 흙"을 채운 화분에 심어 "말라붙은 아내"의 화분과 나란히 베란다에 둔다. 그는 봄이 오면 씨앗에서 아내가 "다시 돋아날지" 아니면 무엇이 나올지 확신하지 못한다. 소설은 "나는 그것을 잘 알 수 없었다"(39쪽)[38]며 무심하게 끝난다. 나무가 되는 이상한 변신에 관해 한강의 사변소설은 이런 미완의 암시로 끝을 맺는다. 정원사나 보호자로서의 남편의 역할과, 나무 아내의 불확정적인 생식에서 나타나는 식물 같은 색다른 재생산 주기는 '자연스러운' 재생산이라는 개념을 침식한다.[39]

나무 아내가 죽음과 재탄생이라는 자연스러운 식물의 주기를 따를 것인가? 이런 모호한 결말은 한강이 이 단편에서 발전시킨 소설『채식주의자』에서 한층 섬세하게 재검토되었다. 마술적 사실주의의 기법으로 구현된, 인간의 것은 아닌 성적 주기에 관한 경험은『채식주의자』에서 광기로 인해 동족인 인간에게서 소외되는 여성을 통해 다시 쓰인다. 물론 제목에서 알 수 있듯이『채식주의자』는 인간이 동물을 식용으로 착취하는 방식에 관한 작품이지만, 비인간 타자들과 강력하게 얽힌 우리의 공포 및 욕망의 관계를 다루는 작품이기도 하다. 그리고 인간이, 정확히는 모든 존재가 타자에게 폭력을 행사하지 않고 뿌리부터 완전히 무결하게 살 수 있느냐는 윤리학의 핵심 질문을 탐구하는 작품이다. 아리스토텔레스가 주장했던 수동적으로 영양분을 공급받고 번식하는 '**식물 영혼**'은 주인공의 모델이 된다. 채식주의에서 시작해 무결하게 사는 방법을 찾는 영혜의 시도는 자신이 실제로 나무가 되어 오로지 공기와 물만으로 생존하고 번식할 수 있다는 망상으로 막을 내린다.

처음 두 개의 장에서 『채식주의자』는 사회문제를 사실주의적으로 다루는 장르의 관습을 주로 따른다. 가족생활의 문자적·비유적 계보에서 드러나는 한국 사회의 가부장적이고 순응적인 가치관을 신랄하게 비판한다. 영혜의 아버지는 베트남 참전용사 출신으로, 전쟁 당시에는 영웅으로 존경을 받았지만 현재는 동물과 자녀를 학대하는 폭력적인 인물로 묘사된다. 영혜의 가족과, 남편의 직장 동료들은 그녀의 채식을 사회에 대한 도전으로 간주한다. 때문에 육식을 하지 않는 것은 개인의 건강뿐만 아니라 사회 전체의 질서를 해치는 것이라고 여겨지고, 가족의 저녁 식사 자리에서 아버지가 영혜의 입에 억지로 고기를 쑤셔넣으며 육식을 강요하는 끔찍한 장면도 등장한다. 두 자매의 남편은 모두 이기적이고 무책임한 인물로 그려진다. 영혜의 남편은 영혜가 평범해 보인다는 이유로 결혼을 결심했지만 그녀의 채식과 점점 심해지는 정신적 불안정을 견디지 못하고 결혼 생활을 포기한다. 「몽고반점」에서 예술가인 영혜의 형부는 식물과 인간의 에로틱한 결합에 대한 환상에 사로잡혀, 쇠약해진 영혜를 유혹한다. 그는 자신과 영혜의 몸에 꽃과 덩굴을 그리고 둘의 교합 장면을 촬영한다. 그러나 두 사람이 함께 있는 모습이 인혜에게 발각되면서 이들의 결혼 또한 파탄에 이르고, 자살을 시도했던 영혜는 정신병원에 입원하게 된다. 가족의 계보학적이고 미래지향적 시간성은 사실상 차단된 셈이다.

「나무 불꽃」은 인혜의 시점에서 서술된다. 남편과 이혼한 인혜는 이제 아들을 홀로 키우며, 부모가 외면한 영혜의 돌봄을 전적으로 책임지고 있다. 인혜는 음식을 만들고 신선한 과일을 준비해 정기적으로 여동생을 방문하지만, 영혜는 섭취를 거부한다. 이 작품에서는 사회비판적 요소가 강화될 뿐만 아니라, 영혜가 갈망하는 근원적인 무결함과 이를 둘러싼 생태철학적 문제의식이 한강의 복합적인 서사 실험을 통해 심도 있게 탐구된다. 영혜의 남편과 형부의 시점에서 서술되는 첫 두 연작이 비교적 전통적인 서사 구조를 따르는 반면,「나무 불꽃」에서는 시간적 단절, 기묘한 동시성, 인간과 비인간 존재에 대한 모호한 주체성이 강조된다. 이 글에서는『라본디스』에서 묘사된 주술적 시간 여행의 효과처럼, 시간적으로 낯설게 하기의 효과를 낳는 재배치가 소설의 사실주의적 시간 구성을 어떻게 해체하는지 논의하고자 한다. 식물적 시간이 암묵적으로 소환되는「나무 불꽃」에서는 서사의 형식과 주제 모든 면에서 규범화된 가부장적 가족 체계의 재생산 미래주의가 전복된다.

「나무 불꽃」은 인혜가 버스를 타고 숲이 우거진 시골을 지나 서울 외곽의 정신병원으로 향하면서 시작된다. 이날 의료진은 굶주린 영혜에게 마지막으로 비위관을 통해 영양을 공급하려 시도한다. 소설의 결말은 그녀가 위독한 동생을 구급차에 태우고 서울의 병원으로 길을 되짚어 이동하는 장면으로 마무리된다. 그러나 이날 면회와 관련된 서술 사이로 자매의 삶의 여러 사건들에 대한 인혜의 기억이 교차하며 삽입되는데, 이러한 서사적 병치는 전통적인 순차적 서술을 횡단하는 기묘한 연결성을 암시한다. 특히 이 부분에서는 나무와 숲을 중심으로 한 다른 형태의 정체성이 종의 차이를 넘어 지속적으로 반복된다. "마석읍을 벗어나자 늦은 유월의 숲이 도로변으로 펼쳐진다. 폭우에 잠긴 숲은 포효를 참는 거대한 짐승 같다"(152쪽)[40]라는 서술에서 보이듯, 인혜가 탄 버스가 지나가는 숲은 그 자체로 강렬하고 집합적인 존재로, 서사 속에서 개별적인 시간적 순간들을 융합하며 일종의 식물적 행위 주체성을 드러낸다. 도로가 좁아지며 "숲"의 "젖은 몸"(152쪽)[41]이 버스 가까이 다가오자, 인혜는 과거 영혜가 병원을 탈출했던 밤을 떠올린다. 당시 인혜는 아픈 아들을 돌보느라 지쳐 있었고, 그날 밤 내린 폭우가 도심의 자신과 숲속의 영혜를 '**무차별적으로 연결**'하고 있었다는 사실을 깨닫는다. 영혜가 "깊은 산 (…) 비에 젖은 나무들 중 한그루인 듯 미동도 하지 않고 서"(153쪽)[42] 있는 상태로 발견되었다는 소식을 들은 인혜는 "혼령처럼 어른거리는 빗속의 숲"(155쪽)[43] 근처에 "귀신처럼 우뚝 선"(155쪽)[44] 동생의 모습을 떠올리며, 이 장면을 영혜와 나무들이 융합된 일종의 몽환적인 사후세계로 상상한다.

인혜의 기억이 그날 밤을 반복적으로 맴돌면서, 자매 사이의 더 깊고 어두운 연결점이 드러난다. 폭풍우가 몰아치는 숲에서 영혜가 실종된 바로 그날 밤, 인혜 역시 아파트 단지 뒤편 숲으로 들어가 스스로 목숨을 끊으려 했다는 사실이 밝혀진다. 하지만 그녀는 "자신의 목숨을 받아줄 나무를 찾아낼 수 없었다."(205-206쪽)[45] 그녀가 숲이 도피처나 안식처가 되기를 바랐다 해도 그것은 실현되지 않았다. "그것은 결코 따뜻한 말이 아니었다. 위안을 주는 말도 아니었다. 오히려 무자비한, 무서울 만큼 서늘한 생명의 말이었다."(205쪽)[46] 마더가 강조했듯, 나무는 우리와 같은 존재가 아니다. "어떤 나무도 그녀를 받아들이려 하지 않았다. 마치 살아 있는 거대한 짐승들처럼, 완강하고 삼엄하게 온몸을 버티고 서 있을 뿐이었다."(206쪽)[47] 나무의 이러한 이미지에는 인간의 이해와 욕망이 통하지 않는, 그들 고유의 행위성과 의지를 지닌 이질적인 존재로서의 속성이 부여되어 있다. 이는 비참했던 어린 시절부터 현재의 이곳 시설에 이르기까지, 인혜가 회상하는 자매의 개별적이면서도 공통된 탈출 시도와 맞물려 전개된다. 폭풍이 지나간 후 이제 햇살이 비추며 "축성산의 여름숲도 제 빛을 찾으며 살아나기 시작한다."(195쪽)[48] 이러한 재점화rekindling의 이미지는 다른 구절들과 마찬가지로 인간 사이의 관계가 얼마나 비직선적이고 불투명한지를 부각함으로써 풍경과 비인간 존재들을 다양하게 연결한다. 이는 의미가 어떻게 그리고 누구에 의해 만들어지고 공유될 수 있는지에 대한 기존의 가설을 배반한다.

인혜는 과거 자신이 숲에서 죽기를 원했던 기억을 떠올리면서도, 나무가 되겠다는 영혜의 의도를 이해하지 못한다. 이전에 병원에 방문했을 때 인혜는 복도를 지나다가 물구나무서 있는 영혜를 발견한다. 거꾸로 있었던 탓에 영혜의 얼굴은 새빨갛게 상기되어 있었다. 영혜는 꿈속에서 나무의 구조가 거꾸로 선 인간에 해당한다는 것을 깨달았다고 말하며, 병원 창문 밖 숲을 가리키며 웃는다. "봐, 저거 봐, (…) 모두, 모두 다 물구나무서 있어."(179쪽)[49] 그녀는 언니에게 꿈에서 자신이 나무가 된 모습을 보았다고 말한다. "내가 물구나무서 있었는데…… 내 몸에서 잎사귀가 자라고, 내 손에서 뿌리가 돋아서…… 땅속으로 파고들었어 (…) 사타구니에서 꽃이 피어나려고 해서 다리를 벌렸는데, 활짝 벌렸는데……."(180쪽)[50] 여성 신체의 은밀한 부위는 과거 형부의 왜곡된 욕망에 의해 수치스럽다는 낙인이 찍혔던 곳이었지만, 이제 빛 속에서 드러날 수 있게 되었다. 그리고 그곳은 광합성이라는, 보이지 않는 수정이라는 방식을 매개로 순결한 꽃을 피워내듯 구원된다. 영혜는 인혜에게 이제 더 이상 음식을 가져오지 말라고 말한다. "나, 몸에 물을 맞아야 하는데. 언니, 나 이런 음식 필요 없어. 물이 필요한데."(180쪽)[51] "나는 이제 동물이 아니야 언니. (…) 밥 같은 거 안 먹어도 돼. 살 수 있어. 햇빛만 있으면."(186쪽)[52]

인혜는 식물은 의사소통을 할 수 없는데 영혜가 말도 안 되는 소리를 한다고 반박한다. "그게 무슨 소리야. 네가 정말 나무라도 되었다고 생각하는 거야? 식물이 어떻게 말을 하니. 어떻게 생각을 해."(186쪽)[53] 영혜는 식물이 말을 할 수 없다는 점에 동의하면서도, 곧 "말도 생각도 모두 사라질 거야"(187쪽)[54]라고 덧붙인다. 인혜는 그제야 비로소 영혜가 인간으로서의 삶을 마치고 식물의 영혼으로 거듭나고자 한다는 사실을 분명하게 인식한다. 그리고 그것이 실제로 가능할지 생각해본다.

> "저 껍데기 같은 육체 너머, 영혜의 영혼은 어떤 시공간 안으로 들어가 있는 걸까. 그녀는 꼿꼿하게 물구나무서 있던 영혜의 모습을 떠올린다. (…) 하늘에서 빛이 내려와 영혜의 몸을 통과해 내려갈 때, 땅에서 솟아나온 물은 거꾸로 헤엄쳐 올라와 영혜의 샅에서 꽃에서 피어났을까. 영혜가 거꾸로 서서 온몸을 활짝 펼쳤을 때, 그애의 영혼에서는 그런 일들이 일어나고 있었을까."(206쪽)[55]

이 장면에서 소설은 「내 여자의 열매」의 마술적 사실주의처럼, 오비디우스적 변신이 실제로 가능하며, 꽃의 순결한 개화가 수정·임신·출산이라는 인간의 타락한 생식 과정에 대안이 될 수 있다는 가능성을 암시한다. 그러나 인혜는 곧 이를 파괴적인 환상으로 간주하며 단호히 거부한다. "넌 죽어가고 있잖아. 그녀의 목소리가 커진다. 그 침대에 누워서, 사실은 죽어가고 있잖아. 그것뿐이잖아."(206-207쪽)[56]

기억의 순환 고리를 끊고 조율하면서, 서사는 "시간은 흐른다"라는 구절을 반복함으로써 이 특정한 하루의 진행 시간을 표시한다. 폭력과 음식이 얽힌 마지막 장은 "이제 더 이상 시간이 남아있지 않다"(207쪽)[57]라는 구절로 시작한다. 의료진은 튜브로 영양식을 주입하려 하지만 영혜는 피를 토하기 시작하고, 서울의 큰 병원으로 이송되기 위해 구급차에 실린다. 죽음이 영혜의 미래를 가로막는 듯한 때에도, 인혜는 인간의 것이 아닌 시간성과 정신적으로 연결되어 있다. 혼수상태에 빠진 여동생과 함께 숲을 지나면서 인혜는 자신이 자살하고자 했던 밤에 어린 아들이 꾼 고통스러운 꿈을 떠올린다. 엄마가 새로 변해버리는 꿈이었다. 인혜는 아들에게 자신은 새가 아니며 그를 떠나지 않을 거라고 안심시켰으나, 이제 그녀는 아들의 꿈과 그날 밤의 결심을 연결해서 생각한다. 그녀는 집을 나서는 일이 얼마나 소름끼치도록 쉬웠는지, 나무가 자신을 반겨줄 것이라는 환상에 굴복하는 것이 얼마나 간단했는지를 깨닫는다. 이 기억에 자극된 인혜는 혼수상태인 영혜에게 나무의 무리에 합류하는 유혹적인 꿈에 저항하는 것이 중요하다고 주장한다. 그러나 그녀는 그 이유를 제대로 설명하지 못한다. "꿈속에선, 꿈이 전부인 것 같잖아…… 그러니까, 언젠가 우리가 깨어나면, 그때는……"(221쪽)[58] 침묵에 잠긴 인혜는 도로변의 나무들을, "무수한 짐승들처럼 몸을 일으켜 일렁이는 초록빛의 불꽃들을" 쏘아본다.(221쪽)[59] 인혜는 나무의 분명한 물질적 현존과 죽어가는 여동생에 체현된 인간의 생명주기와는 이질적인 식물 존재의 불가해함에 저항하며 그들에게 메시지를 요구하지만, 받지 못한다. 책의 마지막 구절은 다음과 같다. "대답을 기다리듯, 아니, 무엇인가에 항의하듯 그녀의 눈길은 어둡고 끈질기다."(221쪽)[60] 응답이 있을지는 불확실하다.

「내 여자의 열매」의 남편처럼, 인혜는 영혜가 살 수 있을지, 숲과 동물의 집합체가 무엇을 위협하는지, 인혜나 아들의 앞날에 무엇이 기다릴지, 그녀를 인간의 시간성에 구속하는 미래가 어떤 모습일지 알지 못한다. 소설은 이 풀리지 않는 의문으로 끝을 맺으며 인간과 비인간 존재 사이의 연결 가능성을 제시한다.

혼종적 행위성, 대안적 존재

비록 생태철학이 재생산의 근본적인 이질성을 지속적으로 다루진 않았지만, 페미니스트 철학자들은 플라톤에서부터 메를로 퐁티Merleau-Ponty에 이르기까지 임신이 강력한 비유로만 사용됐다는 것을 지적해왔다. 20세기 후반 줄리아 크리스테바Julia Kristeva, 루스 이리가레Luce Irigaray, 아이리스 메리언 영Iris Marion Young이 현상학적 작업을 통해 임신을 실제적이고 체화된 경험으로 다루면서 그 역설을 논의하기 시작했다. 크리스테바의 기념비적인 글 「조반니 벨리니의 모성Motherhood According to Giovanni Bellini」의 초현실적인 서두는 임신한 신체의 뚜렷하면서도 중첩된 시간성을 포함하여 다양한 이질성을 설명할 때 종종 인용된다.

세포는 융합, 분열, 증식한다. 부피가 커지고, 조직이 늘어나고, 체액의 리듬이 바뀌면서 속도가 빨라지거나 느려진다. 불굴의 이식 조직이 자라는 우리 몸 안에는 타자가 있다. 그리고 그 이중적이고 이질적인 공간에서 무슨 일이 일어나고 있는지 알려주는 사람은 없다. "무언가가 발생한다. 그러나 나는 거기에 없다." "나는 그것을 깨닫지 못하지만, 그것은 계속된다." 모성은 불가능에 가까운 논리다.[61]

위의 인용문은 임신을 일시적이고 유동적인 접목으로 보면서, 인간 임신의 현상학을 마더와 다른 사람들이 "식물성 사유"라고 부른 것과 연결한다. 접목은 다른 두 식물의 조직을 결합하여 혈관 조직을 융합하고 함께 성장하도록 하는 원예 기술이다. 한 식물의 싹을 다른 식물의 껍질 아래에 삽입하는 새싹 접목 기술은 임신한 포유류의 몸이 태아를 품고 부풀어 오르는 모습을 시각적으로 반영한다. 또한 접목은 하나의 과정으로서 시간적 연장과 연결된다. 접목의 성공과 실패, 생존과 죽음을 결정하는 것은 시간의 경과다. 시간적으로 잘못된 dyschronic 뮈르라의 임신이 그토록 끔찍해 보이는 이유는 근친상간에서 비롯된 도착적이고 부패한 접목의 이미지 때문이다. 접목하기란 시간적으로 다원화된 형태이기에, 자율적이고 통일적이며 순수한 신체 주체와 대비되는 '하나 안의 둘'로서의 임신 상태를 상기시킨다. 이는 하나의 몸에 다른 두 존재가 있는 언캐니한 친밀성에 대한 철학적 담론을 가능하게 한다.[62]

접목이 이상한 혼종의 초기 형태로 유용했다면, 이를 훨씬 뛰어넘는 체현된 공존의 패러다임이 포스트 다윈주의 생물학에 적용된다. 포유류의 임신에 대한 보다 복잡한 이해는 해부학적, 유전적, 발달적, 면역적, 생리적, 진화적 개별성에 대한 우리의 가정에 도전한다. 태반을 통한 모체와 태아 간 물질 교환에 대한 최근의 연구를 보자. 초기 자연철학자들이 임신한 모체와 발달하는 태아의 관계를 그릇과 그 안의 내용물에 비유하며 태아를 모체 안에 분리된 하나의 기관으로 상상했던 것과 달리, 생물학적 물질과 화학 및 호르몬 신호는 태아와 어머니 사이에서 끊임없이 교환되고 태반을 따라 양방향으로 이동한 다는 것을 우리는 이제 알고 있다. 태아와 모체의 마이크로키메리즘 microchimerism을 논하는 마가렛 맥펄-응가이Margaret McFall-Ngai는 모 든 인간 주체는 복수라고 설명한다. "임신 중 태아의 세포는 태반을 지나 모체에 자리 잡는다. 그리고 그 반대 역시 마찬가지다. 당신이 막내라면, 당신은 모체의 세포뿐 아니라 형제와 자매들의 세포 역시 받은 것이다."[63] 그 결과 "우리 각각은 일종의 키메라다. 우리의 몸은 타자의 세포주細胞株를 포함하고 있다. 따라서 우리는 우리가 생각했 던 존재가 아니다. '나'는 동시에 '우리'이기도 하다."[64] 멘델과 다윈의 일방향적인 '유전 형질의 수직적 전달' 지도는, 수평적 유전자 이동을 '인간 본성'의 한 요소로 삼는 새로운 포스트모던적 통합체를 수용하 기 위해 다시 그려져야 할 것이다. 우리의 지도는 계통수系統樹에서 벗어나 역동적이며 다방향적이고 동식물계를 횡단하는 교환의 망과 네트워크를 추적할 것이다.[65] 예술가들과 데이터 시각화의 전문가들 은 이미 이 새로운 모델을 상상하고 있다.[66]

생물학자들이 키메라 생명체라는 새로운 모델을 제시한다면, 온갖 종류의 사변소설 작가들은 종간 존재의 이질성과 윤리적 함의까지도 탐색할 수 있도록 돕는다. 앞서 서술했듯, 『라본디스』가 탈리스를 문 자 그대로 수목의 변신과 대안적 분만을 경험하는 것으로 묘사하는 반면, 『채식주의자』는 사실주의 소설에 상응하는 서사 전략을 사용하 여 시간적·주체적 유동성과 유사한 경험을 만들어낸다. 그 결과, 근 본적으로 무결한 식물적 재생산에 대한 영혜의 환상은 합의된 현실과 인간의 선형적 시간성이라는 틀에 저항하게 된다. 인간, 식물, 동물의 본성과 행위성을 융합함으로써, 두 소설은 서구 형이상학의 전통적인 단일 주체보다 훨씬 더 복잡한 개인성과 재생산에 대한 얽히고설킨 이해를 만들어낸다. 두 소설은 존재한다는 것이 무엇인지 시간적으로 더 확장해서 이해할 것을 요구하고, 이를 통해 인간과 비인간 타자들이 상호작용하고 소통하는 윤리적 토대를 재고할 것을 요구한다.

시간과 자연에 대한 이 확장된 이해에서는 두 가지 함의가 드러난다. 우선, 행위성과 주체성의 소유와 표현은 인간됨의 배타적 토대가 될 수 없으며, 그 결과 행위성을 거부하거나 소유하지 않은 인간도 인간으로서 자신의 정체성을 상실하는 것은 아니다. 둘째, 행위성과 주체성은 인간의 배타적 자원이 아니다. 비인간 존재도 인간이 미처 인식하지 못하는 정체성과 행위성, 시간성을 가질 수 있다. 이 텍스트들은 행위성을 개별주체에 내재된 것이 아니라 네트워크화되고 분산된, 제인 베넷Jane Bennett이 생태계와 같이 개별화되지 않은 **'결합체의 행위성'**이라고 묘사한 것으로 생각하도록 촉구한다. 인간과 수목의 결합체는 작가들이 인간의 본성과 미래를 다른 용어로 상상할 수 있도록 하여 인간됨의 새로운 방식을 고안할 수 있도록 한다. 식물성 사유를 새로운 윤리의 토대로 삼은 홀드스톡과 한강은 우리가 식물적 타자를 진지하게 고민함으로써 인간됨에 대해 무엇을 배울 수 있는지를 보여준다.

제3부

합의

Accord

07

광합성 정보 기술로서의 태양빛

탐 로빈스의 『지터버그 향수』 속 식물 되기

요기 해일 헨들린 Yogi Hale Hendlin

탐 로빈스Tom Robbins는 식물에 대한 찬가 『지터버그 향수Jitterbug Perfume』에서 동물 시대의 쇠퇴를 이끌고 태양빛 시대로의 길을 만드는 주인공으로 식물을 등장시킨다. 이는 작중 목신 판이 사라져가는 것으로 표현되기도 한다. 로빈스에 따르면, 식물 세계의 예리하고 미묘한 향기는 인간 진화의 촉매제가 되어 인간으로 하여금 식물 존재의 평온한 사트야 유가Satya Yuga로 진입하게 한다.[1] 『지터버그 향수』가 흥미로운 점 중 하나는 믿을 수 없는 세계를 창조하는 대신 천재적인 인물의 기행과 다소 신화적인 영혼, 장소, 사건 등을 뉴올리언스, 파리, 고대 동양이라는 익숙한 배경에 섞어 놓았다는 점이다. 로빈스의 소설에서 세 도시의 인물들은 천 년의 시간을 가로질러 마술적 사실주의 서사를 통해 연결되고, 붉은 비트가 완벽한 향수의 절묘한 베이스 노트를 이루며 신비로운 후각적 유혹으로 자리한다.

후각은 현대 인간 유기체가 가장 주목하지 않는 감각이다. 그러나

'**식물계**'와 같은 여러 계와 동물군에서 후각은 종별 고유의 의미 생성 양식의 기본이 되는 분자 교환의 비가시적 네트워크를 환유적으로 나타낸다. 개든 아카시아 나무든, 우리가 인간중심적으로 후각 능력이라고만 부르는, 휘발성 유기 화합물이 퍼져나가는 경험에서 얻는 중요한 환경 신호로 세상을 감지한다. 『지터버그 향수』의 환상적인 여정은 향기라는 양날의 도구를 통해 식물 의식에 관한 그럴듯한 사변적 리얼리즘을 형성한다. 이 소설은 식물 존재의 복수성複數性과 다공성에 접근하기 위해서는 빛을 생명으로 번역하는 엽록소처럼, 근육을 긴장시키고 불안을 품는 동물의 힘을 포기해야 한다고 말한다.

실제로 향이 있는 화학물질은 종종 무의식적으로 작용하고, 페로몬에 기인하는 성적 끌림이나 혐오의 경우엔 너무 강력하게 기능하기 때문에 현대 산업화 사회에서 냄새는 자동차 방향제나 합성 세제처럼 사회적으로 허용되는 좁은 범위의 인공 방향제로 제한된다. 신선한 흙, 꽃과 배설물, 마른 땅을 적시는 비, 무더운 여름밤에 풍부한 머스크 향은 인본주의라는 보호막 밖으로 범람하여 인간 너머의 세계로 연결되면서 우리 일부와 위태롭게 공명한다.[2] 좋든 나쁘든 코를 통해 비자발적으로 유도되는 정신적·감정적 상태는, 우리의 감각 인식의 특정한 측면들을 제한하는 수많은 규율과 훈련을 상낭 부분 교란한다. 향기는 직선적인 이성적 질서 속에 감쪽같이 감춰져 있던 잠재된 본능을 깨운다. 그것은 환경이 우리에게 미치는 영향에 본능적이고도 감정적으로 민감하게 반응하게 하고, 굳건한 의지와 고정된 이성의 확신을 무너뜨린다. 서발턴subaltern 상태와 충동을 돌연히 유발할 수 있기에 향기는 전복적이다.

향기는 우리를 추상적인 세계에서 물질적이고 일상적인 세계로 물리적으로 끌어내릴 뿐 아니라, 선형적인 시간의 흐름을 따라가며 느끼는 편안함에서 종종 예고 없이 깨어나게 한다. 냄새의 강렬하고 확장적인 존재감은 그 냄새를 들이마신 이를 계량적으로 규제된 크로노스의 시간에서 탄력적인 '**카이로스**'의 시간으로 이끌어, 두뇌와 그 장난기를 완만하고 느린 뇌파로 직접 연결하여 주변 환경과 조화롭게 공명하도록 한다. 후각은 우리를 우리 몸, 그 순간, 주변 냄새의 원천에 놀랍도록 공고하게 뿌리내리게 하여 자아와 타자 사이의 경계를 순식간에 무너뜨린다. 동시에 향기의 '**카이로스**'는 다른 순간들을 회상하고 예견하며, 기억을 새로운 조합으로 재구성하여, 시공간을 가로지르며 냄새를 전달하고, 이전에 파편화된 장면들을 연결하고 통합한다. 로빈스의 작품 속 인물 쿠드라Kudra와 알로바Alobar는 이러한 향기가 촉발하는 경이로움에 이끌려 『지터버그 향수』에서 수 세기 동안 대륙을 가로지르면서 서로를 다시 찾도록 이끄는 특정한 향기를 추적한다.

『지터버그 향수』는 식물의 향기가 지닌 힘에 대한 독특한 사색을 통해 이전에 억제되었던 본능을 깨우고, 린네식 분류 체계와 이성의 장벽을 재배치한다. 로빈스의 사변소설은 인간의 후각 본능, 특히 우리의 친족인 식물의 능력과 유사한 측면이 오늘날의 시대정신이 긴급하게 요구하는 형태에 더 부합하는 지능을 제공한다고 주장한다. 감정과 이성, 몸과 마음을 분리하던 근대적 이분법을 해체하면서 『지터버그 향수』가 식물로부터 이끌어 내는 교훈은, 개별적이고 막으로 경계 지어진 존재로서 동물에 내재된 신체적 분리감에서 비롯하는 두려움이, 우리가 은유적으로 광합성을 하는 존재로서 지닌 복수성과 연결됨으로써 극복될 수 있다는 점이다. 또한 그것은 식물처럼 리좀적이고 비대칭적인 방식으로 퀴어하게 성장하는 길이기도 하다. 우리의 동물적 몸이 지닌 대칭적이고 위계적인 질서 속에 웅크리고 있거나, 더 나아가 극단적으로는 마음이 담긴 뇌를 몸에서 떼어내 디지털 용기 속에 봉인하려 하기보다, 우리의 식물적 자아와 몸이라는 개념적 공간에 거주해야 할 것이다. 그곳에서 닫혀 있던 인간의 숨구멍은 확장되어 태양빛을 향해 열리고, 우리의 다리는 연결성이 낮은 비옥한 토양과 수분으로 뻗어 내린다.

이 글에서는 인간이 식물의 측면에 접근하는 의미를 로빈스의 소설이 어떻게 조명하는지 분석한다. 『지터버그 향수』는 전통적인 인간 중심적 인과관계를 뒤집는 식물의 행위성에 관한 마이클 폴란Michael Pollan의 『욕망하는 식물The Botany of Desire』과 연관된 식물 생물학 및 마이클 마더가 명명한 식물 현상학을 면밀하게 살펴볼 것을 권한다. 그리고 식물성 사유의 피상성이 인간의 행동에 도움이 될 수 있는 의외의 강점임을 강조한다.[3] 식물 경험의 즉각성 및 자아와 환경의 다공성을 중시함에 있어, 니체Nietzsche와 짐멜Simmel이 논의한 후각의 중요성은 식물의 형태 발생과 다시 연결된다. 칸트Kant나 프로이트Freud와 같은 다른 철학자들은 냄새를 인간의 고유한 주체성을 약화시기는 위험한 것으로 간주했던 반면, 니체와 심멜은 냄새가 일반적인 문화적 필터를 넘어 인간의 직관을 다듬을 수 있는, 감각 간의 드문 행위유발성affordances을 지니고 있다고 보았다. 식물의 냄새를 들이마시며 식물과 관계 맺게 될 때, 인간은 냄새에 취해 동물적 신체의 개별 자아를 뛰어넘을 수 있게 되며, 공유 환경을 활성화하는 종간 지성을 함께 성장시킬 힘을 얻는다. 『지터버그 향수』는 유머, 즉 식물 존재의 특성인 가벼움으로 가득하면서도, 인간중심적 감각으로 정보에 접

근하고 그것을 흡수하는 데 도전하는 진지하고 매력적인 판타지를 제시한다.[4]

정보 기술: 식물의 시점

로빈스는 식물 의식을 수용하면서 미래에 대한 신선한 상상력을 제시한다. 이는 기계가 그들의 창조자인 인간을 노예로 전락시키기 전 잠깐이나마 인간이 기계 위에 군림하는 신이 된 듯한 장면을 그리는 현대의 디지털 디스토피아와는 뚜렷하게 대비된다. 소설이 선사하는 식물 의식의 시대는 우리에게 비非지배라는 놀라운 진화를 보여주며, 우리의 진화적 뿌리를 회복시키는 기본적 조합인 태양의 풍부한 에너지를 활용하여 인류의 모든 역량을 실현한다. 무한 복제라는 디지털 개념과 달리, 식물이 피어나는 과정은 표준화된 인공지능의 전체주의적 획일성과는 거리가 먼 아날로그적 과정으로 묘사된다. 『지터버그 향수』는 동물의 뇌가 그 안에 잠재된 식물의 뇌와 연결될 때의 가능성에 대한 유토피아적 비전을 보여준다. 인간의 뇌가 냄새에 더 집중할수록, 우리는 더 많은 기억과 기억력을 발휘하여 후각적 숭고를 통해 불멸의 삶을 살 수 있다는 것이다.

소설 속 천재 조향사 마르셀 르페브르Marcel LeFever는 인류의 다음 진화 단계로 꽃의 뇌 시대를 예고한다. 그는 몹시 퀴어한 인물로, "꽃은 복음 전도자라면 목숨을 걸고라도 갖고싶어 할 하나님과의 직통 전화선을 갖고 있다"라고 선언함으로써 이 우주론을 대표한다.[5] 르페브르는 정보 기술을 실리콘 밸리에서 유행하는 모방적이고 탐욕스러운 유형과는 달리 철저하게 생물학적이고 융합적인 것으로 이해한다. 그는 다음과 같이 설명한다.

> 오늘날 우리는 정보기술 속에서 살고 있다. 꽃들은 항상 정보기술 속에서 살아왔다. 꽃들은 온종일 정보를 수집하고 밤이 되면 그 정보들을 처리한다. 우리는 이것을 광합성이라 부른다. 신피질을 제대로 활용하게 될 때 우리도 일종의 광합성 같은 작용을 하게 될 것이다.(1권 290쪽)[6]

식물의 프로세스가 현재 인간의 능력보다 더 발전적이고 우월하다며 '자연의 사다리scala naturae'를 뒤집는 것은 최근 식물 생물학자들 사이에서 뜨겁게 논의되고 있는 '식물 신경생물학'과 공명한다. 논란의 여지가 있지만, 식물의 근계根系 호르몬인 옥신은 인간의 신경전달물질과 유사하며, 식물의 뿌리는 인간의 수상돌기와 비교되곤 한다.[7] 만약 식물이 그들만의 뇌를 가지고 있다면, 식물은 우리가 아직 상상하지 못한 어떤 것을 알고 있지 않을까?

인간중심적인 지성 개념을 극복하기 위한 첫 번째 단계는 지금까지 간과되었던 다른 종의 지성을 존중하고, 그들의 독특한 구성 방식과 행동 양식이 우리와 현저하게 다르더라도 반드시 열등하지는 않음을 인정하는 것이다.[8] 다음 단계는 신경 체계에 기반해 지성을 정의해온 개념을 뒤집는 것이다. 이상적 인간상으로 여겨진 다빈치의 비트루비우스적 인간을 절대적 기준으로 삼아 그 틀을 다른 생명체에도 확장해서 적용하려는 방식은 불가능하고 추상적인 환상에 불과하다.[9] 식물 생물학자 프란티섹 발루스카František Baluška와 스테파노 만쿠소Stefano Mancuso는 "복잡한 감각 체계와 기관을 갖춘 모든 생명 단위가 고유한 세계관을 '구성'하고 있으며, 이 세계관은 인간 고유의 관점과는 근본적으로 다를 수 있지만 원칙적으로 더 좋거나 나쁘지 않다"라고 강조한다.[10] 이들의 견해에 따르면, 포유류가 사용하는 특정한 신경계와 뇌 구조는 박테리아에서 식물에 이르기까지 모든 생명체의 근본적인 신경 능력의 표현이다. 어떤 것이 먹이인지 아닌지, 포식자인지 등을 판별하는 적응 행동과 학습이 심지어 '**기본적인**' 단세포 생물에게서도 나타난다는 사실은 신경 구조가 무한한 방식으로 구성될 가능성이 있음을 시사한다. 인간의 뇌는 창조하고 추상화하며 실체화하는 데에는 탁월할지 몰라도, 결국 그것이 수행하는 기능을 달성하기 위한 하나의 모델에 불과하다. 복잡성의 정도는 다르지만 모든 종류의 '**뇌**'는 유기체의 몸속에 스며들어 있으며, 의사 결정 부분이 우리의 것과는 전혀 달라 보이더라도 종종 그리고 어쩌면 필연적으로 이들은 구별될 수 없다.

테런스 매케나Terence McKenna는 "동물은 식물이 씨앗을 퍼뜨리기 위해 만든 것"이라고 말한 적이 있다. 이러한 관점은 생명의 나무에 남아 있는 위계적인 허상을 해체한다. '신경'은 동물, 특히 인간 고유의 것으로, 우리가 익히 알고 아끼며 쉽게 식별할 수 있다고 생각하는 뇌라는 기관 속에 안전하게 자리한다고 여겨져 왔다. 그런데 식물 신경생물학에서 제기되는 논쟁적인 주장에 따르면 이러한 신경의 측면이 식물의 근계에도 유사하게 적용되며, 동물계와 식물계 사이에 공통되는 신경전달물질도 존재한다는 것이다.[11] 이러한 주장은 흥미롭게도 『지터버그 향수』의 조향사 마르셀 르페브르에 의해 뒤집힌다. 아리스토텔레스가 말한 것처럼 식물이 불완전한 동물이 아니라, 오히려 동물이 불완전한 식물임을 의미한다.[12] 르페브르가 보기에 우리의 뇌는 진정한 식물적 본성에 눈 뜨기 직전이지만, 그러한 각성은 우리의 동물적 야수성을 극복하고 향기 속에서 고양된 식물 자아라는 꽃으로서의 잠재성을 받아들일 때에만 가능하다.

광합성의 시대를 가리키는 일례로 미생물학자 외이빈 무스트룹 øjvind Moestrup은 "식물과 동물의 구분이 완전히 무너지고 있다"라고 언급했다. 그가 참여한 분류 작업에서 발견된 메소디니움 카멜레온 Mesodinium chamaeleon과 같은 새로운 "혼종"은 명확하게 동물도 아니고 식물도 아니며, 양쪽 계의 요소를 모두 갖고 있기 때문이다.[13] 이처럼 혼종적이고 복수적인 존재들이 불러일으키는 아찔한 혼란은 단지 생물학적 발견에 그치지 않고 개념 체계 전반에 프랙탈 형태로 뻗어나간다. 마더의 방법론인 "약한 사유weak thought"는 개별 저자의 개념 체계나 궁극적 우주론처럼 견고하고 부서지지 않는 호화로운 새장 같은 형이상학에 갇히지 않고 사선으로 철학하는 능력을 의미하는데[14], 이는 식물성 사유의 본질을 잘 드러낸다. "약한 사유"는 사유를 거대한 건축적 도식으로 체계화하는 데에 저항한다.[15] 이러한 폐쇄적 체계는 "모든 것을 자신의 척도, 기준, 의제에 굴복시키고자 하는 형이상학적 강제"[16]를 통해 폭력을 영속화한다. 약한 사유의 창시자인 잔니 바티모Gianni Vattimo는 인식론적 모델을 종합하는 것, 즉 그가 "사유의 오염pensiero della contaminazione"이라 부르는 생성적 방식을 선호한다. 약한 사유는 이미 우리에게 내재된 다공성의 복수적 자아를 인식하는 것 자체가 진정한 주체의 출현 가능성을 열어준다고 제안한다.

식물 생물학자들 사이에서 식물이 자신들의 서식지 안에서 감각적 공간을 점유하며[17] 고유한 감각 구조를 통해 주변 환경에 의미를 부여한다는 인식이 확산되고 있다. 이러한 인식은 로빈스의 소설에서 식물인 비트가 시간과 공간을 직조하는 중심적 역할을 맡는 것에서 증명된다. 비트는 그 자체로 인간의 행동을 이끄는 이상한 끌개strange attractor처럼 작동하며, 이는 식물이 자신의 번식을 위해 인간을 재배한다는 마이클 폴란의 식물에 대한 현상학적 접근법과 유사하다.[18] 폴란의『욕망하는 식물』속 네 종류의 식물 이야기는 식물과 사람 사이의 주객 관계를 전복한다. 이는 식물이 인간의 욕망과 충동을 자극하여 그들의 뜻에 따르게 만드는 행위성을 강조한다. 이렇듯 식물이 스스로 동기와 욕망을 지니고 '**목적**telos', 의도, 목표 지향적 행동을 추구하는 존재라는 폴란의 개념은,『지터버그 향수』가 반복해서 제시하는 인간의 식물적 미래에 스며있다. 르페브르는 이렇게 독백한다. "우리가 정신적인 텔레파시라 부르는 모든 것은 후각적인 것일 가능성도 있다. 우리는 다른 사람의 생각을 읽는 것이 아니라 그 생각을 냄새 맡는다."(1권 292쪽)[19] 따라서 로빈스가 제기하는 핵심 질문은 다음과 같다. 만약 인간이 식물처럼 세상과 만나는 가장 근본적인 방식이 냄새라면, 우리는 어떤 존재가 될까?

인간이든 아니든 다른 유기체가 가진 소통 능력을 존중한다는 것은 연구 방법과 접근법의 근본적 변화를 요구한다. 폴란은 식물 생물학자 스테파노 만쿠소의 말을 인용하여 "과학자가 자신의 연구대상을 올바르게 다루기 위해서는 그것을 '사랑'해야 한다"[20]고 말한다. 이는 또한 과학철학자 이사벨 스탕제Isabelle Stengers의 입장이기도 하다. 윤리적으로 책임감 있고 인식론적으로 정확한 연구는 실험 대상인 유기체를 공동연구자로 간주하고 이들과 '고통을 공유하기'를 포함한다.[21] 과학적 탐구라며 객체화하는 시선은 더 이상 생물학적 맥락, 특히 동물행동학에서는 결코 허용되지 않는다. 고통을 공유하기는 토머스 네이글Thomas Nagel이 "입장 없는 관점view from nowhere"이라 비판적으로 명명한 태도, 즉 관찰자가 자신의 감정을 억지로 마비시키고 스스로를 상황으로부터 뜯어내 마치 육체 없는 이성의 위치에서 우주의 작동을 들여다 볼 수 있다는 착각에 기초한 이러한 관점을 뒤집는다.[22] 과학자가 살아 있는 존재들과 상호작용하면서, 그들 또한 의식할 수 있음을 깨닫게 될 때 발생하는 자기 성찰은 새로운 소통적 생물학 패러다임인 '**이해 기반 과학**verstehendes Erklären'의 출발점이 된다.[23]

로빈스의 소설이 우리를 식물 존재와 식물성 사유로 이끄는 가운데, 식물적 타자는 인간과의 존재론적 경계를 서서히 허물어 간다. 오늘날 정보화 시대에 온전히 인간이 되려면 오히려 식물적 존재가 되어야 한다는 행복한 아이러니는 식물의 감각과 지성에 대한 새로운 존중을 끌어낼 뿐만 아니라, 냄새를 통해 직접 감각하는 삶을 위해 서구 사유의 선형적 계보를 밑거름으로 전환시킨다. 이러한 직접 경험과 식물적 경험에 대한 찬사는 인간에게 식물이 보여주는 위대한 자유와 인내처럼, 시간이 멈춘 듯한 상태에 진입할 기회를 만들어 준다.

인간 행위성을 실현하는 식물 되기

『지터버그 향수』에서 행위성은 의지를 중시하는 서구의 자율적 주체로부터 휘발성 유기 화합물vocs의 화학 반응 세계로 퍼져나간다. 식물은 주변 환경에서 '냄새를 맡아' 바람을 타고 전달되는 정보를 학습함으로써 의사결정을 할 수 있게 된다. 식물이 공기를 통해 우연히 혹은 의도적으로 분자를 주고받으며 서로 소통하는 것처럼, 향기는 소설에 등장하는 인간을 도취시킨다. 이들은 시공간을 가로지르면서 식물이 살아가는 다양한 시간에서와 같이 속도를 높이거나 낮추며, 자신의 의지로 움직이는 게 아니라 행동을 결정하는 방향성 화학 물질에 실려 운반된다. 자동성과 자율성에 대한 이러한 가치 전환은 심사숙고하는 인간의 사고 마비 상태보다 식물 광합성의 특성인 '가벼움'을 중시한다. 이는 우리가 점점 더 식물적 존재로 되어가는 인간 진화의 '사건의 지평선'이 된다.

로빈스의 소설에서 불멸을 탐구하는 조직인 "최후의 승리 재단Last Laugh Foundation"의 창시자이자, 괴팍하지만 윤리적인 부호 위그스 대니보이Wiggs Dannyboy는 향기를 진화의 도구로 이해한다.[24] 동물의 신체와 인간 사회, 작용과 반작용 사이를 오가며 갇혀 있는 "빌어먹을 시계추"(예술의 경우 고전주의와 낭만주의, 정치의 경우에는 보수주의와 자유주의 사이를 오가는) 대신, 위그스는 식물의 성장처럼 비대칭적인 회선운동回旋運動을 열망한다.(2권 212쪽)[25] 위그스에게 냄새의 활용은 원시적인 동물적 본능 상태로의 퇴행이 아니라, 우리의 교감신경계를 자극하는 후각적 요소와 얽힌 여러 투쟁-도피 반응을 마침내 벗어나게 해주는 도약이다. 위그스는 시애틀의 웨이트리스이자 제자 조향사인 프리실라에게 향수 사업을 시작한 이타적 동기를 다음과 같이 설명한다.

"이봐, 프리실라, 나는 냄새에 관심을 갖고 있어. 그것은 곧 내가 의식의 진화에 관심을 갖고 있다는 뜻이지. 냄새는 대뇌의 신피질과 직접적으로 교류할 수 있는 유일한 감각이야. 냄새는 시상視床과 다른 중간 기관들을 건너뛰어 곧장 신피질로 가지. 냄새는 뇌의 언어야. 뇌는 배고픔, 갈증, 공격성, 두려움, 성욕 같은 충동들을 냄새의 용어로 해석해. 신피질은 그런 언어를 구사하지. 그러니 우리가 그런 언어를 구사하는 법을 배울 수만 있다면 코를 통해서 대뇌피질을 조종할 수도 있을거야.”

“무엇 때문에?”

“의식의 진화과정을 연구하기 위해”

“그런 연구는 왜 하죠?”

“우리가 행복해지고 오래오래 살 수 있으니까. 인간들이 서로를 공격하지도 않으면서.”(2권 132-122쪽)[26]

시각에서 후각으로 감각의 우위를 재조정하는 것도 대니보이에게는 인간이 코를 통해 더 식물처럼 되는 것을 의미한다. 냄새 분자와 뇌 사이에 일어나는 즉각적인 분자 교환은 직관적 반응을 가시덤불처럼 방해하는 인지 조각들을 무시한다. 대니보이는 의식을 사유와 정신적 반추로부터 분리하면서, 상호 구성적 의식의 핵심을 근본적인 피상성, 즉 식물적 직접성으로 이해한다.

식물 철학자 마이클 마더는 식물의 피상성이 조롱거리가 아니라 그들의 숨겨진 힘을 드러낸다고 주장한다.[27] 계몽주의에서 낭만주의로 이행하며 전형화된 근대인의 고뇌의 ‘깊이’는 그 자체로 끝없이 반사되는 거울의 미로이다. 신체를 전적으로 거부하고 정신의 무한한 심연을 도피처로 여기며 내면성에 집착하는 경향은 프로이트에 이르러 정점에 도달했는데, 이는 식물적 의식과는 정반대이다. 식물적 의식은 서구 사유의 몇몇 유형에서 나타나는, 인간을 소모시키는 지나친 의심이나 자기 배꼽만 들여다보는 폐쇄적 사유와는 무관하다.

인간 의식의 식물적 가능성에 주목한 로빈스의 사변적 리얼리즘 요소는 해석학적 과학인 생물기호학으로 보완될 수 있다. 생물기호학의 관점은 야콥 폰 윅스퀼Jakob von Uexküll의 이론 생물학과 찰스 샌더스 퍼스Charles Sanders Peirce의 기호학을 결합하여 형성된 것으로, 모든 종류의 유기체가 자신의 환경에서 어떻게 의미를 만들어 내는지 묻는다. 『지터버그 향수』는 식물의 감각 기관이 자신이 서식하는 세계에서 의미를 생성하는 종 특유의 방식을 생물기호학적으로 탐구한다. 이를 통해 작품은 인간 예외주의로 간주되는 태도보다, 그런 선형적인 진화 이야기를 넘어 식물기호학적 가능성으로 가지를 뻗는 것이야말로 인간이 진화의 다음단계로 나아가는 일이라고 주장하는 것으로 보인다.[28] 마더가 『식물성 사유Plant-Thinking』에서 설명했듯 "약한 사유"의 철학은 과거의 철학적 토대와 경직된 체계가 실용적으로 네트워킹된 지성을 지닌 원기왕성한 균근적 다양성에 자리를 내주는 모습을 상상한다. 식물을 사유하면 표면과 심층이라는 전통적인 이원론은 사라진다. 식물 존재가 곧 식물성 사유**'이다'**. 각 종이 자신의 위치와 현실 해석, 즉 종 특유의 **'움벨트**Umwelt**'** 또는 감각적 버블에 따라 세상을 어떻게 다르게 보는지 이해하려면 내면성에 대한 완고한 집착을 버릴 필요가 있다. 각각이 자기애에 도취되는 것은 끝없는 토끼굴에 빠지는 것과 같다. 그 대신 우리는 상징적인 방식보다는 향기라는 화학적 방식을 통해 우리의 식물적 본성에 접근할 수 있다. 문화적으로 덧씌워진 갑옷을 제거하면 아이러니하게도 더 많은 의미가 드러난다. 상징적으로 봉합된 바리케이드 뒤에만 있는 경우에도 이런 의미에 접근할 수 없다. 해석이라는 가시덤불은 우리가 쉬운 의미에 접근하는 것을 방해한다. 해석에 충성하기를 포기할 때, 언제나 우리 눈앞에 있었던 정보들이 비로소 유기적으로 피어나 흘러넘친다.

물론 향기의 화학적인 측면을 강조하는 논의를 보완하기 위해서는 후각에서 화학 및 상징의 요소를 분리하기는 결국 불가능하며, 이 둘은 우리의 내장 속에 함께 존재하며 경험의 전체 면모를 되풀이한다는 사실을 인정해야 한다. 따라서 후각학은 분자적 상태와 개인적 상태의 결합 지점에 대한 공동의 상호주관적 과학으로 존재한다. 누구는 두리안에서 황홀한 풍선껌 냄새를 맡지만 다른 사람은 방귀 냄새를 느끼는 것처럼, 냄새의 진화적 연금술은 지리적으로, 그리고 문화적으로 학습된 경향성을 이끌어낸다.

기호학에서 기호는 도상, 지표, 상징이라는 세 가지 요소로 이루어진다. 각 요소는 간단하게 말하면 주로 도상적·동일성 측면, 지표적·참조적 측면, 상징적·표현적·함축적 측면으로 분류된다. 현대에 들어 언어 사용의 실생활에서 기호가 소외되고, 인공물이라는 매개를 거치며 무게중심이 달라졌다.[29] 이전에는 싱싱하고 무르익은 망고를 실제로 마주해야만 망고 냄새를 맡을 수 있었는데, 증류 및 합성 기술을 통해 이제는 '망고' 향의 바디 스크럽, 향기 스티커, 방향제, 화장품, 인공 및 천연 향료와 향수에서 어지러울 정도로 넘쳐나는 인공 망고 냄새를 맡을 수 있다. 망고라는 과일이 가까이 있다는 신호였던 망고 또는 그것과 유사한 냄새는, 어느 밋밋한 제품에 일종의 이국성, 매력, 감미로움, 톡 쏘는 자극적인 향, 달콤함 등의 특성을 부여하는 수단으로 변했다. 이러한 변화가 바로 기호학적 과잉해석이 빚어낸 '기호학적 표류'이며, 그 종착점에는 기호학적 공백에서 발생하는 내파음만이 남는다.[30] 이렇게 텅 빈 시니피에는 극단적인 경우, 망고 냄새의 시뮬라크르가 가득하지만 정작 망고나무는 자본주의가 흘려보낸 폐수로 모두 죽어버린 세계에 존재하게 될 것이다.

로빈스는 식물을 상징적 측면 없이 냄새에 직면하게 해주는 매개체로 주목하면서, 소설에서 불멸에 관한 도교의 비밀스러운 수행에 엮인 환상적인 모험으로 연결되는 공통의 뿌리로 제시한다. 알로바와 나중에 등장하는 쿠드라는 천 년이 넘는 역사를 다루는 로빈스의 서사 작품에서 흔치 않은 유형의 주인공이고, 표지 문구에 따르면 이 이야기는 정확히 오늘 밤 9시에 마무리된다. 작중 고대 유럽의 한 왕국에서는 지도자가 노쇠했다는 조짐이 보이면 사람들이 집단적으로 쇠퇴하는 징조라고 보아 지도자를 처형하는 의식을 거행했는데, 알로바는 여기서 간신히 죽음을 피한 과거의 이교도 왕이다. 그의 이름 'Alobar'는 금과 유사하게 변한다는 진홍색 광물 '진사辰砂, cinnabar'와, 화학의 전신前身이자 불사약을 추구했던 '연금술alchemy' 양쪽을 가리킬 수 있는 말로 보인다. 그의 이름은 또한 '무뇌엽a-lobar', 즉 뇌엽이 분리되지 않은 상태를 상기시킨다.[31] 탈출 후 인도에 도착했을 때 그는 쿠드라를 만나고, 남편을 따라 순사殉死할 책임을 지고 있던 그녀를 설득하여 결국에는 자유로이 풀려나도록 한다. 쿠드라는 알로바를 따라 불사의 존재인 반달루프인이 사는 동굴로 향하며, 이 과정에서 그녀가 알로바보다 더 세속적이며 영리한 인물임이 이내 드러난다. 두 사람은 동굴에서 흙 향기와 공명하며 장생과 불사에 관한 도교의 가르침에 빠져들어 7년을 함께 보낸다.

그들은 오래전 그곳에서 태웠던 향의 자취를 흡수하는 수련을 통해 반달루프의 가르침을 이어받고, 영적 세계를 활발히 넘나들다가 이스탄불로 이동한다. 그러나 그들은 떠들썩하게 섹스하고 혼욕한다는 점과 늙지 않는다는 점을, 정숙한 기독교인들에게 들켜 도망쳐야만 했다. 그들의 정체를 수상히 여긴 군중의 방화로, 쿠드라와 알로바는 번창하던 향신료 및 향수 판매 사업을 접고 결국 파리로 이주한다. 1666년 쿠드라의 향수 가게였던 그 자리는 공교롭게도 르페브르 가문이 몇백 년 동안 향수의 제국을 이루는 중심지가 된다. 이곳에서 쿠드라와 알로바는 완벽한 향수 베이스 노트를 찾다가 헤어지게 되고, 수 세기가 지난 후 뜻밖의 재회를 한다.

쿠드라와 알로바가 만든 신비한 혼합물 "K23"은 완벽한 향수 베이스 노트를 좇던 이들 연인의 이별에서 탄생한다. 『지터버그 향수』는 첫 문장에서 "비트는 채소 중에서 가장 맛이 강하다"(1권 7쪽)[32]라고 선언한다. 비트와 진사의 이런 강렬함에 더해, 알로바가 연금술적 변이를 위한 살아있는 그릇이 됨으로써 완벽한 향수가 태어난다. 식물 인간에게서 맥동하는 비트 피는, 인간에게 잠재되어 있던 광합성 지각 능력을 일깨우는 향기로운 불사약인 동시에 사랑의 묘약이고, 시공간을 넘어 동류를 인식하게 해주는 후각적 흔적이 된다. 쿠드라는 알로바에게 제안한다.

> "우리가 서로의 몸에 유일무이한 냄새, 전적으로 우리만의 것인 향을 바를 경우, 설사 빛이 밝지 않고 우리의 시력이 흐려지거나 우리의 육체적인 형상이 변한다 해도 우리는 항상 서로를 알아볼 수 있을 거예요. 우리가 죽음의 방들에서 헤맨다 해도 우리는 서로를 찾아낼 수 있을 거예요"(2권 19쪽)[33]

쿠드라가 자신들의 고유한 냄새를 식별하는 순간 다이앤 애커먼 Diane Ackerman이 『감각의 박물학A Natural History of the Senses』에 쓴 것처럼 "냄새는 해석자를 필요로 하지 않는다"는 사실을 깨닫는다. 애커먼은 이렇게 결론을 내린다. "냄새의 효과는 즉각적이며, 언어나

사고 혹은 번역에 의해 희석되지 않는다." 쿠드라에게 후각은 이런 일반적인 차원의 형식도 초월하는 것이다.[34]

향수의 베이스 노트인 비트 꽃가루는 알로바가 쿠드라와 명상하는 동안 번뜩이는 깨달음satori으로 다가온다. 그러나 쿠드라가 물리적 세계를 벗어나 죽음과 생명의 공간을 넘나들며 또 『티베트 사자의 서』의 영향을 받은 전체 절차를 관찰하는 것과 달리, 알로바는 퀴퀴한 비트 꽃가루 냄새에 의해 지상으로, 그리고 시간 속으로 다시 끌려온다. 알로바가 "아주 진한 어떤 냄새"에 의해 지상으로 '물러서는'(2권 21쪽)[35] 이 계시의 순간은 소설 전체를 전환하는 분기점 역할을 한다. 알로바는 중세 유럽으로 돌아가 사랑하는 연인을 찾아 수 세기를 터벅터벅 헤매고, 삶 너머의 차원을 방문한 쿠드라는 예기치 않게 수백 년을 뛰어넘어 현재의 파리로 도약하여 그곳에서 알로바, 르페브르 사람들, 블뤼V'lu, 프리실라, 그리고 향기를 좇는 나머지 중요 인물들과 마치 마법처럼 재회한다. 마르셀 르페브르는 훗날 이 책에서 "사람이 죽을 때 후각은 맨 나중에 사라집니다"(2권 104쪽)[36]라며, 쿠드라에게 이 감각은 아마도 죽음 이후에도 한동안 지속될 것이라고 말한다.

본능적 기관으로서의 코

애나 칭Anna Tsing은 『세계 끝의 버섯The Mushroom at the End of the World』에서 일본계 미국인 지인이 어떻게 후각과 촉각을 통해 숨어 있는 송이버섯을 찾아내는지 설명한다.

그 장소에 도착하면 버섯을 발견할 당시의 세부적인 것들에 대한 기억
이 갑자기 또렷해지면서 몰려온다. 나무가 기울어진 각도, 송진이 있는
덤불의 냄새, 빛이 비추는 모양, 흙의 질감까지 기억난다. 나는 종종 그렇
게 기억이 몰려오는 것을 경험했다. 익숙하지 않은 숲으로 보이는 곳을
걷고 있는데 갑자기 바로 그곳에서 내 주위에 있는 것들이 함께 묶이면서
버섯을 찾은 기억이 나는 것이다. 그리고 나서 나는 정확하게 어느 곳을
살펴볼지 알게 된다. 여전히 버섯을 발견하기가 사람들이 상상하는 것만
큼 어렵다고 할지라도 말이다.[37]

장소, 냄새, 기억을 연결하는 칭의 묘사는 놀랍게도 로빈스가 이런
세 요소를 엮은 방식과 겹쳐진다. 기억의 명암은 지리적 기반과 후각
적 기반이 교차하는 자리에서 두드러진다. 따라서 기억은 이런 요소
들과 동떨어지지 않고 필라멘트처럼 서로 연결되어 존재한다. 기억은
마치 꼭두각시처럼 유기체의 상황에 따라서 나타나고 또 사라진다.
장소와 시간, 냄새 분자와 그 밖의 다른 요소들을 잇는 끈은 모두 무
의식에서 튀어나오는 것을 현재로 끌어당긴다. '외부' 감각으로 인한
인상의 현존이 '내적' 회상의 방향성을 흔들고 그것들이 결실을 맺도
록 한다.

인간은 수백만 가지의 시로 다른 색을 구별할 수 있다고 알려져
있지만, 인간의 후각은 무려 1조 개가 넘는 냄새의 미세한 차이를 구별
할 수 있다.[38] 냄새에 대한 감각은 인류와 세상이 만나는 원초적 접점
이라는 핵심적인 역할을 담당한다. 플로렌스 윌리엄스Florence Williams
가 지적했듯 인류의 후각 능력은 진화 과정을 통해 점차 퇴화했다.
야생 유인원의 경우 약 30%의 후각 유전자가 기능하지 않던 반면,
인간은 천 개가 넘는 후각 수용체 유전자 중 절반 이상이 비활성 상태

이다.[39] 윌리엄스는 이러한 후각 수용체의 기능 상실이 인간 생존에 시각이 특히 지배적인 감각으로 떠오르면서 후각의 진화적 중요성이 감소했기 때문이라고 가정한다. 그러나 앞서 서술한 바와 같이 최근 발표된 연구 결과는 후각이 뇌와 직결되는 통로임을 강조한다.[40] 이 기묘한 감각은 머릿속에서 이루어지는 계산이나 필터링의 대부분을 우회하며 이성적으로 해석되기 어려운 상징 질서를 전체적이고 통합적인 인상으로 뇌에 즉각적으로 전달한다. 다른 감각들이 우회적인 신경 경로를 통해 분절화된 자극을 전달하는 반면, 후각 자극은 직접적이고 즉각적으로 작동한다.

소설은 향수 제작의 전통을 바탕으로, 훌륭한 향수는 베이스 노트, 하트 노트, 탑 노트라는 세 가지의 뚜렷하고 조화로운 요소를 갖추어야 한다고 강조한다. 냄새는 고립될 수 없기 때문에, 이러한 요소들 간의 상호작용이 우리의 코를 휘젓는다. 로빈스는 완벽한 향수 K23을 이렇게 묘사한다.

> 비트는 집게발로 진주를 쥐고 있는 바닷가재처럼, 재스민 향을 압도하거나 뒤덮지 않은 채 든든하게 붙잡고 있었다. 비트는 억센 황소 목을 지닌 남자 파트너가 발레리나를 가볍게 공중에 들어올리듯이 재스민 향을 떠받쳐줬으며, 그 한 쌍은 시트론의 부드럽고 맑은 신호에 따라 무대에 등장했다. 재스민이 아름다운 그림이라면 비트는 그것을 비트는 그것을 후각이라는 진열실에 걸어주고, 도둑이나 화재로부터 지켜주고, 그것을 찬양하는 파티를 열어주는 역할을 했다. 시트론은 그 파티의 초대장을 전해주는 역할을 했고.(2권 33쪽)[41]

로빈스는 이 세 가지 단순한 요소가 향기로운 조화 속에서 맺는 관계를 식물의 곡예로 묘사하며, 그렇게 빚어진 강렬한 향수가 격정적이고 복합적인 감정을 불러일으킬 수 있음을 암시한다.

그러나 강력한 매력에도 불구하고, 소설에서 K23은 단지 그 매혹적인 향기 때문에 칭송받는 것은 아니다. 로빈스의 이야기에서 완벽한 향수가 갖는 힘은 기억을 고정하고 소환하는 능력으로 발휘되며, 이는 불로불사마저 가능케 한다. 마르셀 르페브르는 최후의 승자 재단에서 연설하며 다음과 같이 선언한다. "기억을 일깨우는 능력 면에서 시각은 후각을 당해낼 수가 없습니다. 냄새와 연관된 기억은 시각적 이미지와 연관된 기억이나 소리와 연관된 기억보다 항상 더 직접적이고 더 생생한 법입니다."(2권 104쪽)[42] 향기의 화학적 신호는 후각 신경을 통해 오작동과 오류가 발생하기 쉬운 인지적 처리의 매개 과정을 거치지 않고 대기 중인 뇌 수용체에 정확한 메시지를 직접 전달한다. 로빈스가 냄새로부터 감지한 이 즉각성의 불꽃은 냄새 맡는 이를 과거나 미래로 이동시키며, 노화를 유발하는 사유로부터 벗어나 현재의 순간에 머물게 한다.

후각은 계량화나 범주화를 거부한다. 알랭 코르뱅Alain Corbin은 "린네, 할러Haller, 로리Lorry, 비레이Virey가 차례로 향을 범주화하고 목록을 제시했지만 어느 것도 완전하지 못했다. 후각적 감각은 과학의 언어의 그물망으로 포획할 수 없다는 것이 분명해진 것이다"[43]라고 지적한다. 냄새의 본질은 좀처럼 포착하기 어려워 냄새를 맡는 주체의 주관적 경험 속에서만 그 의미를 획득할 수 있으며, 공중을 떠도는 화학 분자와 이에 반응하는 일부 민감한 이들 사이의 접면으로 나타난다. 똑같은 공기 중의 분자 화합물이라도 시간과 장소에 따라 다른 의미를 전달하고, 한 사람의 코에서도 서로 다른 향기로 인식될 수 있다.

조향사 마이클 에드워즈Michael Edwards가 고안해 널리 알려진 '향기 바퀴fragrance wheel'는 우디나 시트러스 향을 기준으로 특정 향들이 어디에 위치하는지를 파악하려는 시도였지만, 조향 산업을 위한 약식 도구에 불과할 뿐 후각의 방대한 영역을 포착하는 데에는 실패한다. 향기를 판매하는 것이 수익성 높은 산업임에도 불구하고, 『지터버그 향수』에서는 완벽한 향에 대한 비상업적인 열망이 몹시 강하게 드러난다. 작중 주요한 후각 전문가들은 모두 자신의 목표를 향한 영적인 포부를 갖는다. 쿠드라와 알로바는 친구 판이 파스퇴르식의 살균된 세계를 항해하도록 지원하는 동시에 명상으로 시간 여행을 할 때 상대에게로 안내하는 후각적인 기준점이 되는, 독특하면서도 규정할 수 없는 향기를 창조하고자 한다. 따라서 냄새는 결코 객관적인 감각으로 존재할 수 없으며, 칸트가 조소하면서도 인정했듯이 후각은 가장 심오한 주관적 감각 능력이다.

냄새의 주관성과 즉각성이 그것을 평가절하할 이유가 되지는 않는다. 게오르그 짐멜은 「감각의 사회학Sociology of the Senses」에서 감각 자극이 주는 비개념적 인상이 개인의 정체성과 사회적 자아를 형성한다고 주장한다. 자연과학과 사회과학의 이분법에서 일찍이 벗어난 짐멜은 사회학이 인상, 결정, 사고 형성과 같은 "분자 미시적" 측면에 주목해야 한다고 지적했다. 짐멜이 착안한 이러한 '미시사회학'은 사회학 내의 하위 학문 분야로 자리잡게 된다. 그는 사회 유기체 사이의 사소해 보이는 상호작용을 인간 및 인간을 넘어서는 사회성의 구성 요소로 전환시켰다. 이러한 분석의 일부는 사회성을 행위자들의 네트워크를 넘어서는 하나의 독립적인 힘으로 바라보는 짐멜의 틀에서 출발하는데, 이는 "숨은 목적"이 없는 "자유로운 놀이이자 개인들의 상호의존적인 쌍방향의 작용"으로 구성된 순수한 형태로서의 사회성을 설명한다.[44]

삶과 자유의 존재론을 이해하는 데 있어 놀이의 중요성은 로빈스의 소설에서 뿐만 아니라 한스-게오르크 가다머의 대표 저서 『진리와 방법』에서도 공명한다. 가다머에게 놀이란 놀이하는 사람의 목적을 비켜나면서도 놀이 그 자체에 몰입된 진지함을 담은 "존재 방식"이다.[45] 향기처럼 놀이는 "끊임없이 반복을 통해 새롭게 시작되는 것"[46]이며, 가다머는 이를 기체基體 없이 존재하는 운동이라고 말한다. 냄새는 눈에 보이지 않는 공기를 타고 우리의 인식 속으로 들어왔다가 사라지는 신비한 존재로, 인간과 다른 존재들의 자유로운 활동에서 그 맡은 바가 종종 과소평가 되곤 한다. 그러나 냄새의 이러한 놀이적 특성은 시시각각으로 변화하는 활동이라는 점에서 비롯되었으며, 이는 우리를 구속하는 지나간 과거와 일어나지 않은 미래에 대한 불안으로부터 벗어나게 한다.

냄새는 사전 인지 정보를 전달하여 인간의 행동을 유발하거나 때로는 삶의 방향을 바꾸는 중요한 수단 중 하나이지만, 계몽주의 사상가들은 후각이 순수한 추상적 사고를 방해한다고 여겨 이를 불쾌하게 여겼다. 모두가 경험한 바 있듯 순수한 냄새란 존재하지 않기 때문이다. 냄새는 언제나 의도된 향과 잔향 등이 모두 섞여 있는 혼합체로 존재한다. 냄새는 유클리드적, 프로이센적, 자본주의적 질서를 위협하고, 이익을 위해 환경과 주체를 통제하려는 가장 엄격한 기관들을 무너뜨릴 수 있는 불가항력적 역할을 수행한다.

로빈스의 세계에는 이러한 본능에 대한 폄하가 존재하지 않는다.

여러 작중 인물은 자신의 체취와 식물의 농밀한 에센스를 통합시켜 자신의 본질과 접속한다. 『지터버그 향수』 전반에서 사고작용은 합리성이 감성과 나선형으로 재조합하는 것을 가로막는 장애물로 간주되는데, 이는 실러Schiller의 "이천 년 지성주의가 누적한 실수를 하루나 한 세대 만에 바로잡을 수는 없다"[47]라는 니체적 선언과 맞닿는다. 작중 재무를 담당하는 클로드 르페브르는 천재 조향사인 사촌 마르셀에게 "그 코가 실수하지 않는다는 것을 확신하지 않았다면 르페브르 사가 (…) 백만 프랑씩이나 주고 그 코에 보험을 들게 하지는 않았지. (…) 자네 머리가 해결하지 못하는 수수께끼를 자네 코는 풀 거라 믿는다는 거야(1권 25쪽)"[48]라고 반복해서 외친다. 이처럼 후각의 직접성을 통해 비매개적 차원에서 일어나는 완전한 조화를 경험하면, 복잡하게 얽힌 생각의 미로와 그로 인해 발생하는 모호한 판단이 도움이 되기보다는 오히려 방해물임이 명확해진다.

후각적 숭고

프랜지파니, 재스민, 백단향, 장미 향유 등 향기로움은 음악의 선율처럼 고통과 괴로움으로부터 벗어나게끔 도와준다. 오늘날 아로마테라피의 부흥은 인간이 자연 없이는 평화롭게 살 수 없으며, 식물의 향기가 우리를 바로 그 자연으로 인도하는 관문이 되어준다는 중요성을 입증한다. 또한 향기를 추출하는 다양한 방식들은 존재의 구석진 틈새 사이까지 고유한 뉘앙스와 울림을 불러일으킨다. 19세기에 들어 인공 화합물이 등장하면서부터 오늘날과 같은 메스껍고 자극적인 향수가 만들어지게 되었지만, 식물성 향수는 인류의 역사와 함께해 왔다.

후각을 존재의 구성 요소로 다시 받아들임으로써 우리는 환경에 대한 취약성을 단지 위험으로가 아니라 과거와 미래를 이어주는 끈으로 재인식할 수 있게 되었다. 이 끈은 우리의 대뇌 피질을 계산, 의심, 걱정으로 얽어매는 것을 요구하지 않는다. 로빈스에 따르면 우리는 이미 언제나 식물-인간 키메라chimera였으며, 이는 이념과 공포에 집착하고 폭력적 갈등과 과잉 반응을 야기하는 '파충류의 뇌'[i]를 피할 수 있게 해준다.

물론 정련된 후각이 역사적으로 항상 교양의 영역에서 통용된 것은 아니다. 마찬가지로 체취의 차이는 특정 인종에 대한 억압을 정당화하기 위한 불결함의 비유로 사용되기도 했다. 제이 겔러Jay Geller는 발터 벤야민Walter Benjamin이 "냄새와 미메시스를 반유대주의적 정체성으로부터 구출하고, 그 속에 담긴 구원적 가능성을 해방"[49]시키려 했다고 설명한다. 그는 벤야민의 글에서 냄새가 수행하는 역할을 분석하며, 한 민족의 냄새가 더 광범위한 편견의 대명사로 작동하는 다양한 사례들을 불러낸다. 악취를 풍긴다는 죄목은 아마도 사람이 무의식적으로 저지를 수 있는 가장 심각한 사회적 결례일 것이다. 프로이트에 따르면, "냄새와 냄새에 관련된 표현들은 사회 계약에 대한 가장 중대한 위반을 뜻한다".[50]

---

i 1950년대 미국의 신경과학자 폴 맥린Paul MacLean은 뇌 구조의 진화를 설명하기 위해 "삼위일체 뇌" 이론을 제안했다. 이에 따르면 인간의 뇌는 진화 순서에 따라 '파충류의 뇌', '포유류의 뇌', '영장류의 뇌'로 구성되며 각각 뇌간, 변연계, 대뇌피질에 해당한다. 이 중 파충류 뇌는 호흡, 심장 박동 등 생존과 본능적 행동을 담당한다.

"지면과 식물 위로 솟아오른 인간"은, "이제 더 이상 후각이 아니라 시각이 지배하게 된다"[51]라고 칸트는 말한다. 이처럼 후각은 우리를 대지와 식물에 연결해준다. 우리가 여전히 냄새에 취약하고 외부 세계에 매여 있는 한, 우리는 여전히 지상에 붙어 있는 식물 같은 상태에 머무르게 된다. 칸트는 후각을 "멀리 떨어져 있는 미각"이라고 묘사하지만, 이러한 거리감조차도 신체와 정신에 작용하며 주체를 다공적이고 침투 가능한 존재로 만드는, 강렬한 비자발적 기억을 불러일으키는 "매개로서는 불충분"하다.[52] 제프리 리브렛Jeffrey Librett은 "후각은 '멀리 떨어져 있는 미각'으로", "그것이 실제로 (당장은 불확정적인) 더 먼 대상이나 근원으로부터 비롯되더라도 오히려 폐 깊숙이 스며들 만큼, 미각보다 더 가까이 다가온다"[53]라고 지적한다. 칸트에게 있어 후각은 깊숙이 침투하는 감각으로 "자유에 반反하는 것"[54]이다. 후각은 선택과 통제라는 순수한 자율성의 상태는 사라지고, 환경과 뒤엉켜 감각적 타율성의 상태로 빠져들게 하기 때문이다.

냄새, 그리고 외부 환경으로부터 영향을 받는 것에 대해 칸트가 가졌던 두려움은 환경과 지상에 얽힌 신체적 차원을 초월하는 것이 곧 자유를 획득하는 열쇠라고 여겼던 계몽주의의 오해를 보여준다. 자유에 대한 이런 개념은 자신을 맥락으로부터 분리할 수 있는 능력에 근거하여 성립한 것인데, 이는 하이데거Heidegger의 표현을 빌자면 세상에 내던져진 존재라는 점을 간과한 것이기도 하다. 식물이 필연적으로 그러하듯, 존재는 원하든 원치 않든 특정한 환경 속에서 태어나고 스스로의 운명을 전적으로 결정할 수는 없기 때문이다. 신을 얽힘이나 관계로부터 완전히 벗어난 존재로 이해하는 것은 신을 얽힘 그 자체로 이해하는 것과는 다르다. 전자는 초월과 동일시된 개념이자 계몽주의의 핵심 개념이기도 하다. 이에 계몽주의 사상은 인간을 비롯한 모두의 피할 수 없는 존재론적 기반인 상호의존, 뿌리내림, 연루됨을 받아들이기를 거부하고, 이동하고, 비속박적이며, 세속적이고, 냉담하며, 불안정한 특성을 우선시하도록 강제한다.

후각의 매혹적인 힘은 하이데거의 사로잡힘Benommen 개념처럼 양방향으로 작용한다. 그것은 경험적인 소유권 주장과 거리를 두는 동시에 우리의 현실과 제한적인 우선순위의 한계를 넘어선다. 냄새에 자기 소유권이 결여되었다는 점은 자유의지를 중시하는 칸트에게는 곤혹스러울 만한 일이다. 냄새는 우리의 기분을 변화시킬 수 있을 뿐만 아니라, 간절히 원했던 환경과 만나든 예기치 못했던 환경과 만나든 우리의 사유와 지각을 거기에 맞게끔 조율할 수 있는 능력을 지닌다. 또한 이를 통해 우리의 신체가 환경으로 확장되는 다공성을 지니고 있음이 드러나기 때문이다. 칸트가 후각을 폄하했던 것과 같은 맥락에서 프로이트에게 후각 경험은 무엇보다도 (그가 시각으로 특징짓는) 인간성을 거부하게 하는 요소이다. 후각은 인간을 동물성과 섹슈얼리티로 끌어내릴 뿐 아니라, 전의식적前意識的 후각을 통해 우리를 붙잡지만 결코 의식적으로 포착되지 않는 어두운 것들 속으로 우리를 끌어내린다.[55]

식물 아로마학의 관점에서 볼 때 머스크 냄새에 대한 프로이트의 주목은 잘못됐다. 로빈스가 그린 마르셀 르페브르, 위그스 대니보이, 쿠드라, 알로바에게 식물의 수액과 증류액은 결점을 감추기 위한 것이 아니라 식물 오일과 인간을 혼합함으로써 변신하기를 이끌기 위함이었다. 향수는 성형 수술처럼 결함을 가리기 위한 것이 아니라, 기름부은 자들처럼 존재를 형성하는 과정 그 자체와 얽혀있다. 식물성 치료제는 겨우 반쯤만 밝혀진 DNA의 비활성화된 잠재력을 자극하는 후성유전학적 통로 역할을 한다.

프리드리히 니체는 냄새에 담긴 본능적인 지혜를 매우 중시한 철학자이다. 그는 일종의 후각 생리학자로서 사물의 냄새를 통해 육체적·개념적 질병을 진단했다. 서구 문화가 인간의 동물적·식물적 측면을 외면하고, 그 대신 오직 인간적인 것으로 간주되는 것들, 더 나아가 잠시 동안이지만 인간의 몸을 가졌던 것을 수치로 여기는 신들을 높이 평가해 온 결과 우리의 기호적 능력 역시 위축되었다. 니체는 책을 읽는 것뿐만 아니라 "냄새를 맡는 것"[56]을 통해서도 경험한다고 말한다.

그러나 니체가 후각을 긍정적으로 여겼는지는 분명하지 않다. 니체는 『도덕의 계보On the Genealogy of Morals』에서 "냄새를 맡기 위한 코를 가지고 있을 뿐만 아니라, 눈과 귀를 가지고 있는 사람은 그가 오늘날에도 들어가는 곳이면 거의 어디서나 정신병원이나 병원의 공기 같은 것을 느끼게 된다."[57]라고 주장한다. 약속과 도덕적 구속력은 "피와 고문이라는 어떤 냄새"에서 그 기원을 찾을 수 있다. 칸트의 정언명령도 니체에게는 "잔인함의 냄새"[58]를 풍긴다. 니체의 세계에 존재하는 냄새는 보통 살아있는 식물이나 증류된 식물의 빛나는 광채와는 거리가 먼, 썩은 살 냄새이다(예: "내가 잘못된 영혼의 냄새를 맡아야만 한다는 사실이다!"[59]).

니체가 향기를 찬미하는 드문 사례 중 하나는 식물 재료와 관련된 것이다. 그는 인간이 식물로 만들어지고 나무로 조각될 때, 칸트가 절망적이라고 개탄했던 인간성이라는 뒤틀린 목재가 이러한 육체적 한계를 극복한다고 본다. 니체에 따르면, 인간이 자기 안의 식물적인 측면과 연결될 때 "제대로 잘될" 수 있다.

> 제대로 잘된 인간은 우리의 감각에 좋은 일을 한다는 점 : 그의 육체와 정신이 천성적으로 단단하면서도 부드러우며 동시에 좋은 냄새가 난다는 점에서 알아차린다. 그는 자신에게 유익한 것만을 맛있게 느낀다 ; 자신에게 유익한 것의 한계를 넘어서면 그의 만족감과 기쁨은 중지해버린다. 그는 해로운 것에 대한 치유책을 알아맞힐 수 있다. 그는 우연한 나쁜 경우들을 자신에게 유용하게 만들 줄 안다 ; 그를 죽이지 못하는 것은 그를 더욱 강하게 만든다.[60]

좋은 냄새가 난다는 것은 니체가 유기체, 논쟁, 현상의 건강함을 판단할 때 사용하는 척도인데, 그것은 무엇으로부터 만들어졌는가 하는 재료의 성질과 관련이 있는 것처럼 보인다. 썩어가는 살은 고약한 냄새를 풍기고, 신선하고 활기찬 나무는 진정한 고귀함을 선사한다.

고기는 먹힌다. 동물의 시대란 동물을 먹고 동물에게 먹히는 시대이다. 반면 식물은 죽여야만 먹을 수 있는 것도 아니고, 먹어야만 섭취할 수 있는 것도 아니다. 나뭇잎이나 상추 이파리는 식물에 실질적인 피해를 주지 않고도 채취할 수 있다. 땅속 균류인 버섯도 마찬가지다. 『지터버그 향수』 속 등장인물과 많은 토착 우주론에 따르면, 식물의 의식을 다양한 방식으로 흡수함으로써 불멸성을 획득할 수 있다. 먹든 마시든 발효하든 흡입하든 훈제하든, 식물은 우리의 모든 감각 구멍을 위한 즐거움을 선사한다. 중국 윈난성의 천 년 된 보이차 나무처럼, 숙성과 순화의 시간을 거쳐 고집 세고 거친 기질의 탄닌은 닳아 없어지고, 식물-인간의 본질이 진하게 발효되어 확고한 빛을 발한다. 숙성된 식물의 지혜는 인간에게 리좀적 관점을 부여한다.

니체는『이 사람을 보라Ecce Homo』속「나는 왜 이렇게 현명한가 Why I am so Wise」의 서두에서 "나는 어떤 인간보다도 상승과 하강에 대한 예민한 후각을 갖고 있다."[61]라며 독특하게 발달한 후각이 자신의 진정한 가치라고 말한다. 아마도 인간에게서 풍기는 동물적 특성인 불쾌한 염소 냄새가 그를 글쓰기로 내몰았을 것이다. 니체는 그것을 다른 형태의 지각과 지성 활동을 끊임없이 방해하는 요소로 기록한다. 니체는 로빈스의 소설과 달리 식물 향수의 숭고한 약속을 통해서도 이 동물적 냄새의 불쾌함을 결코 극복하지 못한다. 니체는 후각을 존중하면서도 자신이 감지하는 냄새에 대해 의심을 거두지 않는다.

로빈스의 소설에서 냄새의 모호함은 신성한 것뿐만 아니라 지옥 같은 것에도 접근할 수 있게 해준다. 냄새는 결코 지워지지 않는다. 냄새를 지우면 기억도 함께 지워질 수 있다. 오래된 집의 냄새를 지우면, 집에만 머무는 사람조차도 완전히 낯설다고 느낄 것이다. 탈취제는 단순히 기존의 냄새를 덮는 것뿐만 아니라 오랜 시간 동안 반복되는 냄새의 자극 과정에서 스며든 개인의 역사와 과거 기억과의 연결고리까지도 함께 매몰시켜버린다. 물을 포도주로 바꾸듯 식물의 몸을 받아들여 악취를 향기로 성변화聖變化하지 않고, 거칠고 자극적인 화학물질로 덮어버리는 체제는 래커로 칠한 겉은 청결해 보일지라도 속은 악취를 풍기는 부패가 진행되는 것과 같다.

향수가 갖는 종교적 특성으로 인해, 완벽한 비트 베이스 노트를 지닌 완벽한 향수의 신성한 아로마를 스스로 기름 부음으로써 존재는 일종의 성변화를 체험한다. 마르셀 르페브르의 종말론적이고 환상적인 통찰력부터 위그스의 유토피아적 사명에 이르기까지, 불멸의 향기에 굴복한 트랜스향기무도transscent-dance에 대한 탐구는 그것을 배우는 모든 사람을 매료시킨다. 로빈스의 작중 인물들에게 향수 제작은 단순한 예술을 넘어 끈적끈적하고 모호한 종교성을 지니고 있으며, 언제나 이단의 경계에 아슬아슬하게 서 있다.

결론

식물의 쪼갤 수 없는 복수성이 우리 인간의 의식에서 흘러넘치면, 동물적 인간 시대의 이기적 개인성은 한 걸음 도약하며, 파충류 뇌의 정치학이 벌이는 '이빨과 발톱이 붉게 물든' 치열한 포식경쟁과도 같은 제로섬 게임은 한결 가벼워진다. 인류의 미래에 대한 로빈스의 비전은 간디가 그토록 불신했던 문명에 의한 것, 즉 인공지능처럼 기술적인 것이 아니다. 그보다는 항상 이미 현존해 온 정보 채널들을 생체문화적으로 다시 기억해내는 일이다.[62] 태양빛에 부호화된 정보, 생태계의 밑바닥으로 침투한 식물 뿌리 사이에 공생하는 균근들의 웅얼거림, 물 입자의 분자 구조에 저장된 기억, 이 모든 감수성이 바로 식물적 세계에서 우리의 조율이 깊어지기를 기다리고 있는 것이다. 네이글 식으로 질문해보자. 식물이 된다는 것은 어떤 것일지, 혹은 인간으로서 식물 의식 속에 거주하려고 시도하는 식물현상학이 어떤 것일지에 대해 사유한다면, 인류는 그토록 갈망하는 평화의 꽃잎을 피울 수 있을 것이다.

로빈스는 이렇듯 기술적 유토피아가 아니라, 식물, 궁극적으로는 태양으로부터 힘과 지식을 얻는 샤먼인 '**베헤탈리스타**vegetalista'[63]를 제시한다는 점에서 관습적 요소를 참신하게 전환한다. 이로써 『지터버그 향수』의 여정은 소설의 경로를 이탈하여 마술적 사실주의의 영적靈的 영역으로 진입한다. 오늘날 철학의 사변적 다양성을 동반한 사실주의적 전환은 역설적이게도, 초자연으로 비상하기보다는 생사라는 자연의 섭리에 기반한다는 점에서 생물학적 다양성을 동반한 마술적 사실주의의 도움을 받을 수 있을 것이다. 그리스어와 페르시아어의 어원magos, magush으로 돌아가면, 마법은 흙에 손을 담그고 자연 세계를 열정적으로 학습함으로써 경험하고 성취하는 능력과 밀접한 관련이 있다. 인간은 자연과 내밀하게 연결되면서 경이와 길잡이를 찾아내는 능력을 깨닫는다. 더 높은 힘, 즉 태양의 도구가 된 인간은 식물을 본받아 태양의 뜻을 따르게 되고, 우리 스스로의 선입견이 만든 궤도에서 벗어날 수 있다.

인간의 진화가 식물 의식이라는 빛을 향해 나아가는 것은 원시적인 과거로의 회귀가 아니라 사제나 정치인 같은 매개 없이 도래하는 고요한 앎 속으로 의식을 확장하는 것을 뜻한다. 그것은 후퇴가 아니라 녹슨 갑옷을 벗어던지고 산업적으로 촉발된 집단적 무감각증으로부터 후각을 회복하는 일이다. 로빈스가 그리는 미래는 포유류적 인간 양식에 기초한 인공지능이라는 기계론적·디지털적 환상을 피하고, 대신 식물 의식을 매개로 하여 고립된 인간과 다른 유기체들을 우연의 가능성 안에서 네트워킹한다. 그리고 본능을 단순한 동물적 감각이 아니라 식물의 깊은 지혜와 조응시키는 방식으로 복권시키는데, 로빈스의 상상력이 구현한 이들 모습이 바로 지금까지 인정받지 못하고 저평가되어 온 식물적 앎의 한 형태이다. 로빈스의 사유는 상징에 대해 과잉 집착하는 서구 이론을 초월하여 식물 의식이 이성의 다면적 구조에 접근할 수 있는 즉각적이고 감정적 편향에서 자유로운 통로를 제공할 수 있음을 이해한다. 본능과 이성을 회복하여 우리에게 열려 있는 식물적 존재 안에서 통합할 때, 인간은 과거 만성적인 시간의 동물적 존재로서 짊어졌던 짐을 내려놓고 현재 진행의 시간성이 피워내는 해방의 꽃을 누리게 된다.

08

캐슬린 앤 구난의 『퀸 시티 재즈』에 담긴
식물, 동물, 아카이브에 대한 질문

그레이엄 J. 머피 Graham J. Murphy

『동물 타자성: SF와 동물의 문제Animal Alterity: Science Fiction and the Question of the Animal』의 서문에서 셰릴 빈트Sherryl Vint는 SF 고유의 세계 만들기worldbuilding를 높이 평가하며, "우리 세상이 지닌 복잡함을 이성으로 파악할 수 있는 단위로 제한하기 위해 우리가 사용하는 환원적 범주로 간략화되기 전의 삶의 충만함을 전달하는 데는, 세계 만들기를 행하는 픽션이 적절하고 특히 SF가 뛰어나다"[1]라고 말한다. 우리 세상의 복잡성을 제한하기 위해 가장 일반적으로 쓰이는 방법은 인간과 동물 종의 경계를 곳곳에 설정하는 것으로, 종종 인간도 동물이라는 사실을 무시한 채 '동물'을 희생시키면서 '인간'에게 반복적으로 특권을 부여하는 일이다. 그러나 이러한 인간과 동물의 종 간 경계는 우리의 삶을 환원적으로 제한하는 유일한 경계가 아니다. 진화 생물학자인 모니카 갈리아노Monica Gagliano가 "식물 몰이해plant blindness"[2]라고 명명했던 현상, 즉 식물을 비판적 탐구의 장에서 일상적으로 주변화하거나 노골적으로 배제하는 일은 서구 사회에 만연하다. 예컨대 아리스토텔레스는 "식물을 감각하는 생명체의 영역 밖에 최초로 위치시키고 식물의 '**무감각성**'을 식물과 동물을 구별하는 주요 기준으로 사용했다."[3] 아리스토텔레스가 식물 자체에 대해 이해가 부족했다는 점은 식물에 관한 지식에 현저하고 치명적인 영향을 미쳤다. 그는 자신의 아이디어를 실험적으로 검증하기보다는 가설을 세우는 데에 관심이 있었기에, 갈리아노는 그가 "과학의 아버지"였지만 과학자는 아니었다고 말한다. 특히 식물에 관해서는, 17세기가 되어서야 실험 식물학자들이 아리스토텔레스의 근본적인 가정에 오류가 있음을 인식하기 시작했다.[4]

그럼에도 불구하고 식물 몰이해 또는 "문화적 상상력의 탈엽defoliation"[5]은 현대 과학과 철학을 규정해 왔고, 지금도 규정하고 있다. 이러한 몰이해는 "식물의 현재 상태에 대한 외면, 나아가 환경 재앙"[6]을 야기하며, 정작 연구에 따르면 "식물은 영토를 놓고 싸우고, 먹이를 찾고, 포식자를 피하고, 먹잇감을 잡는 등 동물과 마찬가지로 살아있으며 동물과 같은 행동을 보인다."[7] 이렇듯 식물 몰이해는 중대한 착오인데, 특히 식물이 지구상의 모든 생명체에 중요한 역할을 하며 "아이러니하게도 유기체적 포스트휴머니즘의 대표적인 모델로 완벽하게 기능할 수 있다"[8]라는 점을 고려할 때 더욱 그러하다. 현대의 식물학은 식물성 탐구가 포스트휴머니즘적 질문을 예상치 못한 지점으로까지 꽃피우게 하는 분야가 되었음을 시사한다. 이러한 탐구는 SF의 상상적이고 외삽적인 세계 만들기 기법을 통해 조명될 수 있다.

『미시시피 블루스Mississippi Blues』, 『크레센트 시티 랩소디Crescent

City Rhapsody』, 『라이트 뮤직Light Music』 등을 포함한 캐슬린 앤 구난 Kathleen Ann Goonan의 '나노테크 콰르텟Nanotech Quartet' 중 첫 번째 소 설 『퀸 시티 재즈Queen City Jazz』는 여러 SF 문학상 후보에 오른 작품 으로, 문화적 상상력의 새잎을 틔우려는refoliation 시도에 특히 적합하 다. 이 소설은 돌연변이 '벌'이 수행하는 정보 수분infopollination에 힘 입어 미래의 신시내티가 나노기술로 생동하는 플라워시티Flower City 로 변모한 것과, 주인공이 식물·동물·포스트휴먼의 기원으로 정의된 다는 점이 특징이다. 따라서 『퀸 시티 재즈』는 식물 및 동물에 관한 질문을 모두 다룬다. 식물적인 것에 대한 질문은 식물 몰이해를 없애 고 식물계의 "언캐니한 존재론적 역량"[9]을 가시화하는 데 초점을 맞 춘다. 동물에 대한 질문은 자크 데리다Jacques Derrida가 설명한 것처럼 "인간이 동료, 이웃, 형제로 인식하지 않는 **'모든 생명체'**를 경시하는 관행"[10]을 비판적으로 탐구한다. 『퀸 시티 재즈』는 급격하게 변모한 신시내티를 탐험하는 포스트휴먼 캐릭터들을 묘사하면서, 식물과 동 물에 대한 질문을 통해 종의 위계가 아닌 식물-동물-(포스트)휴먼 종 간의 상호성을 관찰한다. 이는 21세기가 직면한 여러 도전에 대응하 는 데 필수적인, 인간중심주의 이후의 포스트휴머니즘을 상상할 수 있는 희망적인 방법을 제시한다.

　『퀸 시티 재즈』와 『미시시피 블루스』가 전개되는 과정에서 베리티 Verity는 자신이 속한 나노기술 세계의 불가사의한 역사에 대해 서서히 알아가게 된다. 1차 나노기술 물결은 나노기술의 유아기 수준이던 시 절 이후 자가 복제 기술이 제한적으로 도입되면서 시작되었다. 그러 나 2차 나노기술 물결이 일련의 수상하고 예측 불가능한 신호 덕분에 촉발되는데, 이는 "전에 숨겨진 퀘이사일지도 모른다는 소문이 때때로 돌던, 정체불명의 원인에 의해 전파가 점점 더 자주 흐릿해지고 사라지던 때"[11]였다. 이 수상한 신호는 『라이트 뮤직』에 자세히 나오듯 통신 네트워크를 마비시키는 것으로 판명되었고, 유전공학과 나노기술은 이를 복구할 가장 좋은 해결책으로 대두되었다. 이러한 새로운 네트워크는 "생명 작용의 속도, 강도, 정밀성을 도시에 통합할 수 있었을 뿐만 아니라 지극히 실용적이어서 모든 플라워시티를 거의 하나의 생물체로 만드는"[12] 뿌리가 되었다. 안타깝게도 2차 나노기술의 물결 이후 도시들이 나노기술 테러에 취약해지면서 정보 전쟁이 곧바로 시작되었고, 과학자들은 더욱 진일보한 나노기술 방어책을 고안했지만 그 역시도 차례차례 배양 접시와 격리실을 탈출했다. 그 결과, "정보 전쟁 중에 풀려난, 바이러스처럼 공중에 떠다니는 정보성 나노는 너무나 강력해서 그 이상함에 휘말리지 않으려는 사람들은 스스로를 격리시키고 유리한 바람이 불기만을 기대할 수밖에 없었다."[13] 엎친 데 덮친 격으로 지진이 발생하자 광대한 나노기술 네트워크가 붕괴되고 플라워시티들이 상대적으로 고립되면서 3차 나노기술의 물결이 시작되었다. 나노기술은 점점 더 악마화되었고, 공중에 떠다니는 역병은 호흡 거리 내에 있는 모든 사람을 계속 위협하였으며, 전 세계 인구는 급격히 감소했다.

이것이 『퀸 시티 재즈』가 시작할 때 베리티가 마주하는 파편화된 세계이다. 신시내티는 기괴하고 위험하며 기묘하게 매혹적인데, 베리티는 친구 블레이즈Blaze와 반려견 카이로Cairo가 치명적인 총상을 입자 이들의 생명을 구하는 데 필요한 나노기술을 찾아 '퀸 시티'라는 플라워시티로 들어간다. 베리티는 퀸 시티 주민들 및 시티 자체와 교류하는 과정에서 플라워시티의 기반이 페로몬을 메타페로몬으로 변환하는 것임을 알게 된다. 즉, "많은 생물이 정확한 의사소통을 위해 사용하는 페로몬은 매우 자세하게 연구되어 분리되었고, 완전히 새로운 알파벳처럼 메타페로몬으로 결합되었다."[14] 당연하고도 필연적으로 "인간의 몸 자체가 정확한 정보를 수신하고 전송할 수 있도록 개조될 수 있으며 (…) 도시 안의 사람들은 개발자에게 돈을 주고 생체 개조를 진행할 수 있다"는 생각에 빠르게 도달했다. "이러한 수용체를 통해 변형된 인간은 메타페로몬을 사용하여 거의 모든 정보를 신속하고 완전하며 정확하게 전달할 수 있었다."[15] 물론, 생체 개조를 거부한 이들은 이 '멋진 신세계'에서 뒤처졌고(혹은 이에 적극적으로 맞섰으며), 어떻게든 주어진 상황에 맞추어 간신히 생존할 수밖에 없게 되었다.

신시내티를 탐험하는 동안 베리티는 플라워시티가 유토피아를 실현하려는 시도였음을 알게 된다. 퀸 시티의 수석 건축가이자 베리티의 '친족'[16]인 에이브 듀란시Abe Durancy는 처음에는 나노기술이 물질을 재형성하고 재창조할 것으로 바라보며, "의식주라는 오랜 문제를 해결하고, 마침내 사람들이 자신의 창조적인 역량을 계발해서 '**개성**'을 실현할 수 있는 시간을 갖게 될 것"[17]이라고 생각했다. 퀸 시티는 거대한 유토피아 네트워크의 일부로 상상되었고, 이러한 정서는 『퀸 시티 재즈』의 주요 등장인물에도 반영되었다. 예를 들어 신시내티에 있는 동안 베리티가 사귄 친구 아주르Azure는 퀸 시티가 주민들에게 애정 어린 약속으로 제공한 건강 혜택과 불멸성을 칭송한다. 결국 베리티조차도 듀란시의 플라워시티가 유토피아일 가능성을 인정하고 이해하기에 이른다. "그리고 이곳이 바로, 애초에 그래야만 했던 모습 아니었을까? (…) 의식주를 위한 노동이 필요 없는 도시. '**인간다움**'의

약속이 마침내 실현되는 도시."[18] 수잔 V. H. 카스트로Susan V. H. Castro
가 말한 것처럼, "플라워시티는 우리가 직접 하고 싶지 않은 것을 무
엇이든 우리를 위해 수행하는, 자급자족적이고 자기 치유적이며 태양
열로 움직이는 복합적인 살아 있는 존재로서 우리의 궁극적인 도구가
될 것이다."[19]

플라워시티에서 식물성과 기술의 통합은 신시내티가 (오)작동하는
근간이 되며, 이 통합은 적어도 상징적인 수준에서는 『퀸 시티 재즈』
의 전반에 스며들어 있다. 예를 들어 베리티는 아직 쉐이커 힐Shaker
Hill에 살고 있을 때 "작은[나노기술적인] 조립체가 씨앗처럼 가볍다는
것"[20]을 알게 된다. 이후 감염된 블레이즈는 베리티에게 신시내티가
"눈과 마음을 사로잡도록 설계된, 무수히 많은 다리[橋]의 씨앗을 품고
있고 (…) 모든 문명이 그곳에 묻혀 있다"고 설명하며 "그는 마지막에
마치 자신이 그곳에 가서 씨앗을 활성화하고 싶다는 듯이 눈을 반짝
이며 말했다."[21] 마침내 베리티는 블레이즈가 옳았음을 알게 된다. 신
시내티의 건물들은 "블레이즈가 항상 주장했던 것처럼 씨앗에서 자
라나, 만들어졌던 것이었다."[22] 게다가 퀸 시티의 테크노 유기체 통신
네트워크는 "균사체를 본뜬 모델"[23]인데, 이는 〈BBC 어쓰Earth〉에 닉
플레밍Nic Fleming이 기고한 바에 따르면, 식물들이 서로 소통하는 데
있어 중요한 역할을 하는 것으로 입증된다. 플레밍의 연구는, 균사체
기반 네트워크가 개솔송나무와 서부자작나무 사이의 탄소 이동이나
식물들 사이의 질소와 인의 교환을 허용할 뿐 아니라 조기 경보 시스
템으로도 기능한다는 증거를 제시한다. 즉, "식물은 유해한 균류의
공격을 받으면 화학적 신호를 균사체에 방출하여 이웃 식물들에게 경
고"했고, 동시에 토마토 모종과 누에콩은 마름병과 굶주린 진딧물을

비롯한 "임박한 위협을 감지하기 위해" 균류 네트워크를 이용하는 것이 관찰되었다.[24] 따라서 『퀸 시티 재즈』의 유기체 네트워크는 균사체 네트워크의 확장이며, 이는 씨앗 이미지와 결합하여 식물 문제의 핵심인 식물 몰이해를 해체하는 데 도움이 된다.

하지만 식물 문제는 외따로 작동하지 않는다. 구난의 퀸 시티는 돌연변이 벌이 꽃에 심어진 정보, 즉 꽃가루를 수확하고 꽃에서 꽃으로 꽃가루 정보를 옮겨 신시내티의 포스트휴먼 시민이 이용할 수 있도록 만드는 복합적인 호혜성을 통해서만 기능할 수 있다. 베리티는 "유전자 조작 대형 '꿀벌™'이 기존의 정보를 모으고 도시 전체에 유포하는 프로토타입 사이보그보다 훨씬 우수하고, 특히 인간 정보를 다룰 때 감정적 충동을 느끼는 대뇌 변연계 조직을 이식했을 때 더 그렇다는 사실을 나노기술자들이 빠르게 깨달았음"[25]을 알게 된다. 그 결과, 공기 중을 날아다니는 이 벌들은 "인간 소통의 본질에 필수적이며 밀도 높고 개별적인 정보의 새로운 차원, 즉 이진 연산으로는 환원될 수 없는 것, 적어도 인간의 합리적인 어떤 시간관에서는 불가능한 것"[26]을 전달할 수 있다. 균사체 네트워크와 마찬가지로, 이 모든 의사소통 과정도 자연계에서 유래한 것이다. 꽃은 "자신을 수분시키고 씨앗을 퍼뜨리는 포유류, 조류, 곤충 및 기타 동물들에게 메시지를 전달하려는 뚜렷한 목적을 가지고 진화해 왔다는 점에서 존재 자체가 의미론적이다."[27] 달리 말해 우리가 아는 꽃과 벌을 나노기술적으로 외삽한, 퀸 시티의 꽃과 벌들의 공생적인 기능은 식물 문제와 동물 문제를 근본적으로 동일한 문제라고 강조한다. 왜냐하면 '**식물**'과 '**동물**'은 종 간의 상호작용, 자연계에 있어 핵심적인 상호 의존성에 기반한 더 큰 유기적 네트워크의 일부이기 때문이다.

식물에 대한 질문이 식물 몰이해를 해체하는 것처럼, 동물에 대한 질문도 인간과 동물의 종 위계를 해체하는 방식으로 작동한다. 즉『퀸 시티 재즈』의 서사적 해결은 소설의 첫 페이지부터 암시되었던 대로 베리티가 그녀의 (비인간) 동물적 잠재성에 다가가기 위해 나노기술적 이식을 활용할 때에 비로소 이루어진다. 예를 들어 베리티는 그녀의 개 카이로와 텔레파시로 연결되어 있고, 그들은 확실히 비언어적 방식으로 의사소통할 수 있다. 또한 그녀는 자신의 쉐이커 힐 공동체를 둘러보다가 몇몇 이웃을 둘러싼 다채로운 아우라를 목격하는데, 나중에 이것은 '벌의 시각'으로 본 것임이 밝혀진다. 이러한 벌의 시각은 베리티가 벌의 몸을 더 자주 점유하게 되면서 겪는 변형의 첫 단계에 불과하다. 베리티는 처음에 벌이 되는 것에 저항하며, "비인격적으로 확장되는 데 맞서고, 화려한 색채와 유혹적인 풍경은 철저한 복종을 이끌어내려는 잔혹한 위장에 불과하다며 이에 이끌리지 않으려고"[28] 투쟁한다. 하지만 벌의 몸을 점차 점유하면서, 베리티는 "이야기, 이야기, 이야기를 빨아들였는데, 이야기들은 수술이 아닌 수술에서 떨어져 그녀의 다리에 달라붙었고, 그녀는 이야기들을 주머니에 밀어넣으며, 꿈속에서, 순수한 경험을 영광스럽게 빨아들이는 이 아름답고 완벽한 탐욕 속에서 웃으며 이야기들을 '**저장**'했다."[29] 베리티가 꽃의 테크노 수술로부터 양분을 취하는 이 순간은 꽃과 벌(혹은 '꽃'과 '벌'이라는 대문자화된 존재들)을 떼려야 뗄 수 없게 연결하는 종 간의 상호성이 어떻게 존재하는지, 더 나아가 구난이 그리는 생동하는 미래에서 살아가는 변형된 포스트휴먼을 어떻게 연결하는지를 한 번 더 강조한다. 총체적으로 이러한 상호성은 종 위계에 기반한 모든 존재론이나 "우리 세상의 복잡함을 이성으로 파악할 수 있는 단위로 제한하기 위해 우리가 사용하는 환원적 범주"[30]를 더욱 흔들어 놓는다.

그런데 벌이 된 베리티가 꽃의 테크노 수술에서 빨아들인 이야기들은, 실은 퀸 시티와 그 거주자를 괴롭히는 문제 중 일부이다. 카스트로의 말처럼, 소설의 가장 기본적인 구성 원리는 "**'모든 것이 정보'**라는 형이상학적 전제"[31]이다. 더 나아가 모든 것이 정보**'로'** 저장될 수도 있다. 이는 신시내티 시민들이 컴퓨터 데이터로 변환되는 과정에서 잘 드러나는데, 그들은 겨울 동안 신시내티의 복합 저장 은행에 업로드되었다가 봄에 다시 깨어난다. 그중 일부는 앨런 긴즈버그Allen Ginsberg, 스콧 조플린Scott Joplin, 엘라 피츠제럴드Ella Fitzgerald, 셜리 템플Shirley Temple, 심지어 조지 해리먼George Herriman의 만화 캐릭터인 크레이지 캣Krazy Kat과 같은 유명 인물의 형태로 나타난다. 방대한 저장 능력, 신시내티 사람들을 업로드하고 다운로드할 수 있을 정도로 무한해 보이는 힘, 물질을 재창조하고 재배치하는 능력을 고려할 때 유토피아 플라워시티는 거대한 아카이브와 다르지 않지만, 베리티는 유토피아적 아카이브의 중심에서 부패를 목격한다. 예를 들어 "벌들은 인간 감정의 메타페로몬 부산물, 그것도 아주 특정한 배합에 중독되어 있다. 이야기, 음악, 예술 등. 그렇기 때문에 똑같은 것들이 부활하고 재활용되는 것이다."[32] 다시 말해, 아카이브된 시민들은 매년 봄에 저장소에서 회수되고 겨울이 다가오면 보관되는 방식으로, 자신이 구현해야 하는 캐릭터에 얽매여 반복되는 서사에 갇히게 되는데, 이것이 벌들의 중독을 부추기는 영원한 순환인 셈이다.

벌의 중독 외에도 신시내티는 자체적인 문제가 있다. 소설 전반에 걸쳐 나노기술은 반복적으로 씨앗에 비유되는데, 퀸 시티는 종자은행을 모티브로 만들어졌다. 톰 브리스토Tom Bristow는 '씨앗'과 '종자은

'행' 사이의 큰 괴리를 설명하면서, 마이클 마더Michael Marder가 2014년 문학환경문화연구협회Association for the Study of Literature, Environment and Culture에서 발표한 논문 「씨앗의 감각 혹은 발아하는 사건The Sense of Seeds or Seminal Events」을 광범위하게 인용한다. 브리스토가 설명하는 바에 따르면 마더는 씨앗을 "(출생이나 죽음처럼) 무언가 뜻밖의 느닷없는 '사건'"[33]으로 묘사한다. 여기서 마더는 씨앗의 특징을 훨씬 거대한 식물적 과정의 일환으로서 "예외 또는 이탈, 확고한 결정 상태에서 자유로워지는 것으로, 씨앗은 잠재성과 현실성 사이의 폐쇄된 회로에서 벗어나 우연에 맡겨진다"[34]라고 논한다. 다시 말해, 다음과 같이 서술한다.

> 씨앗의 예측 불가능하고 개방적인 잠재성 및 예외성은, 종자를 특허 대상으로 삼고 불임 종자를 생산하는 과정이 전형적으로 보여주는 "식물 생명에 대한 기술자본주의 프레임"에 쉬이 들어맞지 않는다. 이 프레임은 씨앗이 지니는 재생산이라는 잠재력을 탈각시킨다. 마더의 표현을 빌리면, 도구주의적 접근은 (또는 투자 수익을 위해 종자를 저장하는 것은) 씨앗을 "탈사건화"하고 씨앗에서 "사건적 성격을 빼앗는" 것이다.[35]

마더가 설명하는 대로 씨앗이 급작스럽고 예상치 못한 "사건"이라면, 종자은행의 도구주의적 접근 혹은 "탈사건화", 즉 씨앗에서 예측 불가능한 요소를 제거하고 확고하게 결정된 상태로 씨앗을 종속시키는 일은 신시내티가 자신에게 저장된 시민들로부터 사건적 성격을 박탈하고 그들을 시뮬라크라의 시뮬라크라(즉 그들이 구현하는 허구의 인물)에 불과한 존재로 환원하는 행위와 닮아있다. 그 결과 "이들 중 누구도 그리 행복해 보이지 않았다. 그들은 모두 무언가를 원했다. 그들은 여전히 부분적으로 인간이었다. 그들은 자기 자신을 원했고, 그게 다였다. 그들은 그저 자기 자신을 원했을 뿐이었다."[36] 아주르가 아카이브 같은 종자은행이 구현하는 불멸성이라는 유토피아적 미덕을 칭송하는 반면 제인Jane이라는 여성은 베리티에게 다음과 같이 말하며 극명한 대조를 이룬다. "모든 게 그렇지. 내 말은, 그렇게 되기로 '**의도된**' 것과는 달라. 확실해. 하지만 나는 뭐가 잘못되었는지 딱 집어 말할 수가 없어."[37] 심지어 최근에 해동된 신시내티 주민은 자신이 현재 플래너리 오코너Flannery O'Connor의 『현명한 피Wise Blood』에 등장하는 헤이즐 모츠Hazel Motes가 되었다는 사실을 알아차리지만, 오코너의 소설을 따라하기만 하는 그는 자신의 내적 동기를 이해하지는 못한다. 요컨대 씨앗이 "어디에 어떻게 떨어질지는 토양과 기후 조건만이 아니라 우연에 달려"[38] 있으나, 구난이 만든 플라워시티는 종자은행이 씨앗의 예외나 일탈의 성격을 어떻게 완전히 제압하는지를 서사적으로 보여준다. 종자은행은 플라워시티의 근저에 존재했을지도 모르는 유토피아의 가능성을 "탈사건화"하고, 이러한 아카이브의 핵심에 위치한 디스토피아적 도구주의를 고착시킨다.

퀸 시티의 문제들은 에이브 듀란시가 유토피아를 "탈사건화"한 데서 기인한다. "그는 개인의 자유라는 불확정적인 개념을 보장하면서 자신의 비전을 개방적인 상태로 유지할 수도 있었지만 그 대신" 카스트로의 주장처럼 "선善이 무엇인지 자신만의 구체적인 생각을 강요하며 이에 고정된 형태를 부여했다."[39] 그 결과 베리티의 또 다른 '**친족**'인 데니스 듀란시는 이렇게 말한다. "모든 게 너무나 촘촘히 짜여 있어. 모든 것이 그저 반복되고 또 반복돼. 순환이 끝없이 이어져. 탈출구가 없어. 앞으로도 절대 없을 거야."[40] 만일 "생태계의 건강은 조금은 벌들의 건강을 통해 판단할 수 있다"[41]라는 클레어 프레스턴Claire Preston의 생각이 맞다면, 구난의 신시내티는 달리 말해 치명적인 병을 앓는 중이다. 베리티가 깨달은 대로 벌의 중독[42]은 신시내티 시민들이 "괴물 같은 그 벌들을 즐겁게 해주려고 이런 이야기를 계속해서 반복할 운명"[43]임을 의미한다. "괴물 같은 벌들"이라는 이런 언급은 베리티가 처음에 '벌 되기'를 거부했던 것과 더불어, 디스토피아와 벌집 사이의 일반적인 관련성을 드러낸다. 예를 들어 후안 안토니오 라미레즈Juan Antonio Ramírez는 벌집의 이미지가 건축학적 경이로움과 종종 연결되는데도 불구하고 벌집에 대한 부정적인 인식이 제2차 세계대전 직후부터 확산되어 왔다고 지적한다. "파시스트 세력이 패배하며 사회적인 곤충에 관한 '긍정적인' 의미는 희석되었고, 벌집을 감히 정치적 활동의 상징으로 부활시키려는 사람은 거의 없었다."[44] 결과적으로 말해, 현대 독자는 으레 벌집을 오로지 개인의 자율성을 박탈하고 맹목적인 복종만을 요구하는 악몽 같은 형태로 접하기 때문에, 독재자의 통제나 주체성 상실이라는 이미지를 벌집과 결합하는 것은 아마도 디스토피아 그 자체를 손쉽게 보여주는 표현일 것이다. 따라서 아주르가 베리티에게 "우리는 신성한 여왕의 욕망에 의문을 제기하지 않는다", 그리고 "우리는 모두 각자의 방식으로 여왕을 섬긴다"라고 마지못해 인정할 때, 이러한 폭로에 유토피아를 찬양하는 긍정적인 의미는 전혀 없다.[45] 개성의 상실과 (곤충) 벌집 및 여왕벌을 향한 복종은 언제나 이미 디스토피아에 코드화되어 있기 때문이다. 결론적으로 이 아카이브는 유토피아의 목적으로 고안되었으나 처음부터 개념상 결함이 있었다. 즉 유토피아를 창조하려는 에이브 듀란시의 수직적 관리방식은 손쉽게 디스토피아로 귀결될 수밖에 없었고, 아카이브는 점점 식물적·동물적 차원에서 동시에 (오)작동하게 되었다. 꽃, 벌, 신시내티 시민들을 포함하여 플라워시티 내의 모든 기술생물학적 물질은 어떠한 사건적 가능성도 상실한 채 오로지 도구주의 차원에서만 작동한다.

식물에 관한 질문은 그러므로 동물에 관한 질문과 분리되기보다는 구난의 소설에 잠재된 비판적인 문제의식을 공유하면서 세 번째 질문으로 이어지는 길을 연다. 바로 아카이브에 대한 질문이다. 다른 곳에서 주장한 바 있지만[46], 아카이브는 적어도 19세기에 영국 제국이 전례 없는 수준으로 정보를 체계적으로 축적하고 생산하던 때부터 유토피아의 감수성 및 사람들이 욕망하는 결과물을 향한 호응을 불러일으켰다. 토머스 리처즈Thomas Richards는 『제국 아카이브: 지식 그리고 제국의 환상The Imperial Archive: Knowledge and the Fantasy of Empire』에서 다음과 같이 썼다. "그들은 측량했고 지도를 만들었으며, 인구조사를 실시하고 통계를 만들었다. (…) 이렇게 수집한 자료를 끊임없이 변화하는 일련의 분류 체계 속으로 밀어 넣었다."[47] 그 결과, 아카이브는 "재현의 영역에 명시적으로 위치하는 통합된 정보의 장"을 구현하게 되었으며, "가장 성공적인 아카이브는 종종 유토피아 국가라고 상상되었던 형태를 띠었다."[48] 그러므로 아카이브는 "모든 알려진 것과 알 수 있는 것의 총합 (…) 한때 가능성의 지평선 위에 아른거리는, 달성 가능한 목표로 보였던 것", 즉 "유토피아가 되었고, 그렇게 남아 있는" 목표로 구상되었다.[49] 아카이브화의 유토피아적 목표, 즉 알려진 것과 알 수 있는 것의 총합은 아카이브화가 수익성 좋은 산업으로 유지되면서 계속해서 촉진되었다. 이는 지난 20년간 데이터의 보관 및 분석, 유전자 지도화 등의 산업이 얼마나 철저하게 보편화되고 세분화되었는지에서 명확히 드러난다.

하지만 자크 데리다Jacques Derrida는 아카이브화란 단순히 사건을 기록하는 것이 아니라, "사건 자체를 생성하기도 한다"[50]는 점을 우리에게 상기시킨다. 다르게 말하면 아카이브 가능한 의미인지 자체도 "아카이브하는 구조에 의해 선제적으로 결정된다는 것"[51]이다. 데리다는 『아카이브 열병: 프로이트적 인상Archive Fever: A Freudian Impression』에서 19세기 정신분석학의 출현에 대해 논하면서, 신용카드·테이프 녹음기·컴퓨터·이메일과 같은 20세기 기술을 당시에 사용할 수 있었더라면 정신분석학이 어떻게 발전했을지 사유한다. 데리다가 정신분석학이 아닌 19세기 다른 분야의 발전 사례에 주목했더라도 아카이브 기술은 "더 이상, 그리고 앞으로도 결코, 대화 기록의 순간만 결정하는 것이 아니라, 아카이브가 가능한 사건이라는 관습적 틀을 결정한다"라는 그의 논지는 쉽게 입증되었을 것이다.[52] 예컨대 런던 동물원은 과학적 연구를 위한 컬렉션을 목적으로 1828년에 개장했지만, 대중이 이 아카이브를 자유롭게 둘러보고 동물학적 컬렉션을 직접 목격할 수 있게 된 것은 1847년부터였다. 이때 동물들은 "세계와 인간에 대한 그들만의 관점을 지닌 동료 존재로서 나타나게 할 모든 것들이 박탈된 환경 속에서 가시화되도록 강제된 존재들"[53]로 전시되었다. 이처럼 런던 동물원과 같은 지식의 아카이브는 "동물을 하나의 독립적 존재로 인식하게 하기보다는, 인간의 지식, 경험, 편의에 끼치는 득실을 기준으로"[54] 동물을 평가하고 상상하는 데 기여해왔다.

동시에 데리다는 왕립식물원인 "런던의 큐가든Kew Gardens을 식민 제국 전역에 분포했던 식물의 중심지로 조성한 조류학회Ornithological Society와 그 산하의 동물·조류·어류·곤충·채소의 순응을 위한 협회

British Society for the Acclimatization of Animals, Birds, Fishes, Insects, and Vegetables"[55]로 눈을 돌렸을 수도 있다. 브리스토는 루실 브록웨이Lucile Brockway의 『과학과 식민지 확장Science and Colonial Expansion』을 인용하며 다음과 같이 서술한다. "왕립식물원 큐가든은 본국의 '대도시에서 식민지 위성 지역으로의 식물학 정보의 흐름을 규제했고, 식민지로부터 발생하는 정보를 유입'했으며 [그리고] 이로써 식물 표본관(종자 은행의 전신)의 자원 가치에 대한 최초의 담론이 우리의 문화적 틀을 주도하게 되었다."[56] 이러한 문화적 구조에 내재된 한계는 식물 세계의 아카이브화에 중대한 영향을 끼쳤으며, 이는 갈리아노가 과학적 증거에 반한다고 비난한 바 있는 아리스토텔레스식 식물 몰이해의 형성에도 일조했다. 예컨대 베리티는 꽃잎이 태양의 움직임을 따라 펼쳐지는 모습에 매료된다. 이 현상은 굴광성phototropism으로, 갈리아노는 이를 "식물이 빛의 방향에 반응하여 의도적으로 잎과 줄기의 방향을 조정하는 과정"[57]으로 설명한다. 하지만 굴광성에 대한 관찰이 이미 고대 에레소스Eresus의 테오프라스토스Theophrastus(기원전 371-285경) 시대에 이루어졌음에도 불구하고, 식물의 수동성과 무감각성은 식물 세계에 대한 기본값으로 고착되어 왔다.[58] 최근에는 마르타 자라스카Marta Zaraska가 『사이언티픽 아메리칸Scientific American』에 식물이 "파이프 속을 흐르는 물의 소리나 곤충의 윙윙거림과 같은 소리를 감지할 수 있을 것"이라는 가능성을 강력하게 시사하는 연구 결과를 소개하기도 하였다.[59] 그럼에도 갈리아노의 지적에 따르면 "식물은 여전히 일반적으로 수동적이고 무감각한 유기체로 간주되거나, 더 나쁜 경우 전혀 중요하지 않은 존재로 간주된다".[60] 이에 관한 대표적인 사례로 "가장 권위 있는 과학학술지 중 하나인 『네이처Nature』가 일반 대중을 대상으로 자연 선택설에 의한 진화 과정을 설명하는 2009년 특집 기사를 구성했는데, 실증적 자료를 편집하는 과정에서 식물계를 완전히 누락시켰던"[61] 경우가 있다. 따라서 식물 몰이해와 식물에 대한 (무)감각은 식물 세계가 아카이브화되는 방식에 영향을 주며, 더 나아가 아카이브 자체, 즉 서구의 과학과 철학을 형성해 온 학문 분야와 그 기록 체계 전반에도 영향을 미친다. 이처럼 아카이브화되는 방식은 식물 세계에서 기록될 수 있는 내용과 그렇지 않은 것을 처음부터 정의하고 결정한다. 이러한 수많은 사례는 식물계와 동물계가 어떻게 아카이브화의 공동결정 기능에 따라 생산되고 기록되는지를 여실히 드러내는 한편, 아카이브가 대상을 기록하는 동시에 생산하기도 한다는 데리다의 논리를 입증한다. 『퀸 시티 재즈』에서 제기되는 식물과 동물에 관한 문제는 독자들에게 아카이브의 문제, 즉 "아카이빙의 정치성과 물질성 및 그 의미에 대한 아카이브의 공동결정"[62]이라는 더 넓은 주제를 사유할 기회를 제공한다. 이러한 논의는 우리의 행성에 살고 있는 비인간 생명체에 관한 아카이브 지식과도 연결된다.

　『퀸 시티 재즈』에서 베리티는 "우리를 지금의 우리가 되게 하고, 사회적·문화적·역사적 존재로 만들어 주는 아카이브 기술의 복잡성"[63]을 직접 경험한다. 이는 그녀가 자신의 정체성을 파악하고 플라워시티에 적응하며 아카이브와의 연결성을 온전히 이해하려 애쓰는 일련의 과정에서 잘 드러난다. 하지만 플라워시티가 아카이브하는 대상이 제프리 피셔Jeffrey Fisher가 말하는 '죽은 정보dead information'라는 사실을 알아챈 베리티는 혼란에 빠진다. 아서 크로커Arthur Kroker가 "신체를 데이터로 다운로드하고, 전자화된 신체를 스크린에 구현하며, 관계형 데이터베이스 형태의 가상적 신체를 새로운 구성으로 철하고 삭제하고 재조합하는"[64] 아카이브주의의 힘을 찬양했던 반면, 피셔는 이에 비판적이었다. 피셔는 "아카이브의 순간은 부정적인 순간이다. 아카이브가 데이터를 통해 스스로를 기억할 때, 그것은 신체, 역사, 기억 자체를 부정한다"[65]라고 지적하는데, 베리티는 소설이 진행되면서 이 모두에 점차 재접속하게 된다. 에이브 듀란시가 꿈꾸는 플라워시티의 왜곡된 유토피아에 베리티가 대항할 수 있었던 이유는 '죽은 정보'라는 도구주의의 수준을 넘어 성장하고 변화할 수 있는 그녀의 능력 덕분이었다. 즉 베리티는 단순히 아카이브의 산물 및 기록물을 넘어 아카이브가 부정했던 신체, 역사, 기억을 포용하는 포스트휴먼 주체로 거듭난다. 이 같은 변화는 에이브 듀란시의 사촌이자 연인이며 천재적인 프로그래머인 로즈Rose에게서 시작된다. 로즈는 에이브의 한계를 간파하고 플라워시티 안에 대항 프로그램을 심어둔다. 그 결과 오직 베리티만이 로즈의 비밀 프로그램을 가동하는 힘을 갖게 된다. "활성화된 복제기들이 듀란시의 도시를 이루는 구조물 깊숙이에 내장된 수용체와 만나는 순간 모든 변화가 시작될 터였다. 로즈가 꿈꿔온 온전한 도시로의 변화였다."[66]

그런데 베리티의 핵심 역할은 로즈의 대항 프로그램을 가동하는 능력 그 이상이다. 베리티가 처음 저장고에서 나왔을 때는 로즈처럼 생긴, 퀸 시티 시민들에게 희망을 줄 아카이브된 포스트휴먼처럼 보였을지 몰라도, 그녀가 지닌 강점의 상당 부분은 아카이브 바깥에 존재하는 쉐이커 힐 공동체에서 성장했다는 점에 기인한다. 결국 베리티는 디스토피아로서의 아카이브에 완전하고 총체적으로 아카이브화되는 것을 거부하는 잉여를 체현한다. 이 잉여는 춤을 추는 능력으로 표상된다. 춤은 종 간의 상호성과 명시적으로 연결된 운동 기술이다.

쉐이커 힐에서 성장하는 동안 "베리티는 몸 전체에 위대한 축복이 울려 퍼지는 것을 느꼈다. 그 축복은 주변 공기에서 그녀의 몸 전체로 반짝이는 빛의 꽃처럼 펼쳐진 후, 그녀의 뼈 중심으로 모여들어 집중적으로 밝게 빛나며 그녀의 척추를 타고 올라가 머리 꼭대기 어딘가에서 개화했다."[67] 이 인용문에서 꽃의 이미지는 분명하다. 하지만 구난은 춤이 고조되는 것을 묘사하면서 식물 세계와 동물 세계를 능숙하게 결합한다. "[베리티는] 멀리서 블레이즈가 다시 연주하기 시작하는 것을 들었다. 그 멜로디는 마치 벌떼처럼 윙윙거리다가 그녀의 시야로 들어와 밝은 꽃처럼 터졌다."[68] "벌떼"와 "밝은 꽃의 폭발"이라는 베리티의 식물-동물 춤은 디스토피아로서의 아카이브에 저항하는 데 도움이 되며, 플라워시티를 해방하는 데 결정적인 역할을 한다. 베리티가 성장할 때 쉐이커의 동료들은 "그녀의 춤에 대해 모두가 한 마음이라는 것을 알았다. 모임 중에 때때로 누군가 일어나 몇 걸음 춤을 추면, 다른 이들도 이를 정확히 기억하여 합류했고, 그들은 잠시 더 큰 무엇의 일부가 될 수 있었다."[69] 이처럼 춤을 추며 쉐이커의 가족들을 더 복합적인 (지식의) 몸으로 만드는 그녀의 본능적인 능력은 후에 베리티가 신시내티 동물원의 벌 박물관에 있는 중앙 벌집에서 다른 아카이브 버전의 자신을 만날 때 유용하게 쓰인다. 베리티는 미친 여왕벌, 즉 에이브 듀란시의 어머니 인디아India, 적어도 플라워시티 성립 초기에 부분적으로만 업로드되었던 버전의 유치하고 성급하며 불완전한 인디아를 물리치기 위해서는 반드시 춤[70]을 춰야 한다. 춤을 추는 동안 베리티는 "그들을 위한 새로운 이야기를 얻었다. 새로운 방향을." 베리티의 춤은 에이브 듀란시의 도구주의적 유토피아 비전과는 다르다. "그녀는 잠시 멈추면서 깨달았다. 방향, 완전히 새롭고, 그녀조차 전혀 모르는, 무無를 향한."[71] 벌떼를 이루고 밝은 꽃을 터뜨리며 공명하는 춤은 베리티의 존재론을 구성하고, 사건을 생산하는 동시에 기록한다는 아카이브의 이중 기능에 쉽게 또는 기꺼이 종속되지 않는 지적 주체의 표상을 이룬다. 즉, 베리티는 아카이브에 의해 '**생산**'되고 '**기록**'될지 몰라도, 여기에는 아카이브를 휩쓴 역병이자 플라워시티의 부패에 큰 책임이 있는 물질적 공동결정에서 벗어나는 '**잉여**'의 무엇이 있다.

소설의 끝에서 베리티는 쉐이커 사람들 사이에서 삶의 교훈을 되새긴다. 춤은 그녀에게 종자은행과 억압적인 벌집에서 잃어버렸던 사건적 본성을 체현하게 해준다. 이러한 잉여야말로 그녀로 하여금 "인간에 대한 불안정한 정의 사이를 가로지르며 이동"하게 하며, "자아와 타자, 인간과 비인간, 자연과 비자연 사이의 구별을 유지하는 위계는 더 이상 유지될 수 없다"[72]라는 제니 울마크Jenny Wolmark의 주장을 뒷받침한다. 베리티는 말하자면 식물-동물-포스트휴먼이라는 삼중적 혼종을 모델로 구성된 인물이지만, 로지 브라이도티Rosi Braidotti가 "탈-인간종중심적 포스트휴머니즘"이라고 부르는 사례로도 볼 수 있다. 브라이도티는 포스트휴먼이라는 발화를 다음과 같이 정의한다. "그것은 종 우월주의를 불안정하게 할 뿐만 아니라, 동물과 [식물적] 비인간 존재들의 생명인 조에zoe와는 범주적으로 구별되는, '**안트로포스**anthropos'와 '**비오스**bios'와 인간 본성의 모든 잔존하는 개념에 타격을 가한다."[73] 다시 말해『퀸 시티 재즈』는 아카이브주의를 넘어 탈-인간종중심적 포스트휴머니즘을 발전시킨다. 아카이브 가능한 콘텐츠를 생산하고 기록하는 데 그치는 아카이브주의는 그 능력이 제한적이며, 고정된 범주와 종간 위계에 의존하며 우리의 삶을 구속하는, 죽은 정보의 도구주의에 불과하다. 아카이브화의 명령이 아직 끝나지 않았으므로, 더글러스 바버Douglas Barbour가 지적하듯 "컴퓨터화, 월드 와이드 웹, 인공지능을 둘러싼 폭발적인 발전, 그리고 나노기술이라는 새로운 성배는 (…) 지식, 보존, 소통에 관한 훨씬 더 복잡한 기술을 상상으로 구축할 수 있게 한다."[74] 『퀸 시티 재즈』가 식물, 동물, 아카이브의 문제를 다루는 데 있어 쟁점이 되는 것은 "데이터의 수집, 저장, 전송만큼이나 의미의 구성을, 나아가 물질적 구현 그 자체"[75]이다.

결론적으로 말해 SF는 일반적으로 게리 카나반Gerry Canavan이 "가능성에 대해 우리 문화가 공유하는 광대하고 다성적인 아카이브"라고 부르는 것이며, 이런 가능성의 아카이브는 "임박했거나 이미 진행 중인 전 세계의 체계적 변화의 유형"을 (공동)결정할 수 있고, "우리의 변모한 행성이 결국에는 이곳에서 살아갈 사람들에게 어떻게 보일지 상상하기" 시작할 수 있다.[76] 동시에 브라이도티는 "우리는 새로운 계보학이, 새로운 친족 체계를 나타낼 대안적인 이론적, 법적 재현들과 적절한 서사들이 필요하다"[77]라고 지적한다. 그러므로 우리가 닐론Nealon이 "아이러니하게 유기체주의적 포스트휴머니즘"[78]이라고 일컫는 것을 찾으며 새로운 계보학과 새로운 친족 체계를 향한 탐색을 완수하려 한다면, 『퀸 시티 재즈』를 보면 된다. 이 소설은 매우 사실적인 유기적 네트워크와 종간 상호성에서 영감을 얻었으며, 식물과 동물 종을 단순히 무감각하고 수동적이며 권리를 지닌 주체로 살아가기에 부적합한 존재로 여기는 완고한 태도나 견해를 미세하게 침식한다. 동시에 『퀸 시티 재즈』는 21세기에도 여전히 상당한 힘을 지닌 아카이브 과정의 기본 원칙에 은근하게 도전한다. 나노기술로 인한 근본적인 변화 및 식물·동물·아카이브에 관한 질문을 구상하면서, 『퀸 시티 재즈』는 안나 깁스Anna Gibbs가 "주체의 알려진 형식 너머로 이끄는 실천"[79]이라며 찬양하는 사유를 보여준다. 이는 서로 다른 종 사이에 새로운 연결을 탐색하고 구축하는 일과, 우리가 함께 행성을 공유하고 있는 종들에 대한 지식과 의미를 생산 및 기록하는 아카이빙 과정 자체를 포함한다. 『퀸 시티 재즈』는 우리에게 "생명은 형식과 과정이 맞물린 결합체이며 (…) 개별 유기체가 소유하는 은밀한 세계가 아님"[80]을 보여준다. 식물, 동물, 아카이브에 대한 문제를 탐구하는 것은 우리가 (바라건대) 우리의 비판적 탐구를 확장하고 문화적 상상력을 새롭게 싹틔워 21세기 포스트휴머니즘을 더욱 폭넓게 사유하는 것을 의미한다.

09

퀴어한 섭취

제프 밴더미어의 소설에 나타난 기이한 포자 신체

앨리슨 스펄링 Alison Sperling

식물적 상태까지는 아니더라도, 머리를 버리거나 머리로 걸어다니는 식물 상태에서 글을 쓰고 사유한다는 것은 무엇을 의미하는가? 우리가 식물 존재가 있는 자리에 가까워진다면 그 결과는 무엇일까?

– 마이클 마더 Michael Marder[1]

들어가며: 기이한 체현

예나 지금이나 기이소설은 식물과 균류를 사변하는 비옥한 토양이다.[2] 장르이자 양식 혹은 미학으로서 '기이함the weird'은 무엇보다도 뒤틀린 형태의 시간과 비일상적인 공간 개념, 그리고 기묘한 형태의 신체적 변형과 연결되는데, 이 장에서는 제프 밴더미어Jeff VanderMeer의 소설 속 수많은 창의적인 식물과 균류에서 나타나는 이러한 특징을 탐구하고자 한다. 어느 정도는 기이함이 근본적으로 생소한 것, 인식 가능성을 넘어서는 것을 가리킨다는 점 덕분에, 식물이 특히 20

세기 초부터 기이소설을 쓴 작가들의 상상력 속에 자리를 잡은 것으로 보인다.[3]

물론 식물은 지구상에 존재하는 모든 생명체의 근간이며 어디에나 존재하기에 여러모로 친숙한 만큼 낯선 존재이기도 하다. 마크 피셔 Mark Fisher는 기이함을 경험하는 방식에 대해 글을 쓰면서, 기이함은 "친숙한 것을 통상 그 너머에 놓여 있는"[4] 무언가로 이끈다고 주장했다. '친숙한 것'이 어떤 사람의 인간다움으로 이해되어 왔다고 하더라도, 기이함과 조우하고 나면 그것은 갑작스레 덜 친숙한 것으로 따라서 덜 인간적인 것으로 드러난다. 이어서 피셔는 "기이한 것은 세상의 불안정함, 외부 세계에 대한 개방성들을 노출해서 모든 세계를 자연 법칙에서 벗어나게 한다"[5]라고 썼다. 피셔가 말하는, 기이함이 갖는 안과 밖의 변증법, 더 정확하게는 기이함이 안과 밖 사이의 뒤섞임을 허무는 방식이 이 장의 핵심인데, 이는 기이소설이 자아와 '바깥' 세계 사이의 경계, 혹은 그 부재를 어떻게 유희하는지를 개념화하는 데 도움이 되기 때문이다. 아마도 친숙한 것과 낯선 것 사이의 이러한 관계, 식물이 인간을 기이하게 만들기도 하고 동시에 인간에 의해 기이하게 되기도 하는 방식이야말로 밴더미어와 같은 작가들이 소설로 탐구하기에 가장 매력적이라고 생각한 지점일 것이다. 더 나아가 여기서는 밴더미어의 작품 전반에 걸쳐 나타나는 기이함의 근원이 바로 식물 자체에 있다고 말하고자 한다.

밴더미어는 1990년대 초에 이른바 고전적 기이소설, SF, 스팀펑크, 호러, 초현실주의, 환상소설 등의 영향이 결합하여 나타난 것과 같은 문학 장르인 뉴 위어드New Weird를, "인체의 변형, 부패, 훼손"[6]을 지속적으로 강조하는 것으로 설명했는데, 이는 한 세기가 넘도록 이어진 기이함에 관한 글 전반에 걸쳐 논쟁적으로 탐구되어 왔다. 따라서 기이함은 행성적 위기의 특정한 순간에 퀴어한 "지속하려는 욕망"을 통해 인간 신체의 상상된 경계에 도전하고, 이를 통해 신체가 예상치 못한 얽힘에 열려 있는 의지적인 대상임을 드러낸다. 멜 Y. 첸Mel Y. Chen과 다나 루치아노Dana Luciano는 공동 편집한 『GLQ』 특별호인 "퀴어 비인간주의Queer Inhumanisms"에서 다음과 같이 서술한다.

> 우리는 특정한 종류의 상황, 즉 불안정성에 맞서서 지속하려는 열망을 퀴어한 사유 전반의 초기 기폭제로 보고 있다. 그러한 상황은 (…) 퀴어한 비인간 사유에 특히 생산적인데, 특정한 맥락에서 불안정성이 심화될수록 이른바 '인간'으로 추정되는 주체들조차 그 범주의 임계점까지 밀려나는 경향이 있기 때문이다.[7]

편집자들은 비인간과의 퀴어 생태적인 관계 맺음이 "기후 위기의 여파가 전 인류를 에워싸면서 발생한 불안정성에 대응하여"[8] 나타나며, 이러한 맥락에서 '퀴어'라는 것은 통상적 의미에서 확장되어 "어쩌면 우리가 지나치게 익숙해져 버린 인간중심적인 형태에서 벗어난 '섹스'와 '젠더'가 어떤 모습일 수 있는가"[9]라는 질문을 던져야 한다고 주장한다. 따라서 이 글이 '기이한 체현'이라고 부르는 것은 친밀성, 체현, 기이한 재생산 등의 재구성 가능성을 환기하는 동시에 표준화되고, 이성애적이며, 종종 서구적인 개념의 자아 및 주체성을 해체하는 순간과 몸을 나타낸다.[10] 기이한 체현은 확장된, 비인간적인 퀴어성의 개념화를 바탕으로 작동하는데, 이는 자아를 확장하는 동시에 위협하거나 혹은 자아 해체 그 자체를 위해 위협하는 방식으로 행해진다.

이 장에서는 피셔가 '몽타주'라고 부르는, 기이소설이 기이한 체현을 만들어내기 위해 서로 이질적인 것들을 결합하는 방식을 살펴본다.[11] 그리고 밴더미어 소설 전반에 나타난 여러 식물-인체 몽타주를 통해, 이러한 기이한 체현의 형태들이 어떻게 낯설게 하기를 수행하고, 이른바 인간이 인류세의 여건에서 어떻게 계속해서 반응하고, 적응하거나 혹은 변형될지를 사변하는 방법을 탐구할 것이다. 식물이 수많은 다른 생명체에게 영양을 공급하고, 산소를 필요로 하는 종들이 숨 쉴 수 있는 대기를 만든다는 것은 상식이지만, 식물은 이해 가능한 주체들의 가장자리에 논쟁적으로 남아 있었으므로 인간의 신체와 얽혀 있다고 상상하기는 어려웠다. 식물의 그리고 균류의 분산되고 또 대체로 개체화되지 않은 몸, 그들의 고유한 시간성, 어떤 방식이든 표준적이고 규범적으로는 소통하기 어렵다는 점은 식물과 균류 존재들을 독특하고 중요한 방식으로 '타자'로 여기게 한다. 이들 하나하나는 우리에게 행위성 및 주관성에 관해서 복잡한 질문과 한층 광범위하고 책임감 있는 개념 모델을 제시한다. 특히 생태적 위기가 고조되고 있는 지금은, 단일하고 개별화된 인간에게 다른 형태의 생명체를 넘어선 특권을 너무 오랫동안 부여해온 존재의 위계 너머를 사유하는 것이 그 어느 때보다 중요해졌다.

이 장에서는 인류세의 많고도 다양한 독성을 모든 형태의 체현에 대해 사유하기 위한 피할 수 없는 출발점으로 삼는다.[12] 여기서는 이미 논의된 바 있는 밴더미어의 작품 속 독성을 탐구하기보다, 오염된 세계에 대한 응답 또는 참여로서 밴더미어가 제시하는 신체적 혼종성을 다루고자 한다.[13] 이를 위해 독성과 몸이 접촉하는 지점으로서 섭취에 관한 중요한 장면들을 구체적으로 살펴볼 것이다. 물론 독성을 언제나 손쉽게 "저 밖"에 있다고 부를 순 없다. 피셔가 기이한 것에 대해 "내부 세계란 외부 세계를 포개었을 때 접히는 부분에 불과하다 (…) 나는 타자이며, 늘 타자였다."[14]라고 쓴 것처럼 독성은 언제나 이미 내부에 존재했다. 기이한 체현은 어떤 비인간적인 접힘들과 퀴어한 친족성, 그리고 어쩌면 자신을 언제나 이미 타자로 인식하는 것을 가리킨다. 섭취와 흡입은 타자들과 친밀하게 접촉하는 딱 두 가지 방법이며, 물질과 몸을 연결하는 이 두 과정은 밴더미어의 작품에서 식물, 균류, 인간 사이에 나타난다.

밴더미어의 중편소설 「이 세상은 괴물로 가득하다This World is Full of Monsters」(2017)는 위장을 통해 인간 신체의 내부로 침입하는 식물을 그린 작품이다. 밴더미어의 기존 작품에 익숙한 독자라면 이 소설에서도 그의 작품 상당수에 나타나던, 식물 및 균류의 장악을 알아볼 것이다. 예컨대 '서던 리치Southern Reach' 3부작(2014)은 이끼류에 관한 참혹하고 복잡한 이야기를 보여주는데, 이끼와 덩굴로 이루어진 유기체가 버려진 탑의 벽을 따라 기어 올라가며 문자와 구절의 형상으로 뒤틀리고, 『서던리치 1: 소멸의 땅Annihilation』에서 생물학자가 그 포자를 흡입한다. 3부작이 나온 지 3년 후에 출간된 『본Borne』(2017)의 주인공인 '본'은 "형태 없는 식물에서 변모한 지각 있는 생명체"[15]로 묘사되며, 자신을 집으로 데려가는 두 등장인물과 똑같은 모습으로 변신하는 법을 배운다. 밴더미어의 훨씬 더 이전 작품이자 '앰버그리스Ambergris' 시리즈인 『성자와 광인의 도시City of Saints and Madmen』 (2001), 『쉬리크: 후기Shriek: An Afterword』(2006), 『핀치Finch』(2009)는 동물계 밖에 존재하는 비인간 균류(버섯 같은 '회색 모자')에 대한 그의 초기 관심을 잘 보여준다. 이들 작품을 함께 살펴보면, 비인간 식물 및 균류

관계에 대한 밴더미어의 지속적인 관심과, 나아가 기이함이라는 렌즈를 통해 독특하게 나타나는 환경 윤리를 발견할 수도 있을 것이다. 이는 식물과 균류에 관한 밴더미어의 소설이 인류세의 여건과 미래에 대한 사유를 제시하는 동시에, 비인간 생명 형태들이 지금 시대에 맞는 체현을 이론화하는 대안적 방법도 함께 제시한다. 이런 대안은 개별화된 개인주의와 체현이라는 자유주의적 인간의 경험을 특권화하기보다는, 혼종성, 취약성, 개방성, 퀴어한 몸의 공동체를 인류세의 단순한 징후가 아니라 필연적인 것으로 제시한다. 하지만 밴더미어의 소설에서 등장인물의 몸이 식물과 합쳐질 때 특히 드러나듯이, 이러한 변형과 씨름하는 것은 순전히 긍정적인 경험만은 아니며 종종 불편하고 심지어 이해 불가능한 것이 되기도 한다.

식물 생명체와 그 관계를 다룬 『사회·문화 지리Social and Cultural Geography』 최신호에서 레슬리 헤드Lesley Head를 비롯한 공저자들은 "인류세 풍경에서의 거대한 변형과 미래의 불확실성은 (…) 인간과 식물 관계에 대한 최선의 이해를 요구한다"[16]라고 주장한다. 이들은 미래를 헤쳐 나가기 위해서는 인간과 식물 사이의 상호연결성을 이해하는 것이 생존과 번영에 필수라고 제안한다. 인류세 시대에 식물로 시선을 전환하는 것은 변화하는 행성적 여건만이 아니라 무엇이 신체를 구성하는지에 대한 개념 변화를 향해 긴급하게 취하는 몸짓이다. 나아가 헤드가 주목하는 식물적인 것은 인류세에서 종을 가로지르는 세계 만들기의 중요성을 시사한다. 많은 식물의 종간 의존성과 의사소통에 근거한 네트워크는 타자와 더불어 얽히고 공동으로 살아가는 모델을 제공한다. 식물을 통해 개인을 해체하는 것은 자아의 경계가 다공적이거나 탈중심적임을 드러내는 것일 뿐만 아니라 식물 생명체와 공유하는 대기와 정동을 통해 어떻게 퀴어한 신체 공동체의 형식을 생산하는지를 강조하는 것이기도 하다.

밴더미어는 "기이소설을 통해 인류세의 여러 요소를 지도화하는 것은 엄밀하게는 이 시대의 많은 영향을 피부로 그리고 피부 아래에서 감각하게 하기 때문에 (…) 더 큰 뱃속으로부터의 이해를 가능케 한다"[17]라고 서술했다. 그는 기이소설이 인류세를 느끼게 하고 그 원인과 결과를 일종의 감각으로서 연결시키는 방법에 대해 짚는다. 앤 밴더미어Ann VanderMeer와 제프 밴더미어는 기이함이 "글쓰기의 양식인 만큼이나 하나의 감각"이며, "우리 가운데 가장 예민하게 반응하는 사람들은 '보면 안다'고 말할 것인데, 이는 '느끼면 안다'는 것을 의미한다"[18]라고 서술하였다. 기이한 것은 체현에 대한 질문을 탐구하는 장르일 뿐만 아니라 독자가 몸으로 경험하게끔 이끄는 장르이기도 하다. 피셔Fisher 또한 기이한 것을 "무언가 잘못되었다는 감각"으로 묘사했는데, 기이한 대상은 우리로 하여금 "존재해서는 안 된다고 느끼게 한다." 계속해서 피셔는 잘못된 것은 기이한 대상이 아니라 "우리의 이해가 불충분했을 뿐"이라고 말한다.[19] 따라서 장르로서의 기이함은 인류세와 관련된 이야기에 적합하다. 이는 바로 지질학적 사유를 동반하는 이 시대 고유의 기이함과 측정 불가능한 시간성과 변화 그리고 폭력의 규모 때문이다. 그러므로 기이한 것은 뇌를 통해서라기보다는 대개 내장으로 경험되며, 다른 방법으로는 이해할 수 없을 듯한 것을 몸속으로 느끼게 만든다. 기이한 체현은 밴더미어의 소설에 등장하는 혼종과 몽타주 신체로 대표될 뿐 아니라 인류세 시대의 기이한 조우가 야기하는 이런 본질적이고 내장을 통한 경험도 포함한다.

여기서 다루려 하는 바와 같이, 식물과 균류는 비인간 동물의 모습 대신 그와는 근본적으로 다른, 세계-내-존재의 형태를 보여준다. 식물은 시간성, 거대하게 네트워크화된 지하 공간성, 무한한 증식, 그리고 "일반적으로 생명을 이해하고 값을 매기고 체계화함으로써 (…) 통제하려는 생명정치에 순응하기를 거부하는 특성"[20]을 갖는다. 이로 인해 식물은 신체와 공동체를 새롭게 상상하도록 하는 풍부한 주제가 될 수 있다. 식물은 오랫동안 과학적 용어로 범주화하기가 불가능했기 때문에, 생명을 체계화하는 방식에 도전해온 존재이기도 하다.[21] 식물은 감각적 생명체를 구성하는 요소에 관한 새로운 논의를 촉발시켰고, 식물학자들은 식물이 다른 생명 형태와 소통하는 새로운 방식을 지속적으로 발견하고 있다. 랜디 래스트Randy Laist는 식물이 "우리의 상상력에 중대한 장벽을 만든다. 식물은 극도로 이질적인 시간 감각, 생애 주기, 욕망 구조, 형태적 특성을 지니고 있다 보니 살아 있는 유기체라는 그들의 지위를 부정하기 쉽고, 심지어 식물이 그 부정을 부추기는 것처럼 보이기까지 한다"[22]라고 말했다. 식물의 근본적인 타자성과 기이함, 특히 밴더미어의 소설에서 증폭되어 나타나는 이러한 면모는 생명의 경계나 길이처럼 생명이라는 개념을 뒷받침하는 전제에 대한 성찰을 유도할 수 있을 것이다.

머리 없음

철학자 마이클 마더는 식물적 체현이 갖는 도발적인 기이함을 누구보다 지속적으로 탐구해왔다. 마더는 이 장의 제사와 같이 다음의 질문을 던진다. "식물적 상태까지는 아니더라도, 머리를 버리거나 머리로 걸어다니는 식물 상태에서 글을 쓰고 사유한다는 것은 무엇을 의미하는가?" 식물적 상태를 흔히 의식이 없는 존재로 여기는 유해한 관념에 맞서, 마더는 '식물적'인 것을 재구성하여 식물생명vegetality을 활동성, 행위성, 활기와 짝지어야 한다고 주장한다. 다음으로, 이 글은 밴더미어의 작품과 관련하여 "머리"에 관한 다소 해부학적이고 이상한 질문을 검토하여, 우리가 생태적 의식을 재구성하기 위해서는 "머리를 잃어야 한다"라는 기이소설의 주장을 살피고자 한다. 아마도 기이소설은 식물 체현의 기이함과 자유주의 인간 자아의 특권적 중심으로서의 머리를 추방하는 문제와 씨름하기에 가장 적합한 장소일 것이다.

마이클 마더의 저서 「식물의 반反 형이상학: 식물에서 배우기Vegetal Anti-Metaphysics: Learning from Plants」는 참수斬首로 시작한다. 이는 프랑스의 수필가이자 시인 프랑시스 퐁주Francis Ponge가 꽃과 식물의 "머리 없음pas de tête"[23]을 별나게 표현한 것에서 착안한 상징적인 참수이다. 마더는 플라톤에서 하이데거를 거쳐 퐁주에 이르기까지 서양 형이상학에서의 식물과 머리에 관한 짧지만 매혹적인 서술을 통해 식물 생명이 인간 예외주의를 철학적으로 정당화하는 데 어떻게 중심적 역할을 해왔는지를 제시한다. 예컨대 마더는 플라톤의 형이상학을 해석하면서 인간은 지상에 뿌리내리고 있지만 영혼은 "우리 몸의 꼭대기에" 위치하며, 이는 우리를 "지상의 식물이 아니라, 천상을 향하는 천상의 식물"이라는 위치로 고양시키는 것이라고 지적한다. 즉, "지상에서 천상의 동류에게로 올라가는 존재"[24]로 인간을 묘사한다는 것이다. 사유와 관념의 중심인 머리는 우리가 기원한 곳으로 여겨지는 뿌리에 의해 지탱되며, 뿌리는 또한 "우리의 몸 전체를 똑바로 세우는"[25] 기능 역시 수행한다. 니체와 하이데거로 대표되는 20세기 철학은 영혼이 단순히 에테르에 위치하는 것이 아니라 필연적으로 땅속에 뿌리를 내려야 한다며 영혼의 식물적 개념화를 조금씩 다르게 강조한다. "우리는 식물이다. 우리가 그 사실을 기꺼이 인정하든 인정하지 않든, 에테르 속에서 꽃이 만발하고 열매 맺을 수 있기 위해서는 뿌리를 박은 채 땅으로부터 솟아올라야 하는 식물이다. (…) 인간은 자신의 근원인 토양의 깊이에서 에테르로 올라설 수 있어야 한다."[26] 플라톤과 하이데거뿐만 아니라 식물성과 인간의 관계에 대한 다른 철학적 논의에서 마더는 인간을 식물에 비유하는 반복적인 메타포가 머리 즉 영혼 혹은 이성의 능력이라는 장소에 집중되어 있음을 지적한다.

하지만 마더는 이러한 결함 있는 메타포에 안주하지 않는데, 여기가 바로 퐁주로 시선을 전환하는 지점이다. 마더는 다음과 같이 쓴다. "객관적으로 고정된 머리에 대한 보다 정확한 유비를 찾기보다는, 낡은 형이상학적 가치에 대한 (…) 상징적 참수를 수행하는 것이 (…) 필수적이다."[27] 식물에는 머리가 없다는 퐁주의 주장은 영혼이 위치하는 장소로서의 머리 개념뿐만 아니라 기존의 철학적 논의에 덧붙은 단선적인 성장과 진보 관념을 권좌에서 몰아낸다. 상징적 참수를 통해 식물은 어떤 존재에게도 특권적 위치를 내어주지 않는 대신, "빛과 어둠을 향해 동시에 뻗어가는 성장의 양방향성"을 지닌 것으로 이해된다. 마더는 퐁주의 관점을 빌어 "식물의 양 끝은 모두 '참수된다.' 뿌리와 꽃은 본질적이지 않고 근본적으로 필수불가결한 것도 아니며, 그것들이 식물 존재의 영적인 정점을 상징하는 것도 아니다."[28]라고 서술한다. 따라서 마더에 따르면, 식물성 존재는 신체를 관념적이고 시간적이며 공간적인 **사건의 한복판**in medias res'에 재배치함으로써 형이상학을 근본적으로 재구성할 수 있다. 이는 분산되어 있는 중간부에서 밖으로 발산되는 일종의 활기라는 형태로 나타난다. 식물 신체는 머리나 중심의 특권적 권위를 피한다. 대신 중간은 "종종 탈중심화되고 (…) 이 중간 장소는 접근 불가능한 허구적인 시작점이 아니며, 성장과 증식의 가능성을 품고 있지만, 발아 순간부터 분산되기에 하나의 통일체로 모이거나 한 방향으로 정향될 수 없다."[29] 퐁주를 따라 마더는 "모호성은 '머리 없음'이라는 표현이 가진 매력 중 하나이다."라고 썼다.

> '머리 없음pas de tête'은 단순히 역전한 것과 형이상학적인 이항대립의 위계를 해체한 것 사이의 연접으로, '머리가 없다no head' 혹은 '머리로 걷기'를 뜻할 수 있다. '머리 없음'의 이런 불확정적이고 불안정한 의미는 '발을 들고 머리로 걷기'나 혹은 '아예 머리를 잃어버리다' 등의 행위, 즉 퐁주가 식물의 사례에서 추구하는 바를 연상시킨다.[30]

그는 이어서 "머리는 결국 초월적 특권을 상실한다"[31]라고 설명한다. 이 구절이 암시하는 바는 식물이 머리가 없는 존재라는 개념에서 비롯한 것으로, 뇌를 지성과 의식의 단일한 핵심 기관으로 여기는 인본주의 형이상학에 반대되는, 분산된 행위성을 지닌 "식물의 반형이상학"을 제시한다.

더불어 마더와 퐁주는 밴더미어의 작품을 읽을 때 우리가 "아예 머리를 잃어버리도록" 노력할 것을 제안한다. 밴더미어의 소설은 독자가 서사에 대한 기대를 버리고 세계나 세계의 규칙을 완전히 이해하지 못한 채 읽기를 요구한다. 독자가 기이함에 항복하기를 청하는 것이다. 밴더미어가 지적했듯, 미지 앞에서 자신을 내려놓는 경험은 기이함에 관한 글쓰기를 관통하는 흐름으로, 그의 소설은 특히 기이한 형태의 식물적 신체성에 대한 특정한 방식의 항복을 묘사한다. 밴더미어의 작품에 등장하는 식물의 신체는 시간적·공간적 정위定位를 세우는 새로운 모델을 제시하며, 이는 급변하는 생태계 속에서 체현과 차이를 상상할 수 있는 대안적 방법을 구성하도록 돕는다.

퀴어한 섭취

「이 세상은 괴물로 가득하다」의 화자는 부고 기사 작가로, "이야기 괴물"이 문 앞에 도착한 어느 늦은 밤에 최후를 맞이한다. 이 괴물을 담은 소포가 그의 도어매트 아래에 놓이고, 그것은 '녹색 털이나 녹색 이끼'로 뒤덮인 채로 기어다니며 커다란 이빨을 지닌 책자의 형태로 나타난다. "그것은 가르랑거렸고, 가르랑거리는 소리는 점점 커졌다. 아름다운 꽃봉오리가 나를 가득 채울 때까지 피고 또 피었다. 나는 개똥지빠귀 울음소리를 들으며 내 머릿속에서 강대하게 자라난 어둠을 끌어당겼다."[32] 그가 이야기 책자를 읽자 그것은 기대감 섞인 즐거움에 가르랑거리다 그를 집어삼킨다. "이야기가 나를 갉아먹으며 배에 구멍을 냈고, 내 몸을 통해서 머리까지 기어올랐다." 그가 자비를 구하는 동안 그것은 그의 뇌를 침략해 그를 변형시킨다. "이야기 괴물은 내 두개골 꼭대기에서 야생화, 골든로드, 거친 잡초의 폭동으로 싹을 틔웠고 (…) '그들'은 서로 꼬이며 다른 무엇이 되었고 내 안에 뿌리를 뻗으며 나의 머리 위로 묘목으로 자라났다."[33] 그는 숲으로 달아나지만 이야기 괴물은 그를 변형시키고 덤불 속에 그의 몸을 버린다. 그는 완전히 변형된 상태로 그곳에서 백 년 동안 깨어나지 못한다.

화자의 식물-인간 혼종으로의 변형은 규범적으로 체현된 주체의 개념을 탈중심화한다. 화자의 머리 위로 자란 묘목은 머리가 더 이상은 신체와 이성의 꼭대기에 있지 못하도록 만든다. 마더가 철학적인 참수 이후의 식물적 반형이상학에 관해 썼듯이, "이 중간 장소는 (⋯) 성장과 증식의 약속을 품고 있지만, 발아 순간부터 분산되어 하나의 통일체로 모이거나 한 방향으로 정향될 수 없다."[34] 따라서 밴더미어의 화자는 이렇게 쓴다. 그가 식물이 되어가던 중 숲을 향해 달려가다 "균형을 잃었고", "나무를 들이받고, 뒷걸음질 치고, 내가 어디에 있는지 알 수가 없고, 나를 조종하려는 것들에게서 통제권을 빼앗으려 안간힘을 썼다. (⋯) 어떤 구멍이 남겨져 있었고 내 의식은 고통에 시달리며 몇 번이고 그 구멍으로 뛰어들었는데 그건 마치 지옥으로 혹은 아무것도 아닌 곳으로 이어지는 듯했다."[35] 묘목이 화자의 머리를 점령하면서 의식을 잃었기에 화자의 몸은 제어할 수 없게 되고, 사고와 통제의 장소로서의 정신 또한 탈중심화된다. 그는 균형을 상실하고, 안정을 유지하거나 방향을 잡는 일을 못 하게 되었다며, 그러한 변형이 자신의 안정성에 어떻게 영향을 미쳤는지를 반복적으로 묘사한다. 식물적 존재와 친밀하게 종을 넘어 얽히면서 미래는 불안정해지고 방향성은 다중화되며 익숙한 것은 생소해지고 화자는 자신에게서 소외된다.

머리 위의 식물적 몸을 얻는 것은 한편으로는 상실을 뜻한다. 통제권, 의식(단지 인간으로서만), 자기 자신을 잃는 것이다. 화자는 뒤에 이렇게 쓴다. "내 몸이라는 요새는 반짝이는 벽 뒤에 놓여 있었다. (…) 내 뇌였던 공간조차 부드럽게 퍼지면서 내가 세계와 구별해서 지칭해야 했던 모든 공간, 즉 '나'의 내부를 덮어버렸다." 그러면서도 그는 "하지만 어쩐지 옳다고 느꼈다."[36]라고 말한다. 비인간 식물 세계와의 이런 신체적 타협은 밴더미어의 작품에서 중점적으로 발전해 온 것으로, 「이 세상은 괴물로 가득하다」에서 날카롭게 탐구된다. 그의 다른 텍스트, 특히 '앰버그리스'와 '서던 리치' 3부작에서와 마찬가지로 이런 명백히 인간이 아닌 다른 혹은 적어도 그보다 더한 무엇으로의 전환은 대부분 식물적 또는 균류적 혼종 형태로의 변형으로 나타난다. 화자들이 자신의 변형에 직면했을 때 보이는 태도는 밴더미어의 소설을 변형과 협상하는 장으로 보이게 한다. 그들이 어떻게 반응하는가? 「이 세상은 괴물로 가득하다」의 화자는 변화에 수반되는 폭력과 괴로움에 시달리면서도 궁극적으로는 그러한 고통에도 불구하고 "어쩐지 옳다고 느꼈다"라고 주장한다. 그 옳다는 느낌이 불가항력에서 비롯된 것인지 도덕적 판단에서 비롯된 것인지는 불분명하지만, 화자는 설령 인간성을 대가로 치르더라도 궁극적으로는 자신의 새로운 형태를, 어쩌면 그것에서 즐거움을 찾기까지 하면서 받아들이는 것으로 보인다. 이 이야기는 식물성에서 피난처를 찾는 것이 재난의 시대에 살아남고 심지어 번성하기 위한 열쇠일지도 모른다고 암시한다. 식물적 존재 되기는 자아의 상실을 동반하기는 해도 어찌 보면 실제로는 "옳다는 느낌"일지도 모른다. 기이한 몸이 내포한 갈등에서 촉발되는, 피셔가 말하는 "잘못되었다"는 감각과 한편으로는 "옳다는 느낌"은 기이한 체현의 핵심으로 보인다. 타자와 함께 되기becoming-with others, 특히 비인간 타자와 함께 되기는 여러 난관과 긴장을 초래한다. 밴더미어의 작품은 변화하는 세상에서 체현의 형태를 근본적으로 재상상하는 것이 두렵고 고통스러우며 방향 감각을 잃게 만들 수 있어도 동시에 어떤 면에서는 이상하게도, 희망적일 수 있다는 점을 반복적으로 보여준다.

「이 세상은 괴물로 가득하다」가 식물적 몸을 탐구했다면, 밴더미어의 다른 작품은 식물이면서 균류인 생명체의 포자를 흡입함으로써 일어나는 변형을 탐구한다. 버섯, 이끼, 기타 이질적인 식물 및 균류 종은 밴더미어의 소설에서 세계, 행성, 시대를 불문하고 배경에 깔려 있다. 그의 작품에서 낮게 퍼지거나 기어다니고 때로는 덩굴 같은 모습으로 등장하는 다양한 정체불명의 종은 포자를 방출해 번식하는 능력을 공유하는 것으로 보이며, 포자는 신체 및 인지에 근본적인 변화를 일으키는 일종의 매개체로 묘사된다.

2004년에 발표된 단편소설 「시체 입과 포자 코」에서는 한 탐정이 균류에 감염되었다고 보이는 시체를 조사하다가 비슷한 운명에 처한다.[37] 탐정은 버섯이 온몸에 돋아난 "살아있는 시체"를 내려다보고 있었는데, 시체의 성기는 "얼음 같은 푸른색 구근의 버섯"으로 대체되어 있었다. 그 "버섯인간"이 눈과 입을 열자 무수히 많은 "3인치 길이"의 시체들이 드러나고, 그것들은 기침처럼 터져 나와 탐정의 다리 쪽으로 쏟아진다. 버섯은 애초에 고전적으로 남근을 상징하는 데다, 균류가 본래의 남근을 대체하며 균류적 비인간의 새로운 남근을 싹틔우는 이 장면은 남근의 죽음을 통해 남성이 재탄생되고, 심지어 생식 능력과 감각, 어쩌면 성적인 것이 뒤섞이는 기이한 풍경을 상상해 보도록 만드는 가능성을 지닌다. 하지만 화자는 이런 퀴어한 가능성에 별로 흥분하지 않는다. 그는 총을 들어 버섯 인간의 머리에 겨누고 말한다. "나는. 너를. 믿지. 않아."[38] 그리고 발포한다. 뒤에 이어지는 부분은 명백히 '서던 리치' 3부작의 전조로 읽힌다. '서던 리치'에서 포자는 폐 속으로 흡입되고 섭취되는데, 이는 「이 세상은 괴물로 가득하다」에 등장하는 묘목만큼이나 폭력적으로 그려진다.

> 그가 코로 깊게 숨을 들이쉬던 중 (…) 포자 하나가 그의 콧속으로 들어왔다. (…) 재채기를 했지만 포자는 왼쪽 콧구멍 안의 부드러운 살에 날카롭게 파고들었다. 아픔에 그는 몸을 홱 일으키며 고통스러운 비명을 질렀다. (…) 이제 그는 그 포자가 목구멍 뒤쪽으로 미끄러져 내려갔다가 다시 입 안쪽으로 기어 올라오는 것을 느꼈다. (…) 그는 손가락이 들어갈 수 있는 대로 최대한 입속으로 밀어 넣었다. 파고드는 감각은 점점 더 강렬해졌다.[39]

시체로 가득한 입을 지닌 혼종의 숨통을 끊었다고 생각한 바로 그 순간, 탐정은 안도의 표시로 깊게 숨을 들이쉰다. 그러나 이 호흡은 오히려 그를 "수많은 눈꽃처럼 하얀 포자"에 감염시켜 변형을 잇달아 유발하고야 만다.

균류는 식물체와 다수의 유사점을 공유함에도 불구하고, 그 생물학적 특성에 있어 결정적인 차이를 갖는다. 균류는 식물보다는 동물에 더 가깝다. 광합성을 수행하지 않고, 그 대신 죽은 유기물이나 부패 중인 물질에 의존하여 탄소원을 확보하는 방식으로 생존한다. 대부분의 균류는 포자라고 불리는 미세한 입자를 통해 번식하는데, 이 포자는 유성 또는 무성, 혹은 양쪽 방식 모두로 발아할 수 있다. 균류는 하나의 개체로 조직되기 어려우며, 일반적으로 다른 균류 및 식물 생명체와의 공생적 지하 네트워크인 균근을 형성함으로써 복잡한 시스템을 이룬다. 방출된 포자 대부분은 새로운 유기체로 성장하지 못하지만, 많은 수의 포자가 짝을 찾기 위해 수 주간 생존할 수 있다. 이렇게 포자를 방출하는 무성생식의 경우, 부모 개체와 유전적으로 동일한 자식 개체가 생성된다. 반면, 유성생식은 주로 불리한 여건의 환경에서 발생하며, 그 과정에서 유전적 다양성이 균류 집단 내에 도입된다.[40] 밴더미어의 작품에서 포자는 경이와 가능성의 원천으로 보이는데, 이는 부분적으로 포자가 지닌 복잡하고 근본적으로 다른 생존 및 번식 방식, 그리고 공동체적이며 공생적인 환경 속에서 하나의 행위자로서 수행하는 역할 때문이다.

「시체 입과 포자 코」에서 경이와 공포는 기이한 시체를 조사하는 데 매료된 탐정의 모습과, 그 존재를 믿지 않으려는 시도 및 그것을 파괴하고자 하는 욕망을 통해 드러난다. 그러나 포자는 묘목이 그랬듯 탐정의 입과 목구멍 속으로 다시 파고든다. 탐정은 포자를 떼어내기 위해 최선을 다하지만 결국 포자와 탐정은 불가분의 존재로 통합되고 만다. 또한 묘목이 초래했던 것처럼 포자는 탐정의 몸과 정신 모두를 변화시킨다. "그의 머릿속은 완전히 공허해졌다. 생각이 사라졌다. 기억도, 심지어 기억이라는 것도. 오직 포자들이 몸속을 꿈틀거리며 질주하는 끊임없는 감각만이 존재했을 뿐이다. (…) 그는 더 이상 자기 자신조차 갖지 못했다."[41] 포자는 그의 의식을 재구성하고 기억을 지워버림으로써 존재를 장악한다. 포자는 개체의 삭제를 통해 과거의 서사를 다시 쓴다. 이는 첸과 루치아노가 말하는 "인간을 '**넘어서는 것**'에 따르는 약속과 대가"[42]의 한 예시이다.

'서던 리치' 3부작에서 이야기는 문자 그대로 "자실체子實體"에 의해 서술된다. 이 3부작은 "서던 리치Southern Reach"라는 정부 기관에 소속된 여러 인물의 시점을 통해 서술되며, 이 기관은 지난 30년간 수많은 조사대를 격리 구역인 "X구역"으로 파견해왔다. X구역의 경계를 정의하는 것은 불가능하지만, 한 가지 가능한 해석은 이 지역이 인간 생존에 위협이 될 만큼의 재앙과 같은 환경 변화를 겪었다는 것이다. X구역으로 탐사를 나선 대원들은 모두 실종되거나, 돌아온 경우에도 치명적인 악성 암을 앓고 있음을 알게 된다. 3부작의 첫 번째 소설인『서던리치 1: 소멸의 땅』은 12번째 탐사의 출발과 함께 시작되고, 다양한 분야의 여성 네 명으로 이루어진 팀이 탑 혹은 동굴이라 부르는 구조물을 우연히 발견하면서 이야기가 전개된다. 작중 화자인 생물학자가 구조물 안쪽으로 이어진 계단을 따라 내려가던 중, 매우 기묘한 무언가를 발견한다.

> 어깨 정도 높이 (…) 탑의 내벽에 붙어 있는 무언가가 눈에 들어왔다. 어둑한 빛을 발하며 어둠 속으로 점점 아래로 뻗어가고 있는 그것들은 처음엔 초록 덩굴처럼 보였다. (…) 하지만 좀더 자세히 보자 그 '덩굴'들은 일종의 필기체로 쓴 글자였고, 벽면에서 15센티미터 정도 솟아올라 있었다. (…) 글자들은 (…) 일종의 균류나 진핵생물이라는 사실을 알아볼 수 있었다. (…)
> "글자가? 균류로 이루어져 있다고?" 측량사가 바보처럼 내 말을 따라 했다.[43]

생물학자는 글자를 파악하기 위해 몸을 가까이 숙였고, 그 순간 "공기의 흐름이 바뀌자 글자 하나의 결절이 터지듯 열리며 황금빛 포자들을 쏟아냈다. 황급히 뒤로 물러섰지만 바늘에 찔리는 듯한 통증과 함께 코 안쪽으로 뭔가가 들어오는 것을 느꼈다".[44] 이제 익숙해질

법한 밴더미어 특유의 방식으로 식물적, 혹은 균류적 존재가 인간에게 개입하는데, 이번에는 언어적인 동시에 물질적인 침입의 형태를 띤다. 그뤼 울슈타인Gry Ulstein이 지적하듯이, "『서던 리치』에서 언어와 단어의 역할은 작품에 유기적이고 생생한 활력을 불어넣고, 이는 언어가 살, 몸, 물질성과 본질적으로 연결되어 있으며 영향을 미친다는 점을 시사한다".[45] 이끼 같은 덩굴의 조직은 육질[肉質]로 되어 있으며, 그 덩굴이 생성해내는 포자는 침투를 위한 매개체로 기능한다. 이야기는 다시 펼쳐지는데, 이번에는 포자에 의한 침입이라는 형태로 구현된다. 이 장면을 「이 세계는 괴물로 가득하다」에서의 "이야기 괴물"의 침입 장면과 나란히 놓고 읽어본다면, 밴더미어의 작품은 오늘날 이야기가 실제 변화를 이끌 수 있는 힘과 책임에 깊이 천착하고 있음이 명확히 드러난다.

『서던리치 1: 소멸의 땅』에 등장하는 생물학자는, 3부작의 나머지 이야기 속에서 극적인 변형을 겪는다. 처음에 그녀는 가벼운 감기, 미열, 현기증, 가려움, 기침과 같은 증상을 경험한다. 하지만 이러한 증상들은 점차 사라지고, 그 자리를 작품 전반에 걸쳐 그녀가 "빛"이라 부르게 될 무엇이 차지한다. 변화를 겪으며 그녀는 비인간 세계를 새롭게 경험하게 된다. "주위 환경에 아주 잘 적응[하여] 어떤 동물도, 자연스러워 보이는 것이든 아니든 (…) [그녀를] 피하려 들지 않"았으며 바람조차도 "살아 숨 쉬는 듯 (…) 나의 모든 모공으로 들어"왔다. 그녀는 "내가 하루 전만 해도 전혀 다른 사람이었다."라고 회고한다.[46] 결국 자신의 근간을 뒤흔드는 변형으로 인해, 그녀는 더 이상 생물학자라고 불릴 수 없는 존재가 된다. 「이 세상은 괴물로 가득하다」에 등장하는 "식물 형제plant-brother"의 복제를 예고하듯, 이제 "유령새"라고 불리는 생물학자는 과거 자신의 기억을 간직한 채 살아가면서도, 동시에 더 이상 그 사람이 아니라는 사실을 자각한다. 3부작의 세 번째인 『서던리치 3: 빛의 세계Acceptance』에서 그녀는 이렇게 묻는다. "무슨 이런 삶이 있을까? (…) 다른 사람의 기억을 가지고 살면서 그게 진짜라고 느낀다 해도 그 삶은 완전히 거짓일 수밖에 없다".[47] 포자의 침입은 다시금 복제와 소거의 이중적 기능을 수행한다. 「이 세상은 괴물로 가득하다」에서 화자로부터 새로운 존재인 식물 형제가 탄생하고, 「시체 입과 포자 코」에서는 탐정의 기억이 완전히 소멸되는데, 여기서 생물학자는 자기 자신이면서 동시에 자신이 아닌 존재, 즉 불완전한 복제가 된다.

포자에 의해 이루어지는 다양한 형태의 복제에 대한 이러한 탐색은, 포자를 생성하는 균류 및 식물성 생명체에서 영감을 받은 퀴어한 재생산 방식을 암시한다. 샌딜랜즈Sandilands는 「퀴어한 식물에 대한 공포?Fear of a Queer Plant?」에서 식물 생명체와 맺는 관계에 내재한 퀴어성에 대해 사유한다. 그녀는 "성적인 식물 호러 이야기는 과거 (그리고 지금도) 다중의 생명정치적 불안을 표출하는 방식이었으며, 식물은 과거 (그리고 지금도) 섹스, 젠더, 인종, 종이라는 특유의 얽힘으로 인해 관심을 기울여야 하는 복합적 퀴어 행위자들이다"[48]라고 서술하였다. 샌딜랜즈가 "진화적 자기의심evolutionary self-doubt"이라고 부르는 이러한 생명정치적 불안은 식물이 지각을 지닐지도 모른다는 두려움과 결합되어 나타난다. 이는 식물이 '조직화된 존재들의 위계'에서 동물 쪽으로 상승하는 "움직임"을 보이는 동시에, 실제적인 행위성, "심지어는 지능까지" 획득한 것처럼 보이는 데 이르렀다는 인식에서 비롯된다. 밴더미어의 소설은 엄밀히 말해 성적인 식물 호러 이야기는 아니지만, 식물이나 균류가 영감을 주거나 수행하는 재생산, 특히 포자를 통한 무성생식 및 종간 임신의 형태로써의 식물적·균류적 변형을 반복적으로 서사화한다. 샌딜랜즈의 주장처럼 식물이 "복합적 퀴어 행위자"라면, 이들은 또한 밴더미어의 작품 세계에서 근본적인 변화를 일으키는 행위자들이기도 하다. 식물 및 균류의 몸은 인간과 친밀한, 그럼에도 때로는 폭력적인 관계를 맺으며 정체성, 자아, 종이라는 안정적인 범주들을 해체한다. 밴더미어 소설에서 나타나는 이질적이고 침투적인 포자의 친밀성은, 기후 변화라는 악조건 속에서 증폭되는 비슷한 불안을 반영하는 것일 수도 있다. 식물을 지각 능력을 지니며 퀴어한 친밀성을 형성할 수 있는 존재로 사유하는 것이, 인간이 앞으로 식물 생명체를 대하는 방식을 변화시킬 수 있을까? 식물을 복합적 퀴어 주체로 이해하는 것이 과연 삼림 파괴, 살충제 사용, 공장식 농업을 중단시키는 데 기여할 수 있을까?

「시체 입과 포자 코」를 '서던 리치' 삼부작, 「이 세상은 괴물로 가득하다」와 함께 읽으면, 식물적인 것과 포자가 몸으로 침투하는 것에 대한 밴더미어의 집착을 알 수 있다. 이러한 비인간·유기체 행위자들에 의해 변형된 인간의 신체는 반복적으로 "탈취"당하는데, 정신 역시 마찬가지이다.[49] 밴더미어의 소설의 전개는 현재와 미래의 생태적 여건 속에서 인간의 근본적 재구성이 필요하거나, 불가피하거나 혹은 그 둘 다임을 보여준다. 따라서 식물적이거나 포자를 생산하는 신체들은 밴더미어의 기이소설에서 단순한 배경이나 설정에 머무르지 않는다. 그들은 서사 안에서 통합될 뿐만 아니라, 밴더미어의 작품에 등장하는 신체 안에서도 통합된다. 이 통합은 작품마다 다르게 실행되지만, 대개는 포자를 들이마시는 호흡의 결과로 발생하며, 이는 섬망, 혼란, 환상 및 기쁨을 만들어낸다.

공기 같은 꿈

페미니스트 철학자 루스 이리가레Ruce Irigary는 자신의 철학적 탐구를 담은 『식물의 사유Through Vegetal Being』(2017)에서 대기를 통한 식물과 인간의 관계를 숙고한다. 식물과 인간이 공유하는 공간을 통합하는 것은 공기이며, 그 공간을 매개하는 것은 숨이다. 그녀는 식물과의 이러한 관계에 대해 다음과 같이 쓴다.

> 어떻게 보면 우리는 서로 교감하고 있었습니다. 비록 우리가 공기에게 같은 역할을 하지 않을지라도 공기는 우리를 살아 있는 관계 속으로 끌어들입니다. 공기를 통해서 나는 우리의 전통이 단절시킨 보편적 교환에 참여했습니다. 그리하여 나는 혼자였지만 혼자가 아니었습니다. 나는 보편적 공유에 참여했습니다. 나는 차츰 이렇게 관여하는 경험을 했으며, 이 경험은 나에게 위안과 감사와 책임감을 가져다주었습니다. 나는 무엇보다도 먼저 공기의 공유에 참여하는 지구의 거주자로서 세계 시민이 되었습니다.[50]

공기는 대부분의 생명체와 비생명체가 함께 존재하도록 하는 공동체적 매개체이며, 이리가레는 이 경험을 통해 세계 시민으로서 자신을 형성한다. 식물과의 "살아 있는 관계"를 통해 생겨나는 "혼자였지만 혼자가 아닌" 동시적 존재감은 자신이 세상에서든 몸에서든 더 이상 혼자가 아님을 깨달음으로서 공동체적 삶을 포용하는 것이다. 자기성自己性의 유지와 완전한 집단성의 포용 사이에서 조율하는 것은 이리가레가 식물적 존재를 감각하는 핵심 원리일 것이다. 이 장에서 살펴본 소설 또한, 식물적인 것과 함께 체현된 공동체를 형성하는 데 내재된 긴장을 보여준다.

대기는 이리가레가 식물적인 것과 연결되는 공간이다. 즉, 숨을 쉬는 행위는 이리가레에게 심오한 의미를 갖는다. 그녀는 "호흡은 타자와 나의 차이를 상기시켰습니다. 타자들과—인간이든 인간이 아니든—하나의 전체를 이루기 위해 정체성을 잃어버리는 것은 우리 자신의 호흡을 포기하는 것과 같습니다. 이것은 끔찍한 생존투쟁을 발생시킬 수 있습니다"라고 말한다. 그러나 이리가레에 따르면, 인간은 "단독성"이라는 자기 형태를 유지하는 것은 가능하지만, 비인간 타자와 공동체를 이루기 위해서는 "변형될 여지"를 지녀야 한다. 호흡의 중요성과 호흡이 모든 살아있는 존재를 하나로 묶는 방식을 무시하는 전통은 "어떤 변화도 두려워했기 때문에, 우리의 주체성을 허약하면서도 경직되게 만들었다."[51] 공기와 호흡의 교환에서 이리가레는 비인간과 공유하는 한층 가변적인 주체성의 가능성을 찾는다. 이글에서 제프 밴더미어의 식물성 사유가 담긴 기이소설에서 탐구하기 시작한 것이 바로 이러한 교환이다.

인류학자 애나 칭의 연구 또한 공기를 통한 포자의 경로에 대한 사변을 횡단한다. 칭은 송이버섯에 대해 연구하면서 번식을 위한 버섯 포자의 이동에 깊이 매료된다. "성층권에는 비현실적인 꿈airy dreams을 고무하는 무언가가 있다"라고 서술하며 그녀의 사유는 "누대의 시간 동안 대륙을 가로지르며 표류하는 포자"와 함께 비상한다.[52] 반면 밴더미어가 창작한 포자는 이보다 훨씬 국지적이고 신체를 통해 전파되고 배태되는데, 그의 작품에서도 이런 종류의 "공기의 꿈"을 찾아볼 수 있지만, 밴더미어의 경우 처음에는 무서운 경우가 대부분이다. 밴더미어에게 있어 모호성은 사실상 변형의 핵심 요소 중 하나이다. 『서던리치 1: 소멸의 땅』에서 생물학자는 포자를 흡입하고는 "나는 운이 나빴다. 아니면 운이 좋았던 걸까?"[53]라고 묻는다. 공기를 공유함으로써 일어나는 변형은 신체를 완전히 변화시키기 때문에 신체에 자리 잡고 있던 의식은 자기 자신이었던 사람으로부터 소외된다는 느낌을 받는다. 기억이 변화함에 따라 자기 삶에 관해 역사적으로 형성된 서사가 수정되거나 삭제되면서 새로운 형태의 의식은 새로운 형태의 체현을 수반하는데, 이는 식물에 의해 가능해지고 심지어 필요해지는 것이다. 이러한 체현 형태는 경계선을 지닌 자기라는 규범적 개념을 버리고, 공동의 세심하고 통합된 종간 윤리를 추구한다. 독성 환경에서의 퀴어성, 인종, 장애로 인한 변형을 연구했던 첸은 "당신 앞에 선 나는 당신을 섭취한다. 여기에 멋진 건 아무것도 없다. 나는 당신이 내뱉는 공기, 당신의 벗겨진 피부를 섭취하는 중이다."[54]라고 쓴다. 첸은 이를 "퀴어한 섭취"라 부르며, 우리가 호흡을 통해 공유하는 바로 그 공기에 포함된 강렬함과 힘을 묘사한다. 비인간 사물의 생명성을 포기하지 않음으로써, 첸은 우리가 호흡하는 바로 그 공기가 자기의 온전함과 그 경계, 그리고 독성 세계에서 살아가는 조건과 가능성에 도전한다는 것을 상기시킨다.

이 장에서는 기이한 체현이라는 형식을 통해 러브크래프트가 예시한 '고전 기이소설'을 수정하거나 비평하려고 시도했다. 그렇지만 기이함이 항상 몽상적이고 강렬하게 체현된 특성을 갖는다는 점을 시사하는 기이소설에 대한 그의 초기 정의는 여전히 유용하다. 자주 인용되는 구절에서 그는 다음과 같이 쓴다. "진정 기괴한 이야기라고 부를 수 있는 것은 비밀스러운 살인이나 피 묻은 뼈, 상투적이게도 시트를 뒤짚어 쓴 채 쇠사슬을 끌고 다니는 형체 따위가 나오는 내용과는 뭔가 다르다. 설명할 수 없는 외계의 힘에서 나오는, 숨 막히는 분위기를 띤 공포를 반드시 포함해야 한다."[55] 기이함에 관한 러브크래프트의 글쓰기가 불러일으키는 분위기는 그를 인류세의 문학 및 철학 연구에 있어서 특히 매력적인 인물로 만들었다. 인류세에서는 기후 변화와 생태 붕괴의 신호, 오로지 인간의 의식만으로 완전히 이해하기에는 너무나 거대하고 상호연관된 위험이 어렴풋이 나타나고 있으며, 많은 경우 이미 나타났다.

밴더미어의 기이함에 관한 글쓰기는 정치적으로나 문체로나 러브크래프트의 글과는 극명하게 다르다. 뉴 위어드의 역동성과 중요성은 생태 소설의 동시대적 양식으로서 재구성된다. 밴더미어의 소설에서 대기가 밀도 높게 공유된다는 사실은 러브크래프트처럼 공포의 원천이 되는 것이 아니라 인간이든 아니든 변형, 그리고 친밀한 타자와-함께-되기에 대한 이상한 친연성과 태도를 만들어낸다. 닐 아후자 Neel Ahuja는 "생물종이 점차 감소하면서 위기감 섞인 친밀감이 더욱 강해지는 가운데, 일상의 에테르가 변화와 위기의 감각으로 특징지어지는 퀴어한 대기 속에 살고 있다"[56]라고 썼다. 이는 "예측할 수 없는 접촉, 매력, 그리고 미묘한 폭력"[57]의 공간이다. 이 글은 밴더미어의 대기적이고 친밀한 섭취의 기이한 재현을 인류세에서의 퀴어한 형태로 읽고자 시도하였다. 퀴어함은 인간을 초월할 수밖에 없으며 이를 통해 퀴어와 인간의 관계를 "안정적이기보다는 우연한 것"[58]으로 이해하게 한다. 따라서 밴더미어가 상상하는 식물적·포자적 체현은, 우리가 어떻게 하면 타자들과 더 잘 함께 존재할 수 있을지, 혹은 우리가 이미 오랫동안 공유한 에테르 속에서 타자들과 "함께 지내온" 가장 퀴어한 방식에 대해 보다 진지하게 성찰하도록 이끌 수 있다.[59]

10

식물적 에크프라시스와 생태적 재배치

캐서린 E. 비숍 Katherine E. Bishop

에크프라시스ekphrasis는 고전 문학과 수사학에 뿌리를 두고 있지만 현대 시, 소설, 문학 비평 분야에서 새롭게 주목받고 있는 주제이다. 브뤼겔Bruegel의 〈추락하는 이카로스가 있는 풍경Landscape with the Fall of Icarus〉을 다룬 W. H. 오든W. H. Auden의 「미술관에서Musée des Beaux Arts」, 존 키츠의 「그리스 항아리에 부치는 송시Ode on a Grecian Urn」, 마르셀 뒤샹Marcel Duchamp의 〈계단을 내려오는 누드Nude Descending a Staircase〉를 사유한 X. J. 케네디X. J. Kennedy의 동명의 시 등이 있다. 에크프라시스의 다른 활용은 특히 소설에서 좀 더 추상적인 방식으로 작동하는데, 이는 『일리아스』에 등장하는 아킬레우스의 '불가능한' 방패에서 전형적으로 드러난다. 이 방패는 상상 속 예술 작품에 대한 묘사와 해석이 동시에 이루어지는 사례이다. 현재 에크프라시스가 흔히 정의되는 바와 같이, 시각 예술에 대한 이러한 언어적 묘사들은 보는 것과 말하는 것, 전경과 후경 사이의 중간 영역에 가닿는다. 이러한 묘사들은 예술가, 수용자, 독자 사이에 접촉 지대를 만들어내며, 경계를 강화하기보다는 텍스트 자체가 형식 사이를 자유롭게 넘나들게 한다. 우리는 예술을 구성하는 경계를 어디에 그어야 할까? 이런 의미에서 W. J. T. 미첼W. J. T. Mitchell이 주장하듯이, 모든 에크프라시스는 불가지不可知에 뿌리를 두고 있기 때문에 궁극적으로 추상적이다. 그것은 "텍스트에만 존재하는 '체류하는 이방인'과 같은 특정한 이미지를 만들고자 하는"[1] 동시에 시각화, 예술, 현실의 본질에 대한 사변을 이끌어낸다.

줄리아 크리스테바Julia Kristeva의 개념에 따르면 인용은 인용된 텍스트를 압도하기보다는 '수용하는' 방식을 제공할 수 있는데, 이에 입각하여 아스뵈른 그뢴스타드Asbjørn Grønstad는 에크프라시스가 "점유가 아닌 확장을 허용"[2]할 수 있다고 주장한다. 이러한 수용 감각은 해석 행위에서 작가 혹은 수용자의 권위에 의해 복잡해지지만, 동시에 그들의 보는 행위를 가시화하여 그 시선의 이면에 놓인 것을 조명한다. 미첼이 정의한 대로, 이러한 "보는 것을 보여주기"는 "단지 시각에 대한 사회적인 구성뿐만 아니라 사회적인 것에 대한 시각적 구성"[3]을 포함한다. 따라서 에크프라시스는 우리가 무엇을 보는가뿐만 아니라 어떻게 보는가를 강조한다. 이는 우리의 시야와 사각지대가 자연스러운 것이 아니라 구성된 것임을 깨닫게 하는 방식이다.

SF는 텍스트 속 이미지의 타자성을 극복하려는 에크프라시스의 시도를 위해 준비된 무대이자 재현의 재현에 있어 새로운 지평을 탐색할 수 있는 맞춤한 장소이다. SF는 이질적인 존재와 SF적 상상력을 활성화하는 묘사 차원의 이질화 과정 모두를 탐색하기 위한 완벽한 매개체인 것이다. 에크프라시스적 SF는 또 다른 층위의 낯설게 하기,

즉 이차적 굴절을 제공함으로써 식물과 같이 그동안 자주 간과되었던 대상들을 조명한다. 이 글에서는 생태적 사변소설에 나타나는 추상적 에크프라시스의 한 패턴을 고찰한다. 이 패턴은 자연 세계와의 만남을 묘사하는 언어와 사회적 논리를 기이한 것으로 만듦으로써 인간 주인공들과 그들을 지탱하는 전제들을 산산조각 낸다. 그러한 이분법적 세계관의 급속한 해체는 식물이 무엇인지, 인간이 식물을 어떻게 보는지, 우리가 식물과 어떻게 얽혀 있는지에 대한 사변을 촉진하는 동시에 식물적인 것에 대한 새로운 인식이 강화되면서 주체의 위치를 재배치한다. 이 글은 먼저 앨저넌 블랙우드Algernon Blackwood의 단편 소설 「나무가 사랑한 남자The Man Whom the Trees Loved」(1912)를 살펴본다. 이 소설은 나무의 초상화를 매개로 식물의 지능과 존재에 대한 20세기 초반의 혁신과 더불어 인간-식물 간의 친족 관계 가능성에 대해 고찰한다. 그런 다음 제프 밴더미어Jeff VanderMeer의 2014년 소설 『서던리치 1: 소멸의 땅Annihilation』으로 넘어간다. 이 소설에서 에크프라시스는 언어와 세계의 근저에 놓인 식물의 본성, 즉 표면 너머에 있는 식물의 존재성을 드러냄으로써 보는 이들을 변화시킨다. 이 글은 로버트 하스Robert Hass, 제임스 H. 완더시James H. Wandersee, 엘리자베스 E. 슈슬러Elisabeth E. Schussler의 말을 빌려, 우리를 '**식물 몰이해**plant blind' 상태로 만드는 데 그치지 않고 그 몰이해가 초래하는 파급 효과까지도 보지 못하게 만드는 마법이, 보는 행위를 통해 어떻게 '**탈마법화**'할 수 있는지 논하며 결론을 맺고자 한다. 어슐러 K. 르 귄 Ursula K. Le Guin의 「장미의 일기The Diary of the Rose」(1976)와 윌리엄 깁 슨William Gibson의 「홀로그램 장미의 파편Fragments of a Hologram Rose」 (1977)에 나타난 에크프라시스를 통해 생명정치의 구조와 그에 수반되

는 생태적 탈구dislocation를 교란하는 혁명적 가능성을 확인하고자 하는 것이다.[4]

"이제 알겠어, 그의 눈을 통해": 심리적 초상화

앨저넌 블랙우드의 1912년 단편소설 「나무가 사랑한 남자」에는 다소 전통적인 변신 장면이 등장한다. 이 소설에는 은퇴한 대영제국 장교와 그의 아내, 그리고 샌더슨이라는 이름으로만 알려진 화가가 등장하는데, 이들은 나무의 언캐니한 인지능력을 두고 씨름하며 식물이 알 수 있는지, 알 수 있다면 느낄 수도 있는지, 느낄 수 있다면 서로 간 그리고 우리와도 관계를 맺을 수 있을지 궁금해한다. 답은 백향목 그림에 있는데, 그 나무는 성경과 길가메시 서사시 같은 작품들에서 신들의 문지기 역할을 하는 것으로 유명하다. 「나무가 사랑한 남자」에서 그 나무는 또 다른 종류의 문지기로, 식물과 인간 사이의 매개자의 역할을 하는 동시에 그 구별을 흐릿하게 만든다. 이러한 매개를 통해 주인공인 비터시 대령은 돌연 그림 속에서 그가 매우 좋아했던 나무를 '동지'로 보게 되고, 그의 아내는 이 동맹에 대해 불편함을 드러낸다. 블랙우드의 소설은 에크프라시스를 관문으로 사용하여 이러한 경계들을 넘나드는 것에 따르는 위험성을 재고한다. 이 유토피아적 텍스트는 에크프라시스적 사변을 통해 식물의 본질을 심리학적으로뿐만 아니라 생리학적으로도 탐구하여 자연의 분류 체계와 사회적 계층을 연결시켜 제국주의적 권력의 시선을 탈구하는 폭로에 이르게 된다.

블랙우드가 에크프라시스적 사변을 향해 나아가기 위해 가장 먼저 시도한 것은 재현 장르를 선택한 일이다. 앞에서 '**그림**'이라고 쓴 이유는 독자가 그 단어를 예상하고 있었을 것이기 때문이다. 이 글이 만약 '초상화'라고 썼다면, 독자는 잠시 멈춰 서서 이러한 단어 선택에 대해 의아해했을지도 모른다. 시각적이든 언어적이든 '초상화'는 인간 및 보살핌을 받는 반려동물, 즉 영혼이 있다고 말할 수 있는 존재에게만 해당되는 경향이 있다. 그림은 그 외의 모든 것에 사용된다. 그러나 블랙우드는 이 특정한 백향목을 두고 분명히 초상화라고 썼다. 표면적으로는 이상해 보이지만 그 단어 선택은 의도적인 것으로 보이며, 소설에서 에크프라시스가 차지하는 위치에 대한 이 글의 독해를 뒷받침해준다. 우선 블랙우드는 나무를 물리적으로 묘사하지 않고 나무의 심리적 반영물을 초상화로 묘사한다. 이는 당시의 과학적 탐구로 이어져, 인간과 식물 세계 간의 이미 불안정한 관계에 그러한 깨달음이 미치는 영향을 재고하게 한다. 비터시가 그 이미지를 살펴보자, "묘하게 그리운 감정이 그의 눈을 잠시 스치듯 지나갔다. "그래, 샌더슨은 있는 그대로 보았어.""[5] 화가인 샌더슨과 의뢰인인 비터시 대령 둘 다 그 나무를 하나의 인격체로, 게다가 친근한 존재로 여긴다. 대령은 화가를 초대해 "그가 어떻게 [그 나무]가 이 오두막과 숲 사이에 서 있으면서도 뒤쪽에 펼쳐진 숲보다 ─ 어쩐지 우리 쪽에 더 공감하는 듯 보이는지를 그렇게 또렷하게 볼 수 있었는가 묻고자 결심했다. 나무는 일종의 매개자 같은 존재였다. 나는 이전에는 전혀 눈치채지 못했던 것을 이제야 보게 되었다. ─ 그의 눈을 통해서."[6] 새롭게 발견한 관점 덕분에 그는 살아 있다는 말의 "어떤 타당한 의미로든" 나무가 살아있는 것으로 간주될 수 있는지 고민하게 되고, "백향목의 영혼을 그런 식으로 그릴 수 있는 사람이라면 모든 것을 알고 있을 것"이라 생각하여 화가에게 물어보기로 한다.[7] 백향목은 그와 교감하며 어둡고 위협적으로 변하고 있는 숲으로부터 그를 보호한다. 백향목은 영혼을 지니고 있다. 그 나무는 초상화의 대상이 될 가치가 있다.

1848년 논저 『나나, 혹은 식물의 영혼에 관하여Nanna oder über das Seelenleben der Pflanzen』에서 식물 영혼에 관한 이론을 제시했던 19세기 식물학의 선구자인 구스타프 페히너Gustav Fechner의 말에 호응하듯, 블랙우드의 소설 속 화가는 이렇게 주장한다. "우리 자신의 영혼에 숨겨진 경이로움은, 감히 주장하건대, 별것 아닌 감자의 어리석음과 침묵에도 숨겨져 있어."[8] 이는 자연 세계에 대한 인간의 지식, 그리고 그로 인해 자연 속 인간의 위치를 때로 불편할 정도로 새로운 차원으로 끌어올린 계몽주의의 여러 발견을 반영한다. 아리스토텔레스는 영혼을 목적의식이자 결집력의 근원으로 보았는데, 식물은 그것을 오직 번식하고 번성하는 데 필요한 만큼만 (하지만 무성생식으로. 기억하라, 아리스토텔레스는 자연발생설을 믿었다) 가지고 있다고 생각했다. 1878년 미모사 푸디카Mimosa pudica, 즉 신경초의 습성에 관해 발표한 독일의 과학자 빌헬름 페퍼Wilhelm Pfeffer의 연구 결과를 이어받아, 벵골의 생물 물리학자이자 식물학자인 자가디시 찬드라 보스Jagadish Chandra Bose는 식물도 능동적으로 감각하고, 탐색하며, 정서적 및 신체적 고통을 느끼고, 결정적으로 인간과 유사한 방식으로 환경에 적응한다는 것을 증명하기 위해 노력했다. 다윈 역시 이 분야에 뛰어들어 1870년대와 1880년대에 식물의 인지능력에 관한 이론을 제시했다.

식물 의식에 관해 급성장한 이러한 연구는 샌더슨을 통해 블랙우드의 이야기에 말 그대로 삽입되는데, 그는 대령 부인이 종교에 기반해 주장하는 데 반박하며, 식물 존재에 대한 그의 시대와 오늘날의 많은 연구를 다음과 같이 요약한다.

> "하지만 당신도 알다시피 식물도 숨을 쉽니다." 그가 말했다. "그들은 숨 쉬고, 먹고, 소화하고, 돌아다니고, 사람과 동물처럼 환경에 적응합니다. 그들도 신경계를 갖추고 있으며 (…) 적어도 신경 세포의 특성이 어느 정도 있는 복잡한 핵 체계를 갖추고 있습니다. 그들은 기억도 가지고 있을지 모릅니다. 확실히 자극에 반응하는 명확한 행위에 대해 알고 있어요. 이것이 단지 생리적인 것일 뿐, 심리적인 것이 아니라고는 누구도 입증하지 못했습니다."[9]

대령은 식물을 인간과 동일한 수많은 쌍방향 시스템을 가진 생명체로 여기는 것을 넘어서서 나무가 의사소통을 한다고 주장한다. 소설에서 서술되는 시간에 영국의 나무들이 그를 알아보는 것은 그 시간 이전에 인도의 나무들이 그를 알고 있었기 때문이다. 그는 "전 세계 나무들 사이에는 교감이 있다"라고 단언하고, 바람이 "새처럼 땅에서 땅으로 메시지와 의미를 전달하며 연결하는" 수단이라고 말한다.[10] 또한 대령은 식물학 분야에 대해 블랙우드가 정리한 선행 연구를 전파하는 역할을 한다. 그는 식물 감각에 관한 프랜시스 다윈의 왕립학회 연설을 아내에게 읽어주고 다윈의 식물 의식을 길게 인용한다. 화가와 대령과 그의 아내는 식물 존재의 잠재력을 논하면서, 각자 좋든 나쁘든 식물 생명체에 이전보다 더 가까워졌다고 느끼게 된다. "나름의 방식으로 즉 아름다움으로, 경이로움으로, 불안감으로 그들 각각은 그 대화가 다소간 식물계 전체를 인간계에 더 가까이 끌어당졌다는 것을 깨달았다. 인간계와 식물계 사이에 어떤 연결고리가 형성된 것이다."[11] 그들이 고찰한 결과, 나무는 갑자기 배경에서 벗어나 인간의 지각이라는 전경을 공유하는 상태가 되며, 인간의 우월성에 대한 가상의 위협으로 등장한다.

블랙우드의 소설은 몇몇 굴절을 심어둠으로써, 즉 화가의 시각이 캔버스 위로 번역되어 대령을 움직이고 대령이 이를 독자에게 설명하게 함으로써, 에크프라시스 과정이 독자를 밀어붙여 대령과 화가가 한 것처럼 (친절하게, 충직하고 용감하게, 진실되게) 나무에 대해 상상하게 할 뿐만 아니라 나무에 관해 아는 것에 더해 나무껍질 아래 더 많은 것이 있을 가능성을 겹쳐둔다. 달리 말하자면, 시점의 국면을 전환하는 것이다. 그림은 모방mimesis과 추상성notionality이 교차하는 가능성의 경계 지대를 제공하여, 독자가 보면서도 발견하지 못하는 또 다른 것에 관한 질문을 제기한다. 그리고 작품에서 자연이라는 개념 자체, 즉 인간이 아닌 것, 우리가 아닌 것이 소설이 전개되면서 점점 더 커다란 존재감을 드러내며 재고의 대상이 되고 있다고 할 때, 다음과 같이 묻는다. 다른 자연화된 그러나 더 이상 자연적이지 않은 범주들에 대해서는 왜 재고하지 않는가?

이를테면 제국을 떠올려보자. 조르조 아감벤Giorgio Agamben이 "벌거벗은 생명"으로 명명한, 역사적으로 선주민들이 추방된 인류로 격하되어온 방식을 떠올려보면, 나무들은 대령이 복무해야 했던 인도에서 제국 프로젝트의 일부로서 '교화하고자' 했던 식민지인들의 상징적 대리자로 기능한다. 소설은 영국 식민주의에 대한 냉혹한 비판과 역식민화에 대한 불안을 풍자한다는 점에서 2장에서 제리 마타Jerry Määttä가 서술했던 원덤의 움직이는 트리피드와의 복합적 관계성에서 그리 멀지 않다. 블랙우드의 소설은 인간의 식민화가 인간에만 국한되지 않는다는 것을 비유 이상으로 보여주는데, 이는 앨프리드 크로즈비Alfred Crosby가 생태 제국주의라 명명한 것, 즉 질병, 동물, 식물을 이용하여 인간 이외의 생명체, 가령 나무에 대한 지배를 확장하려는 계획 또한 중요하다는 것을 보여준다. 제프리 T. 닐론Jeffrey T. Nealon은 푸코에 근거하여 "동물이 아니라 식물이 생명정치 시대 전반에 걸쳐 추방된 타자의 역할을 수행해왔다고 말할 수 있다"[12]라고 썼다. 묘사된 백향목이 예술적으로 다루어질 뿐 아니라 식물 존재에 대한 새로운 담론이 분명하게 참조되고 있음을 고려하면 「나무가 사랑한 남자」는 식민지 타자를 벌거벗은 생명으로 치부하는 관점이 편재한다는 점을 비판한다. 동시에 자연화된 우월성이라는 의제를 마주하며 이 작품은 (텍스트를 통해 굴절된) 시각예술을 이용해 식물 생명체가 능력과 고유한 가치가 저평가되었던 다른 식민화된 집단과 마찬가지라는 사실을 재검토한다. 이 소설은 우리가 식물을 보는 방식이 광범위한 함의를 갖는다고 말한다. 다른 생명의 주권성을 인정하지 않는 것으로서의 폭력은 생명권력의 확장을 반영한다는 것이다. 극단적으로 말하면 권력의 계층화를 지지하고, '시민' 대 '타자'의 위계를 강화한다. 샌더슨의 그림을 통해 비터시와 독자는 나무(그리고 식민화된 사람들)에 관한 얼어붙은 문화적 지각 너머를 보며, 에크프라시스를 통해 구축된 경계 안에 갇히기보다 세계 전반에 걸쳐 리좀적으로 연결된 친족의 관점으로 확장된다. 제시카 조지Jessica George가 1장에서 상세하게 논의한 것처럼, 비터시 자신은 궁극적으로는 이러한 사회적이고 종 중심적 지층을 거부하고, 숲 안으로 들어가 숲과 융합되어 그 자신의 일부를 잃고 또 다른 일부를 얻게 된다. 그는 제국의 하수인인 자신을 폐기하고 스스로를 다른 존재로 개조한다.

시간 및 유형의 교환: 기이한 탈구

「나무가 사랑한 남자」에서 보여준 것처럼, 에크프라시스는 종종 독자를 행간과 배경 사이에, 현재와 서술 시간 사이에 멈추게 하여, 의미 있는 순간을 위한 공간을 마련해준다. 머레이 크리거Murray Krieger는 시각적 요소를 문학에서 모방하는 것이 "문학에서 움직이는 세계 위에 덧씌워져 그것을 '정지'시켜야 하는, 관계가 고정된 얼어붙고 정지된 세계"[13]를 대신한다고 지적한다. 이는 의미심장한 멈춤과 동등한 것이다. 이 멈춤은 관찰 대상을 확대하여 독자에게 대상을 묘사하고 그것과 상호작용하게 한다. 제프 밴더미어의 뉴 위어드 '서던 리치' 3부작(2014) 같은 경우에서 이것은 또한 장면 위에 덧씌워진 서사를 끌어낼 수 있다. 밴더미어의 소설에서 X구역이라는 영역은 불안정성 때문에 봉쇄된다. X구역의 재현은 고정되지 않을 것이다. 이 내재적 유동성은 최근 몇몇 연구의 중심에 놓여 있다. 벤저민 로버트슨 Benjamin Robertson은 X구역을 아직 "인간이 이해하려는 시도는 거부하지만" "그럼에도 불구하고 기이한 행성에 대한 관심과 주목을 요하는" 장소로 묘사한다.[14] 한편 이 책의 9장에서 앨리슨 스펄링Alison Sperling은 밴더미어가 만드는 균류 뉴 위어드를 인간 주체성을 변형하고 확장하기 위해 인간의 신체성을 퀴어링하는 적절한 수단으로 논한다. 여기서는 재현의 불안정성과 식물성 시각이 언어적 묘사에 의해 고정되고 분류되거나 통제되기를 거부하며 진화적 상호작용을 요구하는 방식에 주목하고자 한다.

X구역에서 돌고래는 인간의 눈을 가진 것처럼 보인다. 땅이 융기한다. 이상한 것들이 군림한다. 문명 최후의 요새인 '서던 리치'는 탐사대를 파견하지만, 돌아오는 사람은 거의 없다. 소설은 생물학자, 국장인 '컨트롤', 감독 등 직업(과 관심사)에 따라 명명된 인물이 등장한다. X구역에서 그들의 최고 관심사는 뒤집힌 탑과 등대이다. 탑은 자연적으로 발생한 지형이며, 아래쪽으로 나선형으로 뻗어 내려가고 생기에 넘치며 벽에는 변화무쌍한 푸른 잎으로 된 글귀가 빛나고 있다. 소설 자체는 생물학자의 관측 노트로, X구역에 대한 관찰을 서간체로 기록한 글이다. 그녀는 신비로운 글귀에 대한 첫인상을 기록하고 그 변화를 도표화했다. "죄인의 손에서 비롯한 목 조르는 과실이 놓인 곳에서 나는 죽은 자의 씨앗을 낳아 어둠 속에 몰려든 벌레들과 함께 나누리라"[15]라는 시각화된 언어로 숨 가쁘게 시작하는데, 이 글귀는 어쩌면 그 자체로 묘사의 본질에 대한 논평일 것이다. 소설은 상당 부분을 이 녹색 글자의 수수께끼를 푸는 데 집중한다. 이 단어들을 쓰고 있는 것은 누구인가? 무슨 의미일까? 어떻게 의미를 담는 걸까? 첫 번째 책인 『서던리치 1: 소멸의 땅』에서 생물학자가 여기에 접근할 때 그녀는 글자를 이어서 읽고 싶어 하다가 크리거의 "얼어붙은 정지된 세계"의 올가미에 붙들린다. 그녀는 자신의 충동을 "계속 읽어 나가려는, 거기에 적혀 있는 모든 내용을 다 읽을 때까지 더 깊은 어둠 속으로 내려가려는, 더욱 거대한 암흑 속으로 가라앉으며 읽을거리를 모조리 읽을 때까지 계속해서 가라앉고 싶은 충동"[16]이라며 독자에게 익숙한 방식으로 표현한다. 생물학자는 팀원이 근래 역사상 가장 문자 그대로 자세히 봐야 하는 것이라고 명령형으로 발언할 때에서야

잠시 멈춘다. "뭘로 만들어져 있지?"[17] 생물학자는 단어들 앞에 멈춰서 궁리한다. "저게 뭘로 만들어졌냐고? 글을 비추던 조명이 흔들리고 떨렸다. '**목 조르는** 과실이 놓인 곳'이라고 적힌 부분이 마치 그 의미를 두고 싸움이 벌어진 것처럼 그림자에 잠겼다가 빛에 잠겼다. (…) 더 자세히 살펴볼 필요가 있었다. 뭘로 만들어져 있지?"[18] 그녀는 식물에 관한 전형적인 내용(마술적인 황무지, 관상용의, 상징적인, 과학의)을 훑으며 그 글귀와 수상한 단어들이 무엇으로 만들어졌는지 조사해 나가다가, 그녀 앞의 더는 식물조차 아닌 듯한 자실체子實體가 움직이는 순간 붙잡힌다. 로버트슨의 분석처럼 X구역은 텍스트로 읽히거나 '소화'되기를 거부한다. "X구역은 다른 무엇이다. 이것과 저것, 어떤 시공간과 다른 시공간, 뭐가 되든 인간은 아닌 존재와 인간 사이에 경계를 설정하는 과정을 이미 언제나 교란해왔다."[19]

모든 에크프라시스 행위는 해석이므로 이는 본질적으로 재현 행위에 의문을 제기한다. 이미지가 정착되도록 하는 한편, 재현행위를 파괴하고 모든 재현이 부적절하다고 지적하는 것이다. 제임스 헤퍼넌James Heffernan에 따르면 "언어로 된 서사도, 그림의 묘사도 존재를 온전히 재현할 수 없다. 언어나 조각상으로는 영속성·안정성·진리를 완전무결하게 표현하는 것은 불가능하다."[20] 읽기와 기록하기도 마찬가지다. 생물학자는 글귀를 자세히 들여다보다가 자신이 단어 이상의 것에 이끌려 앞으로 나아갔다는 점을 깨닫는다. 단어 자체가 그들만의 세계를 형성하고 있던 것이다. 이에 관한 그녀의 묘사가 그 변화를 드러낸다. 이윽고 그것은 그녀를 변신시킨다. 동굴 벽에 붙은 단어들은 언어적 메시지에 머무르지 않고 시각적으로 묘사되어야 하는 것들로 바뀐다. 언어에서 대상으로, 다시 언어로 변하는 동안 그것은 갑자기 완전히 다른 무엇이 된다. 그 순간 멈추는 쪽은 이미지가 아니라 수용자인 독자다. 이처럼 완전히 '정지된' 순간은 과학적 기록으로 여겨지던 생물학자의 탐사 노트에서 나타난다. 이 같은 기록은 종종 정물화로 간주되는 식물의 세계에 집중하고, 다시 살아 움직이도록 하면서 보는 사람과 그 관점을 바꿔놓는다.

처음에 생물학자는 벽이 "어둑하게 빛을 발하는 녹색 덩굴"로 덮여 있으며 위험할 정도로 야생적이고 거의 마술적이라고 생각한다. 그녀는 재빨리 자기 욕실의 "꽃무늬 벽지"를 연상하며 자기방식대로 묘사한다. 그다음 자신이 보고 있는 것이 덩굴이 아니라 "필기체로 쓴 글자"이며 적절히 연결되는 서체로 "벽에서 15센티미터 정도 솟아올라" 있다는 사실을 깨닫는다.[21] 그녀는 글자를 쓴 누군가의 존재를 인식하는 데서 시작해서 보다 정확한 원예학 정보를 전달하려는 방향으로 진(進)행한다. 글자들은 "짙은 녹색의 양치식물 같은 이끼"로 이루어진 것처럼 보이지만 "일종의 균류나 진핵생물"일 테고, 혹은 반복적으로 묘사되는 대로 "자실체"일지도 모른다.[22] 그녀의 숨 가쁜 기록은 만화경처럼, 독자가 상상으로 지각했던 바를 환상적인 것에서 평범한 것으로, 가정집 인테리어로, 이해할 수 있는 단어로 변환한다. 그러나 이런 평범함은 곧 사라지고 이미지는 야생으로 귀환한다. 생물학자는 글귀를 숙고하면서 추론한다. "정말 그런지 누가 알 수 있을까? 다만 정답에 가장 가까운 짐작일 뿐이었다."[23] 자신이 보고 있는 것을 린네의 분류 체계에 꿰맞추려는 첫 시도는 실패하고 "자실체"라는 생성적이지만 모호한 묘사만 남는다. 어떤 종류의 몸인가? 동물? 식물? 외계 생명체? 독자는 그녀의 앞에 있는 것을 무엇이라고 읽어야 하는지 확신하지 못하는 채로 남겨진다.

　다음으로는 시각적 묘사와 냄새에 대한 감각이 이어진다. "구불구불한 줄기들이 서로 얽힌 채 벽에서 솟아나 있었다. 글자에서는 양질의 흙냄새가 풍겼고, 꿀이 썩는 듯한 달착지근한 냄새가 살짝 섞여 있었다."[24] 7장에 실린 요기 헨들린Yogi Hendlin의 논의를 보면 냄새는 일반적으로 인간의 의사소통 감각에서는 배제되지만 식물의 의사소통에서는 중심이 된다. 꽃가루와 포자는 물론이고, 이끼나 양치류처럼 씨앗을 맺지 않는 식물이 번식하는 방법에서도 마찬가지다. 벽의 글귀는 결국 두 가지를 모두 생물학자에게 새긴다. 그녀는 벽의 자실체가 그녀에게 "응답"하기 전부터 부패한 꿀 냄새를 알아차리고, 심지어 이후에는 더욱 강력하게 감지한다. 그것이 사용하는 휘발성 화학물질은 식물의 언어다.

　화자와 독자는 단어에서 너무나 멀리 떨어져서 종국에는 그 표면적인 의미를 잊어버린다. 단어들 자체는 또 다른 세계로, 우리를 넘어서는 다른 생명체를 지탱하는 것으로 변모한다. "마치 숲을 축소해 놓은 듯한 형상이 거의 알아볼 수 없을 정도로, 부드러운 조류 속의 해초처럼 흔들리고 있었다. 이 작은 생태계 안에는 또 다른 녀석들도 존재했다. 녹색 균사 속에 반쯤 숨어 있는, 손바닥 아래에 자그마한 손이 붙박인 모양의 반투명한 생물이었다."[25] 생물학자의 시선은 식물 존재의 수준을 지나 마지막에는 인간 형상의 생물체에 도달함으로써 그녀 자신에게로 돌아온다. 그녀의 외양과 그 묘사는 여러 역할을 한다. 벽에 있던 포자는 그녀에게 훅 날아들어 그녀가 다른 무언가로, 그녀가 알고 있던 그녀 자신에 미치지 못하는 무언가로 변형되는 과정을 재촉한다. 한 인간으로서 그녀는 종과 인격이라는 세계로부터 단절되어 생태계와 뒤엉킨 존재가 된다. 제임스 엘킨스James Elkins에 따르면 "궁극적으로, 본다는 것은 보이는 대상을 바꾸고 또 보는 사람을 바꾼다. 본다는 것은 메커니즘이 아니라 변신이다."[26] 여기서는 이런 일이 매우 빈번하게 일어난다. 에크프라시스적 시각화를 통해서 생물학자는 자실체와 시간 및 신체 유형을 맞바꾸고, 그녀를 이루던 경계선을 경계 없는 광활한 영역으로 풀어낸다. 그녀가 훈련했던 분류학적 구별법은 갑자기 덜 중요해진다. 생물학은 학문으로서 그런 구별법을 전제한다. 생물학자는 자신이 유일하게 알고 있는 그 구별법을 근거로 자신의 정체성을 설명한다. 그럼에도 그녀는 동굴로 내려가는 길에서 에크프라시스적 방황을 겪은 이후 자신이 그토록 주의 깊게 습득했던 경계 설정법이 완전히 별개의 영역으로 돌아갔다는 사실을 깨달았다. 그녀를 향해 손짓하는 "손바닥 아래에 붙박인 자그마한 손"은 인간성에 대한 공통된 감각은 아니더라도 그보다 확장된 형태에서 나온 것으로, 우리가 우리 주변의 세계에 대해 알고 있는 것이 우리의 기대만큼 많지 않다는 사실을 상기시킨다.

"생태적 탈구", 파편화 및 솔라스탤지어 Solastalgia

우리가 식물을 시각화하는 방식을 심문하는 데 실패한다면, 매튜 홀이 "생태적 탈구"라고 명명한 상황을 초래할 수 있다. 이는 우리를 보는 존재로만 만들어, 생태계의 구성원이라는 스스로의 상태를 부인하게 만든다.[27] 더욱이 이러한 오만은 주요 선진국이 기후 협약에서 탈퇴하고, 환경 보호 기관을 해체하며, 자연보호 구역의 막대한 땅을 매각하는 동시에, 사람들을 불화하게 만드는 말이나 심지어는 장벽을 통해 더욱 분열시키려고 다투는 사태로 이어질 수 있다. 이것이 바로 어슐러 K. 르 귄의 아직 충분히 논의되지 않은 소설 「장미의 일기The Diary of the Rose」(1974)의 핵심이다. 르 귄은 이 작품으로 네뷸러상에 선정되고도 수상을 거부했다. 2003년 『라이터스 크로니클Writer's Chronicle』 인터뷰에서 르 귄은 「장미의 일기」가 "국내든 해외든, 정부의 제도화된 잔인함과 어리석음에 분노하고 또 두려워하며 나온" 수많은 이야기 중 하나로 "이는 조금도 과장된 이야기가 아니다. 정부가 주도하는 고문과 반대파에 대한 처벌 같은 끔찍한 현실에 가까이 다가가는 이야기는 찾기 어렵다"라고 말했다.[28] 정부가 지시한 정신 탐사를 경유해서 르 귄의 주인공은 전체주의적 생명 통제에 의해 강제된 존재론적 한계 안에서 길을 찾는다.

이 독특한 제목의 서간체 소설에서, 국가심리국에 소속된 한 심리투시학자는 환자들(실제로는 정치범들)의 정신을 탐구하는 임무를 부여받는다. 그녀는 환자들이 세계를 시각화하는 방식을 관찰함으로써 이 작업을 수행한다. 작품은 심리투시학자의 상관이 자신에게 관찰한 바를 일깨우기 위한 일기 쓰기를 권유한 사실을 서술하며 시작한다. 상관은 "오류를 발견해 배우며, 긍정적 사고의 진전 혹은 일탈 지점을 확인하고, 이에 따라 지속적으로 업무를 수정하라"[29]고 조언한다. 심리투시학자는 오멜라스Omelas[i]의 주민들처럼 체제에 순응하며 자신의 임무를 수행하던 중, 지나치게 많은 질문을 던지는 학자 플로레스 소

---

i 르 귄의 단편소설 「오멜라스를 떠나는 사람들」의 배경이 되는 가상의 도시이다. 오멜라스의 주민들은 도시의 행복을 위해 한 아이가 비참한 고통을 겪는 줄 알면서도 그 상태를 유지한다.

르데스Flores Sordes의 정신세계를 투시하게 된다. 소르데스는 그녀가 자신의 정신으로 침투하는 것을 저지하기 위해 극사실적으로 시각화된 장미를 떠올리며 저항을 시도한다. 그녀는 충격에 휩싸여 "나는 이제껏 그렇게 세밀하고 생생한 심리투시 영상을, 심지어 약물 유도 환각 상태에서조차 본 적이 없다"[30]라고 반응한다. 소르데스는 그 외 다른 이미지들도 시각화하지만, 이 첫 번째 장미 이미지가 심리투시학자에게 가장 강렬한 인상을 남긴다. 심리투시학자는 소르데스의 정신에 침투하여 특히 그가 생생하게 형상화한 장미를 경험한 후 자신이 그간 전기 충격으로 반체제 인사들의 정신을 지움으로써 반대파를 제거하려는 파시스트 정권에 봉사해왔다는 사실을 깨닫게 된다. 심리투시학자는 소르데스가 만든 식물적 환상의 진실을 마주한 뒤 세상을 조금 더 다차원적으로 보기 시작하며, 그 결과 그녀의 세계관은 돌이킬 수 없을 정도로 조각난다. "꽃잎이 다른 꽃잎에 드리운 그림자, 벨벳처럼 촉촉한 꽃잎의 감촉, 햇살로 가득한 분홍빛, 중앙의 노란 왕관―기기에 후각 감지 기능이 있었다면 분명 향기도 느껴졌을 것이다―장미는 지적 산물mentifact이 아니라 실체였다. 땅에 뿌리를 내리고 자라는, 강하고 가시 돋친 줄기를 가진 살아 있는 존재였다."[31] 심리투시학자가 자신을 환자와 동일시하게 되면서 환자가 시각화한 이미지에도 동일시가 일어난다. 이에 따라 그녀는 개인의 마음과 그가 가진 전복적 힘을 지워버릴 수 있다고 주장하는, 비유하자면 환자를 식물적 존재로 변모시키는 국가의 주권권력과 규율권력에 의문을 품게 된다.

심리투시학자를 둘러싼 제도들은 사회 구성원을 규정하려 들며, 그러한 규정을 통해 통제한다. 그녀가 속한 기관은 자신들이 설정한 경계선을 판옵티콘적 방식으로 감시하는 데 몰두한 나머지 체제 외부에서는 전혀 다른 방식으로 경계를 설정할 수 있다는 가능성을 인식하지 못한다. 심리투시학자는 궁극적으로 '로사Rosa'라는 자신의 이름 그대로, 소르데스가 구현한 장미와 자신을 동일시하게 된다. 이는 그녀가 갇혀 있다고 느끼는 전체주의 국가에서는 결코 고려된 바 없었던 삶의 형태이다. 이에 따라 로사는 식물이라는 정체성으로 탈출하여 주변을 둘러싼 체제가 규정한 제약, 즉 어떤 생명이 살 가치가 있는지, 어떤 정신이 보존될 가치가 있는지라는 기준을 우회한다. 소각을 결행하기 전 일기에 남긴 마지막 기록은 이러한 그녀의 변화를 보여준다. "나는 로사이다. 나는 장미이다. 장미, 나는 장미다. 꽃 없는 장미, 가시로만 이루어진 장미, 그가 만들어낸 정신, 그가 만진 손, 겨울 장미."[32] 이 텍스트는 제목 속 장미에 서사적 주체성을 부여하며, 로사는 플로레스 소르데스가 구현한 이미지를 통해 자신을 가시로 인식하게 된다. 이는 그녀를 구속해 온 권력의 위계질서를 뒤흔들고, 그 자리에 억압 체제를 전복할 수 있는 가치 있는 삶에 대한 새로운 생각을 제시한다. 로사는 장미에 반영된 자아의 이미지 속에서 자신을 사회 규범에 종속시켜온 완고한 "인간성"과 "문명화"의 이념을 넘어설 하나의 가능성을 발견하게 된다. 로사를 변화시킨 것은 장미를 스치듯 본 순간이 아니라, 장미와 에크프라시스적 서간체와의 만남을 통해 상관의 권위, 자기 업무의 정당성, 타인을 침해할 권리 등과 같이 자신이 당연하게 여겨왔던 것들을 마주하는 과정이었다. 미학적으로도, 인간적인 고려의 대상으로도 인식하지 못해 온 삶의 한 범주에 대한 갑작스럽고도 총체적이며 세밀한 시각적 체험을 통해, 로사는 환자를 새로운 관점에서 바라보게 될 뿐 아니라 자기 안에 잠재된 혁명적 가능성 또한 깨닫게 된다. 이 경험들은 그녀로 하여금 식물적인 것과 인간적인 것, 비활동적으로 간주되던 것과 활동적으로 여겨지던 것 사이를 넘나들게 한다. 그리고 그녀 안에 존재했던 새로운 가능성, 즉 아직 피지 않았지만 무한한 잠재력을 품은 장미와도 같은 그것을 다시 시각화하도록 만든다.

이와 유사한 방식의 개화는 윌리엄 깁슨의 단편 「홀로그램 장미의 파편」에서도 나타난다. 이 작품은 르 귄의 「장미의 일기」가 나온 지 불과 3년 뒤에 발표된 깁슨의 데뷔작으로, 1986년 그의 대표적 단편집 『버닝 크롬Burning Chrome』에 재수록되었다. 「홀로그램 장미의 파편」에서 주인공 파커Parker는 최근 연인과의 이별이 남긴 공허함에 시달리는 중이다. 그는 연인이 버리고 간 자잘한 물건들을 보고 생각에 잠긴다. 끊어진 샌들 끈, 그녀가 그를 만나기 전 그리스에서 녹음한 감각 보조 인식Assisted Sensory Perception, ASP 가상현실 카세트테이프의 일부, 그리고 장미 이미지가 담긴 홀로그램 엽서 등이 그것이다.[33] 엽서에 무언가 적혀 있었는지 아니면 비어 있었는지에 대해서는 언급되지 않고 결락으로 남겨져 호기심을 자극한다. 이 작품에서 주인공은 자신이 파쇄기에 집어넣은 엽서처럼 산산이 부서진 존재임을 자각하게 된다. 회상에 잠긴 그는 삶의 파편들이 마치 홀로그램의 장면처럼 떠다닌다고 느낀다. 잠에 빠져들 즈음 흩어진 조각들이 결합될 수 있을지도 모른다는 희망의 순간이 찾아오지만, 그 가능성이 실현되기 전에 그는 의식을 잃고 만다.

델타 상태로 빠지면서 그는 자신을 장미로 본다. 훔친 신용카드, 불타버린 교외, 어느 낯선 이의 별자리표, 고속도로 위에서 타오르는 탱크,

납작하게 접힌 약봉지, 콘크리트에 갈아서 날을 벼린 고통처럼 얇은 스위치블레이드, 흩어진 파편 하나하나가 그가 결코 알 수 없는 전체를 드러낸다.

　생각이 떠오른다. "우리는 서로의 파편이야. 언제나 그랬던 걸까? … 하지만 그는 기억해냈다. 각각의 파편은 저마다 다른 각도에서 장미를 비춘다는 것을. 그렇지만 그 말이 무슨 의미였는지 자문할 틈도 없이 그는 델타 상태로 휩쓸려갔다.[34]

「홀로그램 장미의 파편」 전반에 걸쳐 나타나는 형식과 내용의 파편화는 깁슨의 작품 세계에 익숙한 독자들에게는 낯선 것이 아니다. 어떤 이들은 깁슨의 스타일과 그로부터 파생된 '사이버펑크' 장르를 파편화된 시각적 이미지들이 "응축된, 예리한, 광학적 층위를 창조하는 '글리터스페이스'"[35]라고 묘사해왔다. 「문학적 MTVLiterary MTV」라는 제목이 시사하듯, 조지 슬루서George Slusser는 자신의 평론에서 이러한 스타일을 "광학적 산문optical prose"이라 명명한다. 그것을 "더는 신화나 이야기의 비유적 공간을 형성하기 위해 연결될 수 없는, 이미지들의 매트릭스"로 특징짓는데, 이는 "인쇄된 언어는 (…) 파편화된 속도, 즉시성, 단일 차원의 시각 이미지에 무력해졌다"라는 마셜 매클루언Marshall McLuhan의 주장을 뒷받침하는 것이기도 하다.[36]

『버닝 크롬』이 전설적인 위상을 지니고 있음에도 「홀로그램 장미의 파편」은 대부분 사이버펑크 장르에서의 자아 분열과 관련하여 논의되었을 뿐 다양한 관점에서 논의된 바는 거의 없다.[37] 닐 이스터브룩Neil Easterbrook은 관련한 짧은 논평에서 「홀로그램 장미의 파편」은 깁슨이 수면 보조 기술을 사용하는 서사의 전초라는 점을 밝히고, 작품이 "분열된 자아에 대한 사유를 유도하며, 되찾을 수 없는 상실된 총체성에 대한 애상적 향수로 끝을 맺는다"[38]라는 찬사를 남겼다. 이 글에서 주목하고자 했던 부분이 바로 "상실된 총체성에 대한 애상적 향수"이지만, 그것이 과연 회복 가능한 것인지의 여부는 독자의 판단에 달려 있다. 기술 중심의 근대성은 종종 상실의 감각과 짝을 이룬다. 사이버스페이스의 경이로움이 획득되는 순간에도 지상의 낙원은 뒤에 남겨지거나, 혹은 그 경이로움을 가능케 하기 위해 부서지고 파괴된다. 첨단 기술 기기에는 대개 아주 멀리 떨어진 지역에서 채굴된 희귀 광물이 투입되지만, 이 기기들은 계획적 구식화로 인해 빠르게 소모되고 아마도 점점 더 유독해지는 폐기물 매립지로 향하게 된다.[39] 파베우 프렐리크Paweł Frelik는 「홀로그램 장미의 파편」을 윌리엄 깁슨의 작품들 가운데 드물게 등장하는 에너지 불안정성의 사례로 해석한다. 실제로 이는 작품의 핵심 주제 중 하나이다.[40] 작품에서 주인공은 브라운 아웃brown-outs, 즉 그의 기기와 전력망 사이에서 발생하는 시냅스 단절 현상을 반복적으로 경험한다. 그것은 파커가 도시로 이주하기 전에 참여했던 삼림 파괴와 관련 있을 수도 있고, 아니면 고도화된 기술 중심적 생활양식을 유지하기 위해 요구되는 채굴과 연관되었을 수도 있다. 그러나 분명한 것은 이 모든 과정이 그의 단절된 자아 감각과 맞물려 있다는 점이다.

그 밖에도 소위 스마트하고 도시적인 공간으로의 전환과 깁슨의 사이버펑크에서 영향을 받은 작품(과 그의 최근작인 『페리퍼럴The Peripheral』(2014)에 나타난 이러한 전환)에서 흔히 발견되는 녹지와의 단절에 대해 살핀 바 있다.[41] 인간이 소유한 다른 많은 공간처럼 녹지는 인간과 분리되어 방목되고 가축화되었으며, 정원과 공원, 잔디밭으로 길들어 구획 안에 갇혀 있다. 아마도 그의 작품 중 「홀로그램 장미의 파편」만큼이 탈구의 대가가 공명하는 곳은 없을 것이다. 이러한 점은 텍스트를 구성하는 전前 수면 단계의 사유뿐 아니라 역설적인 이름이 붙은 사물, 즉 파편화된 홀로그램 장미에 대한 묘사를 통해서도 분명하게 드러난다. 랜스 올슨Lance Olsen은 "우리는 서로의, 세계의, 심지어는 우리 자신의 전체적인 그림을 볼 수 없다. 우리는 총체성이 부재한 상태에서 파편으로 사는 것을 배워야만 한다"[42]라며 이 문제의 핵심에 짚었다. 그럼에도 여러 통합의 가능성, 파편들이 하나로 합쳐지는 시각화 혹은 그 이상의 가능성을 제안해 볼 수 있다. "회복되고 가시화되면, 각 조각은 장미의 전체 이미지를 보여줄 것이다."[43] 물론 이 전체는 인간만이 아니고 기술만도 아니며, 우리를 둘러싼 살아 있고 살아 있지 않은 세계의 나머지를, 여기서는 페이지를 배회하는 장미의 환영으로 대표되는 식물을 포함한다. 마침내 "그는 자신을 장미로 본다." 장미의 매개와 그 매개가 만들어내는 성찰을 통해 잠에 빠지는 주인공이 아니더라도, 독자는 인류세 시대에 파편화의 어원에 대해 궁금해하게 된다. 우리는 기술적 행복감technobliss에 너무 빨리 빠져들어서 우리의 구성 요소에 대한 시야와 기술이 우리 자신으로부터, 서로로부터, 그리고 다른 삶의 방식과 수단으로부터 우리를 어떻게 분절시킬 수 있었는지를 잊어버린 것은 아닐까?

파커는 20세기 중반의 환경운동가 엘린 미첼Elyne Mitchell이 『흙과 문명Soil and Civilization』(1946)에서 경고한 내용을 현실화한다. 사람들이 주변 생태계와의 관계를 끊을 때, "이러한 통합의 단절은 금세 개인의 '총체성' 부재로 나타난다."[44] 즉 그들은 파편화된다. 최근에 환경 철학자 글렌 알브레히트Glenn Albrecht는 기후 변화에 대한 불안을 '솔라스텔지어solastalgia'로 명명했다. 이 신조어는 '위안solace'과 '황량함

desolation', '향수nostalgia'를 결합해서 만들어졌다.[45] 알브레히트는 다음과 같이 쓴다.

> 솔라스탤지어는 황금빛 과거를 돌아보는 것이 아니며 다른 '고향'을 찾는 것도 아니다. 이것은 현재 상실된 것에 대한 '체험lived experience'이며, 탈구되었다는 느낌, 현재에서 위안을 얻을 가능성이 강제로 파괴당해 약화되었다는 느낌으로 나타난다. 즉 솔라스탤지어는 여전히 '고향'에 있는데도 느끼는 향수병이다.[46]

이 용어는 이주보다는 기후변화로 인한 불안을 표현하기 위해 2005년에 만들어졌다. 하지만 시간, 공간, 순간적 탈구에 대한 그의 감각뿐만 아니라 파커가 연인을 떠날 때 내린 산성비, 작품 제목과 같은 이름의 파편들 속에서 그려지는 과거의 나무 그루터기는 깁슨이 소설을 쓴 지 40년도 더 지난 현재 우리가 경험하고 있는 것과 유사한 기후변화를 보여준다.

깁슨은 장미의 물리적 시각성에 연연하지 않는다. 그는 조각난 꽃부리를 노래하는 것이 아니다. 독자는 장미의 품종이나 개화 단계를 결코 알 수 없다. 독자가 가장 많이 알게 된 것은 "엽서는 백색광을 반사하는 홀로그램 장미"라는 것과 파커가 엽서를 찢을 때 "강철 이빨이 라미네이트 플라스틱을 베면서 장치가 가느다란 비명을 내지르고, 장미는 천 개의 파편으로 조각난다"는 것이다.[47] 이 부분에 대한 묘사가 생략되었기 때문에, 그리고 앞에서 살펴본 에크프라시스에 대한 헤퍼넌의 광의의 정의에 의해서, 「홀로그램 장미의 파편」의 초판은 분석 대상에서 제외되어야 한다.

하지만 이는 아놀드 켐프Arnold Kemp가 샌프란시스코 현대미술관

웹사이트에 올린 광의의 에크프라시스에 대한 정의가 허용하는 "사물에 대한 생생한 묘사"이다. 장미의 에크프라시스적 가능성은 장미 자체에 있는 것이 아니라 유일한 등장인물인 주인공이 극도로 오염된 도시에 들어가 ASP 테이프에 중독되기 전에 (적어도 어느 정도는) 나무의 과거를 떠올릴 수 있게 해주는 '천 개의 조각'에 있다. 젊었을 때 기업 계약에서 벗어나기 위해 달려온 개울 바닥과 오래된 껍질을 벗은 나무 그루터기는 이제 사라졌다. 지금 그에게 남은 것은 가상 해변과 그리스에 대한 누군가의 기억뿐이다. 깁슨의 주인공은 르 권의 주인공보다 '식물 몰이해'를 떨쳐내지 못했던 탓에 기술 도시의 지배로부터 자신을 해방시키는 것에도 성공적이지 못했다. 장미 자체는 사실 부차적이다. 주인공이 ASP에 사로잡혀 델타파에 잠식되는 반면, 독자는 그렇지 않다. 굴절된 장미는 두 주인공 주변을 맴돌며 (실제로는 단절된 적이 없는) 인간과 자연의 영역을 다시 연결시킨다. 그 순간 '생태적 탈구'는 "그는 자신을 장미로 본다"로 공명한다. 르 권과 깁슨 모두에서 에크프라시스는 재현된 장미이며, 미첼의 '체류하는 이방인'을 떠오르게 한다. 또한 밴더미어와 블랙우드의 텍스트에서처럼 크리스테바의 증식하는 타자가 퍼져나가는 것을 '수용한다'라는 확장된 자아 감각을 갖게 한다. 파편화는 곧 증강이 된다. 바르츠Bartsch와 엘스너Elsner의 주장처럼 "에크프라시스는 계속해서 우리의 흥미를 자극"하는데, "반사적으로 의미가 없다고 여기던 것에 대해, 무시하기를 그만두고 우리가 해야 한다고 느끼는 해석적 작업에 관심을 두게 만들기 때문이다."[48] 에크프라시스는 해석을 문자화하는 것이기 때문에 독자가 자신의 주변을 둘러싼 지배적 이데올로기에 보조를 맞춰 바라보는 법을 알게 되는 교육적 순간이기도 하다. 그러나 에크프라시스적 조우는 또한 보는 사람으로 하여금 일상을 굴절시켜 스스로 영속하는 권력 체계를 거부하도록 유도할 수 있다. 에크프라시스가 매개하는 멈춤은 이전에 관찰하지 못했거나 관찰할 수 없게 된 것을 볼 수 있게 한다. 특히 식물적 코드에 맞춰 조율된 사변소설에서 에크프라시스의 해석 작업은 강력한 정치적 함의를 갖는다. 에크프라시스는 우리가 안전하고, 고정적이며, 통제되지 않더라도 통제 가능하다고 당연하게 여겼던 것들을 다시 활성화한다. 에크프라시스적 식물 서사가 불러일으키는 타자성과 이질성의 감각은, 미친 듯이 날뛰는 자연이라는 감각에 의해 위협받는 것처럼 보이는 오늘날의 세계에서 특히 두드러진다. 재앙에 가까운 기후 변화가 지구를 뒤틀고 우리로 하여금 우리 자신의 생태적 탈구, 스스로 초래한 소외에서 어떻게 회복할 수 있을지 의문에 잠기도록 만드는 가운데, 인간의 지배력을 통해 야생의 것을 정원과 플랜테이션에서 길들일 수 있다는 식의 자연에 대한 환상은 점차 (아마도 영원히) 사라지고 있다.

감사의 말

수많은 사람과 기관 여러분, 네, 만일 당신이 종이로 된 책을 들고 계신다면 식물도 포함해서, 이 책이 열매를 (에헴!) 맺도록 도와주신 데 감사를 드립니다. 물론 오류가 있다면 저희 탓입니다.

무엇보다 먼저 이 책이 포함된 시리즈의 편집자 중 파월 프렐릭 Paweł Frelik에게, 이 책이 세상에 나오도록 등을 떠밀어준 것에 많은 감사를 드립니다. 항상 유용한 지식의 원천이 되어준 공동 편집자 패트릭 샤프Patrick Sharp, 그리고 웨일즈 대학 출판부the University of Wales Press의 동료 검토자와 편집자 분들, 특히 지칠 줄 모르고 친절하며 책에 뛰어난 안목을 지닌 새러 루이스Sarah Lewis에게도 감사를 표합니다. 다음으로 우리 편집진 삼인조가 탄생한 곳이자 식물 위주의 기고문을 몇 년 동안 따뜻하게 받아준 SF 연구협회Science Fiction Research Association, SFRA에도 감사합니다. 특별히 앤디 소여Andy Sawyer, 글린 모건Glyn Morgan, 다른 리버풀 분들에게도 우리를 영국 리버풀에 초대해 주신 데 감사를 드립니다. 리버풀은 존 윈덤 아카이브의 고장이자 제리 마타Jerry Määttä의 원고가 탄생하고 성장한 곳이죠. 이 책의 다른 기고자 여러분께 경의를 표하며, 이런 독특한 모험(우리가 시작했을 땐 그랬죠)에 동참해 주셔서 감사하다는 말씀을 드립니다. 또한 우리 연구를 위해 캘리포니아 리버사이드 대학의 이튼 컬렉션을 흔쾌히 개방하고, 초기 단계를 도와준 J. J. 제이콥슨J. J. Jacobson에게도 감사를 표합니다. IAFAInternational Association for the Fantastic in the Arts에도 큰 박수를 보냅니다. 식물 패널들을 지원해 주었죠. 2018년 캐서린 비숍Katherine Bishop이 주도했던, SF에서의 식물이라는 라운드테이블에 참여한 패널들은 앨리슨 스펄링Alison Sperling, 브리트니 로버츠Brittany Roberts, 스티븐 샤비로Steven Shaviro, 그레이엄 머피Graham Murphy였습니다. 패널들은 물론 참석하셨던 청중들께도 마찬가지로 박수를 보냅니다.

이 책이 나오기까지 정말 많은 분들이 도움을 주셨습니다. 작업 과정 내내 귀중한 피드백을 제공한 스콧 뉴튼Scott Newton, 커렌 옴리Keren Omry, 존 리이더John Rieder, 셰릴 빈트Sherryl Vint, 스티븐 샤비로Steven Shaviro, 브라이언 애터버리Brian Attebery부터 시작해서, 명단을 만들자면 분명히 끝이 없을 거예요. 이 프로젝트에 오랜 시간을 보내며 끊임없이 수다를 떨었던 우리를 이해해 주신 (또 용인해 주신) 가족들에게도 감사드려요. 세계를 향해, 특히 우리 주변의 녹색에 관해 호기심을 품도록 불을 지펴준 부모님께는 특별한 감사를 전합니다.

탐 로빈스Tom Robbins의 『지터버그 향수Jitterbug Perfume』를 넉넉히 인용할 수 있도록 허락해 주신 노 엑시트 프레스No Exit Press, 밴텀 프레스Bantam Press, 탐 로빈스 본인에게 감사드립니다.

마지막으로 이 작업을 완성할 수 있도록 필요한 연구 및 여행 경비를 지원해 주신 각 기관에 감사드립니다. 미야자키 국제대학Miyazaki International College, 웁살라 대학Uppsala University, 인버 힐스 대학Inver Hills College 등에서 보내 주신 무수히 많은 도움에 감사드립니다.

미주

서문

1 「제국보다 광대하고 더욱 느리게(Vaster than Empires and More Slow)」의 서문에서. Ursula K. Le Guin's The Wind's Twelve Quarters and The Compass Rose(1971), London, Gollancz 2015, pp.167-201, p.167.
어슐러 K. 르 귄, 「제국보다 광대하고 더욱 느리게」, 최용준 옮김, 시공사, 2014, 306쪽.

2 SF 학계의 통상적인 관례에 따라 이 책의 서문에서 'science fiction'은 'SF'로 약칭한다.

3 관심 있는 연구자들은 이 책에 실린 T. S. 밀러의 글과 그의 웹사이트에서 확인할 수 있는 식물소설 연대표 및 데이터베이스를 함께 참조. http://www.fishinprison.com(last accessed 9 May 2019).

4 Francis Hallé, In Praise of Plants (1999, Portland, or Cambridge: Timber Press, 2002), p.37 and Michael Marder, Plant-Thinking: A Philosophy of Vegetal Life (New York: Columbia University Press, 2013), p.2.

5 James H. Wandersee and Elisabeth E. Schussler, 'Toward a Theory of Plant Blindness' Plant Science Bulletin, 47/1 (2001), p.2.

6 Robert Hass, 'The Problem of Describing Trees', The New Yorker, 19 June 2005, https://www.newyorker.com/magazine/2005/06/27/

7 Darko Suvin, 'On the Poetics of the Science Fiction Genre', College English, 34/3 (1972), pp.372-2, p.375.

8 앞서 언급했듯 식물학의 확산 경향을 고려한다면 최근 몇 년 사이 관련한 연구 및 문학, 매체 저작들이 쏟아진 것은 놀랄 일이 아니다. 넓게는 에릭 C. 오토(Eric C. Otto)의 『녹색 사변: SF와 변혁적 환경주의 (Green Speculations: Science Fiction and Transformaitve Environmentalism)』(Colombus: Ohio State University Press, 2012)와 크리스 팩(Chris Pak)의 『테라포밍: SF의 생태정치적 변혁과 환경주의 (Terraforming: Ecopolitical Transformations and Environmentalism)』(Liverpool:

Liverpool University Press, 2106)에서 볼 수 있는 생태비평에서부터, 좁게는 18세기 문화 속 식물의 침투를 다룬 로라 오리치오(Laura Auricchio)·엘리자베스 헥켄돈 쿡·줄리아 파치니(Giulia Pacini)가 편집한 『귀중한 나무: 자연의 문화 1660-1830(Invaluable Trees: cultures of Nature 1660-1830)』(Oxford: voltaire Foundation, 2012)와 과학과 문학을 다룬 라라 카펜코(Lara Karpenko)·셸린 클래겟(Shalyn Claggett)이 편집한 『낯선 과학: 빅토리아 시대 지식의 한계 탐구(Strange Science: Investigating the Limits of Knowledge in the Victorian Age)』(Ann Arbor: University of Michigan Press, 2017)까지 식물이 문화, 역사, 예술에 미친 영향이 점차 주목받고 있다.

01. 기이한 식물상植物相

1 S. T. Joshi, *The Weird Tale* (Holicong, PA: Wildside, 1990), p.1.

2 John Rieder, 'On Defining SF, or Not: Genre Theor y, SF, and History', *Science Fiction Studies*, 37/2 (2010), pp.191-209, p.193.

3 Amy J. Devitt, 'Integrating Rhetorical and Literary Theories of Genre', *College English*, 62/6 (2000), pp.696-718, p.699.

4 H. P. Lovecraft, *Supernatural Horror in Literature* (New York: Dover, 1973), p.15. H. P. 러브크래프트, 홍인수 옮김, 『공포문학의 매혹』, 북스피어, 2012, 14쪽.

5 Roger Luckhurst, 'The Weird: A Dis/orientation', *Textual Practice*, 31 (2017), pp.1041-61, p.1042.

6 Veronica Hollinger, 'Genre vs. Mode', in Rob Latham (ed.), *The Oxford Handbook of Science Fiction* (Oxford: Oxford University Press, 2014), pp.139-51, p.140.

7 Luckhurst, 'The Weird', p.1045.

8 Hollinger, 'Genre vs. Mode', p.140.

9 Lovecraft, *Supernatural Horror in Literature*, p.15. H. P. 러브크래프트, 홍인수 옮김, 『공포문학의 매혹』, 북스피어, 2012, 14쪽.

10 Mark Fisher, *The Weird and the Eerie* (London: Repeater, 2016), p.15. 마크 피셔, 안현주 옮김, 『기이한 것과 으스스한 것』, 구픽, 2019, 20쪽.

11 Fisher, *The Weird and the Eerie*, p.13. 마크 피셔, 안현주 옮김, 『기이한 것과 으스스한 것』, 구픽, 2019, 15쪽.

12 Fisher, *The Weird and the Eerie*, p.10. 마크 피셔, 안현주 옮김, 『기이한 것과 으스스한 것』, 구픽, 2019, 11쪽.

13 Dawn Keetley, 'Introduction: Six Theses on Plant Horror; or, Why are Plants

Horrifying?', in Dawn Keetley and Angela Tenga (eds), *Plant Horror: Approaches to the Monstrous Vegetal in Literature and Film* (London: Palgrave Macmillan, 2016), pp.1–30, p.6.

14 Keetley, 'Six Theses', p.6.

15 Michael Marder, *Plant-Thinking: A Philosophy of Vegetal Life* (New York: Columbia University Press, 2013), p.20.

16 Graham Harman, *Weird Realism: Lovecraft and Philosophy* (Winchester: Zero, 2012), p.51.

17 Algernon Blackwood, 'The Willows', in S. T. Joshi (ed.), *Ancient Sorceries and Other Weird Stories* (London: Penguin, 2002), pp.17–62, p.17.

18 Anthony Camara, 'Nature Unbound: Cosmic Horror in Algernon Blackwood's 'The Willows'', *Horror Studies*, 4/1 (2013), pp.43–62, p.44.

19 Camara, 'Nature Unbound', p.45.

20 Camara, 'Nature Unbound', p.56.

21 Camara, 'Nature Unbound', p.44.

22 Blackwood, 'The willows', pp.17–18.

23 Blackwood, 'The willows', p.18.

24 Blackwood, 'The willows', p.24.

25 Blackwood, 'The Willows', p.28.

26 Blackwood, 'The Willows', p.23.

27 Blackwood, 'The Willows', p.29.

28 Blackwood, 'The Willows', p.23.

29 Blackwood, 'The Willows', p.22.

30 Blackwood, 'The Willows', p.36.

31 Blackwood, 'The Willows', p.29.

32 Val Plumwood, 'Being Prey', in David Rothenberg and Marta Ulvaeus (eds), The New Earth Reader: The Best of Terra Nova (Cambridge, MA: MIT Press, 1999), pp.79–91, p.89.

33 Marder, *Plant-Thinking*, p.3.

34 Marder, *Plant-Thinking*, p.9.

35 Val Plumwood, Environmental Culture: The Ecological Crisis of Reason (London: Routledge, 2002), p.4.

36 Plumwood, 'Being Prey', p.88.

37 Eugene Thacker, *In the Dust of This Planet* (Winchester: Zero, 2011), p.2. 유진 새커, 김태한 옮김, 『이 행성의 먼지 속에서』, 필로소닉, 2022, 9쪽.

38 Thacker, *In the Dust*, p.5.

유진 새커, 김태한 옮김, 『이 행성의 먼지 속에서』, 필로소닉, 2022, 12쪽.

39 Thacker, *In the Dust*, pp.5-7.
유진 새커, 김태한 옮김, 『이 행성의 먼지 속에서』, 필로소닉, 2022, 13-16쪽.

40 Jeffrey Jerome Cohen, 'Monster Culture (Seven Theses)', in Jeffrey Jerome Cohen (ed.), *Monster Theory: Reading Culture* (Minneapolis: University of Minnesota Press, 1996), pp.3-25, p.6.

41 Cohen, 'Monster Culture', p.9.

42 Keetley, 'Six Theses', pp.18-19.

43 Jeffrey Andrew Weinstock, 'Lovecraft's Things', in Sederholm and Weinstock, *The Age of Lovecraft*, pp.62-78, p.69.

44 Weinstock, 'Lovecraft's Things', p.69.

45 Weinstock, 'Lovecraft's Things', p.65.

46 Jane Bennett, *Vibrant Matter: A Political Ecology of Things* (London: Duke University Press, 2010), p.ix.

47 Bennett, Vibrant Matter, p.4.

48 Bennett, Vibrant Matter, p.11.

49 Bennett, Vibrant Matter, p.11.

50 Randy Laist, 'Introduction', in Randy Laist (ed.), *Plants and Literature: Essays in Critical Plant Studies* (New York: Rodopi, 2013), pp.9-17, pp.9-10.

51 David MacRitchie, *The Testimony of Tradition* (London: Kegan Paul, Trench, Trubner, 1890), pp.87-8, p.100.

52 Arthur Machen, 'Novel of the Black Seal', in S. T. Joshi (ed.), *The White People and Other Weird Stories* (London: Penguin, 2011), pp.29-66, p.32.
아서 매켄, 미스터 고딕·정진영 옮김, 『검은 인장의 소설』[ebook], 바톤핑크, 2025, 10%.

53 Machen, 'Black Seal', p.31.
아서 매켄, 미스터 고딕·정진영 옮김, 『검은 인장의 소설』[ebook], 바톤핑크, 2025, 7%.

54 Machen, 'Black Seal', pp.31-2.
아서 매켄, 미스터 고딕·정진영 옮김, 『검은 인장의 소설』[ebook], 바톤핑크, 2025, 9%.

55 Machen, 'Black Seal', p.32.
아서 매켄, 미스터 고딕·정진영 옮김, 『검은 인장의 소설』[ebook], 바톤핑크, 2025, 10%.

56 Machen, 'Black Seal', p.33.
아서 매켄, 미스터 고딕·정진영 옮김, 『검은 인장의 소설』[ebook], 바톤핑크,

2025, 11%.

57 Machen, 'Black Seal', p.34.
아서 매켄, 미스터 고딕·정진영 옮김, 『검은 인장의 소설』[ebook], 바톤핑크,
2025, 14%.

58 Machen, 'Black Seal', pp.38-40.
아서 매켄, 미스터 고딕·정진영 옮김, 『검은 인장의 소설』[ebook], 바톤핑크,
2025, 23-30%

59 Machen, 'Black Seal', p.54.
아서 매켄, 미스터 고딕·정진영 옮김, 『검은 인장의 소설』[ebook], 바톤핑크,
2025, 64%

60 Machen, 'Black Seal', p.59.
아서 매켄, 미스터 고딕·정진영 옮김, 『검은 인장의 소설』[ebook], 바톤핑크,
2025, 75%

61 Arthur Machen, 'The White People', in Joshi, *The White People*, pp.111-47,
p.113.
아서 매켄, 김정주 옮김, 김선 해설, 「백색 인간」, 『아서 매켄 단편선 2』, 와이드마
우스, 2022, 178-179쪽.

62 Machen, 'The White People', p.126.
아서 매켄, 김정주 옮김, 김선 해설, 「백색 인간」, 『아서 매켄 단편선 2』, 와이드마
우스, 2022, 209쪽.

63 Machen, 'The White People', p.119.
아서 매켄, 김정주 옮김, 김선 해설, 「백색 인간」, 『아서 매켄 단편선 2』, 와이드마
우스, 2022, 193쪽.

64 Machen, 'The White People', p.121.
아서 매켄, 김정주 옮김, 김선 해설, 「백색 인간」, 『아서 매켄 단편선 2』, 와이드마
우스, 2022, 196-197쪽.

65 Machen, 'The White People', p.121.
아서 매켄, 김정주 옮김, 김선 해설, 「백색 인간」, 『아서 매켄 단편선 2』, 와이드마
우스, 2022, 197쪽.

66 Machen, 'The White People', p.122.
아서 매켄, 김정주 옮김, 김선 해설, 「백색 인간」, 『아서 매켄 단편선 2』, 와이드마
우스, 2022, 199쪽.

67 Machen, 'The White People', p.123.
아서 매켄, 김정주 옮김, 김선 해설, 「백색 인간」, 『아서 매켄 단편선 2』, 와이드마
우스, 2022, 202쪽.

68 Machen, 'The White People', p.123-4.

아서 매켄, 김정주 옮김, 김선 해설, 「백색 인간」, 『아서 매켄 단편선 2』, 와이드마우스, 2022, 202-205쪽.

69 Timothy Morton, Hyperobjects: *Philosophy and Ecology After the End of the World* (Minneapolis: University of Minnesota Press, 2013), p.100.
티머시 모턴, 김지연 옮김, 『하이퍼객체-세계의 끝 이후의 철학과 생태학』, 현실문화, 2024, 206쪽.

70 Machen, 'The White People', p.126.
아서 매켄, 김정주 옮김, 김선 해설, 「백색 인간」, 『아서 매켄 단편선 2』, 와이드마우스, 2022, 207쪽.

71 Machen, 'The White People', p.126.
아서 매켄, 김정주 옮김, 김선 해설, 「백색 인간」, 『아서 매켄 단편선 2』, 와이드마우스, 2022, 208쪽.

72 Machen, 'The White People', p.127.
아서 매켄, 김정주 옮김, 김선 해설, 「백색 인간」, 『아서 매켄 단편선 2』, 와이드마우스, 2022, 209-210쪽.

73 Machen, 'The White People', p.127.
아서 매켄, 김정주 옮김, 김선 해설, 「백색 인간」, 『아서 매켄 단편선 2』, 와이드마우스, 2022, 209쪽.

74 Marder, *Plant-Thinking*, p.9.

75 Natania Meeker and Antónia Szabari, 'From the Century of the Pods to the Century of the Plants: Plant Horror, Politics, and Vegetal Ontology', *Discourse*, 34/1 (2012), pp.32-58, p.36.

76 Matthew Hall, 'The Sense of the Monster Plant', in Keetley and Tenga, *Plant Horror*, pp.243-55, p.248.

77 Hall, 'The Sense of the Monster Plant', p.249.

78 T. S. Miller, 'Lives of the Monster Plants: The Revenge of the Vegetable in the Age of Animal Studies', *Journal of the Fantastic in the Arts*, 23/3 (2012), pp.460-79, p.462.

79 Miller, 'Lives of the Monster Plants', pp.462-4.

80 H. P. Lovecraft, 'The Lurking Fear', in S. T. Joshi (ed.), *The Dreams in the Witch House and Other Weird Stories* (London: Penguin, 2005), pp.62-81, p.81.
H. P. 러브크래프트, 정진영·류지선 옮김, 「잠재된 공포」, 『러브크래프트 전집 4』, 황금가지, 2014, 291-326쪽; 324쪽.

81 Lovecraft, 'The Lurking Fear', pp.62-3.
H. P. 러브크래프트, 정진영·류지선 옮김, 「잠재된 공포」, 『러브크래프트 전집 4』, 황금가지, 2014, 294쪽.

82　Lovecraft, 'The Lurking Fear', pp.66-7.
H. P. 러브크래프트, 정진영·류지선 옮김, 「잠재된 공포」, 『러브크래프트 전집 4』, 황금가지, 2014, 300-301쪽.

83　Lovecraft, 'The Lurking Fear', p.72.
H. P. 러브크래프트, 정진영·류지선 옮김, 「잠재된 공포」, 『러브크래프트 전집 4』, 황금가지, 2014, 310쪽.

84　Lovecraft, 'The Lurking Fear', p.68.
[역주]해당 구절이 속한 단락은 한글 번역본에 누락되었다.

85　Lovecraft, 'The Lurking Fear', pp.69-70.
H. P. 러브크래프트, 정진영·류지선 옮김, 「잠재된 공포」, 『러브크래프트 전집 4』, 황금가지, 2014, 305-306쪽.

86　Lovecraft, 'The Lurking Fear', p.68.
H. P. 러브크래프트, 「잠재된 공포」, 『러브크래프트 전집 4』, 정진영·류지선 옮김, 황금가지, 2014, 304쪽.

87　Lovecraft, 'The Lurking Fear', p.72.
H. P. 러브크래프트, 정진영·류지선 옮김, 「잠재된 공포」, 『러브크래프트 전집 4』, 황금가지, 2014, 310쪽.

88　H. P. Lovecraft, 'At the Mountains of Madness', in S. T. Joshi (ed.), *The Thing on the Doorstep and Other Weird Stories* (London: Penguin, 2001), pp.246-340, pp.262-5.
H. P. 러브크래프트, 정진영 옮김, 「광기의 산맥」, 『러브크래프트 전집 2』, 황금가지, 2014, 245-251쪽.

89　Lovecraft, 'At the Mountains of Madness', pp.263-5.
H. P. 러브크래프트, 정진영 옮김, 「광기의 산맥」, 『러브크래프트 전집 2』, 황금가지, 2014, 247-251쪽.

90　Lovecraft, 'At the Mountains of Madness', p.330.
H. P. 러브크래프트, 정진영 옮김, 「광기의 산맥」, 『러브크래프트 전집 2』, 황금가지, 2014, 337쪽.

91　Bennett, Vibrant Matter, p.13.

92　Karen L. F. Houle, 'Animal, Vegetable, Mineral: Ethics as Extension or Becoming?', *Journal for Critical Animal Studies*, 9/1-2 (2011), pp.89-116, p.111.

93　Algernon Blackwood, 'The Man Whom the Trees Loved', in Joshi, *Ancient Sorceries*, pp.211-74, p.255.

94　Blackwood, 'The Man Whom the Trees Loved', p.215.

95　Blackwood, 'The Man Whom the Trees Loved', pp.215-16.

96　Blackwood, 'The Man Whom the Trees Loved', p.222.

97　Blackwood, 'The Man Whom the Trees Loved', p.254.

98　Blackwood, 'The Man Whom the Trees Loved', p.255.

99　Blackwood, 'The Man Whom the Trees Loved', p.212.

100　Blackwood, 'The Man Whom the Trees Loved', p.273.

---

02. "빌어먹을 비정상적인 짐승들"

1　'존 윈덤'은 존 윈덤 파크스 루카스 베이넌 해리스(1903-1969)의 가장 유명한 필명이다. 존 윈덤의 본명은 '존 베이넌 해리스'였고, 그가 친구들 사이에서는 '잭 해리스'로 알려졌음에도 불구하고, 이 글에서는 혼동을 방지하기 위해 '존 윈덤'이 라는 이름을 사용하기로 한다.

2　Dawn Keetley, 'Introduction: Six Theses on Plant Horror; or, Why Are Plants Horrifying?', in Dawn Keetley and Angela Tenga(eds), *Plant Horror: Approaches to the Monstrous Vegetal in Fiction and Film*(London: Palgrave Macmillan, 2016), pp.1-30, pp.11-12.

3　Graham J. Matthews, 'What We Think About When We Think About Triffids: The Monstrous Vegetal in Post-war British Science Fiction', in Keetley and Tenga, *Plant Horror*, pp.111-27, p.111.

4　Joni Adamson and Catriona Sandilands, 'Insinuations: Thinking Plant Politics with *The Day of the Triffids*', in Monica Gagliano, John C. Ryan and Patrícia Vieira(eds), *The Language of Plants: Science, Philosophy, Literature*(Minneapolis and London: University of Minnesota Press, 2017), pp.234-52, p.235.

5　다음을 참조. Istvan Csicsery-Ronay, Jr., 'Science Fiction and Empire', *Science Fiction Studies*, 90 (July 2003), pp.231-45; Patricia Kerslake, *Science Fiction and Empire*(Liverpool: Liverpool University Press, 2007); John Rieder, *Colonialism and the Emergence of Science Fiction*(Middletown: Wesleyan University Press, 2008); Jessica Langer, *Postcolonialism and Science Fiction*(New York and Basingstoke: Palgrave Macmillan, 2011).

6　다음을 참조. Brian Aldiss, *Billion Year Spree: The History of Science Fiction*(London: Weidenfeld & Nicolson, 1973), p.294; Christopher Priest, 'British Science Fiction', in Patrick Parrinder(ed.), *Science Fiction: A Critical Guide*(London: Longman, 1979), pp.187-202, p.195; Nicholas Ruddick, *Ultimate Island: On the Nature of British Science Fiction*(Westport: Greenwood Press, 1993), pp.99-100.

7　Jerry Määttä, 'The Politics of Post-Apocalypse: Ideologies on Trial in John

Wyndham's *The Day of the Triffids*', in Christian Baron, Peter Nicolai Halvorsen and Christine Cornea(eds), *Science Fiction, Ethics and the Human Condition*(New York: Springer, 2017), pp.207–26.

8   Roger Luckhurst, *Science Fiction*(London: Polity, 2005), p.132.

9   David Ketterer, 'The Corrected and Expanded Introduction to PLAN FOR CHA OS by John Wyndham, edited by David Ketterer and Andy Sawyer (Liverpool University Press, 2009)', *HUBbub*, 17 November 2009, http://sfhubbub.blogspo t.com/2009/11/revised-and-updated-introduction-to.html(last accessed 10 M ay 2019); David Ketterer, 'John Wyndham: The Facts of Life Sextet', in David Seed(ed.), *A Companion to Science Fiction*(Oxford: Blackwell, 2005), pp.375–88, p.377. 또한 다음을 참조. David Ketterer, 'John Wyndham's World War III and his abandoned *Fury of Creation* Trilogy', in David Seed(ed.), *Future Wars: The Anticipations and the Fears*(Liverpool: Liverpool University Press, 2012), pp.103–29, pp.107–8.

10 Ketterer, 'John Wyndham's World War III', p.107; C. N. Manlove, 'Ever ything Slipping Away: John Wyndham's *The Day of the Triffids*', *Journal of the Fantastic in the Arts*, 4(1991), pp.29–53, p.33.

11 Andrew Hammond, *British Fiction and the Cold War*(Basingstoke and New York: Palgrave Macmillan, 2013), p.28.

12 Matthews, 'What We Think About', pp.113–18; Gary Farnell, 'What Do Plants Want?', in Keetley and Tenga, *Plant Horror*, pp.179–96, p.180; Matthew Hall, 'The Sense of the Monster Plant', in Keetley and Tenga, *Plant Horror*, pp.243–55, pp.247–51; Adamson and Sandilands, 'Insinuations', pp.237–9.

13 Julius Kagarlitsky, 'Wyndham, John', in Jay P.Pederson(ed.), *St. James Guide to Science Fiction Writers*, fourth edn(New York: St. James Press, 1996), pp.1039–40, p.1040.

14 Everett F. Bleiler, *Science-Fiction: The Gernsback Years*(Kent: Kent State University Press, 1998), p.317.

15 Edward James, *Science Fiction in the Twentieth Century*(Oxford and New York: Oxford University Press, 1994), p.80.

16 Robert M. Philmus, *Visions and Re-Visions: (Re)Constructing Science Fiction*(Liverpool: Liverpool University Press, 2005), p.297.

17 Vivian Beynon Harris, '[My Brother,] John Wyndham, 1903–1969', ed. David Ketterer, *Foundation: The International Review of Science Fiction*, 75(Spring 1999), pp.18–35, p.24.

18 David Ketterer(ed.), 'Questions and Answers: The Life and Work of John

Wyndham', *The New York Review of Science Fiction*, 187(March 2004), p.1, pp.6–10, pp.7–10.

19　John Beynon[John Wyndham], 'Sowing New Thoughts', *Tales of Wonder*, 7 (Summer 1939), pp.124–5.

20　데이비드 케터러가 지적했듯이, 이 소설은 H. G. 웰스의 다른 작품들, 특히 『혜성의 시대(In the Days of the Comet)』(1906)와 「이상한 난초의 개화(The Flowering of the Strange Orchid)」(1894)의 영향도 보여준다(David Ketterer, 'The Genesis of the Triffids', *The New York Review of Science Fiction*, 187 (March 2004), pp.11–14, p.13; David Ketterer, *Trouble With Triffids: The Life and Fiction of John Wyndham* (forthcoming), chapter 8).

21　'trifid'의 형용사형 및 명사형에 관해서는 옥스퍼드 영어사전(www.oed.com/view/Entry/205960, 검색일: 2018.08.16.) 참조.

22　John Wyndham, *The Day of the Triffids*(1951), London and New York: Penguin Books, 2000. p.31.
[역주]이 장에서 『트리피드의 날』이 직접 인용될 때, 원문의 인용 표기 방식에 따라 한국어 번역본의 출처를 본문에 괄호로 표시하고 영어본 원문의 출처는 미주로 표기하였다. 한국어 번역본은 다음 판본을 활용했다. 존 윈덤, 박중서 옮김, 『트리피드의 날』, 폴라북스, 2022.

23　I. F. Clarke, *Voices Prophesying War 1763–1984* (London: Oxford University Press, 1966), pp.94–5.

24　Peter Fitting, 'Estranged Invaders: *The War of the Worlds*', in Patrick Parrinder (ed.), *Learning from Other Worlds: Estrangement, Cognition and the Politics of Science Fiction and Utopia* (Liverpool: Liverpool University Press, 2000), pp.127–45, p.140. 그 (오류가 있는) 인용문은 다음에서 가져온 것이다. Bernard Bergonzi, *The Early H. G. Wells: A Study of the Scientific Romances* (Manchester: Manchester University Press, 1961), p.134. 또한 다음을 참조. Aldiss, *Billion Year Spree*, p.118; Rieder, Colonialism, pp.5–7, p.10, pp.31–5.

25　'역식민화'라는 용어에 관해서는 다음을 참조. Stephen D. Arata, 'The Occidental Tourist: *Dracula* and the Anxiety of Reverse Colonisation', *Victorian Studies*, 33/4 (Summer 1990), pp.621–45.

26　Jeffrey Jerome Cohen, 'Monster Culture (Seven Theses)', in Jeffrey Jerome Cohen (ed.), *Monster Theory: Reading Culture* (Minneapolis: University of Minnesota Press, 1996), pp.3–25, p.11.

27　John Wyndham, *The Day of the Triffids*(1951), London and New York: Penguin Books, 2000, p.27.

28　John Wyndham, *The Day of the Triffids*(1951), London and New York: Penguin

Books, 2000, pp.28-9.

29 John Wyndham, *The Day of the Triffids*(1951), London and New York: Penguin Books, 2000, pp.201-2.

30 John Wyndham, *The Day of the Triffids*(1951), London and New York: Penguin Books, 2000, p.158.

31 John Wyndham, *The Day of the Triffids*(1951), London and New York: Penguin Books, 2000, pp.34-6, p.159, p.179, p.200.

32 John Wyndham, *The Day of the Triffids*(1951), London and New York: Penguin Books, 2000, p.34.

33 John Wyndham, *The Day of the Triffids*(1951), London and New York: Penguin Books, 2000, p.36.

34 John Wyndham, *The Day of the Triffids*(1951), London and New York: Penguin Books, 2000, p.32.

35 John Wyndham, *The Day of the Triffids*(1951), London and New York: Penguin Books, 2000, p.34.

36 John Wyndham, *The Day of the Triffids*(1951), London and New York: Penguin Books, 2000, p.27, p.121, p.158, p.221.

37 John Wyndham, *The Day of the Triffids*(1951), London and New York: Penguin Books, 2000, pp.32-3.

38 다음을 참조. Keith Waterhouse, 'The Master of the-Bug-Eyed Monsters!', *Daily Mirror*, 1 February 1957; Derek Hart's interview with John Wyndham on The Tonight Show, broadcast on the BBC on 6 September 1960, http://www.bbc.co.uk/archive/writers/12206.shtml (accessed 8 April 2011); Ketterer, 'Questions and Answers', 10.

39 John Wyndham, *The Day of the Triffids*(1951), London and New York: Penguin Books, 2000, p.121.

40 John Wyndham, *The Day of the Triffids*(1951), London and New York: Penguin Books, 2000, p.135.

41 John Wyndham, *The Day of the Triffids*(1951), London and New York: Penguin Books, 2000, p.204; cf. p.205.

42 Joseph Conrad, *Heart of Darkness* (1902), *with The Congo Diary*, ed. Robert Hampson (London: Penguin Books, 1995), p.84.
조지프 콘래드, 이상옥 옮김, 『암흑의 핵심』, 민음사, 1998, 114쪽.

43 Sven Lindqvist, *'Exterminate All the Brutes'* (1992), trans. Joan Tate (London: Granta Books, 2002), p.8. *The quotations are from Margaret T. Hodgen' Early Anthropology in the Sixteenth and Seventeenth Centuries* (1964).

44 Lindqvist, *Exterminate*, p.75.

45 다음을 참조. Rieder, *Colonialism*, p.27, pp.84-9. 리이더는 웰스의 『우주 전쟁』에서 화성인에 대한 인간의 최초의 반응 중 하나가 "구역질나는 짐승!(hat ugly brutes)"이라고 지적하기도 했다(Rieder, *Colonialism*, p.134).

46 T. S. Miller, 'Lives of the Monster Plants: The Revenge of the Vegetable in the Age of Animal Studies' *Journal of the Fantastic in the Arts*, 23/3 (2012), pp.460-9, pp.465-7; Bleiler, *Science-Fiction*, p.406. 후일 "식인 나무"와 "마다가스카르의 식인 나무"로 재인쇄된 가짜 신문 『크리노이다 다지에나(Crinoida Dajeeana)』는 1874년 4월 28일자 『뉴욕 월드(New York World)』에 처음 게재되었는데, 이 기사는 다음에서도 찾아볼 수 있다. Chad Arment (ed) *Botanica Delira: More Stories of Strange, Undiscovered, and Murderous Vegetation* (Landisville, PA: Coachwhip Publications, 2010), pp.46-4.

47 Ketterer, 'The Genesis of the Triffids', 11. See also Sam Moskowitz, *Seekers of Tomorrow: Masters of Modern Science Fiction* (1966) (New York: Ballantine Books, 1967), p.132. 곧 출간될 윈덤의 전기에서 데이비드 케터러는 앤솔러지 『스릴(Thrills)』(1935)에 수록된 윌리엄 F. 템플(William F. Temple)의 「코소(The Kosso)」와 올라프 스태플든(Olaf Stapledon)의 『스타메이커(Star Maker)』(1937)를 트리피드에 영감을 주었을 수 있는 원천으로 제시하는데, 두 작품 모두 외래 식물이 등장하기 때문이다. 템플과 윈덤은 친구 사이였고, 윈덤은 1937년 팬진 『사이언티픽션(Scientifiction)』에서 스태플든의 소설을 리뷰했다. 케터러는 또한 윈덤이 1949년 『판타지 리뷰(Fantasy Review)』에서 다룬, 워드 무어(Ward Moore)의 『생각보다 녹색인(Greener Than You Think)』(1947)을 언급한다.

48 Miller, 'Lives of the Monster Plants', p.466.

49 Miller, 'Lives of the Monster Plants', p.462.

50 John Wyndham, *The Day of the Triffids*(1951), London and New York: Penguin Books, 2000, p.120.

51 John Wyndham, *The Day of the Triffids*(1951), London and New York: Penguin Books, 2000, p.158, and p.122, p.188, p.204, p.215.

52 John Wyndham, *The Day of the Triffids*(1951), London and New York: Penguin Books, 2000, pp.230-1.

53 Rieder, *Colonialism*, p.21. 리이더는 침략과 재앙에 관한 챕터에서 수많은 주제와 플롯을 검토한다(Rieder, *Colonialism*, pp.123-55). 전염, 정화, 과장된 폭력 같은 주제는 『트리피드의 날』에서도 발견할 수 있다. 예를 들어 전자는 트리피드가 퍼지고 재배되는 방식에서, 후자는 소설의 마지막 몇 줄, 특히 맨러브(Manlove)가 '처칠식 결말'이라고 표현한 부분에 나타난다(Manlove, 'Everything Slipping Away', p.33).

54 Robert Shepherd, *Enoch Powell* (London: Hutchinson, 1996), p.346.

55 John Wyndham, *The Day of the Triffids*(1951), London and New York: Penguin Books, 2000, p.19.

56 John Wyndham, *The Day of the Triffids*(1951), London and New York: Penguin Books, 2000, p.34.

57 탕가니카 땅콩 계획은 영국의 전직 군인들과 군 장비를 이용해 현재 탄자니아 본토에 해당하는 탕가니카에서 땅콩을 대규모로 재배한다는 계획으로, 영국의 식량 위기를 완화하고 요리용으로 사용되곤 하는 땅콩의 식물성 기름으로 탕가니카의 경제를 돕는다는 두 가지 목표를 가지고 있었다(존 윈덤, 박중서 옮김, 『트리피드의 날』, 폴라북스, 2022, 67쪽 참조). 그러나 홍수와 가뭄 등 악천후, 야생동물과 해충, 땅콩 재배 예정지의 끈질기고 울창한 가시덤불 등 수없이 많은 이유로 인해 사업 전체가 매우 비용이 많이 든 실패로 끝났다. 다음을 참조. Alan Wood, *The Groundnut Affair* (London: The Bodley Head, 1950).

58 John Wyndham, *The Day of the Triffids*(1951), London and New York: Penguin Books, 2000, p.18, p.23.

59 현존하는 가장 오래된 원고에는 트리피드가 금성에서 왔다고 되어 있으며, 윈덤의 초기 작품에 금성이 두드러지게 등장하는데도, 그는 이것이 미국 SF 시장을 겨냥해서 사후적으로 고려한 사항이라고 주장했다(Ketterer, 'The Genesis of the Triffids', p.13).

60 John Wyndham, 'Revolt of the Triffids', ill. Fred Banbery, *Collier's*, (6 January to 3 February 1951), 6 January 1951, p.64.

61 Ania Loomba, *Colonialism/Postcolonialism* (London and New York: Routledge, 1998), p.4. 또한 다음을 참조. Rieder, *Colonialism*, pp.25-6.

62 John Wyndham, *The Day of the Triffids*(1951), London and New York: Penguin Books, 2000, p.21.

63 Wyndham, 'Revolt of the Triffids', 6 January 1951, p.64.

64 영국판과 달리 트리피드의 씨앗이 퍼지는 모습은 다음과 같이 신대륙 식민지의 주요 작물에 비유된다(존 윈덤, 박중서 옮김, 『트리피드의 날』, 폴라북스, 2022, 82쪽). "어떤 사람들은 그 신비한 물질이 면일 거라고 생각했고, 그것은 잘못된 생각이 아니었다(Wyndham, 'Revolt of the Triffids', 6 January 1951, p.64)."

65 다음을 참조. Ketterer, 'The Genesis of the Triffids', pp.13-14.

66 다음을 참조. John Wyndham, Undated manuscript (mainly holograph) for *The Day of the Triffids*, Reference Wyndham 1/3/1 in the John Wyndham Archive, The Sydney Jones Library Special Collections, University of Liverpool, holo p.9, typed p.13 and holo insert p.22A.

67 다음을 참조. Määttä, 'The Politics of Post-Apocalypse', pp.222-3.

68 John Wyndham, *The Day of the Triffids*(1951), London and New York: Penguin Books, 2000, p.21.

69 Wyndham, Undated manuscript, holo pp.5-6, p.12. 또한 다음을 참조. Matthew Moore, 'A critical study of John Wyndham's major works' (unpublished Ph.D. thesis, University of Liverpool, 2007), pp.102-3.

70 Wyndham, Undated manuscript, holo p.6.

71 Wyndham, Undated manuscript, holo pp.8-9. 인용문에서 누락된 부분은 윈덤이 직접 삭제한 것으로, 고쳐 쓰는 과정에서 발생한 것이 대부분이다.

72 Wyndham, Undated manuscript, holo p.9.

73 John Wyndham, The Day of the Triffids(1951), London and New York: Penguin Books, 2000, p.25, p.161.

74 John Wyndham, *The Day of the Triffids*(1951), London and New York: Penguin Books, 2000, p.35.

75 John Wyndham, *The Day of the Triffids*(1951), London and New York: Penguin Books, 2000, p.91.

76 John Wyndham, *The Day of the Triffids*(1951), London and New York: Penguin Books, 2000, p.218.

77 Wyndham, Undated manuscript, insert p.1 of 3 between pp.307A and 308. 트리피드가 "고향 숲의 (…) 괴물"이라는 구절은 아마도 이 초기 원고에서 그것들이 고향 금성에 있을 때 "기후와 낮은 중력 또는 토양 성분과 같은 다른 이유로 종종 40피트 심지어 50피트까지 자랐다"라는 서술에서 비롯된 것으로 보인다 (Wyndham, Undated manuscript, holo p.21A).

78 흥미롭게도 『트리피드의 날』과 같은 해에 출간된 「지구 같은 곳은 없다」는 금성의 작고 한가로운 외계인 '그리파(griffas)'에 대한 착취를 묘사한 작품이다. 두 작품은 이름('griffas', 'triffids')이 비슷하고 작품에서 채찍이 주요한 역할을 한다는 점(인간 식민자들이 그리파에게 고된 노동을 강요하기 위해 사용된다) 외에도 그리파가 꽃과 나무에 잠깐 비교되거나, 작품에서 사랑에 빠진 화성인 여성 자일로를 육식식물에 비유한다는 유사점이 있다(John Wyndham, 'No Place Like Earth' (1951), in John Wyndham, *Exiles on Asperus* (London: Coronet Books, Hodder & Stoughton, 1979), pp.67-94). 영국에서는 이 단편이 1951년 봄호 『10개의 스토리 판타지(10 Story Fantasy)』에 「금성의 폭군과 노예 소녀(Tyrant and Slave-Girl on Planet Venus)」라는 제목으로 게재되었으며, 표지 삽화(작가 미상)에는 흑인 남성과 백인 남성이 속옷 차림의(옷을 거의 입지 않은) 백인 여성을 두고 채찍 싸움을 벌이는 장면이 담겨 있다.

79 다음을 참조. Kerslake, Science Fiction and Empire, pp.28, pp.36-42.

80 Ketterer, 'The Genesis of the Triffids', p.12. 또한 다음을 참조. Beynon Harris,

'[My Brother,] John Wyndham', p.24.

81 John Wyndham, 'The Puff-Ball Menace'(1933), in John Wyndham, *Wanderers of Time* (London: Coronet Books, Hodder & Stoughton, 1973), pp.135-58, pp.135-6.

82 Wyndham, 'The Puff-Ball Menace', p.136, p.158.

83 Wyndham, 'The Puff-Ball Menace', p.154, p.144.

84 Ruddick, *Ultimate Island*, p.139.

85 Phil Gochenour, '"Different Conditions Set Different Standards": The Ecology of Ethics in John Wyndham's *The Day of the Triffids*', *The New York Review of Science Fiction*, 274 (June 2011), p.1, pp.10-9, p.10.

86 John Wyndham, *The Day of the Triffids*(1951), London and New York: Penguin Books, 2000, pp.36-7, pp.92-3, pp.207-10.

87 『트리피드의 날』에서 윈덤, 다윈주의, 진화론과 식물 연구에 대해서는 다음을 참조. Moore, 'A critical study', pp.43-108; Adam Stock, 'The Blind Logic of Plants: Enlightenment and Evolution in John Wyndham's *The Day of the Triffids*', Science Fiction Studies, 127 (November 2015), pp.433-57, pp.439-42; Adamson and Sandilands, 'Insinuations', pp.240-3.

88 Ruddick, *Ultimate Island*, p.140.

89 Rieder, *Colonialism*, p.7.

90 이 연구는 원래 2010-2011년 리버풀 대학 영문과 박사후과정 중 시작되었으며, 웨너-그린 재단(The Wenner-Gren Foundations)으로부터 충분한 장학금을 지원받았다. 나는 해당 기간 데이비드 시드(David Seed), 앤디 소여(Andy Sawyer), 데이비드 케터러의 친절한 조언과 따뜻한 환대에 감사드린다.

---

03. 식물의 촉수와 쑬루세

1 H. P. Lovecraft, *At the Mountains of Madness and Other Tales of Terror* (New York: Ballantine Books, 1991), p.73.
H. P. 러브크래프트, 정진영 옮김, 「광기의 산맥」, 『러브 크래프트 전집 2』, 황금가지, 2009, 307쪽.

2 너새니얼 호손의 환상적인 이야기 「라파치니의 딸」(1844)은 19세기의 흥미롭고 선구적인 작품으로, 곧 발표할 「호손의 남성적 이기주의의 고딕 정원」에서 '촉각적 사고'와 '앱캐니(Abcanny)'에 대해 설명할 예정이다.

3 Lovecraft, *At the Mountains of Madness*, p.66, p.26.

H. P. 러브크래프트, 정진영 옮김, 「광기의 산맥」, 『러브크래프트 전집 2』, 황금가지, 2009, 299쪽; 252쪽.

4 John Wyndham, *The Day of the Triffids* (1951) (London: Penguin, 2008), p.39.
존 윈덤, 박중서 옮김, 『트리피드의 날』, 폴라북스, 2016, 87쪽.

5 T. S. Miller, 'Lives of the Monster Plants: The Revenge of the Vegetable in the Age of Animal Studies', *Journal of the Fantastic in the Arts*, 23/3 (2012), pp.460–79, p.461.

6 Miller, 'Lives of the Monster Plants', p.461.

7 Donna J. Haraway, *Staying with the Trouble: Making Kin in the Chthulucene* (Durham, NC, and London: Duke University Press, 2016), p.32.
도나 J. 해러웨이, 최유미 옮김, 『트러블과 함께하기-자식이 아니라 친척을 만들자』, 마농지, 2021, 59쪽.
또한 도나 해러웨이의 다음 글도 참조. Donna Haraway, 'Tentacular Thinking: Anthropocene, Capitalocene, Chthulucene', *e-fluxjournal*, 75 (September2016), https://www.e-flux.com/journal/75/67125/tentacular-thinking-anthropocene-capitalocene-chthulucene/ (last accessed 8 May 2019).

8 Miller, 'Lives of the Monster Plants', p.465.

9 China Mieville, 'M. R. James and the Quantum Vampire', *Weird Fiction Review*, 29 November 2011, http://weirdfictionreview.com/2011/11/m-r-james-and-the-quantum-vampire-by-china-mieville/ (last accessed 20 April 2017).

10 Miller, 'Lives of the Monster Plants', p.475.

11 Haraway, *Staying with the Trouble*, pp.55, pp.2.
도나 J. 해러웨이, 최유미 옮김, 『트러블과 함께하기-자식이 아니라 친척을 만들자』, 마농지, 2021, 99쪽; 9쪽.

12 Haraway, *Staying with the Trouble*, p.2.
도나 J. 해러웨이, 최유미 옮김, 『트러블과 함께하기-자식이 아니라 친척을 만들자』, 마농지, 2021, 9쪽.

13 Haraway, *Staying with the Trouble*, p.31.
도나 J. 해러웨이, 최유미 옮김, 『트러블과 함께하기-자식이 아니라 친척을 만들자』, 마농지, 2021, 59쪽.

14 Haraway, *Staying with the Trouble*, p.56.
도나 J. 해러웨이, 최유미 옮김, 『트러블과 함께하기-자식이 아니라 친척을 만들자』, 마농지, 2021, 100쪽.

15 Haraway, *Staying with the Trouble*, p.55.
도나 J. 해러웨이, 최유미 옮김, 『트러블과 함께하기-자식이 아니라 친척을 만들자』, 마농지, 2021, 99쪽.

16　Haraway, *Staying with the Trouble*, p.31.
　　도나 J. 해러웨이, 최유미 옮김, 『트러블과 함께하기-자식이 아니라 친척을 만들자』, 마농지, 2021, 59쪽.

17　Haraway, *Staying with the Trouble*, p.31.
　　도나 J. 해러웨이, 최유미 옮김, 『트러블과 함께하기-자식이 아니라 친척을 만들자』, 마농지, 2021, 59쪽.

18　'촉수(tentacle)'의 사전적 정의는 다음을 참조. https://en.oxforddictionaries.com/definition/tentacle (last accessed: 2019.04.02.).

19　Wyndham, *The Day of the Triffids*, p.9.
　　존 윈덤, 박중서 옮김, 『트리피드의 날』, 폴라북스, 2016, 35쪽.

20　Pollan, *The Botany of Desire*, p.265.
　　마이클 폴란, 이경식 옮김, 『욕망하는 식물: 세상을 보는 식물의 시선』, 황소자리, 2007, 375쪽.

21　Pollan, *The Botany of Desire,* p.265.
　　마이클 폴란, 이경식 옮김, 『욕망하는 식물: 세상을 보는 식물의 시선』, 황소자리, 2007, 379쪽.

22　Serenella Iovino and Serpil Oppermann, 'Introduction: Stories Come to Matter', in Serenella Iovino and Serpil Oppermann (eds), *Material Ecocriticism* (Bloomington and Indianapolis: Indiana University Press, 2014), pp.1–17, p.11.

23　Pollan, *The Botany of Desire*, p.265.
　　마이클 폴란, 이경식 옮김, 『욕망하는 식물: 세상을 보는 식물의 시선』, 황소자리, 2007, 375쪽.

24　Chad Arment, 'Preface', in Chad Arment (ed.), *Botanica Delira: More Stories of Strange, Undiscovered, and Murderous Vegetation* (Landisville, PA: Coachwhip Publications, 2010), pp.9–10, p.9.

25　Arment, 'Preface', pp.9–10.

26　'Cryptobotany', in the *Collins Dictionary*, https://collinsdictionary.com/submission/12072/Cryptobotany (last accessed 2 April 2019).

27　Terence E. Hanley, 'Trees and Other Plants on the Cover of *Weird Tales*', *Tellers of Weird Tales*, 11 February 2014, https://tellersofweirdtales. blogspot.uk/2014/02/trees-and-other-plants-on-cover-of.html (last accessed 2 April 2019)

28　H. P. Lovecraft, *Supernatural Horror in Literature* (1927/1934), published at *The H. P. Lovecraft Archive,* http://www.hplovecraft.com/writings/ texts/essays/shil.aspx (last accessed 7 April 2019).
　　H. P. 러브크래프트, 홍인수 옮김, 『공포문학의 매혹』, 북스피어, 2012, 14쪽.

29　Lovecraft, *Supernatural Horror in Literature*.

H. P. 러브크래프트, 홍인수 옮김, 『공포문학의 매혹』, 북스피어, 2012, 147쪽.

30 Michel Houellebecq, *H. P. Lovecraft: Against the World, Against Life*, trans. Dorna Khazeni (London: Gollancz, 2008), p.24.

31 Sophus A. Reinert, 'The Economy of Fear: H. P. Lovecraft on Eugenics, Economics and the Great Depression', *Horror Studies*, 6/2 (2015), p.255-282, p.256.

32 Lovecraft cited in Reinert, 'The Economy of Fear', p.271.

33 Lovecraft cited in Reinert, 'The Economy of Fear', p.267.

34 Lovecraft, *At the Mountains of Madness*, p.105.
H. P. 러브크래프트, 정진영 옮김, 「광기의 산맥」, 『러브크래프트 전집 2』, 황금가지, 2009, 336쪽.

35 Lovecraft, *At the Mountains of Madness*, p.5.
H. P. 러브크래프트, 정진영 옮김, 「광기의 산맥」, 『러브크래프트 전집 2』, 황금가지, 2009, 223쪽.

36 Lovecraft, *At the Mountains of Madness*, pp.19-20, p.24.
H. P. 러브크래프트, 정진영 옮김, 「광기의 산맥」, 『러브크래프트 전집 2』, 황금가지, 2009, 244쪽; 250쪽.

37 Lovecraft, *At the Mountains of Madness*, pp.20-21.
H. P. 러브크래프트, 정진영 옮김, 「광기의 산맥」, 『러브크래프트 전집 2』, 황금가지, 2009, 245쪽.

38 Lovecraft, At the Mountains of Madness, pp.21-22.
H. P. 러브크래프트, 정진영 옮김, 「광기의 산맥」, 『러브크래프트 전집 2』, 황금가지, 2009, 246쪽.

39 Lovecraft, At the Mountains of Madness, p.25.
H. P. 러브크래프트, 정진영 옮김, 「광기의 산맥」, 『러브크래프트 전집 2』, 황금가지, 2009, 251쪽.

40 Lovecraft, *At the Mountains of Madness*, p.24.
H. P. 러브크래프트, 정진영 옮김, 「광기의 산맥」, 『러브크래프트 전집 2』, 황금가지, 2009, 250쪽.

41 Lovecraft, *At the Mountains of Madness*, p.22.
H. P. 러브크래프트, 정진영 옮김, 「광기의 산맥」, 『러브크래프트 전집 2』, 황금가지, 2009, 247쪽.

42 Lovecraft, *At the Mountains of Madness*, p.25.
H. P. 러브크래프트, 정진영 옮김, 「광기의 산맥」, 『러브크래프트 전집 2』, 황금가지, 2009, 252쪽.

43 Lovecraft, *At the Mountains of Madness*, p.67.

H. P. 러브크래프트, 정진영 옮김, 「광기의 산맥」, 『러브크래프트 전집 2』, 황금가지, 2009, 300쪽.

44 Reinert, 'The Economy of Fear', p.276.

45 Wyndham, The Day of the Triffids, pp.28-29.
   존 윈덤, 박중서 옮김, 『트리피드의 날』, 폴라북스, 2016, 69쪽.

46 Wyndham, The Day of the Triffids, pp.26-27.
   존 윈덤, 박중서 옮김, 『트리피드의 날』, 폴라북스, 2016, 66쪽.

47 Wyndham, The Day of the Triffids, p.32.
   존 윈덤, 박중서 옮김, 『트리피드의 날』, 폴라북스, 2016, 74-75쪽.

48 Wyndham, The Day of the Triffids, p.36.
   존 윈덤, 박중서 옮김, 『트리피드의 날』, 폴라북스, 2016, 82쪽.

49 [역주] 존 윈덤, 박중서 옮김, 『트리피드의 날』, 폴라북스, 2016, 83쪽.

50 Wyndham, The Day of the Triffids, pp.37-38.
   존 윈덤, 박중서 옮김, 『트리피드의 날』, 폴라북스, 2016, 84쪽.

51 Wyndham, The Day of the Triffids, pp.42-43.
   존 윈덤, 박중서 옮김, 『트리피드의 날』, 폴라북스, 2016, 92쪽.

52 Wyndham, The Day of the Triffids, p.44.
   존 윈덤, 박중서 옮김, 『트리피드의 날』, 폴라북스, 2016, 95쪽.

53 Wyndham, The Day of the Triffids, pp.38, pp.42.
   존 윈덤, 박중서 옮김, 『트리피드의 날』, 폴라북스, 2016, 85쪽; 91쪽.

54 [역주] 존 윈덤, 박중서 옮김, 『트리피드의 날』, 폴라북스, 2016, 102쪽.

55 Wyndham, The Day of the Triffids, p.48.
   존 윈덤, 박중서 옮김, 『트리피드의 날』, 폴라북스, 2016, 101쪽.

56 Wyndham, The Day of the Triffids, p.236.
   존 윈덤, 박중서 옮김, 『트리피드의 날』, 폴라북스, 2016, 453쪽.

57 Wyndham, The Day of the Triffids, p.29.
   존 윈덤, 박중서 옮김, 『트리피드의 날』, 폴라북스, 2016, 70쪽.

58 Wyndham, The Day of the Triffids, p.33.
   존 윈덤, 박중서 옮김, 『트리피드의 날』, 폴라북스, 2016, 76쪽.

59 Wyndham, The Day of the Triffids, pp.44, pp.39.
   존 윈덤, 박중서 옮김, 『트리피드의 날』, 폴라북스, 2016, 87쪽; 95쪽

60 Wyndham, The Day of the Triffids, p.272.
   존 윈덤, 박중서 옮김, 『트리피드의 날』, 폴라북스, 2016, 519쪽.

61 Wyndham, The Day of the Triffids, p.197.
   존 윈덤, 박중서 옮김, 『트리피드의 날』, 폴라북스, 2016, 382쪽.

62 Wyndham, The Day of the Triffids, p.242.

존 윈덤, 박중서 옮김, 『트리피드의 날』, 폴라북스, 2016, 462쪽.

63 Andrew Liptak, 'John Wyndham and the Global Expansion of Science Fiction', *Kirkus*, 7 May 2015, https://kirkusreviews.com/features/johnwyndham-and-global-expansion-science-fiction/ (last accessed 6 April 2019).

64 John Boyd, *The Pollinators of Eden* (1969) (Harmondsworth: Penguin, 1978), p.vii.

65 Boyd, *The Pollinators of Eden*, p.vii.

66 Boyd, *The Pollinators of Eden,* p.117.

67 Boyd, *The Pollinators of Eden*, p.153.

68 Boyd, *The Pollinators of Eden*, pp.33, p.72.

69 Boyd, *The Pollinators of Eden*, p.153.

70 Boyd, *The Pollinators of Eden*, p.144.

71 Boyd, *The Pollinators of Eden*, p.144.

72 Angela Overy, *Sex in Your Garden* (Golden, CO: Fulcrum, 1997), p.9.

73 Boyd, *The Pollinators of Eden*, p.9.

74 Boyd, *The Pollinators of Eden*, p.33.

75 Boyd, *The Pollinators of Eden*, p.33.

76 Boyd, *The Pollinators of Eden*, p.53.

77 Boyd, *The Pollinators of Eden*, p.191.

78 Boyd, *The Pollinators of Eden*, p.192.

79 Boyd, *The Pollinators of Eden*, pp.15, p.17.

80 Boyd, *The Pollinators of Eden*, pp.190-1.

81 Jim Endersby, *Orchid: A Cultural History* (Chicago: University of Chicago Press, 2016), p.222.

82 Boyd, *The Pollinators of Eden*, pp.187-8.

83 Boyd, *The Pollinators of Eden*, pp.189, p.192.

84 Boyd, *The Pollinators of Eden*, p.viii.

85 Endersby, *Orchid*, p.220.

86 Donna Haraway, Modest_Witness@Second_Millennium. *FemaleMan©Meets_ OncoMouse ™* (London: Routledge, 1997), p.88.
다나 해러웨이, 민경숙 옮김, 『겸손한_목격자@제2의_천년. 여성인간_앙코마우스 ™를_만나다: 페미니즘과 기술과학』, 갈무리, 2007, 143쪽.

87 Lou Anders, 'Interview with China Miéville', *Believer*, 23 (April 2005), https://believermag.com/an-interview-with-china-mieville/ (last accessed 8 May 2019).

88 Caroline Edwards and Tony Venezia, 'Unintroduction: China Miéville's Weird Universe', in Caroline Edwards and Tony Venezia (eds), *China Mieville: Critical*

Essays (Canterbury: Gylphi, 2015), pp.1-38, p.6.

89 Haraway, *Staying with the Trouble,* p.12.
도나 J. 해러웨이, 최유미 옮김, 『트러블과 함께하기-자식이 아니라 친척을 만들자』, 마농지, 2021, 44쪽.

90 Isabelle Stengers cited in Mario Blaser, 'Is Another Cosmopolitics Possible?', *Cultural Anthropology*, 31/4 (2016), pp.545-570, p.547.

91 China Miéville, 'China Miéville's Top 10 Weird Fiction Books', *The Guardian,* 16 May 2002, https://www.theguardian.com/books/2002/may/16/fiction.bestbooks (last accessed 7 April 2019).

92 Miéville, 'M. R. James and the Quantum Vampire'.

93 Haraway, *Staying with the Trouble*, pp.53-54.
도나 J. 해러웨이, 최유미 옮김, 『트러블과 함께하기-자식이 아니라 친척을 만들자』, 마농지, 2021, 97-98쪽.

94 Miéville, 'M. R. James and the Quantum Vampire'.

95 Haraway, *Staying with the Trouble,* p.47.
도나 J. 해러웨이, 최유미 옮김, 『트러블과 함께하기-자식이 아니라 친척을 만들자』, 마농지, 2021, 87-88쪽.

---

04. 살아 있음과 죽어 있음 사이

1 Michael Marder, *Plant-Thinking: A Philosophy of Vegetal Life* (New York: Columbia University Press, 2013), p.67.

2 이 글에 나오는 영화의 영어 번역은 해적판 DVD 복사본의 자막에서 발췌한 것이다. 이를 러시아어 오디오와 대조하여 정확성을 확인했으며, 모호한 부분의 경우에는 러시아어 원문을 괄호 안에 표시하여 문맥을 파악할 수 있도록 했다.

3 Alexei Yurchak, 'Necro-Utopia: The Politics of Indistinction and the Aesthetics of the Non Soviet', *Current Anthropology*, 49/2 (2008), pp.199-224, p.207.

4 Viktor Mazin, 'The Foundations of Necropractice', trans. Thomas Campbell, in Nelly Podgorskaya (ed.), *Necrorealism* (Moscow: Moscow Museum of Modern Art, 2011), pp.56-65, p.65.

5 마진은 유피트의 영화가 경계 지역에서 전개되는 경향이 있음을 지적한다. 특히 숲, 철도 선로, 교외 지역과 같은 공간이 그러한데, 이들 모두는 식물이 밀집한 장소이다. 그러나 그는 이러한 논의를 배경 설정 차원에만 한정할 뿐, 유피트의 작업에서 식물 생명체가 지니는 의미를 검토하는 데까지는 나아가지 않는다. 이

에 관해서는 마진의 다음 글을 참조. Mazin, 'Yufit's Liminal Experiments', trans. Thomas Campbell, in Nelly Podgorskaya (ed.), Necrorealism (Moscow: Moscow Museum of Modern Art, 2011), pp.68-9, p.69.

6　"대안적 생명 형태"라는 표현은 알렉세이 유르착의 글에서 가져온 것이다. Yurchak, 'Necro-Utopia', p.211.

7　Ewa Domanska, 'Dehumanisation Through Decomposition and the Force of Law', trans. Paul Vickers, in Zuzanna Dziuban (ed.), *Mapping the 'Forensic Turn': The Engagements with Materialities of Mass Death in Holocaust Studies and Beyond* (Vienna: New Academic Press, 2016), pp.83-98, p.84.

8　예브게니 유피트는 네크로리얼리스트들이 달성하고자 했던 삶을 설명하기 위해 이 문구(러시아어로 'zhizn' neo-porochennuiu chelovecheskim soznaniem)를 자주 사용했다. 이에 관해서는 유르착의 다음 글 참조, 번역은 유르착이 한 것이다. Yurchak, 'Necro-Utopia', p.210.

9　Marder, *Plant-Thinking*, p.18 (emphasis in original). "식물성 사유"에 대한 자세한 내용은 윤리적이고 비인간중심의 사고를 촉진하는 식물성 사유의 역량을 다룬 엘리자베스 헥켄돈 쿡(Elizabeth Heckendorn Cook)의 6장을 참조.

10　이 책 6장에서 쿡은 로버트 홀드스톡(Robert Holdstock)의 『라본디스-미지의 세계로의 여행』(1988)과 한강의 『채식주의자』(2007)를 유사한 주제로 다루면서, 인간-나무의 집합체는 작가들이 "시간을 다른 관점에서 상상할 수 있게 해주며 (…) 그렇게 함으로써 인간으로 존재하고 인간이 되는 새로운 혼종화된 방식을 제안할 수 있다"고 지적한다(Marder, *Plant-Thinking*, p.129).

11　Yurchak, 'Necro-Utopia', p.214.

12　Yurchak, 'Necro-Utopia', p.200.

13　유르착에 따르면, "네크로리얼리스트는 (…) 사회주의 리얼리즘 영웅의 날것 그대로의 생물학적 활력과 정력적인 행동주의를 모방하면서도 정작 그것들의 의미, 말, 인격성과의 연결은 끊어버리는 식"이었는데, 이는 네크로리얼리스트들이 "활기찬 백치 짓거리"라고 부르는 일종의 역설적인 영웅주의를 보여준다. Alexei Yurchak, *Everything Was Forever, Until It Was No More: The Last Soviet Generation* (Princeton: Princeton University Press, 2006), p. 253. 알렉세이 유르착, 김수환 옮김, 『모든 것은 영원했다, 사라지기 전까지는-소비에트의 마지막 세대』, 문학과지성사, 2019, 472쪽 참조.

14　Yurchak, 'Necro-Utopia', p.201.

15　유르착의 다음 글 참조. 번역은 유르착이 한 것이다. Yurchak's 'Necro-Utopia', p.202.

16　Leon Trotsky, *Literature and Revolution* (New York: Russell & Russell, 1957), pp.255-6.

레온 트로츠키, 김정겸 옮김, 『문학과 혁명』, 과학과 사상, 1990, 263쪽.

17 Yurchak, 'Necro-Utopia', p.199.

18 "활기찬 백치 짓거리"라는 용어는 연관된 '평행' 예술가 이고르 알레니코프(Igor Aleinikov)가 이 그룹의 흥겨움을 묘사하기 위해 사용했다. José Alaniz and Seth Graham, 'Early Necrocinema in Context', in Seth Graham (ed.), Necrorealism: Contexts, History, Interpretations (Pittsburgh: Pittsburgh Russian Film Symposium, 2001), pp.5–27, p.9.

19 Mazin, 'The Foundations of Necropractice', p.56.

20 트리시아 스탁스(Tricia Starks)는 "러시아와 후기 소비에트에서는 유토피아 사상, 정치적 목표, 공과 사의 분할에 대한 다른 해석으로 다른 곳보다 더 침략적이고 광범위한 수준에서 건강 프로그램이 적용되었다"고 지적했다. 건강 활동가, 문화 혁명가, 주요 정치인들은 가정, 신체, 생활, 여가 문제를 소비에트 프로젝트에서 필수적인 공공의 관심사로 다루었다. Tricia Starks, *Body Soviet: Propaganda, Hygiene, and the Revolutionary State* (Madison: University of Wisconsin Press, 2008), p.5.

21 이러한 경향은 비사회주의 리얼리즘 계열의 러시아 소비에트 예술, 문학, 영화에서도 공통적으로 드러난다. 호세 알라니즈와 세스 그레이엄이 지적했듯이, "서구 영화에서와 마찬가지로, 러시아 소비에트 스크린에서 죽음을 맞이하는 인물 대다수는 (…) 매우 빠르게 죽으며, 죽음의 시각적 결과라는 차원에서는 흔적조차 남기지 않는다." Alaniz and Graham, 'Early Necrocinema in Context', p.6.

22 다음을 참조. Olesya Turkina, 'Necrorealism', trans. Thomas Campbell, in Nelly Podgorskaya (ed.), *Necrorealism* (Moscow: Moscow Museum of Modern Art, 2011), pp.6–15; Lilya Kaganovsky, *How the Soviet Man Was Unmade: Cultural Fantasy and Male Subjectivity Under Stalin* (Pittsburgh: University of Pittsburgh Press, 2008).

23 Turkina, 'Necrorealism', p.7.

24 다음을 참조. Alaniz and Graham, 'Early Necrocinema in Context'; Ellen E. Berry and Anesa Miller-Pogacar, 'A Shock Therapy of the Social Consciousness: The Nature and Cultural Function of Russian Necrorealism', *Cultural Critique*, 34 (1996), pp.185–203; Alexander Borovsky, 'The Necrochallenge', trans. Thomas Campbell, in Nelly Podgorskaya (ed.), *Necrorealism* (Moscow: Moscow Museum of Modern Art, 2011), pp.46–55; Turkina, 'Necrorealism'; Yurchak, *Everything Was Forever* and 'Necro-Utopia'.

25 다음을 참조. Borovsky, 'The Necrochallenge', p.47.

26 빅토르 마진에 따르면, "체제로서의" 후기 사회주의는 "살아 있다기보다 죽은 것이었고, 이 체제의 시체가 곧 매장될 것이라고 믿은 사람은 거의 없었지만, 원로

지배 체제(gerontocracy), 공산당 총서기의 잇따른 죽음, 경제 영역의 침체, 극소
수의 지배 이데올로기 지지자, 집합적 열정의 부재, 사회주의 리얼리즘의 미적
원리의 종말이 입증하듯 그 체제에 더 이상 생명의 징후가 보이지 않는다는 것을
모두가 알았다. 따라서 체제의 안정성에 대한 신뢰는 전적으로 부동성, 즉 삶이나
죽음의 어떤 징후도 표현하지 못하는 데 기반해 있었다." Viktor Mazin, 'From
Cabinet of Necrorealism: Iufit and Viktor Mazin', trans. Maria Jett, in Seth
Graham (ed.), Necrorealism: Contexts, History, Interpretations (Pittsburgh:
Pittsburgh Russian Film Symposium, 2001), pp.28–52; p.37. 이러한 맥락에서
특히 모스크바에 여전히 전시되어 있는 블라디미르 레닌의 보존된 신체는 암시적
이다.

27 알렉세이 유르착의『모든 것은 영원했다, 사라지기 전까지는−소비에트의 마지막
   세대』참조.

28 Turkina, 'Necrorealism', p.6.

29 Turkina, 'Necrorealism', p.7.

30 Turkina, 'Necrorealism', p.7.

31 Alaniz and Graham, 'Early Necrocinema in Context', p.8.

32 Berry and Miller-Pogacar, 'A Shock Therapy of the Social Consciousness',
   p.189.

33 Yurchak, 'Necro-Utopia', p.208.

34 Yurchak, 'Necro-Utopia', p.210.

35 Yurchak, 'Necro-Utopia', p.211.

36 이와 유사하게 이 책 6장에서 쿡은 한강의『채식주의자』를 다루면서 "인간이 된
   다는 것은 필연적으로 재생산 미래주의에 경도된 선형적 시간성에 도전하는 하이
   브리드적 구성을 이해하게 한다"고 논의했다.

37 Yurchak, Everything Was Forever, p.249. 알렉세이 유르착, 김수환 옮김,『모든
   것은 영원했다, 사라지기 전까지는−소비에트의 마지막 세대』, 문학과지성사,
   2019, 465쪽.

38 Olesia Turkina and Viktor Mazin, 'Para-Necro-Blockbuster or Evgenii Iufit and
   Vladimir Maslov's Silver Heads', trans. Seth Graham, in Seth Graham (ed.),
   Necrorealism: Contexts, History, Interpretations (Pittsburgh: Pittsburgh Russian
   Film Symposium, 2001), pp.53–9, p.59, n.1.

39 Marder, *Plant-Thinking*, p.22.

40 매튜 홀은 나아가 "식물의 수동성 및 무감각을 독단적으로 판단하는 모습은 계몽주
   의 철학의 발전 과정에서도 찾아볼 수 있는데, 이는 환경 철학자들이 서구의 자연
   파괴에 대한 핵심으로 지적하는 것"이라고 주장한다. Matthew Hall, *Plants as
   Persons: A Philosophical Botany* (Albany: State University of New York Press, 2011),

p.47. 이 책에서 T. S. 밀러가 쓴 5장 역시 이러한 지성사를 확장하여 살핀다.

41 Marder, *Plant-Thinking*, pp.52–3.

42 Marder, *Plant-Thinking*, p.67.

43 실제로 네크로리얼리스트는 이를 일찍부터 인식했다. 네크로리얼리스트의 일원인 안드레이 뫼르티뷔(Andrei Mertvyi)와 드빌은 한때 잡지 『시네 파논(Cine Fanon)』에 「무덤의 동식물」이라는 제목의 글을 기고했는데, 이 연구로 "네크로파지와 무덤에서 자라는 식물에 대한 지식을 보충했다." Olesya Turkina, 'Necrorealism', p.10.

44 Domanska, "Dehumanisation Through Decomposition", p.87. 클레어 콜브룩(Claire Colebrook)도 비슷한 주장을 했다. "문화적 생산 과정은 (…) 생명에 대한 이런 의문 없는 긍정을 강화하고 (…) 이외의 기준은 모두 생명 자체의 가치에 자리를 내준다. 언뜻 보기에는 계몽주의 프로젝트로 인해 교회, 국가, 특권과 편견 등 모든 형태의 초월적 정당화가 사라진 듯하지만, 지금 생명에 비할 것은 아무것도 없다. 그러나 생명의 가치를 굳건히 강조하려는 격렬한 충동은 (…) 삶의 종말이 임박했음을 직면하지 못하는 무능력함을 동반한다." Claire Colebrook, *Death of the PostHuman: Essays on Extinction,* vol. 1 (Ann Arbor, MI: Open Humanities Press, 2014), pp.185–6.

45 Marder, *Plant-Thinking*, p.22.

46 예를 들어 트로츠키는 1924년 『문학과 혁명(Literature and Revolution)』에서 다음과 같이 자연(생물학을 포함하여)에 대한 지배적 관계를 옹호한다. "빈곤, 굶주림, 모든 형태의 부족함을 극복하려는 노력, 즉 자연을 정복하려는 노력은 다가올 수십년 동안 지배적인 추세가 될 것이다. (…) 자연에 대해 수동적으로 즐기는 태도는 예술에서 사라지게 될 것이다." 자연을 재구성하는 소련의 능력에 대한 트로츠키의 믿음은 기술과 과학의 현대적 발전과 직접적으로 연결된다. 그는 숲이나 기타 주요한 식물 서식지에 관한 자신의 태도를 명시적으로 언급한다. "기계를 통해 사회주의 사회 내의 인간은 뇌조와 철갑상어가 있는 자연 전체를 통제할 것이다. 새로운 인간은 산과 길의 위치를 지시할 것이고, 강의 흐름을 바꿀 것이며, 해양의 규칙을 정할 것이다. (…) 대부분 울창한 숲과 뇌조 및 호랑이들은 인간이 그들을 생존하도록 통제하는 곳에서만 살아가게 될 것이다." Trotsky, *Literature and Revolution*, pp.252–253.
   레온 트로츠키, 김정겸 옮김, 『문학과 혁명』, 과학과 사상, 1990, 261쪽.

47 Trotsky, *Literature and Revolution*, pp.254–5.
   레온 트로츠키, 김정겸 옮김, 『문학과 혁명』, 과학과 사상, 1990, 262–263쪽.

48 마진은 이렇게 말한다. "군사적 동물인간공학은 기술과학의 정수다. 이는 유피트가 동물학, 인류학, 영장류학, 유전학, 암호생물학, 법의학, 고생물학에 관심을 기울인 이유이기도 하다. 한편으로 과학은 오늘날의 상징적인 매트릭스를 구성하는

틀을 제공하지만 다른 한편으로는 이 틀에 들어맞지 않는 것은 반드시 퇴출되어
야 했다. 군사적 동물인간공학은 벌거벗은 생명의 생산과 착취에 초점을 맞추며,
죽음만을 낳을 뿐이다." Mazin, "Yufit's Liminal Experiments", p.68.

49 Tom Idema, 'Toward a Minor Science Fiction: Literature, Science, and the
Shock of the Biophysical', *Configurations*, 23/1 (2015), 35–59, p.38. Also quoted
in Domanska, 'Dehumanisation Through Decomposition', p.94.

50 Trotsky, *Literature and Revolution*, p.256.
레온 트로츠키, 김정겸 옮김, 『문학과 혁명』, 과학과 사상, 1990, 263쪽.

51 토마스 캠벨(Thomas Campbell)은 〈실버 헤드〉에 등장하는 나무 기계에 대해 다
른 해석을 제시한다. "이 강력한, 그리고 강렬한 재미를 선사하는 상징은 다층적이
다. 작품에는 러시아가 나무에 가지는 영적·미적 애착에 대한 패러디가 결합되어
있다. 또한 나무는 계층적 조직의 상징으로(영화 속에서 반란을 일으키는 돌연변
이 Z-개체들이 상징하는 들뢰즈의 리좀적 '비조직'과는 대조적으로) 기능하는
것을 암시한다. 그리고 나무는 국가의 권위적 담론의 텍스트가 인쇄되는 종이의
원천이 된다(이런 의미에서 과학자들의 몸은 국가의 말을 기록하기 위한 양피지
가 된다). 더불어 나무는 남근, 즉 초월적 기표를 상징한다. 유피트의 영화 속
과학자들에게 "**규율**"은 사방에서 그들의 "순종적 몸"을 관통하는 실험실의 나무
말뚝에서 형상화되듯이, 남근을 향한 마조히즘적이고 난교적인 복종을 수반한
다." 다음을 참조. Thomas Campbell, 'The Bioaesthetics of Evgenii Iufit',
KinoKultura, 11 (2006) http://www. kinokultura.com/2006/11-campbell.shtml
(accessed 23 April 2019) (para. 9 of 29) (emphasis in original). 또한 투르키나와
마진이 쓴 「파라 네크로 블록버스터(Para-Necro-Blockbuster)」에서는 영화 속
성적 이미지와 함축적 의미를 더욱 심도 있게 논의한다.

52 Michael Marder, *Grafts: Writings on Plants* (Minneapolis: Univocal, 2016), p.15.

53 Marder, *Grafts*, p.16.

54 Marder, *Plant-Thinking*, p.43.

55 Marder, *Plant-Thinking*, p.130.

56 Marder, *Plant-Thinking*, p.164.

57 Donna J. Haraway, *Simians, Cyborgs, and Women: The Reinvention of Nature*
(London: Free Association Books, 1991), p.150.
도나 J. 해러웨이, 황희선·임옥희 옮김, 『영장류, 사이보그, 그리고 여자-자연의
재발명』, 북이십일 아르테, 2023, 273쪽.

58 Haraway, *Simians, Cyborgs, and Women*, p.151.
도나 J. 해러웨이, 황희선·임옥희 옮김, 『영장류, 사이보그, 그리고 여자-자연의
재발명』, 북이십일 아르테, 2023, 275쪽.

59 Patricia MacCormack, *Posthuman Ethics: Embodiment and Cultural Theory*

(Abingdon, UK and New York: Routledge, 2016), p.2.

60 MacCormack, *Posthuman Ethics*, p.4.

61 Rosi Braidotti, *The Posthuman* (Cambridge, UK and Malden, MA: Polity Press, 2013), p.49-50.
    로지 브라이도티, 이경란 옮김, 『포스트휴먼』, 아카넷, 2015, 67-68쪽.

62 Alaniz and Graham, 'Early Necrocinema in Context', p.11. 또한 다음을 참조. Mazin, 'From *Cabinet of Necrorealism: Iufit and*', pp.49-50 (n. 24); Yurchak, 'Necro-Utopia', p.207. 마진과 유르착은 1989년 프로그램 〈피프스 휠(*Fifth Wheel*)〉에서 초기 네크로리얼리즘 단편 영화의 첫 TV 방영에 대한 소비에트 심리학자들과 TV 시청자들의 선정적 반응에 대해 논의했다. 유르착에 따르면 "영화에 대해 토론하기 위해 초대된 전문 심리학자 패널들은 이 영화를 병든 사이코패스, 네크로필리아, 사도마조히스트의 작품이라고 일축했다. 몇몇 TV 시청자는 방송국에 전화를 걸어 역겨운 공포 방송에 항의했다."

63 Domanska, 'Dehumanisation Through Decomposition', p.90.

64 Braidotti, *The Posthuman*, p.137.
    로지 브라이도티, 이경란 옮김, 『포스트휴먼』, 아카넷, 2015, 177-178쪽.

65 Marder, *Plant-Thinking*, p.52.

---

05. 식물성 사랑

1 John Fryer, *A New Account of East-India and Persia* (London: 1698), p.243.

2 John Trevisa, *On the Properties of Things: John Trevisa's Translation of Bartholomaeus Anglicus' De Proprietatibus Rerum: A Critical Text* (Oxford: Clarendon Press, 1975-88), p.885, pp.1-5.

3 다양한 중세의 식물학 자료에서 문서화되고 논의된 맨드레이크의 특성에 관해서는 다음을 참조. T. S. Miller, '"[I]n plauntes lyf is yhud": Botanical Metaphor and Botanical Science in Middle English Literature', forthcoming in Heide Estes (ed.), *Medieval Ecocriticisms* (Amsterdam: Amsterdam University Press).

4 이러한 분야의 연구 결과를 요약한 최근 저서로는 다음을 참조. Stefano Mancuso and Alessandra Viola, *Brilliant Green: The Surprising History and Science of Plant Intelligence, trans. Joan Benham* (Washington, DC: Island Press, 2015); Richard Karban, *Plant Sensing and Communication* (Chicago: University of Chicago Press, 2015); and Daniel Chamovitz, *What a Plant Knows: A Field Guide to the Senses* (New York: Scientific American/Farrar, Straus and Giroux, 2013). '식물 신경생

물학'이라는 개념은 단순한 '식물 지각'보다 훨씬 더 많은 반발을 불러일으키기도
했다.

5 대안적으로는 '피토픽션(phytofiction)'이라는 용어가 더 정확하고 포괄적일 수
있을 것이다. '피토픽션'은 'physis', 즉 '성장'에 어원적 기반을 두고 있으며, 동물
이 아닌 생명체는 성장하는 것 외에 다른 일은 아무것도 하지 않는 것으로 간주되
어 왔음을 상기시킨다. 이 범주에서 균류, 단세포 조류 등의 서사를 배제할 의도는
없다. 이는 부분적으로 분류 체계가 지난 몇 세기 동안 유동적이었기 때문이기도
하고, 모든 '비판적 식물학'은 엽록체가 있든 없든 비인간 생명체에 대한 보다
일반적인 고려로 이어져야 하기 때문이다. 이런 맥락에서 동물학에 관한 제프리
닐론(Jeffrey T. Nealon)의 다음과 같은 비판은 당연한 것으로 받아들일 수 있다.
"(동물학이) 생물학적 프레임 안에서 식물성 생명체를 고려하지 않는데, 이는 오
랜 관행을 답습하는 것으로 보인다. 이것은 동물학이 생물학적 체제 안에 진입한
다음 식물학에 대해서는 문을 닫으려고 하는 것이다." Jeffrey T. Nealon, *Plant
Theory: Biopower and Vegetable Life* (Stanford: Stanford University Press, 2015),
p.xii.

6 마이클 마더의 식물 철학에 대한 계속된 연구 외에도, 매튜 홀(Matthew Hall)의
저서『사람으로서의 식물(Plants as Persons)』은 식물에 대한 윤리적 고려를 어떻
게, 그리고 왜 확장해야 하는지에 대한 가장 지속적인 성찰로 남아 있다. 다음을
참조. Matthew Hall, *Plants as Persons: A Philosophical Botany* (Albany: State
University of New York Press, 2011).

7 John Boyd, *The Pollinators of Eden* (New York: Weybright and Talley, 1969),
p.28.

8 지난 몇 년간 출간된 식물에 대한 마이클 마더의 방대한 저술이 식물의 감정이나
욕망을 다루지 않았던 것은 아니다. 이 주제에 대한 그의 생각과 철학적 사유에서
반복되는 몇 가지 예를 보려면, 마이클 마더가 니체 및 아리스토텔레스적으로
식물의 욕망에 대해 논의한 것을 포함하여 다음 논의들을 참조. Michael Marder,
Plant-Thinking: A Philosophy of Vegetal Life (New York: Columbia University Press,
2013), p.38; *Michael Marder, The Philosopher's Plant: An Intellectual Herbarium* (New
York: Columbia University Press, 2014), pp.11-15.

9 Amitav Ghosh, *The Great Derangement: Climate Change and the Unthinkable*
(Chicago: University of Chicago Press, 2016), p.5.
아미타브 고시, 김홍옥 옮김,『대혼란의 시대-기후 위기는 문화의 위기이자 상상
력의 위기다』, 에코리브르, 2021, 14쪽.

10 퀴어 이론과 식물학 사이의 연결고리를 제시하는 데 가장 큰 기여를 한 것은 아마
도 카트리오나 샌디랜즈(Catriona Sandilands)의 지속적인 연구일 것이다. 또한
그레타 가드(Greta Gaard)도 "퀴어 이론의 정체성, 섹슈얼리티, 공동체의 유동성"

에 비추어 식물 연구가 퀴어 이론에 대해 가질 수 있는 잠재적인 관심에 대해 언급한 바 있다. 이에 관해서는 다음을 참조. Catriona Mortimer-Sandilands, and Bruce Erickson (eds), *Queer Ecologies: Sex, Nature, Politics, Desire* (Bloomington: Indiana University Press, 2010); Greta Gaard, *Critical Ecofeminism* (Lanham: Lexington Books, 2017), p.31. 그레타 가드, 김현미 외 옮김, 『비판적 에코페미니즘』, 창비, 2024.

11 식물과 서사를 주제로 한 최초의 논문집이 공포를 주제로 구성한 것은 우연이 아니다. 이에 관해서는 다음을 참조. Dawn Keetley and Angela Tenga (eds), *Plant Horror: Approaches to the Monstrous Vegetal in Fiction and Film* (New York: Palgrave Macmillan, 2016). 랜디 래스트(Randy Laist)가 엮은 이전 책에서도 공포가 스며들어 있기도 하다. Randy Laist (ed.), *Plants and Literature: Essays in Critical Plant Studies* (Amsterdam: Rodopi, 2013).

12 Ghosh, *The Great Derangement*, p.70. 아미타브 고시, 김홍옥 옮김, 『대혼란의 시대-기후 위기는 문화의 위기이자 상상력의 위기다』, 에코리브르, 2021, 98쪽.

13 『대혼란의 시대』의 마지막 문장은 새로운 세대가 "다른 비인간 존재들과의 유대 관계를 재발견하게 되리라고, 마지막으로 이처럼 새롭고도 유구한 전망을 달라진 예술과 문학 속에 담아내리라고 믿고 싶다."라고 말한다. p.162 참조. 아미타브 고시, 김홍옥 옮김, 『대혼란의 시대-기후 위기는 문화의 위기이자 상상력의 위기다』, 에코리브르, 2021, 211쪽.

14 Janet Browne, 'Botany for Gentlemen: Erasmus Darwin and *The Loves of the Plants*', *Isis*, 80/4 (1989), 593–621, p.594. 좀 더 최근 논의들은 이 시의 급진적 에로티시즘이 당대에 어떻게 이해되었는지에 대해 논쟁한 바 있다. 줄리아 리스트(Julia List)는 "섹슈얼리티에 대한 일반적인 견해와 일치하는 이미지"로 이해하면서 독자들의 상당히 "보수적인" 수용을 논의했다. 'Sometimes a Stamen Is Only a Stamen: Sexuality, Women and Darwin's *Loves of the Plants*', *Nineteenth-Century Contexts*, 32/3 (2010), pp.199–218 참조. 리스트의 이전 글을 인용하지 않는 트리스탄 코놀리(Tristanne Connolly)도 동시대 독자 반응에 주목하지만, "포르노그래피와 마찬가지로 『식물의 사랑』도 시각적 쾌락"을 강조한다며, 우리가 그 작품을 진지하게 "에로틱한 작업"으로 다뤄야 한다고 주장한다. 이에 관해서는 다음을 참조. Connolly, 'Flowery Porn: Form and Desire in Erasmus Darwin's *The Loves of the Plants*', *Literature Compass*, 13/10 (2016), pp.604–6, p.605.

15 Erasmus Darwin, *The Botanic Garden, a Poem in Two Parts: Part I, Containing the Economy of Vegetation; Part II, The Loves of the Plants; with Philosophical Notes* (New York: Garland, 1978), p.ii.

16 아마도 SF소설에서 상상되는 식물 섹슈얼리티는 학계의 상당한 관심을 끌어왔던 앨런 무어(Alan Moore)의 『스웜프 씽(Swamp Thing)』 코믹 시리즈와 관련하여 가장 철저하게 탐구되어왔다. 이 시리즈에서 성과 섹슈얼리티에 대한 대부분의 논의는 34번째 에피소드인 「봄의 제전」의 환각적인 에로티시즘에 초점을 맞추고 있다. 가장 최근의 퀴어 이론에 기반을 둔 관점은 다음을 참조. Robin Alex McDonald and Dan Vena, 'Monstrous Relationalities: The Horrors of Queer Eroticism and "Thingness" in Alan Moore and Stephen Bissette's *Swamp Thing*', in Keetley and Tenga, *Plant Horror*, pp.197–214.

17 펄프 잡지에 등장하는 식인하는 식물 괴물에 대해서는 다음을 참조. T. S. Miller, 'Lives of the Monster Plants: The Revenge of the Vegetable in the Age of Animal Studies', *Journal of the Fantastic in the Arts*, 23/3 (2012): pp.460–79, 특히 pp.464–9. 나는 지금은 다윈과 관련하여 식사와 섹스를 분리하려는 시도가 실수일 수 있음을 인정한다.

18 Mark W. Chase, et al., 'Murderous Plants: Victorian Gothic, Darwin, and Modern Insights into Vegetable Carnivory', *Botanical Journal of the Linnean Society*, 161 (2009), pp.329–56, p.329.

19 Boyd, *Pollinators*, no pagination.

20 Russ, 'Review of *The Last Starship from Earth,* by John Boyd', *The Magazine of Fantasy and Science Fiction* (September 1969), p.24.

21 John Boyd, *The Pollinators of Eden* (New York: Penguin Books, 1978), p.v.

22 아마도 1972년 호주 인쇄본의 표지 일러스트만이 이런 층층이 쌓인 구조를 묘사하려 했는데, 그것조차 단테의 작품이라기에는 너무나 얌전하게 표현한 것이었다.

23 다프네를 성모 마리아로 보는 중세의 설교에 대해서는 다음을 참조. Miller, '"[I]nplauntes lyf is yhud"'.

24 Boyd, *Pollinators*, p.193.

25 Boyd, *Pollinators*, p.187.

26 Boyd, *Pollinators*, p.193.

27 Octavia Butler, *Dawn* (New York: Warner Books, 1997), p.190.

28 버틀러의 글에 대해 상당한 학술 연구가 이루어졌지만, 연구자들은 그녀의 작품에 나타나는 성, 성욕, 성폭력, 동의 등의 복잡성을 아직 완전히 분석하지 못했다. 작품 전반과 동의의 문제를 일부 다루는 논의로는 다음을 참조. Anca Rosu, 'Alienating Sex: The Discourse of Sexuality in the Works of Octavia Butler', in Sherry Ginn and Michel G. Cornelius (eds), *The Sex Is Out of This World: Essays on the Carnal Side of Science Fiction* (Jefferson: McFarland, 2012), pp.34–49.

29 Pat Murphy, 'His Vegetable Wife', in Ursula K. Le Guin and Brian Attebery (eds), *The Norton Book of Science Fiction* (New York: Norton, 1993), pp.628–32,

p.628.

팻 머피, 유소영 옮김, 「채소 마누라」, 『사랑에 빠진 레이철』, 허블, 2003, 37쪽.

30 Murphy, 'His Vegetable Wife', p.628.

팻 머피, 유소영 옮김, 「채소 마누라」, 『사랑에 빠진 레이철』, 허블, 2003, 37쪽.

31 Diana Pharaoh Francis, 'The Colonial Feminine in Pat Murphy's "His Vegetable Wife", in Ericka Hoagland and Reema Sarwal (eds), *Science Fiction, Imperialism and the Third World: Essays on Postcolonial Literature and Film* (Jefferson: McFarland, 2010), pp.77-86, p.77.

32 Francis, 'The Colonial Feminine', p.79.

33 Murphy, 'His Vegetable Wife', p.629.

팻 머피, 유소영 옮김, 「채소 마누라」, 『사랑에 빠진 레이철』, 허블, 2003, 39쪽.

34 Murphy, 'His Vegetable Wife', p.630.

팻 머피, 유소영 옮김, 「채소 마누라」, 『사랑에 빠진 레이철』, 허블, 2003, 41쪽.

35 Murphy, 'His Vegetable Wife', p.631.

팻 머피, 유소영 옮김, 「채소 마누라」, 『사랑에 빠진 레이철』, 허블, 2003, 42쪽.

36 Murphy, 'His Vegetable Wife', p.632.

팻 머피, 유소영 옮김, 「채소 마누라」, 『사랑에 빠진 레이철』, 허블, 2003, 42쪽.

37 Murphy, 'His Vegetable Wife', p.631.

팻 머피, 유소영 옮김, 「채소 마누라」, 『사랑에 빠진 레이철』, 허블, 2003, 43쪽.

38 Murphy, 'His Vegetable Wife', p.632.

팻 머피, 유소영 옮김, 「채소 마누라」, 『사랑에 빠진 레이철』, 허블, 2003, 45쪽.

39 Murphy, 'His Vegetable Wife', p.631.

팻 머피, 유소영 옮김, 「채소 마누라」, 『사랑에 빠진 레이철』, 허블, 2003, 43쪽.

40 다음을 참조. Elaine P. Miller, *The Vegetative Soul: From Philosophy of Nature to Subjectivity in the Feminine* (Albany: State University of New York Press, 2002). 19세기 독일 관념론과 낭만주의에 대한 밀러의 2002년 논문에서 드러나는 관점과 마더의 철학적 작업 사이의 중요한 연결고리는 다음을 참조. Karen L. F. Houle in 'Animal, Vegetable, Mineral: Ethics as Extension or Becoming? The Case of Becoming-Plant', *Journal for Critical Animal Studies*, IX.1/2 (2011), pp.89-116. 여기에는 "식물 되기(becoming-plant)"라는 개념도 예리하게 탐구되었다. 또한 마더의 연구가 루스 이리가레의 관심을 끌게 된 것은 결코 우연이 아니며, 이리가레와의 서신 교환은 공동 저서로 결실을 맺었다. Michael Marder, Luce Irigaray, *Through Vegetal Being: Two Philosophical Perspectives* (New York: Columbia University Press, 2016).

마이클 마더·루스 이리가레, 이명호·김지은 옮김, 『식물의 사유: 식물 존재에 관한 두 철학자의 대화』, 알렙, 2020.

41 Ronald Fraser, *Flower Phantoms* (Kansas City: Valancourt Books, 2013), p.18, p.21, p.17.

42 Fraser, *Flower Phantoms*, p.5, p.15.

43 머피가 「채소 마누라」에서 식물적 존재와 여성성을 연결하여 그 종속성에 대한 논의의 관점을 예견했듯, 휴버트 또한 "세상에서 여성의 역할은 아이를 낳는 것이다"라고 주장하며 여성의 역할에 대한 도구주의적 견해를 표현한다(Fraser, *Flower Phantoms*, p.30).

44 Fraser, *Flower Phantoms*, p.18, pp.19-20.

45 Fraser, *Flower Phantoms*, p.17, p.18.

46 Fraser, *Flower Phantoms*, p.24.

47 Fraser, *Flower Phantoms*, p.19.

48 Fraser, *Flower Phantoms*, p.14, p.10.

49 그녀의 몸이나 마음과는 다른 부분, 즉 식물 세계와 대화할 수 있는 부분이 있다고 가정하는 비슷한 생각을 비교해 보라. "꽃의 상상력이 그들로부터 나와서 몸과 마음의 드문 잠에서 해방된 그녀의 제3의 부분과 대화를 나눌 수 있을 정도였을까?"

50 식물의 소통 능력에 관한 최근의 관점에 대해서는 다음을 참조. Monica Gagliano, John C. Ryan and Patrícia Vieira (eds), *The Language of Plants: Science, Philosophy, Literature*(Minneapolis: University of Minnesota Press, 2017). 특히 마더와 티머시 모턴의 글을 참조하라.

51 Fraser, *Flower Phantoms*, p.68.

52 Fraser, *Flower Phantoms*, p.47, p.49.

53 Fraser, *Flower Phantoms*, p.47.

54 Fraser, *Flower Phantoms*, p.44.

55 Marder, 'What Are Humans? And Who Are Plants?', *Los Angeles Review of Books*, (*January 2017*), http://philosoplant.lareviewofbooks.org/?p=188(last accessed 14 May 2019).

56 Marder, 'What Are Humans?'

06. 대안적 재생산

1 Thomas Pynchon, *The Crying of Lot 49* (1965) (New York and London: Harper Perennial, 2006), p.144.
토머스 핀천, 김성곤 옮김, 『제49호 품목의 경매』, 민음사, 2007, 232쪽.

2 Heather Anne Swanson, Anna Lowenhaupt Tsing, Nils Bubandt and Elaine Gan,

'Introduction: Bodies Tumbled into Bodies', in Anna Tsing, Heather Swanson, Elaine Gan and Nils Bubandt (eds), *Arts of Living on a Damaged Planet/Monsters of the Anthropocene* (Minneapolis: University of Minnesota Press, 2017), p.M10.

3 Ovid, *The Metamorphoses of Ovid,* trans. Allen Mandelbaum (San Diego and New York: Harcourt, 1993), p.25.
   오비디우스, 천병희 옮김, 『변신 이야기』, 도서출판 숲, 2017, 54쪽.

4 Ovid, *The Metamorphoses*, pp.345-6.
   오비디우스, 천병희 옮김, 『변신 이야기』, 도서출판 숲, 2017, 449-450쪽.

5 식물의 시간성에 관심이 있는 생태철학자들은 시간성과 재생산을 반드시 연결 짓지는 않았다. 이에 관해서는 매튜 홀(Matthew Hall), 카렌 L. F. 하울(Karen L. F. Houle), 제프리 닐론(Jeffrey Nealon)의 획기적인 식물 연구 작업을 참고할 수 있다. 사변소설의 정전인 어슐러 K. 르 귄(Ursula K. Le Guin)의 헤인 연대기 텍스트인 「제국보다 광대하고 더욱 느리게(Vaster than Empires and More Slow)」(1971)와 『세상을 가리키는 말은 숲(The Word for World is Forest)』(1972)은 인간과 식물의 시간성 차이를 상상하는 데에 기준이 되지만 재생산 시간에 대해서는 직접적으로 다루지 않는다.

6 리 에델만(Lee Edelman)의 『미래는 없다: 퀴어 이론과 죽음 충동(No Future: Queer Theory and the Death Drive)』은 재생산에 맞춰진 규범적 시간 모델에 도전하는 '퀴어 시간성'에 대한 최근 연구에 영감을 주었다. 레베카 셸던(Rebekah Sheldon)의 『다가올 아이: 인류 종말 이후 삶(The Child to Come: Life After the Human Catastrophe)』은 에델만의 연구를 생태비평적인 관점으로 확장하고 있다. Lee Edelman, *No Future: Queer Theory and the Death Drive, Durham*, NC: Duke University Press, 2004; Rebekah Sheldon, The Child to Come: Life After the Human Catastrophe, Minneapolis: University of Minnesota Press, 2016.

7 Michael Marder, *Plant-Thinking: A Philosophy of Vegetal Life* (New York: Columbia University Press, 2013), p.94.

8 Marder, *Plant-Thinking*, p.3.

9 1910년대부터 보급된 저속촬영 사진은 인간과는 다른 식물의 시간성을 널리 인식하게 했다. 서구의 형이상학적 전통이 식물을 시간적 존재로 인식하는 데 실패했음을 보여주는 것에 반해, 마더는 "식물 존재의 의미는 시간"(강조는 인용자)이라고 주장한다. Marder, *Plant-Thinking*, p.95

10 Peter Hulme, *Colonial Encounters: Europe and the Native Caribbean, 1492-1797* (London and New York: Methuen, 1986), p.93.

11 Brian Attebery, *Strategies of Fantasy* (Bloomington: Indiana University Press, 1992), pp.12-13.

12 홀드스톡의 '미사고'는 융(Jung)의 원형과 분명 관련이 있지만, 이보다 좀 더 복잡

한 개념이라 할 수 있다. 집단 무의식에서 비롯된 미사고는 미사고 숲의 생성장과 상호작용하는 개별 인간의 마음에 의해 그 모습과 성격이 바뀐다. 이와 관련해서는 다음을 참조. W. A. Senior, 'The Embodiment of Abstraction in the Mythago Novels', in Donald E. Morse and Kálmán Matolcsy, *The Mythic Fantasy of Robert Holdstock: Critical Essays on the Fiction* (Jefferson, NC: McFarland, 2011), p.190.

13 Farah Mendlesohn, *Rhetorics of Fantasy* (Middletown, CT: Wesleyan University Press, 2008).

14 『라본디스』에서 예기적 서사 구현(proleptic diegetic embeddings)이 어떻게 회상적 메타서사적 구현(analeptic metadietetic embeddings)으로 오인되는지에 대한 쥬네뜨적 서사 분석 전체는 다음을 참조. Vera Benczik, 'Embedded narratives in Lavondyss and Ursula K. Le Guin's The Left Hand of Darkness', in Morse and Matolcsy, The Mythic Fantasy of Robert Holdstock, pp.116-17.

15 Robert Holdstock, *Lavondyss: Journey to an Unknown Region* (London: Victor Gollancz, 1988), p.327.

16 Holdstock, *Lavondyss*, p.328.

17 Holdstock, *Lavondyss*, p.328.

18 Holdstock, *Lavondyss*, pp.329-30.

19 Holdstock, *Lavondyss*, p.346.

20 Holdstock, *Lavondyss*, p.353.

21 Holdstock, *Lavondyss*, p.318.

22 Holdstock, *Lavondyss*, p.338; p.339; p.357.

23 Holdstock, *Lavondyss*, p.353.

24 John Clute, *Look at the Evidence: Essays and Reviews* (Ann Arbor: Liverpool University Press, 1995), p.111.

25 한강은 『채식주의자』를 다룬 거의 모든 영어 인터뷰에서 이 구절이 소설에 결정적인 영향을 주었다며 인용한다. 이상(李箱)의 방대한 저작물은 일부만 영어로 번역되어 있어서, 그중에서는 출처를 찾을 수 없었다.
[역자주] 이 글의 필자는 이렇게 밝히고 있으나, 번역 과정에서 출처를 찾아 병기해둔다. 이상, 「골편(骨片)에 관한 무제」, 이승훈 엮음, 『이상문학전집 1-시』, 문학사상사, 1989, 228쪽.

26 [역자주] 이하 이 소설을 직접 인용할 경우 다음의 한국어본 출처 페이지를 본문의 괄호 안에 표시한다. 한강, 『채식주의자』, 창비, 2007. 이하 영문본의 출처 페이지는 미주로 대신하며, 서지 사항은 다음과 같다. Han Kang, *The Vegetarian* (2007), trans. Deborah Smith (London: Portobello Books, 2014).

27 「내 여자의 열매」는 처음에 한국에서 출판되었다. Han Kang, 'The Fruit of My

Woman', trans. Deborah Smith, Granta 133 (2016), https://granta.com/the-fruit
-of-my-woman (last accessed 7 August 2019).
[역자주] 이 소설을 직접 인용할 경우 다음의 한국어본 출처 페이지를 본문의
괄호 안에 표시한다. 한강, 『내 여자의 열매』, 문학과지성사, 2024.

28 Han, 'The Fruit', Section 7.

29 Han, 'The Fruit', Section 5.

30 Han, 'The Fruit', Section 7.

31 Han, 'The Fruit', Section 7.

32 Han, 'The Fruit', Section 7.

33 Han, 'The Fruit', Section 8.

34 Han, 'The Fruit', Section 8.

35 Han, 'The Fruit', Section 8.

36 Han, 'The Fruit', Section 8.

37 Han, 'The Fruit', Section 8.

38 Han, 'The Fruit', Section 8.

39 '역자의 말'에서 데보라 스미스(Deborah Smith)는 다음과 같이 언급한다. "지방과
지역적 환경 위기에 대응하는 동아시아 문학을 가로지르고 있는 '생태 모호성
(ecoambiguity)' 담론의 일환으로 읽을 수도 있다. (…) 여기에서는 찬연한 번식력
을 보유한 대자연이 도처에 있고, 밀폐되고 소독된 아파트 공간 및 아이가 없는
부부의 상태를 날카롭게 보여준다."(Granta 133 (2016), https://granta.com/
the-fruitof-my-woman/ (2019년 8월 7일 최종 접속))

40 Han Kang, *The Vegetarian* (2007), trans. Deborah Smith (London: Portobello
Books, 2014), p.130.

41 Han Kang, *The Vegetarian* (2007), trans. Deborah Smith (London: Portobello
Books, 2014), p.130.

42 Han Kang, *The Vegetarian* (2007), trans. Deborah Smith (London: Portobello
Books, 2014), p.131.

43 Han Kang, *The Vegetarian* (2007), trans. Deborah Smith (London: Portobello
Books, 2014), p.133.

44 Han Kang, *The Vegetarian* (2007), trans. Deborah Smith (London: Portobello
Books, 2014), p.133.

45 Han Kang, *The Vegetarian* (2007), trans. Deborah Smith (London: Portobello
Books, 2014), p.174.

46 Han Kang, *The Vegetarian* (2007), trans. Deborah Smith (London: Portobello
Books, 2014), p.174.

47 Han Kang, *The Vegetarian* (2007), trans. Deborah Smith (London: Portobello

Books, 2014), p.175.

48 Han Kang, *The Vegetarian* (2007), trans. Deborah Smith (London: Portobello Books, 2014), p.165.

49 Han Kang, *The Vegetarian* (2007), trans. Deborah Smith (London: Portobello Books, 2014), p.153.

50 Han Kang, *The Vegetarian* (2007), trans. Deborah Smith (London: Portobello Books, 2014), p.154.

51 Han Kang, *The Vegetarian* (2007), trans. Deborah Smith (London: Portobello Books, 2014). p.154.

52 Han Kang, *The Vegetarian* (2007), trans. Deborah Smith (London: Portobello Books, 2014), p.159.

53 Han Kang, *The Vegetarian* (2007), trans. Deborah Smith (London: Portobello Books, 2014), p.159.

54 Han Kang, *The Vegetarian* (2007), trans. Deborah Smith (London: Portobello Books, 2014), p.159.

55 Han Kang, *The Vegetarian* (2007), trans. Deborah Smith (London: Portobello Books, 2014), p.175.

56 Han Kang, *The Vegetarian* (2007), trans. Deborah Smith (London: Portobello Books, 2014), p.175.

57 Han Kang, *The Vegetarian* (2007), trans. Deborah Smith (London: Portobello Books, 2014), p.175.

58 Han Kang, *The Vegetarian* (2007), trans. Deborah Smith (London: Portobello Books, 2014), p.187.

59 Han Kang, *The Vegetarian* (2007), trans. Deborah Smith (London: Portobello Books, 2014), p.188.

60 Han Kang, *The Vegetarian* (2007), trans. Deborah Smith (London: Portobello Books, 2014), p.188.

61 Julia Kristeva, 'Motherhood According to Giovanni Bellini', in *Desire in Language: A Semiotic Approach to Literature and Art,* trans. Thomas Gora, Alice Jardine and Leon S. Roudiez (New York: Columbia University Press, 1980), p.237.

62 물론 접목은 성적 재생산을 통해 새로운 제3의 존재에 유전적으로 융합되는 것으로 이어지지 않는다. 여기서 논의한 시각적 분석에 대한 루스 핑클스타인(Ruth Finkelstein)과 줄리아 파치니(Giulia Pacini)의 코멘트에 감사한다. 근대 초기 이식의 의미에 대해서는 파치니의 다음 글을 참조. 'Grafts at Work in Late Eighteenth-Century French Discourse', Eighteenth-Century Life, 34/2 (2010), pp.1-22.

63 Margaret McFall-Ngai, 'Noticing Microbial Worlds: The Post-Modern Synthesis in Biology', in Tsing et al., *Arts of Living on a Damaged Planet*, p.M55.

64 McFall-Ngai, 'Noticing Microbial Worlds', p.M52.

65 McFall-Ngai, 'Noticing Microbial Worlds', p.M55.

66 포스트 다윈주의의 '생명의 나무' 그림에 대해서는 다음을 참조. David Quammen's The Tangled Tree: A Radical New History of Life (New York: Simon & Schuster, 2018). 디지털화된 스키마에 대해서는 다음을 참조. Manuel Lima's The Book of Trees: Visualizing Branches of Knowledge (New York: Princeton Architectural Press, 2014).

07. 광합성 정보 기술로서의 태양빛

1 힌두교와 베다 신화에 나오는 '사트야 유가', 즉 황금시대는 네 개의 시대 가운데 가장 높은 시기로서, 성취를 위한 노력이나 희생이 필요 없는 시대이며, 플라톤(Plato)의 『티마이오스(Timaeus)』에 나오는 '완벽한 해'와 유사하다. 사트야(황금), 트레타(은), 드바파라(청동), 칼리(철)의 네 시대는 각각 천체의 정렬이 바뀌는 시기에 해당한다. 각 유가의 기간에 대한 전통적인 이해를 수정한 스리 유크테스와르(Sri Yukteswar)의 1894년 저서 『성스러운 과학(The Holy Science)』에 따르면, 각 시대는 2,700년 동안 지속되며 한 시대와 다음 시대 사이에는 300년의 '전환기'가 있다.

2 다음을 참조. David Abram, *The Spell of the Sensuous* (New York: Vintage Books, 1996).

3 Michael Marder, *Plant-Thinking: A Philosophy of Vegetal Life* (New York: Columbia University Press, 2013).

4 유기체로서 우리는 일정한 능력과 한계를 지니고 있지만, 모더니즘 이후 서구 문화가 시각, 개인성, 분리에 대해 강조해 온 바는 지리적·시간적으로 독특하다 (Joseph Henrich, Steven Heine and Ara Norenzayan, 'The Weirdest People in the World?', *Behavioural and Brain Sciences*, 33/2-3 (2010), pp.61-83). 이러한 경향이 바로 식물 되기가 연화시키고 변화를 유도하는 지점이다(Marder, *Plant-Thinking*).

5 Tom Robbins, *Jitterbug Perfume* (New York: Bantam Books, 1984), p.321. 또한 2001년에 출간된 다음 판본도 참조했다. Tom Robbins, *Jitterbug Perfume*, Harpenden: No Exit Press, 2001.
[역자주] 이후 이 소설을 직접 인용할 때에는 원문의 체계를 따라 괄호 안에 출처

페이지를 표기한다. 단, 한국어 번역본의 출처 페이지를 본문에 표시하고, 영문본의 출처 정보는 미주로 대신한다. 탐 로빈스, 김훈 옮김, 『지터버그 향수 1』, 북하우스, 2005, 290쪽.

6 Tom Robbins, *Jitterbug Perfume* (New York: Bantam Books, 1984), p.321.

7 이에 관해서는 다음을 참조. A. Alpi and others, 'Plant Neurobiology: No Brain, no Gain?', *Trends in Plant Science*, 12/4 (2007), pp.135–6; František Baluška, Stefano Mancuso and Dieter Volkmann (eds), *Communication in Plants: Neuronal Aspects of Plant Life* (New York: Springer, 2006); E. D. Brenner and others, 'Plant Neurobiology: An Integrated View of Plant Signaling', *Trends in Plant Science,* 11/8 (2006), pp.413–19; Anthony Trewavas, *Plant Behaviour and Intelligence* (Oxford: Oxford University Press, 2014).

8 Michael Marder and Yogi Hendlin, 'Communication', in Michael Marder (ed.), *Grafts: Writings on Plants* (Minneapolis: University of Minnesota Press, 2016), pp.93–6.

9 František Baluška and Stefano Mancuso, 'Deep Evolutionary Origins of Neurobiology: Turning the Essence of "Neural" Upside-Down', *Communicative & Integrative Biology*, 2/1 (2009), pp.60–5, p.60.

10 Baluška and Mancuso, 'Deep Evolutionary Origins', p.61.

11 Brenner and others, 'Plant Neurobiology'.

12 다음을 참조. Marder, *Plant-Thinking*.

13 Michael Marshall, 'Unique Life Form is Half Plant, Half Animal', *Zoologger*, 13 January 2012, https://www.newscientist.com/article/ dn21353-zoologger-unique-life-form-is-half-plant-half-animal (retrieved 5 December 2017).

14 이는 한나 아렌트(Hannah Arendt)가 말하는 '난간 없이 사유하기'와 매우 유사하다. Hannah Arendt, 'Hannah Arendt on Hannah Arendt', in Hannah Arendt, *Thinking Without a Banister: Essays in Understanding, 1953–1975*, ed. Jerome Kohn (New York: Schocken Books, 2018), pp.443–75, p.473.
한나 아렌트, 신충식 역, 『난간 없이 사유하기』, 문예출판사, 2023.

15 Gianni Vattimo and Pier Aldo Rovatti (eds), *Weak Thought*, trans. Peter Carravetta (Albany: State University of New York Press, 2013).

16 Vattimo quoted in Marder, *Plant-Thinking*, p.xii.

17 Baluška and others, *Communication in Plants*; Monica Gagliano, Stefano Mancuso and Daniel Robert, 'Towards Understanding Plant Bioacoustics, *Trends in Plant Science*, 17/6 (2012), pp.323–5; Monica Gagliano and others, 'Out of Sight but Not out of Mind: Alternative Means of Communication in Plants', *PLOS ONE*, 7/5 (2012), e37382.

18 Michael Pollan, *The Botany of Desire: A Plant's-Eye View of the World* (New York: Random House, 2002).
마이클 폴란, 이경식 옮김, 『욕망하는 식물』, 황소자리, 2007.

19 Tom Robbins, *Jitterbug Perfume* (New York: Bantam Books, 1984), p.325.

20 Michael Pollan, 'The Intelligent Plant', *The New Yorker*, 15 December 2013, http://www.newyorker.com/magazine/2013/12/23/the-intelligentplant (retrieved 5 December 2017).

21 Isabelle Stengers, *Cosmopolitics I*, trans. Robert Bononno (Minneapolis: University of Minnesota Press, 2010).

22 Thomas Nagel, *The View from Nowhere* (New York: Oxford University Press, 1986).

23 1960-1970년대 독일에서 벌어진 이른바 '이해-설명(Verstehen-Erklären)' 논쟁은 영미권 과학 전쟁의 시초가 되었다. 자연과학은 세상을 '설명(Erklären)'하려고 했던 반면, 인문사회과학은 세상을 '이해(Verstehen)'하려 했다. 하지만 생물학의 경우 이 두 가지를 모두 필요로 했다. 이 논쟁은 자연과학이 이해 없이 설명만을 추구했다는 비판을 받았다. 이 논쟁에 대한 자세한 내용은 다음을 참조. Karl-Otto Apel, *Die Erklären:Verstehen-Kontroverse in transzendentalpragmatischer Sicht* (Frankfurt: Suhrkamp, 1979).

24 아마도 대니보이(Dannyboy)의 최후의 승자 재단(Last Laugh Foundation)은 "지구는 꽃으로 웃는다"는 랄프 왈도 에머슨(Ralph Waldo Emerson)의 유쾌한 이미지에 새로운 의미를 부여한 것일지도 모른다.

25 Tom Robbins, *Jitterbug Perfume* (New York: Bantam Books, 1984), p.321.

26 Tom Robbins, *Jitterbug Perfume* (New York: Bantam Books, 1984), p.244.

27 Marder, *Plant-Thinking*.

28 Yogi Hale Hendlin, 'Multiplicity and Welt', *Sign Systems Studies*, 44/94 (2016), pp.94-110.

29 Yogi Hale Hendlin, 'I Am a Fake Loop: The Effects of Advertising-Based Artificial Selection', *Biosemiotics*, 12/1 (2018), pp.131-56.

30 Umberto Eco, *Interpretation and Overinterpretation* (Cambridge: Cambridge University Press 1992); Tyler Bennett, 'The Semiotic Life Cycle and The Symbolic Species', Sign Systems Studies, 43/4 (2015), pp.446-66.

31 묘하게도 알로바 완전전뇌증은 선천적으로 뇌의 좌반구와 우반구가 분리되지 않는 결함이다. 이런 왼쪽과 오른쪽의 결합은 능력주의자의 관점에서는 기형이지만, 식물의 관점에는 분리로부터 물리적으로 도약한 것이며 진화적으로 다른 함축성을 갖는다. 집단적 의식이 강하고 개인성은 거의 없는 사람들이 알로바를 다산을 위한 왕으로 모시며 시작하는 로빈스의 이야기는, 알로바와 같은 이름의 이 이원

성의 결함을 식물 세계의 퀴어한 비대칭성을 암시하는 것으로 볼 수 있다.

32 Tom Robbins, *Jitterbug Perfume* (New York: Bantam Books, 1984), p.1.

33 Tom Robbins, *Jitterbug Perfume* (New York: Bantam Books, 1984), p.182.

34 Diane Ackerman, *A Natural History of the Senses* (1990) (New York: Vintage Books, 1991), p.11.
　다이앤 애커먼, 백영미 옮김, 『감각의 박물학』, 작가정신, 2023. 28쪽.

35 Tom Robbins, *Jitterbug Perfume* (New York: Bantam Books, 1984), p.183.

36 Tom Robbins, *Jitterbug Perfume* (New York: Bantam Books, 1984), p.283.

37 Anna L. Tsing, *The Mushroom at the End of the World* (Princeton: Princeton University Press, 2015), p.244.
　애나 로웬하웁트 칭, 노고운 옮김, 『세계 끝의 버섯』, 현실문화, 2023. 435쪽.

38 C. Bushdid and others, 'Humans Can Discriminate More than 1 Trillion Olfactory Stimuli', *Science*, 343/6177 (2014), pp.1370-2.

39 Florence Williams, *The Nature Fix: Why Nature Makes us Happier, Healthier, and More Creative* (New York: W. W. Norton & Company, 2017), p.73.

40 Ackerman, *A Natural History*.

41 Tom Robbins, *Jitterbug Perfume* (New York: Bantam Books, 1984), p.189.

42 Tom Robbins, *Jitterbug Perfume* (New York: Bantam Books, 1984), p.228.

43 Alain Corbin, *The Foul and the Fragrant: Odor and the French Social Imagination* (Cambridge, MA: Harvard University Press, 1988), p.111.

44 Georg Simmel, *Simmel on Culture: Selected Writings*, ed. David Frisby and Mike Featherstone (Thousand Oaks, CA: Sage Publications, 1997), p.9.

45 Hans-Georg Gadamer, *Truth and Method*, second revised edn, trans. Joel Weinsheimer and Donald G. Marshall (London: Continuum, 2004), p.102.
　한스-게오르크 가다머, 이길우·이선관·임호일·한동원 옮김, 『진리와 방법 I』, 문학동네, 2000, 190쪽.

46 Gadamer, *Truth and Method*, p.104.
　한스-게오르크 가다머, 이길우·이선관·임호일·한동원 옮김, 『진리와 방법 I』, 문학동네, 2000, 192-193쪽.

47 Ferdinand Canning Scott Schiller, Studies in Humanism: *The Definition of Pragmatism and Humanism*, second edn (New York: Macmillan Press, 1912), p.ix.

48 Tom Robbins, *Jitterbug Perfume* (New York: Bantam Books, 1984), p.13.

49 Jay Geller, 'The Aromatics of Jewish Difference; or, Benjamin's Allegory of Aura', in Jonathan Boyarin and Daniel Boyarin (eds), Jews and Other Differences: *The New Jewish Cultural Studies* (Minneapolis: University of Minnesota Press, 1997), pp.203-56, p.205.

50　Geller, 'The Aromatics', p.225.

51　Immanuel Kant, *Anthropology, History, and Education*, ed. GünterZöller and Robert B. Louden, trans. Mary Gregor (Cambridge: Cambridge University Press, 2007), p.128.

52　Kant, *Anthropology*, p.269.
임마누엘 칸트, 백종현 옮김, 『한국어 칸트전집 16 실용적 관점에서의 인간학』, 아카넷, 2015, 166쪽.

53　Jeffrey Librett, 'Aesthetics in Deconstruction: Derrida's Reception of Kant's Critique of Judgment', *Philosophical Forum*, 43/3 (2012), pp.327-44, p.341.

54　Kant, *Anthropology*, p.269.
임마누엘 칸트, 백종현 옮김, 『한국어 칸트전집 16 실용적 관점에서의 인간학』, 아카넷, 2015, 166쪽.

55　Sigmund Freud, *Civilization and Its Discontents*, trans. James Strachey(New York: W. W. Norton & Company, 1962).
지그문트 프로이트, 김석희 옮김, 『문명 속의 불만』, 열린책들, 2003.

56　Friedrich Nietzsche, *Untimely Meditations*, ed. Daniel Breazeale, trans. R. J. Hollingdale (Boston: Cambridge University Press, 1983), p.19.

57　Friedrich Nietzsche, *On The Genealogy of Morality*, ed. Keith Ansell-Pearson, trans. Carol Diethe (Cambridge: Cambridge University Press, 2006), p.89.
프리드리히 니체, 김정현 옮김, 『도덕의 계보』, 책세상, 2002, 487쪽.

58　Friedrich Nietzsche, *On the Genealogy of Morals and Ecce Homo*, ed. Walter Kaufmann, trans. Walter Kaufmann and R. J. Hollingdale, reissue edn (New York: Vintage, 1989), p.65.
프리드리히 니체, 김정현 옮김, 『도덕의 계보』, 책세상, 2002, 406쪽.

59　Nietzsche, *On the Genealogy of Morals*, p.44.
프리드리히 니체, 김정현 옮김, 『도덕의 계보』, 책세상, 2002, 375-376쪽.

60　Nietzsche, *On the Genealogy of Morals*, p.224.
프리드리히 니체, 백승영 옮김, 『이 사람을 보라』, 책세상, 2002, 335쪽.

61　Nietzsche, *On the Genealogy of Morals*, p.222.
프리드리히 니체, 백승영 옮김, 『이 사람을 보라』, 책세상, 2002, 331쪽.

62　서양 문화를 어떻게 생각하느냐는 서양 리포터의 질문에 대한 간디의 유명한 대답은 다음과 같다. "좋은 아이디어라고 생각해요."

63　아마존에서 '베헤탈리스타(vegetalista)'라는 용어는 노래와 같은 다른 형태의 영적 치료보다는 주로 식물을 투여하면서 치유 및 (비)안정화 효과로부터 자신의 힘을 끌어내는 샤먼을 말한다.

08. 캐슬린 앤 구난의 『퀸 시티 재즈』에 담긴 식물, 동물, 아카이브에 대한 질문

1　Sherryl Vint, *Animal Alterity: Science Fiction and the Question of the Animal* (Liverpool: Liverpool University Press, 2010), pp.6-7.

2　Monica Gagliano, 'Seeing Green: The Re-discovery of Plants and Nature's Wisdom', in Patrícia Vieira, Monica Gagliano and John Ryan (eds), *The Green Thread: Dialogues with the Vegetal World* (Lanham, MD: Lexington Books, 2016), pp.19-35, p.19.

3　Gagliano, 'Seeing Green', p.20.

4　Gagliano, 'Seeing Green', p.20.

5　Randy Laist, 'Introduction', in Randy Laist (ed.), *Plants and Literature: Essays in Critical Plant Studies* (Amsterdam and New York: Rodopi, 2013), pp.9-17, p.10.

6　Gagliano, 'Seeing Green', p.19.

7　Josh Gabbatiss, 'Plants Can See, Hear, and Smell-and Respond', BBC Earth, 10 January 2017, http://www.bbc.com/earth/story/20170109-plants-can-see-hear-and-smell-and-respond (accessed 28 March 2019).

8　Jeffrey T. Nealon, *Plant Theory: Biopower and Vegetable Life* (Stanford: Stanford University Press, 2015), p.91.

9　Laist, 'Introduction', p.12.

10　Jacques Derrida, 'The Animal That Therefore I Am (More to Follow)', trans. David Wills, *Critical Inquiry*, 28/2 (Winter 2002), 369-418, p.402.

11　Kathleen Ann Goonan, *Mississippi Blues* (New York: Tor, 1997), p.21.

12　Goonan, *Mississippi Blues*, p.21.

13　Goonan, *Mississippi Blues*, p.23.

14　Goonan, *Mississippi Blues*, p.21.

15　Goonan, *Mississippi Blues*, pp.21-2.

16　베리티는 결국 자신이 에이브 듀란시의 아카이브된 기억을 지니고 있음을 알게 된다. 따라서 소설에는 그녀가 이런 기억에 접속하여 에이브 듀란시의 삶을 살아 보는 부분이 나오는데, 이는 작가가 회상 장면을 개연성 있게 소설에 삽입하기에 유용한 방법을 제공하기도 한다. 또한 베리티는 데니스 듀란시(Dennis Durancy)를 만나는데, 그는 에이브 듀란시의 또 다른 버전으로, 에이브의 감정적 트라우마에 얽매이지 않는 인물이다.

17　Kathleen Ann Goonan, *Queen City Jazz* (New York: Tor, 1994), p.324.

18　Goonan, *Queen City Jazz*, pp.371-2.

19 Susan V. H. Castro, 'Simulating the Informational Substance of Human Reality in *Queen City Jazz*', *Journal of Cognition and Neuroethics*, 3/3 (October 2015), pp.27–65, p.34.

20 Goonan, *Queen City Jazz*, p.57.

21 Goonan, *Queen City Jazz*, p.80.

22 Goonan, *Queen City Jazz*, p.181.

23 Goonan, *Queen City Jazz*, p.332.

24 Nic Fleming, 'Earth – Plants Talk to Each Other Using an Internet of Fungus', BBC Earth, 11 November 2014, http://www.bbc.com/earth/ story/20141111-plants-have-a-hidden-internet (accessed 28 March 2019).

25 Goonan, *Mississippi Blues*, p.22.

26 Goonan, *Queen City Jazz*, p.249.

27 Laist, 'Introduction', p.14

28 Goonan, *Queen City Jazz*, p.255.

29 Goonan, *Queen City Jazz*, p.298.

30 Vint, *Animal Alterity*, pp.6–7.

31 Castro, 'Simulating', p.32.

32 Goonan, *Queen City Jazz*, p.209.

33 Tom Bristow, '"Wild Memory" as an Anthropocene Heuristic: Cultivating Ethical Paradigms for Galleries, Museums, and Seed Banks', in Patrícia Vieira, Monica Gagliano and John Ryan (eds), *The Green Thread: Dialogues with the Vegetal World* (Lanham, MD: Lexington Books, 2016), pp.81–106, p.84.

34 Bristow, '"Wild Memory"', p.84.

35 Bristow, '"Wild Memory"', p.85.

36 Goonan, *Queen City Jazz*, p.277.

37 Goonan, *Queen City Jazz*, p.203.

38 Bristow, '"Wild Memory"', p.85.

39 Castro, 'Simulating', p.42.

40 Goonan, *Queen City Jazz*, p.362.

41 Claire Preston, *Bee* (London: Reaktion Books, 2006), p.15.

42 벌들이 이야기, 음악, 예술에 중독된 이유 중 하나는 어머니를 향한 에이브 듀란시의 헌신에 직접적으로 기인한다. 순종적인 아들이자 집착이 심했던 에이브는 그의 어머니 인디아를 말기 질환에서 구하고자 일찍부터 그녀를 종자은행에 등록했는데, 그녀의 심장은 이식 중에 정지하고 말았다. 신시내티의 유기적 아카이브에 업로드된 인디아는 원한에 차 있고, 사소한 것에 집착하며, 전적으로 미숙한 버전으로, 베리티는 아카이브된 (그리고 갇힌) 신시내티 시민들을 해방하기 위하여

반드시 에이브의 어머니를 이겨야 한다.

43 Goonan, *Queen City Jazz*, p.277.

44 Juan Antonio Ramírez, *The Beehive Metaphor: From Gaudi to Le Corbusier*, trans. Alexander Tulloch (London: Reaktion Books, 2000), p.24.

45 Goonan, *Queen City Jazz*, p.318.

46 Graham J. Murphy, 'Archivization and the Archive-as-Utopia in H. G. Wells's *The First Men in the Moon* and "The Empire of the Ants"', *Science Fiction Studies*, 42/1 (March 2015), pp.1-19.

47 Thomas Richards, *The Imperial Archive: Knowledge and the Fantasy of Empire* (London: Verso, 1993), p.3.

48 Richards, *Imperial Archive*, p.11.

49 Richards, *Imperial Archive*, p.44.

50 Jacques Derrida, *Archive Fever: A Freudian Impression*, trans. Eric Prenowitz (Chicago: University of Chicago Press, 1995), p.18.

51 Derrida, *Archive Fever*, p.18

52 Derrida, *Archive Fever*, p.18

53 Vint, *Animal Alterity*, pp.9-10.

54 Ursula K. Heise, 'From Extinction to Electronics: Dead Frogs, Live Dinosaurs, and Electric Sheep', in Cary Wolfe (ed.), *Zoontologies: The Question of the Animal* (Minneapolis: University of Minnesota Press, 2003), pp.59-81, p.76.

55 Bristow, '"Wild Memory"', p.85.

56 Bristow, '"Wild Memory"', p.85.

57 Gagliano, 'Seeing Green', p.20.

58 Gagliano, 'Seeing Green', p.22.

59 Marta Zaraska, 'Can Plants Hear?', *Scientific American*, 17 May 2017, https://www.scientificamerican.com/article/can-plants-hear/ (accessed 28 March 2019)

60 Gagliano, 'Seeing Green', pp.21-2.

61 Gagliano, 'Seeing Green', p.21.

62 Murphy, 'Archivization', pp.1-2.

63 Stephen Dougherty, 'Embodiment and Technicity in Geoff Ryman's *Air*', *Science Fiction Studies*, 39/1 (March 2012), pp.40-59, p.43.

64 Jeffrey Fisher, 'The Postmodern Paradiso: Dante, Cyberpunk, and the Technosophy of Cyberspace', in David Porter (ed.), *Internet Culture* (New York: Routledge, 1996), pp.111-28, p.112.

65 Fisher, 'Postmodern Paradiso', p.120.

66 Goonan, *Queen City Jazz*, p.405.

67 Goonan, *Queen City Jazz*, p.27.

68 Goonan, *Queen City Jazz*, p.27.

69 Goonan, *Queen City Jazz*, p.27.

70 클레어 프레스톤(Claire Preston)에 따르면, 춤은 벌에게 핵심적인 행동이며, "벌은 화분과 꿀의 위치를 가리키는 정확한 정보를 춤 언어로 공유하는 법을 잘 알고 있다. 이 춤은 (…) 먹이로의 거리와 방향에 관한 생각을 전달하는 것처럼 보인다. 여왕벌과 함께 새로운 벌집 터를 찾는 일벌들 또한 새로운 장소를 발견하고 보고하는 정찰벌의 춤으로 안내를 받는다." 다음을 참조. Preston, *Bee*, p.29.

71 Goonan, *Queen City Jazz*, p.375.

72 Jenny Wolmark, 'Staying with the Body: Narratives of the Posthuman in Contemporary Science Fiction', in Veronica Hollinger and Joan Gordon (eds), *Edging into the Future: Science Fiction and Contemporary Cultural Transformation* (Philadelphia: University of Pennsylvania Press, 2002), pp.75–89, p.86.

73 Rosi Braidotti, *The Posthuman* (Cambridge: Polity, 2013), p.65.
로지 브라이도티, 이경란 옮김, 『포스트휴먼』, 아카넷, 2015, 88쪽.

74 Douglas Barbour, 'Archive Fever in the Technological Far Future Histories: *Appleseed, Permanence,* and *Psychohistorical Crisis',* *Foundation,* 94(Summer 2005), pp.39–49, p.39.

75 Murphy, 'Archivization', p.1.

76 Gerry Canavan, 'If This Goes On', in Gerry Canavan and Kim Stanley Robinson (eds), *Green Planets: Ecology and Science Fiction* (Middletown, CT: Wesleyan University Press, 2014), pp.1–21, pp.16–17.

77 Braidotti, *The Posthuman*, p.80.
로지 브라이도티, 이경란 옮김, 『포스트휴먼』, 아카넷, 2015, 106쪽.

78 Nealon, *Plant Theory*, p.91.

79 Anna Gibbs, 'After Affect: Sympathy, Synchrony, and Mimetic Communication' in Melissa Gregg and Gregory J. Seigworth (eds), *The Affect Theory Reader* (Durham, NC: Duke University Press, 2010), pp.186–205, p.187.
안나 깁스, 최성희 외 옮김, 「정동 이후: 공감, 동화 그리고 모방 소통」, 『정동 이론』, 갈무리, 2015, 306쪽.

80 Nealon, *Plant Theory*, p.114.

09. 퀴어한 섭취

1 Michael Marder, 'Vegetal Anti-Metaphysics: Learning from Plants', *Continental Philosophy Review*, 44/4 (November 2011), pp.469-89; p.474.

2 이 장에서는 밴더미어의 작품에 나타난 식물과 균류를 모두 살펴보겠지만, 간결함을 위해 둘 다를 모두 지칭할 경우 '식물적' 또는 '비동물'이라는 표현을 사용할 것이다. 이는 이 글이 관심을 가지는 대상이 비동물적인 비인간(nonanimal nonhumans)임을 말하려는 것일 뿐, 식물과 균류를 단일한 실체로 묶으려는 의도는 없으며, 이 글의 뒷부분에서는 식물계와 균계 사이의 중요한 차이점들을 더 명확히 언급할 것이다.

3 예컨대 식물에 관심을 기울인 초기 기이소설로는 앨저넌 블랙우드(Algernon Blackwood)의 「버드나무(The Willows)」(1907), 루이지 우골리니(Luigi Ugolini)의 「채소 인간(The Vegetable Man)」(1917), 클라크 애슈턴 스미스(Clark Ashton Smith)의 「지하 무덤에서 나온 씨앗(The Seed from Sepulchre)」(1933), 존 윈덤(John Wyndham)의 『트리피드의 날(The Day of the Triffids)』(1951), 도널드 완드레이(Donald Wandrei)의 「이상한 수확(Strange Harvest)」(1953), 케테 코자(Kathe Koja)의 「방치된 정원(The Neglected Garden)」(1991) 등이 있다. (유감스럽게도 가장 잘 알려진 사례들이 거의 전적으로 백인 남성들에 의해 쓰였다는 것을 인정할 수밖에 없다. 이 부분은 앞으로 고민해야 할 과제라고 해야할 것이다.)

4 Mark Fisher, *The Weird and the Eerie* (London: Repeater Books, 2016), p.10. 마크 피셔, 안현주 옮김, 『기이한 것과 으스스한 것』, 구픽, 2019, 11-12쪽.

5 Fisher, *The Weird and the Eerie*, p.28. 마크 피셔, 안현주 옮김, 『기이한 것과 으스스한 것』, 구픽, 2019, 42-43쪽.

6 Jeff VanderMeer, 'Introduction: The New Weird: "It's Alive"', in Ann and Jeff VanderMeer (eds), *The New Weird* (San Francisco: Tachyon Press, 2008), pp.ix-xviii.

7 Dana Luciano and Mel Y. Chen, 'Introduction: Has the Queer Ever Been Human?', *GLQ: A Journal of Lesbian and Gay Studies*, 21/2-3 (June 2015), pp.183-207; p.193.

8 Luciano and Chen, 'Introduction', p.193.

9 Luciano and Chen, 'Introduction', p.189.

10 Alison Sperling, 'H. P. Lovecraft's Weird Body', *Rhizomes: Cultural Studies in Emerging Knowledge*, 31 (2017), http://www.rhizomes.net/issue31/sperling.html (last accessed 11 May 2019).

11 Fisher, *The Weird and the Eerie*, p.10.

마크 피셔, 안현주 옮김, 『기이한 것과 으스스한 것』, 구픽, 2019, 12쪽.

12 페미니스트 과학 연구자들은 현재 생태계의 다양한 형태의 독성뿐 아니라 인종, 성별, 나이, 능력, 계급 등의 불평등이 신체가 유독해지고 이른바 '오염'을 경험하는 방식에 어떻게 총체적으로 기인하는지 사유하면서 독성 관련 문제에 관심을 유지했다. 도나 해러웨이(Donna Haraway), 애나 칭, 멜 Y. 첸, 헤더 데이비스(Heather Davis), 알렉시스 샷웰(Alexis Shotwell), 낸시 투아나(Nancy Tuana)와 같은 연구자들은 독성에 관한 구체적인 견해는 다르더라도, 모두 포스트모던 자본의 세계화에 따라 인간이 유발한 기후 변화의 영향에 의해 모든 신체가 이미 중독되어 있음을 한목소리로 설득력 있게 들려주었다.

13 Alison Sperling, 'Second Skins: A Body Ecology of Sickness in *The Southern Reach Trilogy*', *Paradoxa,* 28 (2016), pp.214–38.

14 Fisher, *The Weird and the Eerie*, p.12.
마크 피셔, 안현주 옮김, 『기이한 것과 으스스한 것』, 구픽, 2019, 13쪽.

15 Charley Locke, 'Jeff VanderMeer's New Novel Makes Dystopia Seem Almost Fun', *Wired*, 25 April 2017, https://www.wired.com/2017/04/jeff-vandermeer-new-novel-borne/ (last accessed 11 May 2019).

16 Lesley Head, Jennifer Atchison, Catherine Phillips and Kathleen Buckingham, 'Vegetal Politics: Belonging, Practices and Places', *Social & Cultural Geography*, 15/8 (2014), pp.861–70; p.864.

17 Jeff VanderMeer, 'Hauntings in the Anthropocene: An Initial Exploration', *Environmental Critique*, 7 July 2016, https://environmentalcritique wordpress.com/2016/07/07/hauntings-in-the-anthropocene/ (last accessed 11 May 2019).

18 Ann and Jeff VanderMeer, 'Introduction', in Ann and Jeff VanderMeer (eds), *The Weird: A Compendium of Strange and Dark Stories* (London: Corvus, 2011), pp.xv–xx; p.xvi.

19 Fisher, *The Weird and the Eerie*, p.25.
마크 피셔, 안현주 옮김, 『기이한 것과 으스스한 것』, 구픽, 2019, 20쪽.

20 Catriona Sandilands, 'Fear of a Queer Plant?' *GLQ: A Journal of Lesbian and Qay Studies*, 23/3 (June 2017), pp.419–29; p.426.

21 역사적으로 식물이 식물 분류학을 혼란에 빠트린 방식에 대한 자세한 내용은 다음을 참조. Theresa M. Kelley, *Clandestine Marriage: Botany and Romantic Culture* (Baltimore: Johns Hopkins University Press, 2013).

22 Randy Laist, 'Introduction', in Randy Laist (ed.), *Plants and Literature: Essays in Critical Plant Studies* (New York: Rodopi, 2013), pp.9–19; p.12.

23 Marder, 'Vegetal Anti-Metaphysics', p.473.

24 Plato, quoted in Marder, 'Vegetal Anti-Metaphysics', p.470.

25 Plato, quoted in Marder, 'Vegetal Anti-Metaphysics', p.470.

26 Heidegger, quoted in Marder, 'Vegetal Anti-Metaphysics', p.472.

27 Marder, 'Vegetal Anti-Metaphysics', p.473.

28 Marder, 'Vegetal Anti-Metaphysics', p.474.

29 Marder, 'Vegetal Anti-Metaphysics', p.475.

30 Marder, 'Vegetal Anti-Metaphysics', p.473.

31 Marder, 'Vegetal Anti-Metaphysics', p.474.

32 Jeff VanderMeer, 'This World is Full of Monsters', *Tor.com*, 8 November 2017, https://www.tor.com/2017/11/08/this-world-is-full-of-monsters/ (last accessed 11 May 2019).

33 VanderMeer, 'This World is Full of Monsters'.

34 Marder, 'Vegetal Anti-Metaphysics', p.475.

35 VanderMeer, 'This World is Full of Monsters'.

36 VanderMeer, 'This World is Full of Monsters'.

37 Jeff VanderMeer, 'Corpse Mouth and Spore Nose', in Orrin Grey and Silvia Moreno-Garcia (eds), *Fungi* (Vancouver: Innsmouth Free Press, 2004). pp.91-98.

38 VanderMeer 'Corpse Mouth', pp.94-6.

39 VanderMeer 'Corpse Mouth', p.97.

40 균류의 생물학적 특성과 생식에 관한 정보는 다음을 참조. John Webster and Roland Weber, *Introduction to Fungi* (Cambridge: Cambridge University Press, 2007).

41 VanderMeer, 'Corpse Mouth', pp.98-9.

42 Luciano and Chen, 'Introduction', p.189.

43 Jeff VanderMeer, *Annihilation* (New York: Farrar, Straus and Giroux Books, 2014), pp.24-5.
제프 밴더미어, 정대단 옮김, 『서던리치 1: 소멸의 땅』, 황금가지, 2017, 34-38쪽.

44 VanderMeer, *Annihilation*, p.25.
제프 밴더미어, 정대단 옮김, 『서던리치 1: 소멸의 땅』, 황금가지, 2017, 37쪽.

45 Gry Ulstein, 'Brave New Weird: Anthropocene Monsters in Jeff VanderMeer's *The Southern Reach*', *Concentric: Literary and Cultural Studies*, 43/1 (March 2017), pp.1-96; p.91.

46 VanderMeer, *Annihilation*, pp.83, 177, 75. [역주: VanderMeer, *Acceptance,* p.177; *Annihilation,* p.74의 잘못으로 보인다.]
제프 밴더미어, 정대단 옮김, 『서던리치 3: 빛의 세계』, 황금가지, 2017, 235쪽.
제프 밴더미어, 정대단 옮김, 『서던리치 1: 소멸의 땅』, 황금가지, 2017, 99쪽.

47 Jeff VanderMeer, *Acceptance* (New York: Farrar, Straus, and Giroux Books, 2014), p.183.
제프 밴더미어, 정대단 옮김, 『서던리치 3: 빛의 세계』, 황금가지, 2017, 243쪽.

48 Sandilands, 'Fear of a Queer Plant', p.421.

49 VanderMeer, 'Corpse Mouth', p.99.

50 Luce Irigaray and Michael Marder, *Through Vegetal Being: Two Philosophical Perspectives* (New York: Columbia University Press, 2016), p.22.
루스 이리가레·마이클 마더, 이명호·김지은 옮김, 『식물의 사유』, 알렙, 2020, 43쪽.

51 Irigaray and Marder, *Through Vegetal Being*, p.24.
루스 이리가레·마이클 마더, 이명호·김지은 옮김, 『식물의 사유』, 알렙, 2020, 46쪽.

52 Anna Tsing, *The Mushroom at the End of the World: On the Possibility of Life in Capitalist Ruins* (Princeton: Princeton University Press, 2015), p.228.
애나 로웬하웁트 칭, 노고운 옮김, 『세계 끝의 버섯』, 현실문화, 2023, 405쪽.

53 VanderMeer, *Annihilation*, p.25.
제프 밴더미어, 정대단 옮김, 『서던리치 1: 소멸의 땅』, 황금가지, 2017, 37쪽.

54 Mel Y. Chen, 'Toxic Animacies, Inanimate Affections', *GLQ: A Journal of Lesbian and Gay Studies*, 17/2-3 (June 2011), pp.265-86; p.280.

55 H. P. Lovecraft, 'Supernatural Horror in Literature', The H. P. Lovecraft Archive, 20 October 2009, http://www.hplovecraft.com/writings/texts/essays/shil.aspx (last accessed 11 May 2019).
H. P. 러브크래프트, 홍인수 옮김, 『공포문학의 매혹』, 북스피어, 2012, 14쪽.

56 Neel Ahuja, 'Intimate Atmospheres: Queer Theory in a Time of Extinction', *GLQ: A Journal of Lesbian and Gay Studies*, 21/2-3 (June 2015), pp.365-85; p.377.

57 Ahuja, ibdb., p.371.

58 Luciano and Chen, 'Introduction', p.189.

59 이 장을 세심하게 검토하고 수정을 제안해 준 편집자들에게 감사를 전한다.

---

10. 식물적 에크프라시스와 생태적 재배치

1 W. J. T. Mitchell, *Picture Theory* (Chicago: University of Chicago Press, 1994), p.157.

2 Asbjørn Grønstad, 'Ekphrasis Refigured: Writing Seeing in Siri Hustvedt's

"What I Loved"', *Mosaic: An Interdisciplinary Critical Journal*, 45/3 (2012), pp.33-48; p.38.

3 W. J. T. Mitchell, 'Showing Seeing: A Critique of Visual Culture', *Journal of Visual Culture*, 1/2 (2002), pp.165-81; p.179.

4 James H. Wandersee and Elisabeth E. Schussler, 'Toward a Theory of Plant Blindness', *Plant Science Bulletin*, 47/1 (2001), pp.2-9.

5 Algernon Blackwood, 'The Man Whom the Trees Loved' (1912), in Chad Arment (ed.), *Flora Curiosa: Cryptobotany, Mysterious Fungi, Sentient Trees, and Deadly Plants in Classic Science Fiction and Fantasy*(Landisville, PA: Coachwhip Publications, 2008), p.205.

6 Blackwood, 'The Man Whom the Trees Loved', p.209.

7 Blackwood, 'The Man Whom the Trees Loved', pp.209-11.

8 Blackwood, 'The Man Whom the Trees Loved', p.221.

9 Blackwood, 'The Man Whom the Trees Loved', p.226.

10 Blackwood, 'The Man Whom the Trees Loved', p.223.

11 Blackwood, 'The Man Whom the Trees Loved', p.221.

12 Jeffrey T. Nealon. *Plant Theory: Biopower and Vegetable Life* (Stanford: Stanford University Press, 2015), p.11.

13 Murray Krieger, 'Ekphrasis and the Still Movement of Poetry; or, Laokoon Revisited', in P. W. Frederick (ed.), The Poet as Critic (Evanston, IL: Northwestern University Press, 1967), p.5.

14 Benjamin J. Robertson, None of This is Normal: The Fiction of Jeff VanderMeer (Minneapolis: University of Minnesota Press, 2018), p.5.

15 Jeff VanderMeer, Annihilation (New York: Farrar, Straus and Giroux, 2014), p.23. Stanford University Press, 2015), p.11.
제프 밴더미어 지음, 정대단 옮김, 『서던리치 1: 소멸의 땅』, 황금가지, 2017, 35쪽.

16 VanderMeer, Annihilation, p.24.
제프 밴더미어 지음, 정대단 옮김, 『서던리치 1: 소멸의 땅』, 황금가지, 2017, 36쪽.

17 VanderMeer, Annihilation, p.24.
제프 밴더미어 지음, 정대단 옮김, 『서던리치 1: 소멸의 땅』, 황금가지, 2017, 35쪽.

18 VanderMeer, Annihilation, p.24, italics in original.
제프 밴더미어 지음, 정대단 옮김, 『서던리치 1: 소멸의 땅』, 황금가지, 2017, 35-36쪽.

19 Robertson, None of This is Normal, p.116.

20 James A. W. Heffernan, 'Ekphrasis and Representation', *New Literary History*, 22/2 (1991), pp.297-316; p.312.

21 VanderMeer, Annihilation, p.23.
제프 밴더미어 지음, 정대단 옮김, 『서던리치 1: 소멸의 땅』, 황금가지, 2017, 34쪽.

22 VanderMeer, Annihilation, pp.23-5.
제프 밴더미어 지음, 정대단 옮김, 『서던리치 1: 소멸의 땅』, 황금가지, 2017, 36-37쪽.

23 VanderMeer, Annihilation, p.25.
제프 밴더미어 지음, 정대단 옮김, 『서던리치 1: 소멸의 땅』, 황금가지, 2017, 37쪽.

24 VanderMeer, Annihilation, p.24.
제프 밴더미어 지음, 정대단 옮김, 『서던리치 1: 소멸의 땅』, 황금가지, 2017, 36쪽.

25 VanderMeer, Annihilation, pp.24-5.
제프 밴더미어 지음, 정대단 옮김, 『서던리치 1: 소멸의 땅』, 황금가지, 2017, 36-37쪽.

26 James Elkins, *The Object Stares Back: On the Nature of Seeing* (New York: Harcourt, 1996), pp.11-2.

27 Matthew Hall, *Plants as Persons: A Philosophical Botany* (Albany: State University of New York Press, 2011), p.14.

28 Ramola D, 'An Interview with Ursula K. Le Guin', AWP: Association of Writers and Writing Programs (2003), https://www.awpwriter.org/ magazine_media/w riters_chronicle_view/2293/an_interview_with_ursula_k._le_guin (last accesse d 14 May 2019).

29 Ursula K. Le Guin, 'The Diary of the Rose' (1974), in Ursula K. Le Guin, The Unreal and the Real: The Selected Short Stories of Ursula K. Le Guin(New York: Simon and Schuster, 2016), pp.99-125 ; p.99.

30 Le Guin, 'The Diary of the Rose', p.107.

31 Le Guin, 'The Diary of the Rose', p.107.

32 Le Guin, 'The Diary of the Rose', p.125.

33 William Gibson, 'Fragments of a Hologram Rose' (1977), in William Gibson, *Burning Chrome* (New York: Harper Collins, 2003), pp.37-44.

34 Gibson, 'Fragments', pp.43-4.

35 George Slusser, 'Literary MTV', *Mississippi Review*, 16/2-3 (1988), pp.279-288 ; p.279.

36 Slusser, 'Literary MTV', pp.279-280.

37 예를 들어 다음을 참조. Veronica Hollinger, 'Cybernetic Deconstructions: Cyberpunk and Postmodernism', *Mosaic: A Journal for the Interdisciplinary Study of Literature*, 23/2 (1990), pp.29-44.

38 Neil Easterbrook, 'Recognising Patterns: Gibson's Hermeneutics from the

Bridge Trilogy to Pattern Recognition', in Graham J. Murphy and Sherryl Vint (eds), *Beyond Cyberpunk: New Critical Perspectives* (New York and London: Routledge, 2010), pp.46–64 ; p.57.

39 예를 들어 다음을 참조. Kyle Wiens, 'Try to Dissect Apple's New Airpods and You'll Shed Blood', *WIRED*, 21 December 2016, https://www.wired.com/2016/12/recycle-apple-airpods/ (last accessed 20 July 2017).

40 Pawe ł Frelik, '"Silhouettes of Strange Illuminated Mannequins": Cyberpunk's Incarnations of Light', in Graham J. Murphy and Lars Schmeink (eds), *Cyberpunk and Visual Culture* (New York: Routledge, 2018), pp.80–99 ; p.94.

41 Katherine E. Bishop, "Ecological Recentering in William Gibson's The Peripheral", Polish Journal of American Studies, 12 (2018), pp.319–334.

42 Lance Olsen, William Gibson (San Bernardino, Ca: Borgo Press, 1992), http://www.lanceolsen.com/gibson.html (last accessed 17 July 2017).

43 Gibson, 'Fragments', p.43.

44 Elyne Mitchell, Soil and Civilization (Sydney: Halsted Press, 1946), p.4.

45 Glenn Albrecht, '"Solastalgia": a New Concept in Health and Identity', *PAN: Philosophy, Activism, Nature*, 3 (2005), pp.44–59.

46 Albrecht, '"Solastalgia"', p.45.

47 Gibson, 'Fragments', p.40.

48 Shadi Bartsch and Jaś Elsner, 'Eight Ways of Looking at Ekphrasis', *Classical Philology*, 102/1 (2007), i–vi, p.ii.

저자 소개

캐서린 E. 비숍 Katherine E. Bishop은 아이오와 대학에서 박사 학위를 받았다. 현재 일본 미야자키 국제대학의 국제 교양학부 문학 부교수로 재직 중이다. 최근 연구는 『그린 레터: 생태비평연구Green Letters: Studies in Ecocriticism』, 『안테나들: 시각 문화에서의 자연 저널Antennae: The Journal of Nature in Visual Culture』, 『아메리칸 스터디스 저널American Studies Journal』 등에서 볼 수 있다. 현재는 반제국주의에서 미학, 서사시 문학에 이르기까지 식물의 위반적 가능성에 초점을 맞추고 있다.

엘리자베스 헥켄돈 쿡 Elizabeth Heckendorn Cook은 캘리포니아 대학의 산타바바라 캠퍼스에서 현대 생태소설 및 근대 초기 환경 윤리 역사를 가르치고 있다. 쿡의 「18세기 생태의 재구성: 수목의 이동성Remaking Eighteenth-Century Ecologies: Arboreal Mobility」이 『캠브리지 세계 환경과 문학의 역사Cambridge Global History of Literature and the Environment』(2017)에 수록되었다. 로라 아우리치Laura Auricchio·줄리아 파치니Giulia Pacini와 함께 『귀중한 나무: 자연의 문화, 1660-1830 Invaluable Trees: Cultures of Nature, 1660-1830』(2012)을 공동 편집했으며, 쿡은 여기에 「말하는 그루터기: 스위프트의 「마켓힐의 오래된 가시나무를 베며」에 나타난 벌목의 정치」를 수록했다. 현재는 "말하는 나무:

수목애와 산림학 1650-1800 Talking Trees: Silviphilia and Silviculture 1650-1800"이라는 책을 쓰고 있다.

제시카 조지 Jessica George는 2014년에 아서 매켄과 H. P. 러브크래프트의 소설 속 진화론을 주제로 카디프 대학에서 박사 학위를 받았다. 관련한 주제 외에도 신화의 변용과 현대의 TV 호러에 관한 연구를 다수 발표했다. 조지는 고딕, 19세기의 문학과 과학, 현대적 변용 작품, 현대 웨일스 영문학 등에 관심을 두고 있다. 한편, JL George라는 필명으로 기이소설과 사변소설의 작가로도 활동했으며 2019년 웨일즈 문학Literature Wales에서 장학금을 수여받았다.

요기 해일 헨들린 Yogi Hale Hendlin은 환경철학자로 정치 이론과 생물기호학, 그리고 공중보건학이 교차하는 영역에서 활동한다. 헨들린은 로테르담에 위치한 이래즈머스 대학의 이래즈머스 철학부 조교수이자, 포용적 번영의 역학 이니셔티브Dynamics of Inclusive Prosperity Initiative의 핵심 교수진이다. 또한 샌프란시스코의 캘리포니아 대학의 환경보건이니셔티브의 연구원으로도 활동하고 있다. 한편 헨들린은 식물 철학자로서 오스트리아 국립과학재단FWF의 연구 지원을 받은 바 있으며, 식물의 소통 능력을 생태적 정의의 기반으로 삼아 종간 소통을 전문적으로 연구한다. 헨들린은 『생물기호학 저널journal of Biosemiotics』의 편집위원이자 2018년 UC 버클리에서 열린 생물기호학회의 공동 주최자이며, 『약이 되는 음식: 생물기호학의 관점에서 Food as Medicine: A Biosemiotic Perspective』(2021)의 공동 편집자이다.

데이비드 히긴스 David Higgins 박사는『로스앤젤레스 리뷰 오브 북스Los Angeles Review of Books』의 SF 부문 편집자이다. 미네소타에 있는 인버 힐즈 대학에서 영어를 가르치며 전후 미국 문화 속 제국의 환상을 연구하고 있다. 히긴스의 논문「세계시민적 SF를 향하여Toward a Cosmopolitan Science Fiction」는 2012년 SFRA 선구자상SFRA Pioneer Award 에서 우수 학술상을 수상하였다. 히긴스의 연구는『미국 문학American Literature』,『사이언스 픽션 연구Science Fiction Studies』,『패러독사Paradoxa』, 『외삽Extrapolation』 등의 학술지와『케임브리지 미국 SF 안내서The Cambridge Companion to American Science Fiction』 등과 같은 여러 편저에도 수록되어 있다.

제리 마타 Jerry Määttä 박사는 스웨덴 웁살라 대학의 문학과 부교수로 문학 사회학, 생태비평, 스웨덴 및 영어권의 SF 등을 연구한다. 1950-60년대 스웨덴의 현대 SF의 출범과 수용에 관한 논문으로 박사 학위를 받았고, 이후 주로 영어권의 포스트아포칼립스 서사와 문학상에 관한 연구를 수행했다. 마타는『파프니르: 북유럽 SF 및 판타지 연구 저널Fafnir - Nordic Journal of Science Fiction and Fantasy Research』의 편집 자문위원으로 활동 중이다.

티모시 S. 밀러 Timothy S. Miller는 노트르담 대학에서 영문학 박사 학위를 받았으며, 새러 로렌스 대학과 머시 대학에서 중세 영문학 및 현대 SF를 가르치고 있다. 밀러는 중세 문학뿐만 아니라 SF 장르와 주류 문학 간의 관계에 관해 폭넓은 연구를 발표해 왔다. 현재는 중세 후기 문학과 문화 속에 나타난 식물과 식물성 존재의 표현 양상을 연구

중이다.

그레이엄 J. 머피 Graham J. Murphy는 캐나다 온타리오주 토론토에 있는 세네카 대학의 영어 및 교양학부 교수이다. 머피는 『사이버펑크와 시각 문화Cyberpunk and Visual Culture』, 『사이버펑크 너머: 새로운 비평적 관점Beyond Cyberpunk: New Critical Perspectives』을 공동 편집했으며, 『어슐러 K. 르 귄: 비평적 안내서Ursula K. Le Guin: A Critical Companion』를 공저하였다. 이외에도 케임브리지 SF 역사The Cambridge History of Science Fiction』, 『캐나다의 SF, 판타지, 호러: 고독을 잇다Canadian Science Fiction, Fantasy, and Horror: Bridging the Solitudes』, 『만화에 한층 비평적으로 접근하기: 이론과 방법More Critical Approaches to Comics: Theories and Methods』, 『방향을 잃은 행성들: SF 속 아시아의 인종적 재현Dis-orienting Planets: Racial Representations of Asia in Science Fiction』, 『루트리지 컴패니언 시리즈: SF The Routledge Companion to Science Fiction』 등에 글을 게재하고 다양한 저서를 집필했다. 최근에는 『루트리지 컴패니언 시리즈: 사이퍼펑크 문화The Routledge Companion to Cyberpunk Culture』(2020)를 공동 편집하고 다수의 논문을 준비 중이다. 『환상예술저널Journal of the Fantastic in the Arts』, 『SF 연구Science Fiction Studies』와 『외삽Extrapolation』의 편집위원으로도 활동하고 있다.

브리타니 로버츠 Brittany Roberts는 캘리포니아 대학 리버사이드 캠퍼스에서 비교문학 및 언어학 박사 과정에서 20-21세기 러시아어 및 영어권의 사변소설을 연구하고 있으며, 특히 호러, SF, 기이소설 장르에 주목한다. 현재 전후 러시아와 영어권의 호러 문학 및 영화를 비교

분석하는 박사 학위 논문을 준비 중이며, 이를 통해 인간, 동물, 환경의 재현 양상과 그들을 연결하는 생태적, 형이상학적 역학 관계를 탐구하고자 한다. 로버츠의 글은 『아일랜드 고딕 호러 연구The Irish Journal of Gothic and Horror Studies』, 『공포와 자연: 인류세의 에코호러 연구Fear and Nature: Ecohorror Studies in the Anthropocene』, 『호러의 공간과 장소The Spaces and Places of Horror』 등에서도 확인할 수 있다. 로버츠는 특히 호러가 인간과 비인간의 이분법을 어떻게 교란하는지, 그리고 사변소설이 인간과 다른 종과 맺는 관계를 어떻게 재고하고 시험하며 재인식하는지에 관심을 두고 있다.

셸리 사와로 Shelley Saguaro는 글로스터셔 대학 교육인문학부의 명예교수이다. 사와로는 『가든 플롯: 정원의 정치학과 시학Garden Plots: The Politics and Poetics of Gardens』(2006)의 저자이며 『그린 레터』에 여러 편의 글을 기고했다. 그 가운데는 '유토피아와 환경Utopias and the Environment' 특집호에 수록된 「잉태를 상징하는 어떤 것: 버지니아 울프의 말기 작품에 나타나는 수태의 세계Something that would stand for the conception: The Inseminating World in the Last Writings of Virginia Woolf」(2013), 「수목 공화국: 나무와 완전한 사회The Republic of Arborea: Trees and the Perfect Society」(2013) 등을 꼽을 수 있다. 그 밖에 나무와 식물에 주목하는 다른 글로 『모자이크Mosaic』(2009)의 「나무를 말하기: 『유칼립투스』, 「아논」과 공진화 역사의 성장」과 J. R. R. 톨킨』(2013)에 D. C. 새커D. C. Thacker와 공저하여 게재한 「톨킨과 나무들Tolkien and Trees」이 있다. 사와로의 최근 연구는 SF와 '언캐니' 소설에 나타나는 '식물적인 촉수'에 주목한다.

역자 소개

고지혜　　신라대학교 국어교육과 조교수

소영현　　한국문학번역원 번역아카데미 교수

심완선　　SF 평론가

이은우　　고려대학교 민족문화연구원 연구교수

허 윤　　이화여자대학교 국어국문학과 부교수

호모 아토포스 라이브러리 05

SF로 보는 식물
사변하는 식물과 새로운 SF

2026년 2월 27일 초판 1쇄 펴냄

공편자 캐서린 E. 비숍·데이비드 히긴스·제리 마타
역 자 고지혜·소영현·심완선·이은우·허윤
펴낸자 김흥국
펴낸곳 보고사
등록 1990년 12월 13일 제6-0429호
주소 경기도 파주시 회동길 337-15 보고사
전화 031-955-9797
팩스 02-922-6990
메일 bogosabooks@naver.com
http://www.bogosabooks.co.kr

ISBN 979-11-6587-969-3 94800
        979-11-6587-696-8 94080 (세트)
ⓒ 고지혜·소영현·심완선·이은우·허윤, 2026

정가 26,000원
사전 동의 없는 무단 전재 및 복제를 금합니다.
잘못 만들어진 책은 바꾸어 드립니다.